《文艺百家谈》编委会

安徽省文学艺术界联合会
安徽省文艺评论家协会　编

谈

2 2016年第2辑/总第21辑

WENYIBAIJIATAN

合肥工業大學出版社

图书在版编目(CIP)数据

文艺百家谈.2016年·第2辑/安徽省文学艺术界联合会,安徽省文艺评论家协会编.—合肥:合肥工业大学出版社,2017.7
ISBN 978-7-5650-3486-2

Ⅰ.①文… Ⅱ.①安…②安… Ⅲ.①文艺评论—中国—当代—文集 Ⅳ.①I206.7-53

中国版本图书馆CIP数据核字(2017)第180753号

投稿邮箱:wybjbjb@126.com

文艺百家谈 2016年·第2辑

安徽省文学艺术界联合会
安徽省文艺评论家协会 编　　　责任编辑 张 慧

出 版	合肥工业大学出版社	版 次	2017年7月第1版
地 址	合肥市屯溪路193号	印 次	2017年11月第1次印刷
邮 编	230009	开 本	710毫米×1010毫米 1/16
电 话	总 编 室:0551-62903038	印 张	18.75
	市场营销部:0551-62903198	字 数	322千字
网 址	www.hfutpress.com.cn	印 刷	安徽联众印刷有限公司
E-mail	hfutpress@163.com	发 行	全国新华书店

ISBN 978-7-5650-3486-2　　定价:38.00元

目　录

理论探讨

文艺观察

专题研讨

文艺评论

赖少其研究

说真话讲道理：营造文艺批评良好氛围
——学习习近平《在文艺座谈会上的讲话》

●韩　进

习近平总书记《在文艺座谈会上的讲话》（以下简称《讲话》）指出“要高度重视和切实加强文艺评论工作”。强调“文艺批评是文艺创作的一面镜子、一剂良药，是引导创作、多出精品、提高审美、引领风尚的重要力量”。要求“打磨好批评这把‘利器’，把好文艺批评的方向盘”，“倡导说真话，讲道理，营造开展文艺批评的良好氛围”。这些重要论述对当前开展文艺批评工作，有着很强的针对性和指导性。

一、有了真正的批评，文艺作品才能越来越好

《讲话》高度重视文艺批评对文艺创作的促进作用，指出“有了真正的批评，我们的文艺作品才能越来越好”。

什么是“真正的批评”?《讲话》中有两段精彩论述。一是“三个敢于”，强调“批评的精神”：“运用历史的、人民的、艺术的、美学的观点评判和鉴赏作品，在艺术质量和水平上敢于实事求是，对各种不良文艺作品、现象、思潮敢于表明态度，在大是大非上敢于表明立场”。二是“三个不能”，强调“文艺批评要的就是批评”：“不能都是表扬甚至庸俗吹捧、阿谀奉承，不能套用西方理论来剪裁中国人的审美，更不能用简单的商业标准取代艺术标准，把文艺作品等同于普通商品，信奉‘红包厚度大于评论高度’”。

“三个敢于”的核心是“讲真话”，“三个不能”的焦点是“讲道理”。营造“说真话、讲道理”的文艺批评良好氛围，才能有“真正的批评”。

二、当前文艺批评存在“缺席”“缺位”现象

《讲话》充分肯定改革开放以来，我国文艺创作迎来了新的春天，产生了大量脍炙人口的优秀作品，但文艺批评却明显存在“缺席”“缺位”现象，对优秀作品推介不够，对不良现象批评乏力，文艺批评辨善恶、鉴美丑、促繁荣的作用有待加强。

文艺批评“缺席”现象突出体现在“对不良现象批评乏力”。《讲话》一针见血地指出，在文艺创作方面，存在着有数量缺质量、有“高原”缺“高峰”的问题；存在着抄袭模仿、千篇一律的问题；存在着机械化生产、快餐式消费的问题。在有些作品中，存在着调侃崇高、扭曲经典、颠覆历史，丑化人民群众和英雄人物的问题；存在着是非不分、善恶不辨、以丑为美，过度渲染社会阴暗面的问题；存在着搜奇猎艳、一味媚俗、低级趣味，把作品当作追逐利益的“摇钱树”、当作感官刺激的“摇头丸”的问题；存在着胡编乱写、粗制滥造、牵强附会，制造文化“垃圾”的问题；存在着追求奢华、过度包装、炫富摆阔，形式大于内容的问题；存在着热衷于所谓“为艺术而艺术”，只写一己悲欢、杯水风波，脱离大众、脱离现实的问题。凡此种种问题，都表现出文艺在市场经济大潮中有迷失方向的危险，在为什么的问题上有发生偏差的危险。这些正是需要发挥批判精神的地方，却没有看见“战斗的批评家”（鲁迅语）论及。文艺批评远离文艺创作实践，就散失了生命力。

文艺批评“缺位”现象突出体现在“褒贬甄别功能弱化，缺乏战斗力、说服力”。批评不“到位”，就发挥不了批评的作用。有些批评变质变味，放弃“讲真话”的原则，搞小圈子批评、人情批评，因为彼此是朋友，低头不见抬头见，磨不开面子，不讲真话，借批评为变相表扬，甚至庸俗吹捧、阿谀奉承，寻租权力，相互谋私；有些批评脱离国情，套用西方理论来剪裁中国人的审美，言必称西方，宣扬西方文化价值观，否定传统文化价值观；有些批评用简单的商业标准取代艺术标准，片面地以票房收入、收视率、收听率、点击率、发行量等来衡量作品的价值，放弃内容导向把关，把文艺作品完全等同于普通商品，信奉“红包厚度等于评论高度”。凡此种种，都表明表面热热闹闹的批评，其实没有“批评的精神”，不能对症下药，也不能以理服人，已经“不是文艺批评了”。

三、“讲真话、讲道理”是文艺批评坚守的道德底线

文艺批评出现“缺席”“缺位”现象，与缺少“讲真话、讲道理”的文艺

批评环境有关，与文艺批评学术道德“缺失”有关。

金无足赤，人无完人。没有十全十美的文艺作品，就需要“讲真话、讲道理”的文艺批评。良药苦口利于病，忠言逆耳利于行。古代文学批评家刘勰说：“无私于轻重，不偏于憎爱，然后能平理若衡，照辞如镜。”明代文学评论家李贽认为作家艺术家和评论家都要有一颗真诚透明的“童心”：“夫童心者，真心也。若以童心为不可，是以真心为不可也。夫童心者，绝假纯真，最初一念之本心也。若失却童心，便失却真心；失却真心，便失却真人。天下之至文，未有不出于童心焉者也”；“童心既障，于是发而为言语，则言语不由衷；见而为政事，则政事无根柢；著而为文辞，则文辞不能达”。在李贽看来，真心与真人是从事文艺的根基，心灵受到蒙蔽，就会“言不由衷”，词不达意，假话连篇。“讲真话”应该成为批评家必须坚守的学术道德底线，成为评判批评家是否有资格的红线。

“讲真话”是批评的道德，“敢批评”是批评的勇气。敢于讲真话，不讲假话、诳话、违心的话，也要有讲真话的艺术。俗话说，一句话说人笑，一句话说人跳，就是要会说话，开展文艺批评要相互尊重、真诚相待、以情感人，以理服人。不仅要像镜子一样，客观地指出作品得失，还要像灯塔那样，明确地指出创作方向。评论家既要成为作家艺术家的良师，又要成为诤友，有围炉夜话式的交流、心平气和的讨论，也有秉笔直书的真诚、好处说好的公正；不“棒杀”，也不“捧杀”。敢讲真话，会讲真话，善于表明观点、态度、立场、情感，批评才有硬度和温度，才有权威和公信，才有利于文艺的健康发展。

真理越辩越明。辩论不是强词夺理，而是言之有理。不讲道理的批评是不负责任的“乱评”“恶评”，是“缺德”的流氓作风，是不正常的批评。“讲道理”是文艺批评的学养。批评要讲学术之道，不无理取闹，不说外行话，这就要求批评者必须有自己“批评的武器”。

新时期以来，我国文艺领域对外开放，引进了包括西方在内的其他国家和民族的文艺作品、文艺理论，拓宽了文艺批评的思路、视野和方法，但同时也带来各种各样文艺思潮的泛滥，难免泥沙俱下，鱼龙混杂，文艺批评环境的复杂性日益凸显，文艺批评的标准日益混乱。越是思潮涌动、众声喧哗，越要站稳脚跟、明辨是非。“打磨好批评这把‘利器’，把好文艺批评的方向盘”，这是当下文艺批评家不可回避的现实问题。

我们的文艺是“人民的文艺”，我们的批评也必须是“为人民的批评”，为人民的利益代言，说人民听得懂的话，做人民希望做的事，是文艺批评的基本要求，不能将文艺批评当作个人或集体休闲娱乐和争名夺利的工具。文艺批评家要与人民打成一片，同声呼吸，对人民有感情有了解，才不会迷失文艺批评的方向；又要和作家艺术家做朋友，知己知彼，对作品有阅读有理解，才有批评作家艺术家作品的发言权。文艺批评要坚持以马克思主义文艺理论为指导，坚持社会效益第一的评价标准，褒优贬劣、激浊扬清，不给不良文艺作品和错误文艺思潮提供传播渠道。

四、发出自己的声音，营造良好的批评环境

批评家不仅要有“讲真话”的勇气，还要有“讲道理”的本领，发出自己的声音，从不人云亦云，忠实履行批评的责任，赢得作家艺术家的尊重。

真正的文艺批评一定是个性化的，饱含着批评家的学识、修养、品德、性格，有着批评家独有的语言、节奏、气息、风格。针对同一文艺创作、文艺现象、文艺活动、文艺思潮，不同批评家有不同的分析和阐释，甚至是完全相反、针锋相对的评论和批评，这些正是文艺批评的常态和魅力。真正的文艺批评不仅是独具个性的美德、美学、美文相结合的审美风范，更有对马克思主义文艺理论中国化最新理论成果的独到运用，坚持用历史的、人民的、艺术的、美学的观点评判和鉴赏作品，褒优贬劣、激浊扬清，使文艺更加符合时代进步潮流，更好引领社会风气，满足人民多样化精神文化的需求。

有个性、有理论、有高度的文艺批评，是作家艺术家真心期待的批评；千篇一律、人云亦云、不关痛痒的文艺批评，作家艺术家也看不上、瞧不起。对自己作品的好坏，作家艺术家本有自知之明；对他人批评的褒贬，作家艺术家也自有评判。是真话假话、是有理无理，作家艺术家心里更是一清二白。对有德、有才、有个性的批评家，作家艺术家拜为上宾，引为知己；对假话、昏话、庸俗化的所谓批评，作家艺术家避而远之，耻与为伍。批评家的尊严、威望、公信和地位，只有通过他“讲真话、讲道德”的“批评精神”来建立。

人人都是环境，营造良好的批评环境，需要批评和被批评者“相向而行”。“一团和气”不是良好的批评生态。“一评就跳，一评就骂”更不是衡文论艺的正常氛围。批评家“要敢于批评”，“作家艺术家要敢于面对批评自己作品短处的批评家，以敬重之心待之，乐于接受批评”。批评艺术家要明白，文艺批评是扶持文艺，不是打压作家艺术家；是浇花除草、雪中送炭，不是报仇泄愤、商品交易。作家艺术家要正确看待批评，面对批评，要有肚量、有涵养，有风度、有自信，给批评家说话的权利，甚至是说错话的机会，有则改之，无则加勉，不能只听得进表扬，容不下批评。作家艺术家也有“反批评”的权利，“反批评”同样要“讲真话、讲道理”，共同营造“百花齐放，

百家争鸣”的良好环境。

营造良好的文艺批评环境，除了依靠评论家与作家艺术家的相互配合、共同努力之外，更需要加强组织领导，为文艺批评与反批评提供公平、公开、公正的文艺阵地和舆论环境。毋庸置疑，文艺批评仍然是文艺工作中的薄弱环节，重视程度不够，影响十分有限，阵地建设落后，队伍青黄不接。要创造条件，明确和提高文艺批评成果在作家艺术家创作评价、创作作品评奖、作品阅读推广等活动中的运用和作用；搭建和引导评论家与作家艺术家面对面交流的学术平台，建立评论家与作家艺术家结对子交流的互动机制，对重要作家艺术家、重点作品，集中组织评论力量作专题研讨，及时总结成败经验，指导当前文艺创作；要尊重遵循文艺规律，发扬创作自由与学术民主，提倡不同观点和学派充分讨论、作家艺术家和批评家相互批评，形成创作活力和批评精神竞相迸发、文艺精品与批评人才不断涌现的生动局面；要加强和改进对文艺批评的领导，把文艺批评纳入繁荣发展文艺的重要议事日程，加强宏观指导，把好批评方向，加大对德艺双馨的文艺批评家的培养、宣传和表彰，使文艺批评在专业上有权威、文艺界有地位、社会上受尊敬，吸引、选拔、培养更多年轻人喜爱并加入文艺批评队伍，确保文艺批评工作后继有人、人才辈出，确保社会主义文艺欣欣向荣、蒸蒸日上。

（作者系时代出版传媒股份有限公司副总经理）

构建当代文艺的中国精神

——学习习近平在文艺座谈会上的讲话

●方维保

所有的文艺都是民族文艺，世界文艺是存在的，但是，世界文艺是民族文艺的集合。所谓越是民族的越是世界的，讲的就是民族文艺与世界文艺之间的关系。每一个民族都以自己独特的文艺形式参与对世界文艺版图的构建。每一个民族都有自己的文艺，每一个民族都用自己的历史文化和想象力塑造了自己民族的文艺。中国民族的文艺，是独特的，它是中华民族悠久历史文化的结晶。中国当代文艺，要参与世界文艺版图的构建，就必须要有自己的独特的民族性。在世界文艺版图中，没有自己民族性的文艺，复制其他民族创作的文艺，自然没有参与世界文艺构建的资格。因此，当代中国文艺的首要目标就是建构当代文艺的中国精神。

习近平总书记在文艺座谈会上的讲话中指出："文艺为人民服务。"文艺的民族性与人民性，无论是在民族学还是在政治学上，它们都有相互融合的意义内涵。人民是民族意义上的关于一个民族的充满情感的表述。所有的文艺都具有民族性，它是一个民族的精神凝聚物，也都具有人民性。文艺脱落了对于人民的关怀，脱落了对它所根植其中的民族文化土壤，文艺也便不存在了。文艺的民族性，来自于它对于人民创造的历史文化的弘扬和传承；文艺的人民性，来自于对人民的历史命运和生活现实的观照。文艺的民族性和人民性，其实质就是文艺的爱国主义精神。文艺扎根于人民的生活之中，它的想象力来自于人民的生活，它的创造力来自于人民的精神需求，同时，它的想象又丰富着、活泛着人民的生活；它以人民的歌哭而歌哭，以人民的欢笑而欢笑，它的神经随着人民的脉搏而跳动。从卢梭到别林斯基，文艺的人民性一直表达着文艺对于底层人民的深切的关切，也一直表达着对于民族命运的深切关怀。中国左翼文艺，一直极为强调文艺的人民性。瞿秋白将文艺的人民性上升为无产阶级革命政党的崇高的价值追求。毛泽东在《延安文艺座谈会上的讲话》中强调文艺为工农兵服务，就是强调文艺的人民性。习近平总书记在中国当代历史条件中，提出“文艺为人民服务”，并将它作为当代文艺工作的方向。习近平总书记的主张一方面坚持和继承了中国马克思主义的传统，另一方面他在当代中国的历史文化条件下所提出的这一主张，也有着很深远的民族文化意义。人民在当代中国就是整体中华民族。中国当代文艺的人民性和民族性，就是要求文艺关注当代中国的社会现实，关注当代中国人民的精神状态；就是要求当代中国文艺满足人民大众的精神文化需求，就是要求当代中国文艺用艺术的形式唤醒人民的“中国梦”——民族强盛的梦想，为中华民族的复兴大业添砖加瓦，助力。

习近平总书记指出：“中华优秀传统文化是中华民族的精神命脉。”文化是一个民族存在的根底。一个民族，它的文化消亡了，这个民族也就消亡了。中华民族之所以能够在经历近现代无数次的侵略后，依然能够屹立于世界民族之林，而且日益强大，有赖于我们民族光辉灿烂的历史和文化。历史是人民创造的。文艺的民族性和人民性，主要体现在对于本民族人民所创造的历史文化传统的尊重和热爱。文艺家通过对历史文化传统的书写和传承来表达其爱国主义精神。中国文艺，也是世界上最为悠久也最具成就的优秀文艺之一。它记忆着中国民族的历史，也承载着中华民族自强不息的精神。但是，从五四以后，西方文化大规模涌入中国，它在使得中国传统文化精神更新的同时，也造成了中国民族优秀文化精神的某种程度上的流失。在当代，资本主义的消费主义文化日益甚嚣尘上，中华民族优秀文化精神的流失就更加的严重了。习近平总书记在座谈会讲话中，特别对当代文艺和文化中出现的种种庸俗“浮躁”现象进行了批评。他指出：“在有些作品中，有的调侃崇高、扭曲经典、颠覆历史，丑化人民群众和英雄人物；有的是非不分、善恶不辨、以丑为美，过度渲染社会阴暗面；有的搜奇猎艳、一味媚俗、低级趣味，把作品当作追逐利益的‘摇钱树’，当作感官刺激的‘摇头丸’；有的胡编乱写、粗制滥造、牵强附会，制造了一些文化‘垃圾’；有的追求奢华、过度包装、炫富摆阔，形式大于内容；还有的热衷于所谓‘为艺术而艺术’，只写一己悲欢、杯水风波，脱离大众、脱离现实。”有的文艺活动“在市场经济大潮中迷失方向”，“在为什么人的问题上发生偏差”。习近平总书记的批评，切中了当代文艺不良倾向的要害。当代中国的“浮躁”文艺，追逐利益，追逐消费主义，内容空洞，价值失度；它既脱离中国人民当下的生活现实，也为中国一般的人民大众所无法理解。当代不良文艺不但缺少中国风范、中国精神，而且造成了当代文艺与民族的历史文化传统的脱节。一个民族的文艺缺少民族精神，没有民族传统的传承，就是无源之水、无根之木。过度的娱乐化和感官刺激的追求，以及空洞的价值，还可能对一个民族的精神世界，造成有害的诱导，甚至毒化。因此，它的存在是极其有害的。

当代中国文艺的当务之急，就在于构建当代中国文艺的民族精神。中国当代文艺应该怎样表现民族传统、弘扬其人民性精神？习近平总书记在文艺座谈会讲话中指出："要结合新的时代条件传承和弘扬中华优秀传统文化，传承和弘扬中华美学精神。"

中国文化丰富博大，有着自己独特的符号系统，也有着强劲的生命活力。中国文艺，是中华民族优秀文化精神的载体；文艺也具有传承民族文化精神的功能。因此，当代中国文艺，需要讲述中国故事，不但要讲好中国的历史故事，也要讲好中国的现实故事。文学艺术要增加对于中国历史的表现，也要增加对中国当代现实的表现。当前中国当代文艺的历史题材，主要还是偏重于帝王将相的表现，要讲好中国的历史故事，还要增加对中国古代人民生活的表现。在表现中国历史文化的时候，文艺家要有正确的历史观，要从马克思主义的"历史的""审美的"角度观照历史，要弘扬中国传统文化的伟大刚强的价值精神，"为历史存正气"。当前中国当代文艺的现实题材，小资情调的轻文学比重比较大，喧嚣的缺乏精神涵养的市场文学比重比较大，相对主义的价值倾向模糊的娱乐文化和文学比重比较大。在当前现实题材的创作中，文艺家要有自觉的民族意识和人民意识，通过对于人民真实生活的观照，来彰显人民的"真善美"的品质，"为世人弘美德"。

在讲述中国故事的时候，文艺家要特别注重对中国古代和近现代可歌可泣的民族英雄的表现。中国传统文化的主体，是儒家文化。儒家文化重义轻利，强调忠孝节义，强调天下兴亡匹夫有责，强调一种使命意识和承担精神。中国当代的文艺家，无论是讲述传统中国的故事，还是讲述当代中国的故事，都要将中国儒家文化的精神传达出来。中国古代和现当代都有着许多以天下为己任的英雄人物，他们在民族危难的时候，赴汤蹈火死而后已。在中国历代民族英雄的身上，我们都能够看到伟大使命意识和承担精神。民族英雄是民族精神的结晶，是民族意志的最集中的体现，也是凝聚民族精神的最有力的符号。一个没有英雄的民族是不幸的，一个有英雄而不知道珍惜的民族是不可救药的。民族英雄，是民族的脊梁。当代文艺要讲好中国历史中的民族英雄的故事，不是扭曲地讲述，而是用热情洋溢的诗句，将他们身上可歌可泣的事迹生动地讲述出来，感染和感动当代中国大众，激发他们的爱国主义精神、集体英雄主义精神和乐观主义精神。

在中国当代文艺创作中，不但要讲好故事，而且要用中国话语来讲。中国的文艺家要用中国文化的符号系统，讲出有中国文化特色的、能够体现中国文化精神的故事。用中国老百姓喜闻乐见的言语，来讲述他们切身的故事。中国现代文艺和当代文艺，都存在一股强大的西方话语流，中国当代文艺应从中国传统文化和中国当代人民的生活中，提炼出中国话语系统，并将其运用到文艺的创作之中。这样的中国话语，不仅要继承中国传统的符号系统，还要整合当代中国的社会主义文化的符号系统；不仅要继承中国传统的符号系统，还要整合西方先进文化的符号系统。在中西合璧、中西融汇中，创造出具有民族特色的当代文艺的符号系统。

习近平总书记指出，中华优秀传统文化是“涵养社会主义核心价值观的重要源泉”。中国当代的社会主义文化和文艺，不但有着马克思主义的源泉，还有着中国民族文化的源泉；社会主义核心价值观是马克思主义与中国传统优秀文化相结合的结晶。中国当代文艺，在讲述中国历史故事和中国当代故事的时候，要体现当代中国精神——社会主义核心价值观。社会主义核心价值观的二十四个字——“富强、民主、文明、和谐，自由、平等、公正、法治，爱国、敬业、诚信、友善”，既是中国传统优秀文化在当代的体现，也是现代政治文明在当代的体现；既体现了中国当代民族精神，也体现了当代中国人民的政治理想和道德理想。俄罗斯民主主义文艺理论家别林斯基在论述俄罗斯文学的时候特别指出，文艺需要具有时代性，具有时代精神。社会主义核心价值观，就是当代中国时代精神。中国当代文艺在讲述中国故事的时候，就需要充分体现当代中国的时代性和时代精神。历史是过去的，但是，正如卢卡奇所说，所有的历史都是当代史。在表现历史题材的时候，文艺家要运用当代中国的时代精神去观照历史，在历史的想象中，渗透当代中国的主流价值观。在对当代中国现实的表现中，也要贯彻社会主义核心价值观，解决怎样表现的问题，在揭露黑暗面的时候，不忘给人民以温暖、希望和追求。文艺要从人民的利益出发，从民族的发展出发；文艺要弘扬人民生活中的正能量，做反对假丑恶、弘扬社会正气的“先觉者、先行者、先倡者”；文艺要做“时代的号角”，用热情豪迈的社会主义精神，“代表一个时代的风貌”，“引领一个时代风气”。

当代中国文艺家，在讲述中国故事的时候，怎样才能在文艺创作和文艺活动中，体现中国文艺的时代性和时代精神呢？这个问题的答案就是，将现实主义与浪漫主义相结合，运用现实主义和浪漫主义相结合的创作方法，书写中国的历史与现实，弘扬当代中国人民的精神风貌。当代中国文艺，一方面，要直面当代中国社会，直面当代中国人民的诉求，文艺要“有筋骨”，就像习近平总书记所要求的那样“始终把人民的冷暖、人民的幸福放在心中，把人民的喜怒哀乐倾注在自己的笔端”。在讲述中国故事的时候，要具有现实主义的精神。另一方面，在讲述中国故事的时候，需要充分体现出我们民族的文化自信，要体现我们民族蓬勃向上、积极进取的精神风貌。就如习近平总书记所指出的那样，要“讴歌奋斗人生，刻画最美人物，坚定人们对美好生活的憧憬和信心”。现实主义精神，让我们直面问题；而浪漫主义精神，则鼓舞士气。现代文艺心理学不仅研究文艺内部的生成机制，也研究文艺对于社会心理生成的作用。蔡元培先生早就指出，文艺是具有“美育”作用的。习近平总书记也指出：“好的文艺作品就应该像蓝天上的阳光、春季里的清风一样，能够启迪思想、温润心灵、陶冶人生，能够扫除颓废萎靡之风。”文艺对于化育社会大众，形成风清气正的良好社会风气，具有其他领域无可替代的作用。因此，当代中国文艺家，在用文艺讲述中国故事的时候，需要从民族的健康发展出发，要运用现实主义和浪漫主义相结合的手法，表现当代中国人民健康明朗幸福朝气的精神面貌，表现“人民的伟大实践和丰富多彩的生活”。我们需要用现实主义精神来展现现实，更应该用浪漫主义精神来“观照现实生活”。我们每一个艺术家在讲述中国故事的时候，都有责任“用光明驱散黑暗，用美善战胜丑恶，让人们看到美好、看到希望、看到梦想就在前方”；文艺家要创作出“有筋骨、有道德、有温度的文艺作品”，要在文艺作品中“书写和记录人民的伟大实践、时代的进步要求”，要用优秀的文艺作品“彰显信仰之美、崇高之美”。

现代文艺理论认为，文艺是一种独特的传播载体；文艺也是一种独特的权力符号。一个民族的优秀文化，需要文艺这一润物细无声的独特载体来传播；一个民族的文化权力，也需要文艺来伸张拓展。当代文艺家可以通过讲述中国故事，将中国文化的精神逻辑，传播开来，让世界的其他民族了解和理解中国文化精神，让中国文化精神融入世界文化，并成为世界文化精神的一股血液，滋养世界其他民族的文化成长；也让中国文化享有其在世界文化中应有的地位。当代世界风起云涌形势复杂，文化竞争也极为惨烈。文化是软实力，文化的竞争是当代世界各民族竞争的通行规则。因此，文艺“阐释中华民族禀赋、中华民族特点、中华民族精神，以德服人、以文化人”；当代中国文艺在实现中华民族的伟大复兴实现中国梦中有着天赋使命和责任；繁荣的有中国特色的社会主义文艺，更是我们能够“在世界文化激荡中站稳脚跟的坚实根基”。

（文中加引号的文字均引自《习近平在文艺工作座谈会上的讲话全文（2014 年 10 月 15 日）》2015 年 10 月 15 日，来源：人民网——《人民日报》）

（作者系安徽师范大学中文系教授）

追求真善美是文艺永恒的价值

●赵　凯

［摘　要］　文艺的价值功能，是特定的历史阶段文艺的社会意义与时代精神，并且充分体现出人民群众的审美文化需求。习近平同志提出，追求真善美是文艺永恒的价值。要实现这一价值，必然要坚持“以人民为中心”的创作导向。同时要传承中华文化，并且要学习借鉴世界优秀文化。

［关键词］　追求真善美；文艺的价值功能；以人民为中心

一

习近平同志在文艺座谈会上的讲话，站在中华民族伟大复兴的新的历史起点上，面对当代中国新的社会实践与文艺实践，从历史与现实、理论与实践的结合上，精辟阐释“以人民为中心的创作导向”，明确了社会主义文艺的基本性质与发展方向，赋予了马克思主义人民文艺观以新的时代内容。在此基础上，习近平同志又对文艺发现与传播真善美的必然联系，做出了清晰而深刻的论述，从而阐明了新时代文艺的价值导向。

文艺的价值功能，是特定的历史阶段文艺的社会意义与时代精神的集中体现，并且充分体现出人民群众的审美文化需求。作为人类社会精神生产与审美实践的文学艺术，不可能是封闭自在的产物，它必然会对社会人生具有认知价值、伦理价值与审美价值——真善美的价值影响。习近平同志指出：“追求真善美是文艺永恒的价值。艺术的最高境界就是让人动心，让人们的灵魂经受洗礼，让人们发现自然的美、生活的美、心灵的美……我们要通过文艺作品传递真善美，传递向上向善的价值观，引导人们增强道德判断力和道德荣誉感，向往和追求讲道德、尊道德、守道德的生活。只要中华民族一代接着一代追求真善美的道德境界，我们的民族就永远健康向上，永远充满希望。”[①] 文艺的价值是文艺满足社会和人民群众需求的审美属性；文艺价值功能的体现，植根于文艺与时代精神的内在联系。优秀的文艺作品总是通过特有的艺术元素与叙事方式，来表达社会人生的真实面貌以及作家艺术家的真实体验，以诉诸人的精神、情感与心灵的世界。从而在历史流动的审美视角中表现特定社会关系的真实面目；在合乎人情人性的道德追求中表达时代精神的风云变幻；在既充满个性化又具有普遍性的艺术语境里净化与陶冶人们的灵魂，从而激励人们向真向善向美。真善美是文艺价值的整体呈现，相辅相成，水乳交融。明代朱熹《观书有感》中的四句诗：“半亩方塘一鉴开，天光云影共徘徊；问渠哪得清如许？为有源头活水来”，就形象而生动地道出了真善美的艺术境界。

鲁迅先生说过：“文艺是国民精神所发的火光，同时也是引导国民精神的前途的灯火。”文艺的无穷魅力就在于它既是民族精神力量的充分体现，又是文艺家以真善美感召与温暖人生的精神家园。鲁迅先生早年弃医从文，“意思是在揭出病苦，引起疗救的注意”。他写小说就是要用文字的灯火去照亮那些依然在黑暗中摸索前行的祥林嫂以及阿Q们的人生世界。巴金先生的《家》唤醒了多少在封建专制下困惑而窒息的年轻的精神生命；又有多少有识之士正是吟诵着郭沫若先生的《炉中煤》，而投身到砸烂旧世界、创造新中国的革命洪流中，从而改变了自己的人生轨迹。同样，在新中国如火如荼的历史征程中，一批优秀的文艺作品成为新的时代精神的忠诚礼赞与艺术剪影。中华民族伟大复兴的艰难历程、人民群众饱受沧桑的情感经历，在文艺审美创造中，演绎为波澜壮阔的社会人生画面，凝聚成撼人魂魄的民族精神力量。新中国的几代读者与观众，正是在《铁道游击队》《林海雪原》《高山下的花环》《雷锋之歌》与《焦裕禄》等代文艺的红色经典中获取了珍贵的历史记忆、激活了崇高而悲壮的英雄精神、孕育了道德判断力与道德荣誉感，榜样的力量是无穷的，而社会人生的榜样往往来自文艺真善美的精神陶冶与价值导向。

二

文艺创作怎样达到艺术的最高境界，怎样实现真善美的统一？习近平同

---

① 中共中央宣传部：《习近平总书记在文艺工作座谈会上的重要讲话学习读本》，学习出版社2015年10月版，第27－28页。

志在文艺座谈会上做出了明确的回答："文艺工作者要想有成就，就必须自觉与人民同呼吸、共命运、心连心，欢乐着人民的欢乐，忧患着人民的忧患，做人民的孺子牛。"[①] 文艺发展的历史证明，虽然传统意义上的艺术创作一般都是以个体劳动的形式进行的，然而，真正的艺术创造从来都不是文艺家个人的事业。个人的思想水平、艺术天赋、生活经验和写作技巧等固然影响着艺术作品的成败，但个人都是一定社会历史条件的产物，社会历史条件决定了艺术发展的繁荣与否，也影响着个人艺术才华的发挥。纵观新中国成立以来文艺创作发展的态势，我们不难发现，众多为人民所欢迎的文艺家和文艺作品，都是深根于人民群众生活实践的土壤之中，都是新时代人民群众情感心声的忠实表达者。当代著名作家柳青扎根皇甫村 14 年，与农民群众同甘共苦，他创作的长篇小说《创业史》，成为新中国文学史上的经典之作，"柳青精神"没有过时，它应该成为新一代文艺家宝贵的精神财富。接地气才能扬正气，这是文艺创作的必然的因果关系。可见，追求真善美的价值导向，是与"以人民为中心"这一当代文艺的核心理念紧密相关的。

文艺追求真善美，同时包含着对真伪、善恶与美丑的认知判断与审美处理，生活中的假恶丑现象，只有经过艺术观照的揭露与否定，才能成为审美表现的对象。否则就会以假乱真、善恶混淆与美丑倒置，继而导致文艺创作中的低俗化、欲望化、娱乐化的倾向；就会使文艺沾满了铜臭气，成为市场的奴隶。这种对追求真善美价值导向的背离，究其原因可能是多方面的，或者是对社会效益与经济效益关系的误解；或者是对思想性、艺术性与观赏性有机关系上的失衡等。但最根本、最深刻的原因应在于文艺对人民群众心声与愿景的漠视与疏离，也就是对社会主义文艺价值导向的迷失。当然，我们也应该看到，在极端商品化的诱惑中突围，努力寻求与发掘新时代人民生活的诗情画意，已成为当下众多艺术家的理性选择与价值追求。习近平同志提出的"追求真善美是文艺永恒的价值"这一论断，将成为新时代文艺的价值导向。

三

当代文艺创作要达到真善美的境界，必须要真正解决好如何传承中华民族文化遗产的问题。习近平同志指出："文艺创作不仅要有当代生活的底蕴，

---

① 中共中央宣传部：《习近平总书记在文艺工作座谈会上的重要讲话学习读本》，学习出版社 2015 年 10 月版，第 20 页。

而且要有文化传统的血脉。'求木之长者，必固其根本；欲流之远者，必浚其泉源。'中华优秀文化是中华民族的精神命脉，是涵养社会主义核心价值观的重要泉源，也是我们在世界文化激荡中站稳脚跟的坚实基础。"现实是历史的延续和发展，现代文明无一不是在既往的传统文明基础上建立起来的。中华民族文化是一个丰富博大的有机整体，源远流长，在世界文明史上占有重要的地位。在当前深刻的社会变革过程中，在高科技与信息化的历史语境下，文学艺术的内容和形式必然会产生新的变化，但绝不能因此而丢失民族优秀的文化遗产。当然，"传承中华文化，绝不是简单复古，也不是盲目排外，而是古为今用、洋为中用，辩证取舍、推陈出新，摒弃消极因素，继承积极思想，'以古人之规矩，开自己之生面'，实现中华文化的创造性转化和创新性发展"①。习近平同志的观点，是对马克思主义民族文化观的科学概括与新的发展。习近平同志在文艺座谈会讲话中所提倡的中华优秀传统文化中的思想理念、道德规范和美学精神，正是当代文艺实现真善美永恒价值的深厚的历史与文化土壤。

文艺要实现真善美的永恒价值，既要古为今用，也要洋为中用。在中国现代文学史上，鲁迅所创造的具有鲜明的民族风格的新小说，就深受果戈理、高尔基和法捷耶夫等俄罗斯和苏联现实主义作家的影响；郭沫若在"五四"时期写成的那些热情奔放、雷鸣电掣般的诗歌，也从惠特曼、雪莱、海涅等欧美浪漫主义诗歌中获得了丰富的思想营养。中国当代文学的发展，也与学习借鉴世界优秀文化成果密切相关。当然，学习和借鉴世界文艺，必须立足于本民族文艺的实践，并最终创造出具有中国精神、中国风格与中国气派的作品；同时要坚持面向人民群众的正确导向，真正考虑到中国读者和观众的审美趣味和欣赏习惯，让人民群众所喜闻乐见。这样，社会主义文艺坚持追求真善美的价值导向才成为可能。

（作者系安徽大学文学院教授、博士生导师）

① 中共中央宣传部：《习近平总书记在文艺工作座谈会上的重要讲话学习读本》，学习出版社2015年10月版，第28-29页。

从琢磨生活到表现生活

●钱念孙

从根本上说，文艺家就是用心琢磨生活，并用心琢磨表现生活的人。作家、画家、音乐家、舞蹈家等都是在用心琢磨生活的基础上，分别琢磨如何用语言文字、画面形象、节奏旋律、身段造型等表现生活。可以说，文艺创作的前提是琢磨生活。只有先把生活琢磨深、琢磨透了，才能谈得上将生活的丰富性、复杂性和深刻性表现出来。

我们每个人本来就身处现实生活之中，每天的柴米油盐酱醋茶，每日所遭际的喜怒哀乐和酸甜苦辣，都是我们体验生活、感悟生活、琢磨生活取之不尽、用之不竭的资源。因此，文艺家凭借自己惯常的生活感受及读书体悟等，也能创作出文艺作品，包括一些优秀作品。可是，由于社会不断发展而导致的分工越来越细化，由于我们每个文艺家个人生活圈之外，还有无比广阔、无比丰富的各行各业千差万别的生活，如果我们不去接触、不去深入体验，就无法琢磨出它的复杂滋味、无法领悟到它的丰厚意蕴。因此，学习和贯彻习近平总书记《在文艺工作座谈会上的讲话》精神，组织文艺家下基层，开展“深入生活，扎根人民”主题实践活动，是十分必要且重要的。文艺家必须走出个人的“小生活”，走向社会的“大生活”，在下基层乃至扎根基层过程中，才能更加准确、更加真切地把握时代的脉搏，感受人民的快乐和疾苦，直至真正做到习总书记所要求的“欢乐着人民的欢乐，忧患着人民的忧患”。只有这样，我们的创作才易接地气、贴民心，才易产生激荡时代风云、散发泥土芳香的精品佳作。

去年年底，我参加安徽省文联组织的文艺工作者下基层活动，到阜阳市颍泉区周棚镇深入生活，吃住在农家、生活在农村、创作在基层。在与当地村民及基层文艺工作者交往时，我不仅感受到基层群众对文艺和文化的喜爱与渴求，更感受和领悟到一些原先没有意识到的问题。到阜阳颍泉区后，当晚我们住在周棚镇安郢村村民安超的家里。第二天早晨一起床，同行的省文联理论研究室的同志就问我："钱老师，您睡得怎样？我被吵得一夜没睡着。"我还没来得及回答，原《清明》杂志社副主编倪和平接着就说："这房子太靠近马路，吵死了，我也一夜没睡好。"确实，夜深人静之时，一辆辆大货车从公路上呼啸驶过，不仅声音大，有时连房子都微微颤动，简直无法入睡。在我原有的印象中，与喧嚣的城市相比，乡村是平静的、清朗的，许多农民是淳朴的、安贫乐道的。可是，为什么农民都争先恐后地选择把住宅建在公路旁边？而不愿意把住宅建在远离公路比较僻静的地方？为什么原来比较安宁温馨的村庄相距不远，却只剩下无力搬迁的贫困户而呈现萧条景象？为什么我们嫌公路边过于嘈杂、灰尘过大，不适合安家，而他们觉得适合、觉得好？如果说是因为靠近公路出入便利，方便开个小店铺挣钱，那么沿公路两边排开的近百家农户，绝大多数并没有摆摊设点为何还把房子迁到吵闹的路边？这究竟是怕寂寞、凑热闹，还是随大流，希望通过靠近公路拉近与现代生活的距离？……

这一以往根本没有想到，更没有引起注意的现象，里面无疑饱含许多有意思并值得思考的问题，包括中国社会城乡二元体制所造成的深层矛盾，当代中国向现代化转型过程中农村变迁及农民心态变化的种种无奈的焦灼与祈盼、抗拒与适应。这次下基层感触很多、收获很多，这只是举一个小例子谈谈下基层所受到的启发。我想，如果能以这一感受和启迪创作一篇小说，也许会有点自己的特色。

假若我们想到这一层就动手写作，如构思一个在城市机关工作的长子为老家盖新房凑钱寄给父母兄弟，可房子建好后他携妻女过节回乡却无法入睡，以致不得不回到原村庄破败的老屋里睡觉；如设想一家人辛辛苦苦建好房子后，开个杂货店憧憬不久还清欠债过上富裕生活，突然一辆卡车为避让对面占道行使车辆而冲进店铺（媒体有多次此类报道）；还可采用对比手法，这边写农民纷纷搬出原来村庄到公路边甚至城市里安家，而那边城市里的大款和名人却盯上村里的宅基地和荒山土丘，要在那里盖高档别墅或度假村。如此等等，都可能写出一个短篇或中篇，甚至写成一部生动好读且有一定思想意义和价值的作品。

不过，如果我们琢磨生活到这一步即动手写作，似乎尚停留在新闻报道观察生活的层面（这里丝毫没有贬低新闻报道的意思，是其任务和职责限其于此），而没有突破和超越生活材料表层的、普通的意义，赋予其深远博大的哲理意蕴乃至隐喻内涵，后者恰恰是优秀文学作品所应具备的。换言之，在这一层面上动手写作，作家只是充当了社会事件的报道者和讲解员的角色，而没有担当起社会生活底蕴的发掘者和人类精神财富创造者的重任。鲁迅先生曾告诫小说家，不要随便抓到一个故事，看出这故事的一点意义就匆忙下笔，而应注意“选材要严，开掘要深”。列夫·托尔斯泰更是指出：“为了使艺术家知道他应该讲些什么，他就必须知道全人类所固有的、但同时又是他个人的，也就是人类所尚未知道的东西。”这里强调的“开掘要深”，发现“人类所尚未知道的东西”，正是我们所理解的“琢磨生活”的核心内容。

就文学创作而言，如果说，琢磨生活是“炼意”，那么，表现生活就是“炼句”。用《文学概论》里的公共话语表达，琢磨生活的“炼意”，就是对思想性的深广开拓；而表现生活的“炼句”，则是在艺术性上精益求精。

反观这些年来的文学创作，当然也有黄钟大吕、启人心智的绕梁之音，但瓦釜雷鸣、混淆视听的刺耳杂音，却时常摇唇鼓舌，招摇过市。在琢磨生活的炼意方面，不仅一些作品是非不分、良莠不辨，自觉或不自觉地摈弃和动摇主流价值观，解构崇高、颠覆忠诚、戏说历史、调侃现实，把文学降格为简单娱乐或传达消极颓废思想的工具；而且一些颇获佳评的上乘之作，也不同程度地存在缺乏思想对现实的穿透力，缺乏对历史的深刻反思，缺乏对人性的直面审视，缺乏对灵魂的严肃拷问等种种遗憾和不足。在表现生活的炼句方面，等而下之者粗制滥造，胡编乱侃，叙事上的漏洞、情节上的破绽、人物形象的扁平呆板、语言文字的直白浅陋等等，可谓比比皆是。至于等而上之者，虽然在结构技巧、叙述方式、语言锤炼等艺术追求上不乏可圈可点之处，也照样存在不可忽视的弊端。如有的作家吸收外国文学影响没有很好咀嚼消化，作品明显留有福克纳、马尔克斯等叙述模式的痕迹；有的作家守不住创作应有的定力和追求，时常陷入简单重复自己乃至炒冷饭的泥沼等。还值得一说的是，如今许多作家普遍采用的间接叙述方法，即人物对话不用打引号的原话表达，而是改用作者叙述代替——这固然有助于加快叙述节奏，也便于作家轻松描述，却有损于刻画人物个性（对话是展示人物个性的重要环节），有损于文本叙述的丰富多彩和语言的必要张力。可以说，这种讨巧叙述方式的流行和泛滥，凸显了我们作家拈轻怕重的叙事惰性。

习近平同志在文艺工作座谈会上严肃指出：我们的文艺创作“存在着有数量缺质量、有‘高原’缺‘高峰’的现象，存在着抄袭模仿、千篇一律的问题，存在着机械化生产、快餐式消费的问题”。这些弊病的产生，主要是我们既没有下功夫深入生活和琢磨生活，也没有在如何表现生活上锲而不舍地孜孜以求。正如登高才能望远一样，要在琢磨生活中独具慧眼地发掘出新意和深意，与卑琐心灵、短浅眼光和浮躁心态无缘，它只青睐那些襟怀高远、思想深邃、目光敏锐者的探求和追寻。而要在如何表现生活上杜绝平庸，追求卓越，直至做到像杜甫那样“语不惊人死不休”，则必须舍弃熙熙攘攘、平坦易行、轻车熟路的大道，踏上荒草没膝、陡峭险峻、崎岖坎坷的小路，在艺术的崇山峻岭和语言的密林深处探幽揽胜，突围前行。这需要我们摈弃马虎草率、得过且过的敷衍成篇，像曹雪芹写《红楼梦》那样，“披阅十载，增删五次”，殚精竭虑，字斟句酌，直至炼石成丹，孕沙成珠。

生活节奏的加快已将当今社会送入浮光掠影、行色匆匆的快车道。物质欲望的膨胀更把许多人引向心浮气躁、追名逐利的名利场。

但文学艺术作为编织人类心灵五彩云霞的手工活，不宜抄袭模仿、千篇一律，不宜机械化生产、快餐式消费，它需要我们立足大地而仰望星空，正心笃志琢磨生活的奥义，匠心独运表现生活的斑斓，从而创作出真正“传得开、留得下”的精品力作。我相信，对于绝大多数优秀或期望变得优秀的文学家和艺术家来说，做到这一点只是“愿不愿”的问题，而不是“能不能”的问题。关键看你自己的选择！

（作者系全国人大代表、安徽省文艺评论家协会主席、安徽社会科学院研究员）

作品为上

——文艺工作者党性修养之我见

●周子牛

[摘　要]　“党性修养”是文艺工作者的恒久课题，对党员文艺工作者尤为重要。本文尝试从文艺创作、文艺理论研究和文艺成果的发展和弘扬几个方面结合文艺“作品”进行系统的理论阐述，由“‘人民’是创作的永恒主题；‘理论上不彻底，就难以服人’；传承、弘扬、发展、包容”三个部分和结语组成。第一部分指出，“为人民服务”是我党的宗旨，坚持“人民”的创作主题是文艺工作者的必然选择；第二部分指出，理论研究的深度和广度直接影响着文艺“作品”的质量、水平和党性原则；第三部分指出，文艺“作品”的传承、弘扬、发展、包容是有机统一的整体。结语指出：文艺工作者的党性修养要紧紧围绕文艺“作品”去践行，在“作品”创作中坚守底线、在理论研究中提炼升华、在文化业态上鼓励创新，充分彰显文艺“作品”在时代文化振兴和繁荣中的应有风貌，将创作、研究、弘扬优秀文艺“作品”作为衡量文艺工作者“党性”原则的重要圭臬，为中华民族的伟大复兴提供有力支撑。

[关键词]　文艺作品；文艺工作者；党性修养

导　论

党性是一个政党固有的本性，是阶级性最高和最集中的表现。中国共产党成立至今已有九十五周年，从中国共产党成立的那一刻起，每一个党员的“党性”是其基本的底线，坚贞不渝、不忘初心。党性修养则是每一名党员自我教育、自我改造、自我完善的人生课程，要求党员在改造客观世界中自觉运用党性原则规范自己的行为，克服和抵制各种错误思想，不断改造主观世界，遵守《党章》，勤于实践，不辱使命，努力担负起一名党员应有的责任，因此党性修养也称为党性锻炼。

截至2016年7月，全国共计有党员8800多万，我们尚且无法分离这其中文艺工作者的具体数字，但从中国的现状分析应该是一个不小的群体。因为在中国众多的文艺工作者队伍中，有专职的也有兼职的、有短期的也有长期的、有文艺创作队伍也有文艺工作的管理者和指导者。中国特有的文化体制和发展历程造就了文艺工作者的特殊现状。无论是何种状况下的文艺工作者都应该具有担当和职责，其中党员文艺工作者更应该发挥模范带头作用。模范带头作用如何发挥，创作“作品”、阐释“作品”、弘扬“作品”是其工作的主要方面。

“衡量一个时代的文艺成就最终要看作品。”一般来说，“作品”是指文艺创作的成品。文艺创作的成品不一定都是优秀的文艺作品，需要阐释的也不见得是所有作品，当然弘扬的“作品”一定是具有健康思想内涵、歌颂时代主旋律的积极向上的“作品”。俗话说，“文人主要看作品”，这样的“作品”一方面衡量文艺工作者的创作水平，同时也将“作品”与社会大众的认知密切相连，不被社会大众接受、对时代发展担当不了引领作用的“作品”自然不是我们关注的重点。只有优秀的文艺作品才能反映一个国家、一个民族的文化创造能力和文艺水平。

2014年10月15日，习近平总书记在文艺工作座谈会上的讲话中指出：“实现‘两个一百年’奋斗目标、实现中华民族伟大复兴的中国梦是长期而艰巨的伟大事业。伟大事业需要伟大精神。实现这个伟大事业，文艺的作用不可替代，文艺工作者大有可为。”如何衡量文艺工作者在新的时代背景下所发挥的特有作用、如何理解这些作用对当代中国的现实意义以及在学术研究上所具有的史学价值不仅是每一个文艺工作者要思考的问题，也是社会的期盼，作为党员文艺工作者更是《党章》赋予他们的使命和责任。尽管当前对于党性修养之类的学术研究众多，但专题研究文艺工作者党性修养方面的著作和文章还是凤毛麟角，为此笔者尝试就此做一学术探讨，以此进一步揭示新的历史时期文艺工作者党性修养的学术内涵和时代意义。

一、“人民”是创作的永恒主题

就中国现有的文化体制现状分析，文艺工作者队伍主要可分为文艺创作者、文艺理论研究和教学者、文艺管理者三大类。在这三类群体中，我们首先要关注的是文艺创作者及其“作品”。在学术上谈及文艺“作品是至上的”，当我们研究创作时，自然要从“作品”的创作谈起。中国共产党自成立之初就确立了“全心全意为人民服务”的宗旨，在这一宗旨指导下的文艺创作呈现出了“百花齐放，百家争鸣”的众多喜人景象，从毛泽东主席在《在延安文艺座谈会上的讲话》中倡导的文艺为大众服务、为工农兵服务的“二为”方针到习近平总书记在全国文艺工作座谈会上提出的“坚持以人民为中心的创作导向”，无不透射出“‘人民’是文艺创作的永恒主题”。那么，如何体现这一创作主题呢？

首先，创作者要牢固树立马克思主义文艺观。“马克思主义文艺观”是中国文艺创作必须坚守的底线，更是文艺工作者的行为指针。文艺工作者体现“马克思主义文艺观”的主要阵地就是文艺“作品”。如电视剧《筑梦中国》所展示的“中华民族为实现中国梦而奋斗的壮丽征程”。剧中从近代中国与世界强权所签订的数百个不平等条约为开端，警醒人们落后就要挨打的“铁律”，唤起人们自省、自立，为实现中华民族的振兴而发愤图强。从李大钊、毛泽东到邓小平，一代又一代中国共产党人一路艰辛探索，不但总结历史经验，终于找到了中华民族伟大复兴的正确道路——中国特色的社会主义道路，并取得了举世瞩目的伟大成就。作者从真实的中国历史出发，饱满深情，艺术地再现了“筑梦中国”的华丽诗篇，成为近年来极为成功的优秀文艺“作品”，引起了全社会的巨大反响。犹如习近平总书记所言：“社会主义文艺，就是人民的文艺。”

其次，坚守“人民”的核心主题。文艺工作者坚守“人民”为主体的创作方向，一是要与“人民”心连心，一是要在“作品”中反映“人民”的心声。这既是文艺工作者的职责，也是文艺工作者“党性”修养的最好体现。长篇小说《创业史》是一部在中国文学史上具有里程碑意义的文学巨著。他的作者柳青为了创作这部作品，曾经在陕西的皇甫村蹲点14年，与广大的基层干群同吃、同住、同劳动，真实地彰显了作者“扎根人民、扎根生活”的意志禀赋。透过其“作品”，柳青所锤炼的伟大精神品格告诉人们，一个心中装着“人民”的作家，一定是一位人民满意的文艺工作者，也一定能够创作出为时代所需要的文艺作品。读其“作品”就能让人真切地感受到作者对“人民”充满了热爱，始终将自己的人生创作融入时代前行的洪流中和中国革命事业的伟大实践之中。由此我们可以认识到，坚守“人民”为核心的创作主题，扎根人民、扎根生活，就必须对“人民”爱得真切、爱得彻底、爱得持久，欢乐着人民的欢乐，忧患着人民的忧患。既要有现实主义精神，也须具备浪漫主义情怀，在生活中甘当“人民”的“孺子牛”，在作品中点燃“人民”的“指路灯”。这就是说文艺作品要反映好人民的心声，就要坚持为人民服务、为社会主义服务这个根本方向，这既是中国共产党对文艺战线的基本要求，更是文艺工作者的行为准绳，决定着中国文艺事业前途命运的关键。坚定"人民"为核心的创作方向，在行动上准则明确，在理论上指导清晰，在"作品"中就要爱憎分明、表里如一，让"人民"为主题的"作品"为"人民"所喜闻乐见。

再次，弘扬时代主旋律。文艺是时代前进的号角，最能代表一个时代的风貌，最能引领一个时代的风气。针对党内外存在的贪污腐败、以权谋私等不良现象，如何在文艺作品中体现党的执政为民思想，对腐败实行零容忍的高压姿态，引导党员干部树立正确的人生观、价值观和高尚的道德情操是文艺工作者义不容辞的重任。通过文艺作品倡导人们具有爱国主义、集体主义和社会主义情怀是当前文艺战线的主旋律，为此，弘扬时代主旋律的文艺作品就是文艺工作者对国家、社会和党的贡献。京剧、晋剧《廉吏于成龙》就是这样一部优秀的文艺作品。于成龙生活于清代康熙年间，是一位真实的历史人物。清代康熙治国之时素有"康熙盛世"之称，尽管如此，腐败还是不时发生。康熙任用于成龙主政福建，他不负期望成为"天下第一廉吏"。历史是面镜子，借鉴优秀的历史人物进行文艺再创造，是彰显优秀历史文化涵养社会主义核心价值观和弘扬时代主旋律的重要支撑。借助文艺作品让人们清晰地知道，为官"清廉"是第一要务，只有"清廉、实干"，造福于民方可名垂青史。同时，此剧还可以教育人们，在中华民族的伟大进程中，五千年灿烂的文明积淀了中华民族最深沉的精神追求，包含着中华民族最根本的精神基因，代表了中华民族独特的精神标识，是中华民族最宝贵的精神财富。用好、用足这笔精神财富不仅有利于当前，也能更好地造福子孙万代。

当然，文艺作品坚守"人民"的创作主题不仅仅体现在上述的电视剧、长篇小说和戏剧之中，一切有利于时代发展的文艺形式都是可以"百花齐放百家争鸣"的。就如新中国成立之初的著名画家齐白石，他笔下的"花草、鸟虫"深深地凝聚了全国人民建设繁荣富强的国家的美好愿望，被授予了"人民美术家"的美誉，由此，美术等其他艺术形式同样可以为弘扬时代主旋律去施展艺术魅力。文艺事业是党和人民的重要事业，文艺战线是党和人民的重要战线。始终坚持"人民"的创作主题，优秀的文艺作品便能"百花齐放"，"推动文艺繁荣发展，要牢固树立马克思主义文艺观，始终坚持以人民为中心的创作导向，生产出无愧于我们这个伟大民族、伟大时代的优秀作品"[①]。

---

① 中共中央宣传部：《习近平总书记系列重要讲话读本》，学习出版社、人民出版社 2016 年版，第 197 页。

二、理论上不彻底，就难以服人

如何看待文艺“作品”可谓仁者见仁、智者见智，但从学术的角度来看理论的研究和提炼是升华“作品”的重要举措。当文艺作品完成了创作的初始阶段之后，随即面临着的是如何释读、如何理解、怎样审美定位。从普通读者的角度“好看、很美”是最简单、最质朴的评价，但从文艺发展的规律和学术研究的体系去解读就需要开展符合学术规律的提炼，这既是为“作品”的释读把脉，也是为未来的创作做理论上的铺垫，因而就有“理论上不彻底，就难以服人”的至理名言。当然，这个观点只是以学术研究做考量的。在理论研究、提炼之前，“作品”的释读是基础，从释读中即可解读“作品”的真实内涵，也可以探索同一素材其艺术表现的最佳方式，或者说是适应不同层次“人民”的审美需求。路遥是当代一位著名的作家，他的长篇小说代表作《平凡的世界》自1988年诞生之后，在文学界产生了巨大的影响，由此奠定了其杰出的文学地位，虽然其英年早逝，依然获得了人们崇高的评价。著名作家贾平凹曾言：“他是一位优秀的作家，他是一位优秀的政治家，他是一个气势磅礴的人。但他是夸父，倒在干涸的路上，他的文学就像火一样燃出炙人的灿烂的火焰。”《平凡的世界》这样一部优秀的“作品”，长达百万字，普通的读者难以理解，也无法释读。2015年，当电视剧《平凡的世界》推出之后，迅速热播。一时间，社会各界观看电视剧《平凡的世界》成了街头巷尾的热议。电视剧版的《平凡的世界》，通俗易懂，让人们清晰地知晓“人只有不断改变生存观念，在苦难的磨砺中向上向善才有价值，相信生活，相信平凡，相信青春的奋斗，相信精神的引领，相信爱”。同样的素材，共同的主题，不同的文艺表现方式，营造了最佳的传播途径。这就是艺术的魅力。“必须充分尊重艺术规律，不断提高审美能力，找到传播的最佳方式和最佳途径。”①

当文艺作品的释读产生不同的艺术效果和社会效益之后，对“作品”的理论研究就显得十分迫切。通过理论研究，我们要提炼文艺创作的基本方式和文艺表达的最佳途径，进一步提升理论研究的学术价值，真正达到“理论上不彻底，就难以服人”的最佳效果。先进的理论不仅可以指引文艺作品的创作，也可以提升文艺作品的审美，揭示文艺创作的规律，既能更好地服务

---

① 蔡赴朝：《把创作生产优秀作品作为文艺工作的中心环节——学校习近平总书记在文艺工作座谈会上的重要讲话》，《求实》2014年第22期，第21页。

于文艺创作，也能为时代文明的进步贡献力量。“历史告诉我们，没有先进理论的指导，没有先进理论武装起来的政党的领导，没有先进政党顺应历史潮流、勇担历史责任、勇于作出巨大牺牲，中国人民就无法打败压在自己头上的各种反动派，中华民族就无法改变被压迫、被奴役的命运，我们的国家就无法团结统一，在社会主义道路上走向繁荣富强。”①

三、传承、弘扬、发展、包容有机统一

《党章》指出：“弘扬民族优秀传统文化，繁荣和发展社会主义文化”，这一具体的努力方向虽然是面向全体党员的，但作为党员中的文艺工作者更应该把它作为自己终生奋斗的目标。切时做好“弘扬民族优秀传统文化，繁荣和发展社会主义文化”，必须将中国文化的传承、弘扬、发展、包容有机统一并合力推进。

传承优秀的传统文化一是要在认识上高度统一。习近平总书记在纪念孔子诞生2565年国际学术研讨会上曾经指出：“正确对待不同国家和民族的文明，正确对待传统文化和现实文化，是我们必须把握好的一个重大课题。”“应该科学地对待民族传统文化，科学地对待世界各国文化，用人类创作的一切优秀思想文化成果武装自己。”习总书记的讲话是我们认识传统文化的总的纲领，在这一总的纲领指导下，必须把握好文化的本质和特性，明确文化的主体和责任。毋庸置疑，这个主体就是我们的文艺工作者。明确了主体，统一了认识，现实中更具体的工作就是“作品”。

二是在作品的优劣上要是非分明。中国五千年的文明内蓄于无数的“作品”之中，有文学作品也有艺术作品。对待传统文化中的“作品”最主要的视野要立足于“去粗取精、去伪存真，剔除糟粕、用其精华”，要用科学的手段、客观的态度将传统文化的优秀“作品”提炼出来，融合到时代发展所需的文化之中并将“作品”解读的标准厘定清晰。

三是在作品的解读上要准确定位。如何界定优秀的“作品”，主观上要以党性原则作保障。在科学的学术研究前提下，对优秀的文艺“作品”清晰地定位并形成新的符合时代发展诉求的“作品”。要使“作品”后的“作品”深入浅出、通俗易懂并具有独特的学术厚重，将大众化阅读与精英类释读合理布局，满足社会不同层次的需求。同时，对世界各民族优秀的文艺“作品”也必须采用科学的态度，借鉴融合，为我所用，促进发展。

① 习近平：《在庆祝中国共产党成立95周年大会上的讲话》，《江淮》2016年第7期，第7页。

弘扬突出什么主题，“时代精神”当然是最为核心的。在时代精神的主题下，先进人物是主体，主体的先进人物是文艺“作品”主要素材，通过素材的提炼、加工、创作形成文艺作品是我们文艺工作者的职责。重庆有一个“老马工作室”，他的负责人是一位信访干部，名字叫马善祥。他在基层信访工作一线工作了 26 年，他创设的“老马工作室”为群众调解处理矛盾纠纷 2000 余件，被干部群众称为“最亲的人”。马善祥的工作经验一是对群众感情上“亲”；二是工作态度上“诚”；三是落实处理上“勤”。就这简单的三个字，伴随了马善祥信访工作的全部，成就了他“时代精神的体现者、群众利益的维护者”，这样的优秀典型就是“作品”的最好素材。有了好的素材如何创作成优秀的文艺作品，就需要文艺工作者站在党性的立场上、探索不同的艺术表现方向，准确定位“作品”的艺术形式，实现最好的呈现效果。

传承和弘扬是为了更好的发展，发展表现于文化中，文艺作品是最好的代言。当“与时俱进”成为我国治国理念的重要内容时，发展又赋予了其新的内涵。文艺工作者为发展最能贡献自己才华和智慧的便是“作品”，“作品”中既能传承优秀文化、弘扬时代精神又具有“与时俱进”理念的便是发展的杰作。电影《黄克功案件》是具有代表性的发展“作品”。“黄克功案件”对于中国共产党人来说是个血的教训，虽然已成为历史记忆，但当它于 2015 年以电影的艺术形式呈现在世人面前时，既具有深刻的历史反思，也内含对今人尤其是共产党人的警醒。1937 年的黄克功已是我党的一名高级干部，他所处的那个时期则是共产党的特殊时期。在艰难困苦的延安岁月中，黄克功因求婚不成便不顾党纪国法枪杀进步女学生，反映出我党的个别高级干部法纪观念淡薄现象的滋生蔓延。为了纯净“法律面前人人平等”的法制环境，黄克功受到了严肃惩处。这部电影诞生于“依法治国”顶层设计的新形势下，公映于国家“宪法日”的当天，彰显了我党一贯倡导的“治党从严，惩一儆众”的治党理念和中央“没有铁打的纪律就没有铁打的江山”的坚定信心。创作者清晰告诉人们“历史是今天的镜子，电影是反映历史的镜子”。通过电影“作品”引导文化发展，弘扬传统文化精神，传承治党经验，正是“依法治国”理念所迫切需要的“法治精神”。

当我们对传统思维下的“作品”如何传承、弘扬、发展进行深入思考时，新的形势下文化的新业态在不断涌现，快速发展的互联网是主要推手。互联网时代，网络文艺作品、文艺批评成了不可或缺的文艺新风景。由此我们迎来了文化的“互联网+”时代。“在互联网背景下，这种创作模式发生了重大变化，包括网络文学网站、视频网站、音乐网站、自媒体网站等在内的互联网平台的出现，为大量不同年龄、不同职业的文艺爱好者提供了创作和发表作品的不同机会，他们拍摄影视作品，演奏自己的音乐，发表自己的小说诗歌，在互联网上，'用户生产内容'在数量上已经远远超过了'专业生产内容'。"① 面对日新月异的"互联网+"时代，文艺工作者不可能回避与排斥，也无法回避与排斥，最理性的态度是"包容"。在"互联网+"业态中的文艺"作品"，在廓清良莠的同时，引导其政治方向、价值导向和审美旨趣，只要是不违背社会主义核心价值观主题的文艺作品应该给予鼓励和肯定。尤其党员文艺工作者要积极参与到"互联网+"的文艺创作、批评之中，与其共同健康成长，促进其文艺作品成为社会主义文化的一部分并发挥其应有的积极作用。

当然，当我们面对文艺作品的传承、弘扬、发展诸多课题时，文艺工作的事务性管理就显得日益繁杂，仅仅面对管理队伍中的"人"和文艺创作的文艺"作品"是远远不够的。必须设定底线，必须在《党章》的统一引领之下，制定切实可行的法规制度，逐步引导文艺工作者的思想培育、作风养成，让"党性"贯穿于"作品"创作、弘扬等过程，使其成为新的"常态"，充分发挥其在社会主义建设和中华民族伟大复兴中的独特作用。

结语

自中国共产党成立以来，广大的文艺工作者，围绕"作品"创作、研究、弘扬、发展取得了众多业绩，特别是改革开放的近四十年来，文艺创作呈现出春天般的喜人景象，产生了大量脍炙人口的文艺作品。但我们必须清晰地看到，在文艺创作上的"有数量缺质量"、在文艺业态上的"有'高原'缺'高峰'"、在创作态度上的"抄袭模仿、千篇一律"、在指导思想上的"低俗、庸俗、媚俗三俗现象"等诸多问题依然不同程度地存在，解决好上述问题，引导广大文艺工作者进一步优化文艺"作品"，需要持续关注以下问题：

其一，理论指导与实践探索问题。在文艺发展中，如果说"作品"创作较为烦琐，那么"作品"的理论研究更为枯燥。在理论研究的过程中，首先要读懂"作品"。读懂"作品"不仅仅需要知识、阅历的长期积累，耐心细致的工作态度、责任心尤为重要。因而说理论研究是"心细而静心"的工作。同时，理论研究在当前的回报与创作有一定的比例失调，不仅是回报较低，社会的认知度也不是很高，原因是多方面的。由此，在理论研究中失实现象不同程度地存在。如果再列入"仁者见仁智者见智"的若干学识因素，理论

① 尹鸿：《"互联网+"背景下的文艺生态》，《人民日报》2016年8月16日，第23版。

研究面临的困境将会不同程度地长期存在。在理论研究的同时，针对“作品”的文艺批评也出现了诸多不利的影响因素，造成“批评的危机”。不愿说真话、见风使舵、见利妄为等非正常现象都会误导文艺批评，极大地影响文艺创作的导向。因此，“作品”的理论研究与实践探索是一个文艺界绕不开的“课题”，需引起长期的关注并需切实创新解决之良策。

其二，当前与长远的问题。一个时代有一个时代的精神风貌，但“人无远虑必有近忧”，如何处理好文艺“作品”的时代性问题，立足当前是必需的，然而长远的文化影响一定要有清晰的定位。否则，“鼠目寸光”是难以营造繁荣的文化景致的。在文艺发展的历史长河中，当下是“亮眼点”、长远是“生命线”，点、线的和谐统一方可铸就文艺发展永恒的春天。

其三，中国和世界的问题。创新是一个民族活力的保障，文艺“作品”也是如此。创新如何实现，非朝日可行，需持久坚守。在文艺“作品”的创新过程中，仅仅继承优秀的文化基因还是远远不够的，世界变化日新月异，借鉴世界各民族优秀的文艺素养为我所用，融合中华民族和世界各族人民的聪明才智是文艺创新的优选之路。这就是说，文艺发展过程中必须要解决好“中国和世界的问题”。解决好这一问题，需要我们的文艺工作者具有高尚的境界。“境界，是一个人在精神方面的高度，反映着一个人生命的品质和价值。”“对共产党人来说，衡量境界高低的主要因素是利他性，是为公众着想之心。”[①] 文艺“作品”是为“人民”服务，文艺又是无国界的，服务于中国“人民”的同时也能造福于世界“人民”就是我们文艺工作者的最高“境界”。

其四，党内和党外的问题。在文艺活动中，我们一向提倡党内严肃、党外包容。尽管中国共产党已经达到 8800 万之巨，但相对于中国“人民”、世界“人民”来说还是少数。但中国共产党是执政党、是领导中华民族前进的核心力量，因此在文艺“作品”中依然要体现“党内讲原则，党外更多的是共识”。也就是说我们的文艺“作品”要求文艺工作者在恪守党性原则的前提下，需要更好地服务于广大的党外“人民”。有机地统一好“党内和党外的问题”同样是文艺“作品”必须考量的重中之重的问题。

总之，文艺工作者的党性修养要紧紧围绕文艺“作品”去践行，在“作品”创作中坚守底线、在理论研究中提炼升华、在文化业态上鼓励创新，充分彰显“作品”在时代文化振兴和繁荣中的应有风貌，将创作、研究、弘扬优秀文艺“作品”作为衡量文艺工作者“党性”原则的重要圭臬，为中华民族的伟大复兴提供有力支撑。

---

① 林治波：《说境界》，《人民论坛·2007 年卷》，红旗出版社 2008 年版，第 139 页。

参考文献：

[1] 宗白华．美学散步［M］．上海：上海人民出版社，1981.

[2] 饶宗颐．饶宗颐史学论著选［M］．上海：上海古籍出版社，1993.

[3] 徐复观．中国艺术精神［M］．上海：华东师范大学出版社，2001.

[4]［德］黑格尔．历史哲学［M］．上海：上海书店出版社，2003.

[5] 人民日报理论部．人民论坛·2007 年卷［M］．北京：红旗出版社，2008.

[6] 叶朗．美学原理［M］．北京：北京大学出版社，2009.

[7] 王一川．艺术学原理［M］．北京：北京师范大学出版社，2011.

[8] 中共中央宣传部．习近平总书记系列重要讲话读本［M］．北京：学习出版社、人民出版社，2016.

参考资料：

《求是》《人民日报》《江淮》《北京大学学报·哲学社会科学版》等。

（作者单位：安徽省马鞍山市文联）

戏曲文学的剧场性

●王长安

我一直有一个奇葩的看法，认为中国京剧最大的短板在戏曲文学的不给力。它创造了演员时代，创造了“四功五法”，创造了几近完美的中国戏剧表演体制，把传统的写意美学发挥到了极致。以致使人觉得京剧完全可以摆脱对戏曲文学的依赖，只要有演员的出色表演就够了。殊不知，就整个戏剧而言，表演更多地属于技术层面，是一种工具，一种散碎和自为状态，须有文学进行整合、梳理并赋予新意。以中国京剧那么一门精致、完美、高峰属性的舞台艺术样式而言，断不该仅红火百余年就风光难续的。这其中有意无意的戏曲文学意识的淡化或者说戏曲文学的边缘化正是其病痛所在。即便只由剧场性出发，戏曲文学的艺术地位也应得到足够重视。戏曲文学对于戏曲的剧场性应该也是可以大有作为的。

我曾经在做古今戏曲观念探索的时候，把中国戏曲的感性和理性美学原则分别定位为“传奇性”“技巧性”“谐谑性”和“向善原则”“慰情原则”“风教原则”。这二者正是戏曲文学从形态到精神的二维结构，如果加上自身的文学性要求即为三维。大体如李渔所说：“情事不奇不传，文词不警拔不传”，“不轨乎正道，无益于劝惩……亦终不传”。

一、道德法庭：为弱者代言

剧场是大众的课堂，更是大众的公堂。千百年来，中国普通百姓基本就是从这里获得做人做事的道理和一般社会知识，形成自己的人格构架的。但是，仅有“课堂”是不够的，百姓们还需要在剧场中共同体验一种惩恶扬善的快感，验证自己的道德判断，以坚定他们为善、向善的决心和信心。戏曲演出一触及这样的命题就会获得强烈的剧场性。这也是中国戏曲自有可见的戏曲文学作品以来贯穿始终且久演不衰的题材领域。无论是《永乐大典戏文三种》，还是南戏四大本之“荆刘拜杀”；也无论是肇始于元杂剧的包拯系列，还是泛滥于包括京剧在内的花部地方戏的“负心汉”“不孝子”“恶媳妇”“刁婆婆”系列，都不同程度地体现了戏曲文学对大众评判欲望的积极满足。也正由此，中国戏曲从一开始就与观众建立了同呼吸共命运的观演关系，成为真正意义上为大众的戏剧。

我至今不能忘怀当年传统戏解禁，庐剧《秦香莲》在合肥连演三个月，不仅市民半夜排队买票，郊县的农民也开着拖拉机潮水般地涌来看戏的盛况。这里不排除有对解放（传统戏）的欢呼和拥戴，但我以为更多的则是对长期以来未能宣泄的对是非善恶的评判欲望的喷涌与释放。人们更多的不是要去欣赏唱腔、观看表演，而是争取对一种社会现象的无声发言，表达他们的情感取向。有一次演出中，竟有观众当场高呼“向包公学习”的口号，可见人们对法治、对公平、对善恶公判的渴望。相比之下，弱者更需要公平和秩序，普通百姓更渴望法制和正义，因为只有法制与正义能给他们安全和保障，只有公平和秩序能给他们机会和利益。通常在人满为患的拥挤混乱场合，呼喊“不要加塞”最多的都是老弱妇幼和力不如人的弱者。因为拥挤和加塞最大的受害者就是他们，所以他们也就比身强力壮者更需要秩序。此时如果有人出头管理，或者惩罚了加塞者，他们就会倍感欣慰。戏曲是社会公平正义的建设者，戏曲文学若能关顾社会大众扬善抑恶的心理需求，为弱者代言，戏曲的剧场性就会大大增强。

当前，一个十分常见的现象是：能遇见问题的人一般都解决不了问题；能解决问题的人又通常很难遇见问题。比如看病难、看病贵，一般患者是无从解决的，而一些决策者又大都有较好的医疗待遇，通常不会遇到普通人的困难。我们如果能把这些通过戏曲文学予以适当反映，或许可以促进问题的解决。小说《人到中年》对中年知识分子工作和生活压力的恰当反映，不就最终引起了全社会对中年知识分子群体的关注和帮助吗？

二、情感天地：为人性作证

剧场是情感张扬的天地，也是验证和托付情感的场所。中国老百姓常以“哭”来评价一出戏的好坏。是否哭，哭到什么程度，往往成为戏之成功与否、成功烈度几何的标志之一。常言说，“人不伤心不掉泪”。哭是心灵接受逆向触动的结果。一旦遭遇这种触动，心灵受到炙灼，纵是泪不轻弹的铁男儿也要泪滴千行。这是人性，是善良与同情的本能。

高明在《琵琶记》开场词中说“论传奇，乐人易，动人难”，其意是要求戏曲文学应当不止于“乐人”，而要攀登“动人”之境。如何“动人”？徐渭认为：“无他，摹情弥真则动人弥易，传之亦弥远。”由此可见，高明所说的“动人难”，难就难在“摹情弥真”上。戏曲文学要写出人的真情实感诚非易事。高明为此作了努力，他收获了成功。按照徐渭的说法，《琵琶记》的“《食糠》、《尝药》、《筑坟》、《写真》诸作，从人心流出……最不可到”。所以，这出戏打动了观众，满足了观众的人性需求，成为南戏的代表作且流传至今。徐渭由此也告诉我们，只要写出了真情实感（摹情弥真），“动人”也是不难做到的。

优秀的戏曲文学，大都十分注重“摹情弥真”，在情感上做足功夫。《牡丹亭》“情不知所起，一往而深，生者可以死，死可以生”的“至情”；《西厢记》“有情人终成眷属”的“真情”；《赵氏孤儿》“慷慨赴死”的侠情；《孟姜女》“哭倒长城”的“悲情”；《天仙配》“天上人间心一条”的“纯情”；《梁祝》“化蝶”的“诗情”；《徽州女人》“等待”的痴情以及《挑山女人》“艰难挑山”的“苦情”；《白蛇传》“为爱而付出”的“柔情”等，都是既写出了人物的独特情感，又代表了观众审美的共同经验，表达了作家对大众情感取向的认知与尊重。从而，使观众人性中向往美好情感的愿望得到宣泄；爱美、向善、慈悲、温柔的本能得到验证。不仅如此，在戏曲文学中，即便是塑造“响当当的一粒铜豌豆”那般铁血情感、钢肠傲骨，也是大众人性构架中的一个固有组成部分，同样是观众所需要和期待的。只不过戏曲审美更多的是要追求“怜悯与同情”，过于强悍刚烈的情感类型容易拒斥观众的同情欲。正所谓“不知心大小，容得许多怜”。当今的戏曲文学之所以乏善可陈，症结就在只说理，不说情；只讲表达，不讲感动；只走场面，不走内心；天马行空，不接地气；不是无情，便是矫情……面对这样的戏曲文学，表演再好也无力回天。舞台应是情感的天地，而非说教的讲台，更不是作家玩自我的包厢。

就在本文杀青的时候，传来美国科学家通过实验证实了爱因斯坦百年前预言的宇宙“引力波”真实存在的消息。由此，我们的世界观将发生重大调整。宇宙中永恒的是精神，爱超越每一个存在和任何存在。我们应当更有理由去构建舞台上情的天地。

三、智慧沙龙：给大脑加餐

看戏还是一个领略智慧的过程。戏曲文学应当包含足够的智慧以给受众的大脑加餐，这也是戏曲剧场性的重要来源之一。

就戏曲文学而言，其智慧表达主要有三个层面，分别为体现在结构中的情节智慧、体现在角色上的人物智慧和体现在文辞上的语言智慧。当然，这些均需由作家智慧来完成。

先说说情节智慧。我们常说戏要“抓人”，要“情理之中，意料之外”，这实际上是对观众看戏经验的挑战。让观众不容易发现剧情走向，更想象不出接下来的情节是什么。情节中深埋着发现智慧的奇谲和快感。如莎士比亚喜剧《威尼斯商人》，当夏洛克拒不接受一切调解，执意要依约从安东尼奥身上割下一磅肉时，观众怎么也不会想到女扮男装的鲍西娅会做出“允许割肉但不许带血”的判决。因为借约上只说割一磅肉，没说可以取血，否则，他的财产就全部充公。这一智慧的情节使剧情发生陡转，一场严重的危机顷刻化为乌有。观众由此获得观剧的快感，增强了演出的吸附力。

再说说人物智慧。情节智慧虽是戏曲文学结构的重要桥段，但其往往与人物智慧密不可分。因为情节是性格成长的历史，是人物行为的现实状态。所以，要想使冲突更具特色、人物更具亲和力和可辨识性，戏曲文学应当努力显现人物智慧。元杂剧《灰阑记》，在亲子鉴定尚无科学手段的情况下，让包拯把有争议的孩子置于灰阑之中，任一真一假两位“母亲”去争夺。并且言明，谁把孩子夺到手，孩子就归谁。结果，真母亲因害怕孩子在争夺中受伤而不忍出手，假母亲毫无忌惮，成为赢家。岂料，正中包拯圈套。包拯借此判断出谁才是孩子的真正母亲！使观众解颐、折服，油生敬意。再如黄梅戏《女驸马》，剧中女扮男装、考取状元的冯素珍被误招驸马入了洞房，在与倍感委屈的公主对话中，她智慧地坦陈利弊，即“一对红妆怎配婚”和“公主倘若杀了我，岂不成了未亡人?”逻辑严密，遂令公主陷入“杀也杀不得，留也留不得”两难之境。只好完全由冯素珍占据主动，听凭她的安排，依她的“道理”行事。最终导演了一幕既解了自己的危机，又救了身陷囹圄的夫君，还顾了皇家嫁女的体面的各得其所的大喜剧。人物的智慧，最大限度地获得了观众的认可、钦敬，提升了看戏的快感。

最后是语言智慧。这更多地表现为作家智慧。它不仅体现为修辞造句的机巧、别致，而且表现在作家借人物之口说出“人人心中都有，个个笔下皆无”格言警语。尽管作家智慧渗透在戏曲文学创作的各方面，但这些格言警语是提升戏曲的文学等级、实现剧场认同的重要表征。例如，一部《沙家浜》最引人兴味的是阿庆嫂与刁德一、胡传魁周旋的那段三人对唱。阿庆嫂的通篇唱词显现着极高的语言智慧，令刁德一节节败退，不得不为其“说出话来滴水不漏”的智慧而折服。那一句“人一走茶就凉”成为超越剧情的经典，帮助人们更深刻地认知世界。此外，如《窦娥冤》“地也，你不分好歹何为地？天也，你错勘贤愚枉做天”、《西厢记》“愿普天下有情的都成了眷属”、《红灯记》“穷人的孩子早当家”、《智取威虎山》“天下事难不倒共产党员”、《唐知县审诰命》“当官不为民做主，不如回家卖红薯”等，都是既能照亮作品，又能照亮世界、照亮人生，与观众和鸣共振的智慧语言。

还有一种语言智慧体现为作家的学识涵养，亦是提升观众观剧热情的重要部分，使观众借此进入某种知识领域。如黄梅戏《夫妻观灯》，当夫妻看到“周朝灯”“三国灯”时，妻子便解说道：“周文王去访贤，无稽带路在河边。姜子牙坐车辇，臣坐车君背辇。愿保周朝八百年。”“驾坐西川刘备灯，默想荆州关公灯，喝断坝桥张飞灯，怀抱阿斗子龙灯，神机妙算孔明灯。”这些无疑是在给大众普及历史知识，为大脑加餐，使观众在看戏中受益。此外还有饱含高超修辞技巧的唱词和语言，如《西厢记》“碧云天、黄花地”、《牡丹亭》“袅晴丝吹来闲庭院”等，也都彰显着作家的语言智慧，使作品成为文学经典。

一部好的戏曲文学作品，一定要撩起观众的学习欲，以放大观剧效果，增强剧场的号召力。

四、时尚橱窗：给生活示范

戏曲文学还应是各种世风的前沿，时尚的橱窗。作家应有超常的敏感，把握时代的脉搏，得风气之先。戏曲文学虽不是新闻，但一定要新鲜或者新奇。当今戏曲演出之不受待见，于文学上的不足就是缺少新奇。总是老生活、老人物、老思想，“帝王将相”“才子佳人”至今仍是戏曲舞台的主体。

戏曲要获得剧场性，就必须追随时代、引领时尚，哪怕是古代题材也要包含当代元素，以期首先在文学层面实现戏曲与时代以及观众审美需求的同步。古人在这方面的作为值得我们学习，“优孟”的装扮表演解决的是当时的现实问题；“踏摇娘”表达的是普遍存在的女性苦难；南戏“祖杰传奇”更是直接反映了当时社会的司法弊端；《西厢记》在父母之命、媒妁之言作为婚姻通行法则的时代，发出了“有情人终成眷属”的祈祷；黄梅戏传统小戏《打烟灯》、《恨小脚》直接配合了清末民初禁烟和天足运动；《天仙配》则很好地配合了我国第一部《婚姻法》的颁布，打出了自由恋爱、自主婚嫁的时尚大旗，并且还弘扬了不羡门第财富、只爱勤劳善良的时尚择偶观，影响了几代人。这些，都是戏曲文学对现实的关注、对生活追随，走在了时代的前沿。从而，赢得了演出内容的新鲜和思想品格的时尚。因为说的是眼前事、身边事，所以才最大限度地调动了观众的审美热情。通过关注社会，赢得了社会关注，延展了剧场性。

舞台上的褒奖弘扬，成为观众在生活中尤其是面对新生活、新变革效仿学习的榜样。舞台上的批评贬抑，也会让观众警惕自己和身边发生的类似行为，从而为转变观念、移风易俗、改良社会提供帮助。

五、快乐超市：为心灵减压

俗话说，“要想欢，上戏班”。观众看戏，在很大程度上是为了寻求精神愉悦，排遣身心压力。为此，戏曲文学还应努力营造喜悦情境。这也是为什么由传统戏沉淀下来的折子戏多为喜剧片段的原因所在。这并不是要求戏曲作家都去写喜剧，而是要求作家的创作要有快乐意识。就戏曲文学来说，至少可做三方面的考虑。

一是即使写悲剧也要有喜剧桥段。这不仅是“对比”“衬托”的需要，更是审美快乐的要求。众所周知，黄梅戏《天仙配》是一出爱情悲剧，但其“路遇”一场，就是不折不扣的喜剧段落。观众对这出戏的喜欢，多半是由这场戏奠定的。

二是即使是沉重话题也要写得轻松。李渔说：“凡读传奇而有令人费解，或初阅不见其佳，深思而后得其意之所在者，便非绝妙好词。”现代京剧《痛说革命家史》本来是一个李玉和被捕、李奶奶向李铁梅说出家庭由来真相的悲愤话题，既名“痛说”，可见其悲痛之主调。然而，面对这样沉重的话题，编剧适时推出了“你姓陈，我姓李，你爹他姓张”的“祖孙三代本不是一家人”的戏剧性话题表达方式，并借此对“家史”做了传奇性包装，遂使接下来的“痛说”稀释了“痛”感，浓化了兴味，获得了“轻松”。这一场戏也随之成为观众们爱看、演员爱演的经典性段落。

三是即使是正面角色也要有丑角气质。梨园有句老话，叫“唱戏要唱丑，走遍天下有朋友”，说的就是丑角的亲和力。“丑”因为能在舞台上给观众带来欢乐，提升剧场性，因此也更受大众的喜爱。一些影响广泛的剧目，如《徐九经升官记》《唐知县审诰命》等本就以丑角为主人公的戏，其“人气”自不待言。戏曲文学为着剧场性的最大化，应当尽可能为“丑”提供足够的展示空间。即便某些作品中没有或不能直接安排丑行，也应努力使正面角色带有丑角气质。如梁山伯本是小生、正生，但在“十八相送”时，那“呆头鹅”的表现就有丑角意味，令观众直呼过瘾。这里所说的丑角气质其实就是人物的亲和性，从而满足观众追寻愉悦、获得减压的心理需求。依李渔的说法：“作传奇者，全要善驱睡魔。科诨乃看戏之人参汤也。”

（作者系安徽省戏剧家协会主席）

回到中国，回到传统
——乡愁的文学解读

●潘小平

习近平关于文艺工作的讲话精神，并不只是集中体现在文艺工作座谈会的讲话之中，他还在多种场合强调，要努力展示中华文化独特魅力，树立文化自信。在纪念孔子诞辰2565周年国际学术研讨会开幕式上，他指出“中国人民的理想和奋斗，中国人民的价值观和精神世界，是始终深深植根于中国优秀传统文化沃土之中的”，“中国优秀传统思想文化体现着中华民族世世代代在生产生活中形成和传承的世界观、人生观、价值观、审美观”，而“其中最核心的内容已经成为中华民族最基本的文化基因”。其他诸如“抛弃传统、丢掉根本，就等于割断了自己的精神命脉”，“中华文化积淀着中华民族最深沉的精神追求，是中华民族生生不息、发展壮大的丰厚滋养”等，虽不在文艺座谈会讲话的范畴之内，但同样表达了他对中国传统文化与现实关系的看法和理解，同样可以看作是针对文艺工作所做的讲话。在2013年12月召开的中央城镇化工作会议上，习近平更是以“要依托现有山水脉络等独特风光，让城市融入大自然，让居民望得见山、看得见水、记得住乡愁”这句诗化语言，表达了他对中国城市化进程的理解，由此引发了社会各界对“乡愁”文化内涵的深度解读。而我个人则更倾向于从审美的层面上，解读“乡愁”对于文学的意义，以及在现代语境下，古老的“乡愁”应该如何表达和呈现。

一、“乡愁”是中华民族对于世界文学的独特贡献

每一个伟大的民族，对世界文学都有自己独特的贡献：俄罗斯因幅员辽阔，横跨欧亚大陆，为世界文学贡献了巨大的贵族式悲悯和波澜壮阔的美感；

法国文学因是摧枯拉朽的法国大革命催生的产物，充满了大革命的激情和憧憬，从而形成了浪漫主义的文学品格；18世纪至21世纪，批判现实主义作为英国小说的优秀传统，一直是主导英国小说创作的主流；而中华民族对于世界文学的独特贡献，则可用“乡愁”二字来概括。中华文明绵延数千年，发展出了独特的价值体系和审美体系。李白的“举头望明月，低头思故乡”；崔颢的“日暮乡关何处是，烟波江上使人愁”；王安石的“春风又绿江南岸，明月何时照我还”；李益的“不知何处吹芦管，一夜征人尽望乡”；岑参的“故园东望路漫漫，双袖龙钟泪不干。马上相逢无纸笔，凭君传语报平安”等，不仅表达了悠悠不尽的思乡之情和漂泊之感，更表达了一种笼罩于具体思绪之上的对“故乡故土”的怀念。费孝通先生所谓“乡土中国”，理解了“乡土”二字，也就把握住了中国社会的根本要义。费先生认为，“中国社会的基层是乡土性的”，他因此将《乡土中国》一书的英文名译为“From the Soil”，直译即是“来自土地”。世界上没有任何一个民族，对“乡土”有如此深切的感情。因此中国人的“乡愁”，不单是对自己生活过的具体故乡、故土、故人、故物的不舍，更是对整个中国历史、整个文化传统的感念，是浓缩了的“故国时空”。它不仅是地理的，还是历史的；既是个人的，也是民族的；既是情感的，也是审美的；既是具体的思念和愁绪，也是一种无形的氛围或气息。它可以是抗战时期的嘉陵江、屈原的汨罗江，也可以是苏东坡的长江；可以是杜甫的江南、李白的江南，也可以是郁达夫的江南。这种乡愁，即是所谓的“文化乡愁”，代表了中国文人的一种历史归宿感和文化归属感。举世皆知，中国古典文学成就最高者在诗歌，而作为一种美学范畴，“乡愁”主要是由中国源远流长的诗歌传统所创造的。

二、与“乡愁”相关联的是“家国之思”和“家国情怀”

“乡愁”与乡土、母亲、家族、宗族紧密相连，进一步就发展出了“家国”的概念。所以与“乡愁”相关联的是“家国情怀”和“家国之思”，作为一种情感模式和政治范式，“家国”的概念为中国人所独有。

中国社会是“家国一体”“家国同构”的社会，所谓“家国同构”“家国一体”，即家庭、家族与国家在组织结构方面的共同性。孟子所谓“天下之本在国，国之本在家，家之本在身”；《大学》所谓“古之欲明明德于天下者，先治其国；欲治其国者，先齐其家；欲齐其家者，先修其身”，都是将个人、家庭和国家、社会连成一体，这种由个人而家庭、由家庭而社会、由社会而国家、由国家而天下的“家国同构”的社会传统，奠定了中国人修身、齐家、治国、平天下的道德理想和行为准则，也是中国人特有的社会价值逻辑。在家国同构的社会格局下，家是小国，国是大家，家族是家庭的扩展，国家则是家族的延伸。但中国人对家庭的眷恋，又不同于美国人引以为豪的“家庭观念”——后者更像是发达社会的一种生活方式，而“家庭”对于中国人来说，是一种宗教，或者说亲情对于中国人来说，是一种宗教。它是炎黄子孙“家国之思”产生的深刻根源，是中华民族的凝聚力所在，是包括文学在内的中国传统文化形成稳定品质和鲜明特色的核心元素。世界也渐渐理解，中国人的春节不是休假，也不是旅行和娱乐，而是一种植根于文化的朝圣，“爱家”就是“爱国”，“爱国”就是“爱家”，所以每当山河破碎、民族危难之时，爱国主义便成为“家国之思”的主旋律。中国史书万卷，字里行间无不是“家国”二字，而根植于这一文化土壤中的中国戏曲，其“家国同构”的文本情结，伴随着朝代易替和世事变迁，一代又一代地在中华大地上萦绕。

当然，相比较戏曲来说，诗歌尤盛，在中国古典诗歌中，“家国情怀”是诗人反复吟诵历久而弥新的主题。虽然，“思乡”的“愁絮”也常常出现在征戍徭役、游学游宦、经商远行的题材之中，但异族入侵、国破家亡的“黍离之痛”，总是来得更为深广，更为痛彻。在源远流长的文学传统中，《诗经》是“家国之思”的第一个高潮，《邶风·泉水》《卫风·河广》《王风·扬之水》《魏风·陟岵》《唐风·鸨羽》《桧风·匪风》《豳风·东山》等，以及《小雅》中的《四牡》《采薇》《出车》《黄鸟》《蓼莪》《北山》《小明》等，忧思和忧愤之作随处可见。尤其是《王风·黍离》与《鄘风·载驰》，前者抒写故国之思，后者抒发爱国之情，都是千古传诵的名篇。《黍离》一篇，堪称“悲宗悼国”的开山之作，“黍离”一词也成为故国残败的代名词。屈原更是将“家国之思”提升到追求生命意义和人格理想的高度，《招魂》《国殇》《哀郢》《抽思》《怀沙》《橘颂》诸篇，充满着强烈的爱国激情和伤时忧国的深情。《诗经》《楚辞》以不同的艺术养分，孕育出爱国主义文学的最初一批作品，屈原也以我国第一个伟大的爱国诗人的形象，屹立在中国文学的发源地。在中华民族几千年绵延发展的历史长河中，爱国主义始终是激励我国各族人民自强不息的强大力量，始终是文学作品中激昂的主旋律。

而在现代诗歌中，最典型的莫过于余光中的《乡愁》：“小时候，乡愁是一枚小小的邮票，我在这头，母亲在那头/长大后，乡愁是一张窄窄的船票，我在这头，新娘在那头/后来啊，乡愁是一方矮矮的坟墓，我在外头，母亲在里头/而现在，乡愁是一湾浅浅的海峡，我在这头，大陆在那头。”这是海外游子对“故乡故土”深情眷恋，婉转低回，如泣如诉，缠绵悱恻，哀而不伤。

三、“乡愁”的美学呈现是怨而不怒、哀而不伤

受儒家文化的影响，从《诗经》“昔我往矣，杨柳依依。今我来思，雨雪霏霏”开始，中国诗歌就开创了“怨而不怒”的传统，写景状物，抒怀言志，无不温婉含蓄，简达内敛。这就牵扯到中国诗歌美学中一个重要传统：乐而不淫，怨而不怒，哀而不伤。孔子认为诗歌有“兴、观、群、怨”四大功能，他肯定了“诗可以怨”即诗歌的“美刺”功能和社会批判性，但他更强调“诗教”，强调诗歌在规范人的思想、行为，维系家庭、国家和谐方面的作用，由此发展出“温柔敦厚、乐而不淫、哀而不伤、怨而不怒”的诗歌理论。他选编的诗歌，多为温文雅驯之作，少有剑拔弩张之辞，委婉曲折、细腻隽永，含蓄内敛。中国传统诗歌理论受孔子的影响极大，严羽的《沧浪诗话》认为诗有九品：曰高、曰古、曰深、曰远、曰长、曰雄浑、曰飘逸、曰悲壮、曰凄婉，无不与孔子最初主张的诗歌美学有关。中国历史上著名的诗人，就不必说了，就连新诗运动的重要人物，留学英美的徐志摩，其诗歌也深受中国古典诗歌的影响，呈现温柔敦厚的抒情风貌。其代表作《再别康桥》，将浓郁的离别化作缥缈的思绪，典型的中国意象和中国气派。正是从这一意义上，我们才说对于中国文人来说，“乡愁”不仅是一种情感，还是一种美学。

2014 年 3 月，习近平在柏林会见德国汉学家、孔子学院教师代表时指出，中华文化的核心是“和”文化，我们要在国际舞台上展示中华“和”文化之精髓，倡导世界不同文明的包容互鉴，促进世界各国“和平发展、和谐相处、合作共赢”。他这是在用“和”文化的理念，讲述中国故事、传播中国智慧，引领国际新秩序，构建人类命运共同体。中国特有的历史人文，发展出完全不同于西方的政治理念和社会理念，“和”或“合”在中国文化中，具有贯注性和覆盖性。我们的生命观是“天人合一”、社会观是“知行合一”、审美观是“情景合一”，中国人写景就是写情，写情就是写景，和西方人有很大不同。所以当“乡愁”以文学的形式呈现时，它弥漫、缭绕、惆怅，如丝如缕，如气如息，无所不在，挥之不去。“愁”字本身，就是因“秋”而生发的一种说不清道不明的感伤情绪。汉字符码是古文化核心密码（代码）的奇妙结晶，它简洁地描述自然场景、生活方式和事物逻辑，传递出古代文明的基本资讯。人们至今仍能从数千年前造字者的逻辑里，发现当下生活的相似面貌，由此产生跨越时空的愉悦，汉字就此维系了中国文明的自我延续性。因此有学者认为，汉字所包含的东方思维方式——具象、隐喻、象征和会意，是中国文化及其传承的核心。这种思维形态被熔铸在汉字里，令其成为种族灵魂的载

体，以及最重要的民族精神资源之一，其价值远在“四大发明”之上，应被视为中国人的第一发明。而“乡愁”自身也是一种象征、一个意象，代表着文明的记忆、流逝的岁月和生活中最柔软温存的部分。这也是中国传统诗学（美学）崇尚“哀而不伤、怨而不怒”含蓄温婉之美最深层的原因。

有学者认为，世界上有三个文化带，分别是以德国为代表的北部文化带、以中国为代表的中部文化带和以印度为代表的南部文化带。北部擅长制造，中部擅长情感，南部擅长精神。中国在知识尚未广泛传播的情况下，成功地维护了人与自然、人与人、人与社会之间的关系，从而形成了自己的文化擅长——情感，包括道德，这是农耕文明繁荣的结果。

四、乡愁是我们的文学基因

综上所述，“乡愁”不仅是一种文化记忆、一种文化认同和文化归属，从某种意义上说，乡愁还是我们的文学基因。台湾诗人余光中曾表示，对中国古典文学包括古典诗歌传统，对中华民族及其悠久博大的历史和文化，他数十年来无日或忘，始终怀有强烈而深沉的尊崇。他认为“要做一位中国作家，在文学史的修养上，必须对两个传统多少有些认识：诗经以来的古典文学是大传统，五四以来的新文学是小传统”，孤悬海外，远离故土，在这一点上，余光中当比大陆诗人的感受更为深切。新文化运动的一项重要后果，就是引发了现代性崇拜和革命狂想，它一方面确认文化在国民改造中的重大地位，一方面又希望通过“革命”式的清洁手段，一举扫除文化弊端，为政治制度转型奠定基础。它最初只是一场单纯的白话文对文言文的颠覆运动，最终却演变成一场激进的“文化革命”风暴。其结果是对中国传统文化进行彻底清算，造成文化和传统的断裂。近年来，学界不断有人提出重新认识“五四”，认为对中华文化传统的破坏，“五四”负有一定的历史责任。

但历史是不应该被割裂的，更何况中国文明是世界上唯一绵延5000年而没有湮灭也没有断裂的文明。面对绵延不断的历史长河，如何温故知新，彰往而察来？如何观成败、鉴是非、知兴替？历史观是一个根本性的问题。2013年1月5日，习近平主席在新进中央委员会的委员、候补委员学习贯彻党的十八大精神研讨班上提出，对绵延5000年的中华文化，我们应该多一份尊重，多一份思考。他引用古人的话说：“灭人之国，必先去其史”，因此我们要高度重视民族历史，重视民族文化传统，以历史的传承、文化的传承，构建一个厚重的中国。习近平引用的这段话，原文出自清代龚自珍《定庵续集》：“欲知大道，必先为史。灭人之国，必先去其史。”要一个民族灭亡，先让它的历史消亡——践踏它的历史，解构它的文化，毁灭它的自信，破坏它的认同，这样一来，民族的文化大厦就会轰然倒塌。历史在中国文化中，既有传承的意义，又有架构的意义，所以习近平上任以来，对中华传统文化表现出了高度重视、高度尊重，发表了一系列讲话："中华文化积淀着中华民族最深沉的精神追求，是中华民族生生不息、发展壮大的丰厚滋养"，"中华文明源远流长，孕育了中华民族的宝贵精神品格，培育了中国人民的崇高价值追求。自强不息、厚德载物的思想，支撑着中华民族生生不息、薪火相传"，"优秀传统文化可以说是中华民族永远不能离别的精神家园"等。文学是文化的核心，也是一切艺术的母体，储存着一个国家、一个民族的生活智慧、政治智慧、叙事经验和审美经验，从某种意义上说，是民族的思想库、情感库和审美库。在漫长的历史时期，中国人创造了灿烂的农耕文明，而表现在文学上，则是储存了丰富的乡村叙事经验，并以"乡愁"的形式，上升为一种世界上独一无二的"美学孤本"。自《诗经》开始，经几千年岁月，"乡愁"已成为我们民族的文学基因。然而"五四"以来，尤其是改革开放以来，我们竟试图改变甚至抛弃这一基因。20 世纪 80 年代出现的先锋小说以各种实验文本，以卡夫卡、马尔克斯等西方现代派的表现手法，表现中国人的生活。即便如此，有些西方的汉学家如顾彬，仍然批评中国作家用传统手法写作，不能和世界接轨，极端的说法是余华和莫言写的都是通俗文学，不是严肃文学，他们的作品是不能进入文学史的，他们作为通俗作家的身份也很低云云。我是中国作家，我有几千年的文学传统，我为什么要用你的方法写作？这是西方中心主义，西方价值，西方立场。作为中国当代文学史进程中的一个重要文学现象，我们当然对先锋作家在文本形式及叙事空间探索上所做的努力表示尊重和欣喜，但 20 世纪 90 年代以后，先锋作家纷纷转型，似乎也从另一个侧面说明了，外来审美进入本土后的水土不服。叙事圈套、叙事猜测、意识流动、变态心理、虚无意识等，对于中国人来说，终究是隔膜。我们的文化在新文化运动以来，经历了一场深刻的断裂，这场被我们今天命名为"现代性"的断裂，使得西方文化的主导地位获得合法承认，我们也通过西方的文化观念，来重新组织知识谱系甚至文学艺术谱系，于是，原先正统的观念不可避免地边缘化了。在西方知识界，传统的文学批评已经演变为充斥着主要源自欧洲大陆的各种主义与时髦用语的文化批评，文学经典的地位在各种力量的消解、冲击和颠覆下变得岌岌可危。在文学的评判和审美上，则表现为西方优于东方、外来优于本土，尤其是对诺贝尔文学奖的顶礼膜拜，几近癫狂。2013 年 3 月，莫言获 2012 年度诺贝尔文学奖后，我曾有过一场面向大众、题为《莫言为什么获诺奖》的讲座，分析总结出莫言小说符合诺奖获奖标准的六大条件，其中重要的一条，就是莫言小说在手法上，是现代主义和魔幻现实主义，符合西方的阅读习惯和审美预期。瑞典文学院授予他的颁奖词，也特别提道："通过融合幻想与现实、历史视角与社会视角，莫言创造了一个复杂性堪比福克纳和马尔克斯的作品世界。"他天马行空的叙事风格，被称为"中国的魔幻现实主义"，也比较符合"海外视角"。

莫言获奖后，一片欢呼声中，也有人对他进行了激烈的否定，认为他的语言破坏了汉语的美感，文本不属于中土文明。有专家指出，中国当代作家作品大多模仿之作，语言欧化、翻译腔，结构欧美式或拉美式，缺乏原创性。我个人也持同样的看法，我就不太适应莫言的语言，主要是觉得它太西化、太暴烈，有时太血腥，缺乏汉语应有的美感和韵律。汉语具有简洁明快、生动俏丽的传统品质，展示汉语固有的美丽，是一个中国作家应有的责任。今天，大众正日益丧失对文学的感知力，而把文学当作类似电视剧一样的感官娱乐产品。娱乐性成为衡量精神产品的主要价值尺度，这是公共性尺度变化所造成的困境。而我们的母语也变得遍体鳞伤，甚至面目狰狞。作为一种古老而美丽的语言，汉语隐含着东方感性逻辑和本土精神结构，维系着中国文明的自我延续性，也是中国人之所以成为中国人的身份标记。在全球化语境下，作为民族精神和民族文化的代言人，作家们更应该维护汉语的纯洁性和经典性。传统文化不仅是一种文化资源，也是一种精神资源，继承传统文化，是对民族伟大历史的尊重。今天，我们的国家、我们的社会，到处充满了西方的符号、西方的叙述方式，而作为一个大国，我们在人类社区中的位置是什么？在哪里？中国人自己的当代，又在哪里？我们是全球五分之一人口的大国，对人类有没有五分之一的贡献？我们不能让西方来定义自己。中国的改革开放，是中国融入国际社会的过程，也是中国向国际社会注入越来越多的"中国元素"的机会，也因此习近平强调，"在世界多极化、经济全球化、文化多样化、国际关系民主化的时代背景下，在中外文化沟通交流中，我们要保持对自身文化的自信、耐力、定力"。当下，我们迫切需要完成"文化身份"的重新确认，需要通过"乡愁"，找到自我，找到自己的"身份"，在对"乡愁"的回味中，感受中华民族的文化体温，感受生生不息的生命涌动，涵养出我们走向未来的勇气与信心。

中国社会的转型，又到了一个紧要关口，充满了阳光和向上的力量，也充满了各种矛盾和博弈。而文学被赋予构建和谐社会更大的使命，处在急遽变化时代的人们，比任何时候都需要文化和文学的指引。中国文学曾创造了无与伦比的灿烂和辉煌，我们需要以国家文化的重回高地，向世界证明自己！

（作者系安徽省作家协会副主席、《安徽文学》名誉主编）

现代安徽文学的社会学动力、发展逻辑与内在进路

●杨四平

上篇：文化冲撞与安徽文学现代性的发生

文化冲撞既发生在同质文化之间，也发生在异质文化之间，具体来说，在本土文化里有多民族文化之间、东西南北文化之间的冲撞，在本土文化与外来文化之间有旧文化与新文化等异质文化之间的冲撞。安徽新文学的发生发展与后者密不可分。

安徽新旧文化之间的冲撞早在明朝中叶就已初现端倪。洋务运动以来，国外科学文化开始传入国内，使得国内眼界大开。但是，由于中国传统文化的超稳定惰性，五四之前，西方的科学文化还仅仅是作为“道”外之“器”、“体”外之“用”，还是没有引起足够的重视。只是到了五四时期，“科学”与“民主”之风吹遍大江南北，使得新旧文化之间的冲撞变得激烈起来。新与旧变得水火不容！乃至要用“革命”的极端方式才能解决。在亡国灭种的危难时刻，陈独秀、胡适等人对于旧文化的“清谈”之风已是深恶痛绝，视之若敌，与之决绝。陈独秀直呼：“有不顾迂儒之毁誉，明目张胆以与十八妖魔宣战者乎？予愿拖四十二生的大炮，为之前驱！”陈独秀文学革命的对象是“明之前后七子及八家文派之归方刘姚”这样的“十八妖魔”，其实，还包括以老子学说为代表的形而上思想。陈独秀乃至把胡适封为“攻击老子学说及形而上学的司令”；同时，断然指出“改良中国文学，当以白话文为正宗说，其是非甚明，必不容反对者有讨论之余地，必以吾辈所主张者为绝对之是，而不

容他人匡正也。”[①] 由此可见，文学革命的磅礴气势与决定决心。“文言亡国”“旧文学亡国”成为许多现代知识分子的共识。所以，胡适从建设“国语的文学，文学的国语”的入手，深化文学革命。他说：“这二千年的文人所做的文学都是死的，都是用已经死了的语言文字做的。死文字决不能产出活文学。所以中国这二千年只有死文学，只有些没有价值的死文学。……中国若想有活文学，必须用白话，必须用国语，必须做国语的文学。”[②] 这就使得陈独秀提倡“伦理道德革命”有了强有力的“抓手”，使得反对旧道德、旧文学与建立新道德、新文学有机联系起来，使得文学革命、文化革命和思想革命有机联系起来。

为什么陈独秀、胡适毫不留情地拿让安徽人骄傲的“桐城古文派”开刀？因为“桐城派”是清代作家众多、影响最大的古文派。在乾嘉期间，流传着“天下文章其在桐城”的说法。桐城文法不止影响时人的创作，而且还影响到跨语际文化交流。当年，严复、林纾就用桐城文法向国人译介西学。桐城派的文论体系和古文运动的产生，肇始于方苞，他的“义法”论为桐城派奠基；刘大櫆承前启后，他的“积字成句，积句成章，积章成篇，合而读之，音节见矣，歌而咏之，神气出矣”，丰富了桐城派的文论内涵；集大成者姚鼐强调“义理、考据、词章，三者不可偏废”，使桐城派文论体系日臻完整周密；此外，还有“姚门四杰”梅曾亮、管同、方东树、姚莹，曾国藩及“曾门四弟子”张裕钊、吴汝纶、薛福成、黎庶昌以及林纾、姚永朴、姚永概等继承发扬桐城派。桐城派所提倡的阐发儒家的“义理”以及“清真雅正”的文风已经与时代发展严重脱节，所以，在五四初期，当林纾不识时务，仍然在鼓吹“尊孔读经”时，很快被五四文学先驱们痛斥为“桐城谬种”“选学妖孽”（钱玄同语）；因为，在这个历史重大转折时期，以桐城派为代表的中国古典文学、文化已经到了穷途末路的地步，成为历史向前发展的障碍。当然，我们不能因此全盘否定桐城派，像梁启超所说的“不能以其末流之堕落，归咎于作始”[③]，申言之，在看到桐城派的历史惰性时，也应该看到它曾经是历史的推动力，同时，也还在作为一种文学资源与安徽新文学保持着紧密的内在联系，比如，它的内容与形式并重、徘徊于“文”与“道”之间的文论观念，比如，它所倡导纯正的文学品格，都是我们严肃文学向来所追求的。

而且，在对待像桐城派这样的旧文化的态度上，如前所述，对桐城派，

---

① 陈独秀：《文学革命论》，《新青年》，1917 年 2 月 2 卷 6 号。

② 胡适：《建设的文学革命论》，《新青年》，1918 年 4 月 4 卷 4 号。

③ 梁启超：《清代学术概论》，上海古籍出版社，1998 年版。

陈独秀采取的是毅然决然的革命态度，表现出文化激进主义倾向。而胡适在批判桐城派的同时，还有所选择地传承桐城派文化。胡适十分肯定曾国藩以及桐城派末代传人的人格，能以“持平”的心态，看待桐城派在中国文化史上的功过，他认为，桐城派古文的长处在于“甘心做通顺的文章，不妄做假古董”[①]；而且，胡适文学“八事”主张里的“言之有物”与方苞的“古文义法”有渊源关系。从这里，我们可以看出对待旧文化，胡适的文化态度是自由主义的。在五四后期，由于派系斗争和学术逻辑的演进，北大章门部分弟子联络皖籍学人陈独秀、胡适等一致批判桐城派，造成了北大英美派与江浙派之间的派性争斗，使得新文化阵营分化。胡适开始发起“整理国故”运动，目的是想使人知道被历史神圣化了的国学也不过如此，一方面重整已经被“分化”了文化队伍，另一方面也促使国学与本土学术的近代化。我们不能把胡适五四后期的这种“文化复兴”简单地判定是“复古”，是“守成”，因为胡适从来就不曾激进过！以梅光迪、胡先骕、柳诒徵、吴宓为代表的“《学衡》派”，不是反对“科学与民主”，而是反对文学革命的“全盘否定中国文化传统”和“全盘西化”；他们认为文学革命在打倒孔家店的同时，也把儒家所提倡的“心性之学”之类的人文精神也否弃了，把维系中华民族文明几千年的文脉也给斩断了，所谓的新文化运动成了无源之水、无本之木。不同于胡适是采用杜威的实用主义去整理国故，梅光迪是继承其师白璧德的新人文精神要在现代中国提倡新人文运动。这种影响波及近年力主重建传统精神的新儒学。梅光迪的这种对待新文化运动的态度被解读成保守主义。也就是说，在安徽新文学发轫时，激进主义文化、自由主义文化和保守主义文化之间的相互激荡，为安徽新文学发生发展提供了现代化和世界化的精神资源，从而催生了安徽新文学的发生发展，以及规划了安徽新文学未来发展的格局与走向。

在新旧文化激荡中，文学革命时期的安徽新文学首先要求摆脱“文以载道”“代圣贤立言”等封建文学的传统观念。陈独秀在《文学革命论》里指斥：“文学本非为载道而设，而自昌黎以讫曾国藩所谓载道之文，不过扩袭孔孟以来极肤浅、极空泛之门面语而已”；唐宋八家的“文以载道”与八股家的“代圣贤立言”是同一鼻孔出气；进而提出文学革命的三大主义：“推倒雕琢的阿谀的贵族文学，建设平易的抒情的国民文学；推倒陈腐的铺张的古典文学，建设新鲜的立诚的写实文学；推倒迂晦的艰涩的山林文学，建设明了的

① 胡适：《胡适文存》（四集），黄山书社，1996年版，第188页。

通俗的社会文学。”[①] 陈独秀把改革文学的内容放在了重中之重的地位。陈独秀、胡适主张政治和文化上的平民主义，主张以欧洲19世纪资产阶级“写实主义”文学为楷模，“赤裸裸地抒情写世”。他们要把文学从封建宗法礼教的捆绑中解放出来，反对把文学当作说教的工具，想使文学凸显自身的主体性，从而能够独立起来。但是，他们也陷入了难以自圆其说的悖论之中：他们要反对文学载“封建”之道，但又要文学载“现代”之道，也就是说，其实，文学革命继承了中国传统文化向来偏向理性的传统，依然重视文学理性，而忽视了文学的非理性精神这一至关重要的实质，这就从根本上影响了现代中国文学的精神向度和思想深度。

其次，文学革命时期的安徽新文学的抱负很大，一开始就要割断与以往文学传统之间的联系，脱离安徽旧文学的经典体系，重起炉灶、另立山头。因为他们认为像桐城派那样规范的“义理、考据、词章”以及“文选派”那样严谨的骈体文的作文套路已经“死”了，因此，要引进“活”文学，用比如“写实主义”“浪漫主义”等现代文学表现手法和技巧来创作“新文学”，从而开创有别于旧文学的新文学谱系。为此，他们自愿结社，办刊办报，精心写作，相互砥砺，共同提高。这就有了与安徽新文学密切相关的各种新文学社团。汪静之与友人就建立了湖畔诗社。在该社里汪静之是唯一的“专心致志”做情诗的诗人。还是一个中学生的他，在胡适的帮助下，出版的情诗集《蕙的风》，以自己的“胆颤而心寒”令当时整个旧道德的遗老遗少们也“胆颤而心寒”！同时，激起了一场关于文学道德与不道德的论争，周作人等站到了汪静之一边，为汪静之这些诗所颂扬的“新道德”而击掌叫好，使得《蕙的风》成为20世纪20年代有影响的新诗集之一。朱湘、方令儒、方玮德等都是新月派成员，在现实与唯美之间写作浪漫主义的新诗，尤其是他们对诗歌“本质的醇正、技巧的周密和格律的谨严”（陈梦家语）的唯美追求，他们相体裁衣的诗式探索，赢得了诗界的赞誉。当年，方玮德死后不久，闻一多曾撰文以方玮德的诗歌作为诗歌创作的圭臬与衡量诗歌的标尺。20世纪20年代，皖西形成了一个作家群体，有台静农、韦丛芜、韦素园、李霁野等，他们在鲁迅的指导下，从事创作与翻译，成立了未名社、莽原社。他们都受到了鲁迅的影响，表现出现实主义的创作倾向。其中，韦氏兄弟和李霁野的翻译成绩十分巨大，而台静农的小说创作比较突出。台静农是早期乡土小说派作家，他善于从民间取材，以《地之子》的底层叙事，写闭塞、落后、灰冷得如阴曹地府般鬼影幢幢的“老中国”的农村，写杀人不见血的封建陋俗

---

① 陈独秀：《文学革命论》，《新青年》，1917年2月2卷6号。

和封建等级制度以及军阀混战的乱世里的乡村悲剧，尤其是他的《拜堂》以乐景写哀，使悲哀透入骨髓。他的小说集《地之子》出来后，鲁迅称其是难见的“优秀之作”，而且，在编《中国新文学大系》小说二集时，鲁迅用自己的4篇小说“打头”，而将台静农的4篇小说“殿后”，足见鲁迅对台静之小说的推崇。此外，还有曾任上海大东书局总编辑的章衣萍，曾与鲁迅筹办《语丝》月刊，是重要撰稿人，系“语丝派”成员。完全可以想象，如果没有这些安徽新文学作家的参与和贡献，现代中国文学史这些文学社团与文学流派不知道会有多么黯淡啊！反过来说，正是由于有这些优秀的安徽新文学作家的组建或加盟，才使得现代中国文学史上这些文学社团和文学流派光耀史册。此外，被誉为“中国的巴尔扎克”的张恨水，通过其数量颇丰的现代社会言情小说写作和抗战小说写作，使得现代中国文学传统文化现代化、大众化以及长篇章回小说文体现代化，其成功的“说故事、写人物”的写作模式，为现代中国作家职业化树立了典范。总之，经过陈独秀、胡适和这些安徽新文学作家的共同努力，文学革命时期的安徽文学创造出了不朽的文学辉煌，为现代中国文学树立了新的典范，开创了新的写作范式，成就了新的文学经典。

最后，文学的现代性、世界性也是文学革命时期安徽新文学的理想追求。那时，安徽新文学作家几乎都接受过良好的新式教育，在国内知名大学继续接受高等教育，或在那里任教；尤为可喜的是，不少安徽新文学作家留学欧美或日本，比如，胡适和朱湘就留学美国，陈独秀也在日本早稻田大学读过书。这些教育背景使他们眼界大开，而且切身感受到西方现代文明和进步，因此，激起了他们改变旧中国面貌的豪情和理想。所以，他们要以世界先进的文学观念来改造国内陈腐文学，努力使本国文学跟上世界先进文学发展水平。同时，为了使更多的人了解世界文学，并参与新文学建设，他们还主动译介了大量西方著名作品和文学理论著作。正是这些切实有效的工作为现代中国重新“造血”“换氧”，从而使得现代中国文学的新生儿得以产生，并渐渐长大。有的作家虽然没有出国留学，但是这并不表示他就没有世界眼光和远大抱负，比如，台静农在中学时期就立志要“立定脚跟撑世界，放开斗胆吸文明”。

由此，我们看到，文学革命时期的安徽新文学起点之高、观念之新、成就之大。

下篇：国家乌托邦取代安徽文学现代性神话

五四启蒙运动除了唤醒了国人“民主”意识（包括民权、立宪、共和），还有一个直接效果是，使国人摆脱了传统文化束缚，树立起了现代科学观念，乃至出现了科学主义霸权，使“科学神”战胜了“玄学鬼”。1923 年 11 月 29 日，胡适在为汪孟邹编辑的论战文集《科学与人生观》作序时说：“近三十年来，有一个名词在国内几乎做到了至上尊严的地位：无论懂与不懂的人，无论守旧和维新的人，都不敢公然对他表示轻视或戏侮的态度，那个名词就是科学。”[①]

尽管长期以来“新文化”“新文化运动”一直是现代中国知识界的主流话语，但是，到底何为“新文化”“新文化运动”，却一直众说纷纭，在我看来，就连当事人胡适、陈独秀也没能把它讲清楚。胡适把“新文化”“新文化运动”称之为“新思潮”“新思潮运动”。他说：“近来报纸上发表过几篇解释‘新思潮’的文章。我读了这几篇文章，觉得他们所举出的新思潮的性质，或太琐碎，或太笼统，不能算作新思潮运动的真确解释，也不能指出新思潮的将来趋势。”[②] 而陈独秀把“新文化运动”仅仅限定为“新的科学、宗教、道德、文学、美术、音乐等运动”[③]，完全没有提到“民主”。从他们的表述里，至少可以发现，他们对“科学”的重视远远高于对“民主”的重视。尽管陈独秀一开始在《本志罪案答辩书》里将“科学”与“民主”并重，他说：“本志同人本来无罪，只因为拥护那德莫克拉西（Democracy）和赛因斯（Science）两位先生，才犯了这几条滔天的大罪。要拥护那德先生，便不得不反对孔教、礼法、贞节、旧伦理、旧政治；要拥护那赛先生，便不得不反对旧艺术、旧宗教；要拥护德先生又要拥护赛先生，便不得不反对国粹和旧文学。大家平心细想，本志除了拥护德、赛两先生之外，还有别项罪案没有呢？若是没有，请你们不用专门非难本志，要有气力、有胆量来反对德、赛两先生，才算是好汉，才算是根本的办法。”[④] 也就是说，在五四新文化运动中，“科学”启蒙的紧迫性要比“民主”启蒙更强烈。落后就要挨打，主要指科技落后，而人文落后放在次一等的位置。所以，晚清至五四，许多知识分子留学国外起初都选择了学习西方科技而非人文，比如，胡适一开始学农、鲁迅一开始学医，等等，尽管他们后来纷纷改学人文！所有这些言论与这些事实均表明，五四启蒙，更多的是科学理性的启蒙，而政治理性启蒙次之。

这种“科学”高于“民主”、科学启蒙优于政治启蒙的局面，渐渐被国内军阀混战打破，导致了人们常说的五四落潮时期；而使整个局面发生大逆转

① 胡适：《科学与人生观・序》，汪孟邹编《科学与人生观》，上海亚东图书馆，1923 年 12 月版。

② 胡适：《“新思潮”的意义》，《新青年》，1919 年 12 月第 7 卷第 1 号。

③ 陈独秀：《新文化运动是什么》，《新青年》，1920 年 4 月第 7 卷第 5 号。

④ 陈独秀：《本志罪案答辩书》，《新青年》，1919 年 1 月第 6 卷第 1 号。

的则是五卅运动。

五卅运动使世界各地爱好正义与和平的人们发出了“打倒帝国主义”“废除不平等条约”“撤退外国驻华的海陆空军”“为死难同胞报仇”的怒吼，激起了有广泛国际影响的反帝斗争，沉重打击了帝国主义，对中华民族的觉醒和国民革命运动的发展起到了巨大的推动作用，极大提高了中国人民的思想觉悟和政治觉悟，揭开了大革命高潮的序幕。自此，追寻现代性的言路与进程被迫中断，而建设现代民族国家的话语成为时代的最强音，政治使命凌驾于现代启蒙之上，即人们通常所说的“救亡压倒启蒙”，表现在文学上，就是文学革命让位于革命文学。

那么，在大革命高潮中，现代中国知识分子要建立一个什么样的现代民族国家呢？或者说，他们的现代民族国家的愿景是什么呢？其实，民族国家是一个现代概念。为什么这样说？因为在鸦片战争以前，虽然中国已是一个统一的、高度集权的、以汉族为主体的封建国家，但是它毕竟不是现代意义上的民族国家，顶多只能算是封建王朝，是“王朝国家”，是封建皇帝一个人的“天下”，即“普天之下，莫非王土；率土之滨，莫非王臣”，在王朝内根本无民主可言；而且，封建王朝总是自以为是世界的中央，世界上再也没有别的国家存在，“故步自封，夜郎自大”。要建立一个民族国家必须是“民族一国家存在于由他民族一国家所组成的联合体之中”[①]。鸦片战争以后，帝国主义的坚船利炮彻底打破了清王朝的“老大帝国”之残梦，现代民族国家意义开始觉醒。梁启超等人的政治小说如《新中国未来记》通过文学实践来诉求民族主义、国家主义。此间，也有人误把种族主义和国权主义视为国家主义。其实，国家主义与民族主义是一个问题的两个方面，国家主义是民族主义的归宿。国家主义主张绝对权力和价值，神圣不可侵犯，当个人权益与民族国家利益发生冲突时，要无条件地牺牲个人利益以维护国家民族利益。

五四时期追寻的世界主义和民主主义在大革命时期已经表现为建设民族主义和国家主义，换言之，在五四一度被遮蔽的民族主义、国家主义此时得到了彰显与强化，此后很长一段时间，革命文学和左翼文学把“民族主义”“国家主义”与革命的文学话语实践结合起来，这就有了现代中国文学主流中的革命古典主义。

像五四文学革命是由安徽作家领潮那样，20世纪三四十年代现代中国的革命文学又是由安徽作家领潮，在小说创作上，有被郁达夫赞誉为“普罗文

---

① 安东尼·吉登斯：《民族——国家与暴力》，田禾译，三联书店，1998年版，第147页。

学就执了中国文坛的牛耳”[①] 的蒋光慈；在诗歌创作上，有被称为“时代的鼓手”的田间；在理论批评上，有“百科全书式”的无产阶级文学批评家、“左联”领导的阿英，等等。如果文学革命的外来理论资源主要来自欧美的话，那么革命文学的外来理论资源则主要来自苏联。但是，与其他省份的作家绕道从日本借鉴苏联的“社会主义现实主义”的情形不同，安徽革命文学的外来理论资源既来源于苏联又借道日本被接受过来：比如，早在1921年，蒋光慈就与刘少奇、曹靖华等一起被中共派往苏联留学，系统学习了马列文论；又如，曾任左联组织部长、《北斗》主编的叶以群早年在日本东京法政大学留学，新中国成立后还主编了影响甚广的《文学的基本原理》。尽管陈独秀一生5次东渡日本，并在日本东京专门学校（早稻田大学前身）学习政治经济学，但是他每次只是作短暂停留，其实在日本他并没有接受多少马列文论。同样，1937年，为了避难，田间到日本作了短暂逗留。此间，他读到了马雅可夫斯基的文章，了解了“罗斯塔之窗”。他后来回忆道：“当时看过一点马雅可夫斯基的论文，对诗如何到广场去，诗如何在‘罗斯塔之窗’等等，其革命精神，吸引了我。我们后来（一九三八年八月）在延安发动街头诗运动，和这有一些关系。”[②] 与蒋光慈正式到苏联莫斯科东方共产主义劳动大学留学不一样，陈独秀与田间在日本都不是严格意义上的留学。所以，我们这才有上面的结论。

苏联的“社会主义现实主义”与中国革命的具体实践相结合以及在跨文化中接受和传播的“误读”，使其在中国本土文化中产生了“变种”的“革命现实主义”或“两结合”等诸如此类的革命古典主义文论。其实，无论是在蒋光慈那里，还是在阿英那样，“革命现实主义”都是对“正典”的欧美现实主义的“误读”。

首先，在对文学本质的认识上，安徽革命文学主张“一元论”“反映论”，即文学是政治的反映，文学是政治的留声机，政治正确就是文学正确。阿英乃至提倡“标语口号文学”。蒋光慈主张“把诗当作一种重要的工作”。这种“工作”就是要使文学为建设现代民族国家服务。他的《新梦》把世界上第一个新兴的社会主义国家苏联视为我们国家的“新梦”“新世界”“新中国”和“阶级乌托邦”。同时，这种“工作”不仅要给人理想、信心，还要揭露社会黑暗，促使人民群众起而斗争，为实现理想而革命，如他的《哀中国》所写。蒋光慈写小说时也是持这样的文学价值观，比如，他把写《短裤党》视为“是中国革命史上的一个证据”。

---

① 郁达夫：《光慈的晚年》，《现代》，1933年第1期。

② 田间：《〈给战斗者〉重印补记》，人民文学出版社，1978年版。

除了无产阶级新诗写作和无产阶级小说写作外，蒋光慈对革命文学的另一大贡献就是与阿英等一起创办革命文学组织“太阳社”。由于一开始受到苏联“拉普”论调以及瞿秋白的“革命继续高涨论”的影响，他们过于偏激地理解“革命”，犯了“左倾”幼稚病，与后期创造社成员一起，过激地批判鲁迅、茅盾等五四文学前辈。阿英在《死去了的阿Q时代》里说：“鲁迅的思想是只有怀疑，没有出路”[①]，其实，“阿Q的时代并没有死去，但却应当死去”[②]。鲁迅去世后，苏雪林意气用事，大肆攻击所谓鲁迅的“猎狐式的包围”论战以及对“第三种人”的批判，并揣测鲁迅讨好文学青年，浪得“精神偶像”虚名，仿佛鲁迅所做的这一切就是处心积虑地想坐上左联领导的“金交椅”！为此，苏雪林写了一系列“反鲁”论文，其中，《过去文坛病态的检讨》把五四以来的文化分为“色情文化”“刀笔文化”和“屠刀文化”，且把鲁迅视为“刀笔文化”的旗手。如前面所说，苏雪林的这些言论受到了包括胡适在内的文人的批评。为什么会出现这些偏执言行？究其根源是，安徽革命文学作家只认识到苏联“社会主义现实主义”中的意识形态一面，而忽视了它同时具有文学认识论的内涵，也就是说，他们过于强调革命文学的意识形态性而忘记了革命文学的认识价值。

其次，安徽革命文学给人以集体主义、爱国主义、英雄主义、乐观主义，给人以理想、以热、以力。正如阿英在全面总结蒋光慈早期的小说创作变化时所说的：“我们也可以把《少年飘泊者》、《鸭绿江上》和《短裤党》特别的提出来，因为，这三部创作里所表现的完全是一部革命青年的三部曲。《少年飘泊者》代表初期的青年，对于一切怀疑，想找出路，而有了革命的要求，但要哪一种革命，他们是说不出来的。《鸭绿江上》代表了革命青年的第二期，在这一期里的青年是认清了自己所需要的是哪一种革命了，然而还没有挺身向前。《短裤党》代表了第三期，代表了青年的革命家表现他们最伟大的力的时期，是青年革命家的血沸腾到最高点的时候，是他勇敢向前，走上牺牲的血路的时期”[③]。蒋光慈后期小说的贡献就在于创造了“革命＋恋爱”的普罗小说写作的叙事模式，尤其是他的《野祭》和《菊芬》成为此类创作争相模仿的典范。蒋光慈的这类小说，多写三角恋和多角恋；但是，在这些恋爱中，革命成了检验和衡量恋爱真假、深浅的标准。它们要么写恋爱拖累了革命，要么写革命战胜了恋爱，要么写恋爱与革命的双赢，具有“革命的浪

---

① 钱杏邨：《死去了的阿Q时代》，《太阳月刊》，1928年3月1日3月号。

② 周扬：《阿英序跋集·序》，《阿英序跋集》，河南大学出版社，1989年版。

③ 钱杏邨：《蒋光慈与革命文学》，《现代中国文学作家》，上海泰东书局，1928年版。

漫谛克”的倾向。蒋光慈这些“先锋小说”被视为浪漫情调的左翼小说、“小资小说”。其实，蒋光慈的小说并不总是是概念化、公式化和粗鄙化的，比如，当年遭到批判的《丽莎的哀怨》和《冲出云围的月亮》就很艺术，很有思想，很有深度。它们都借鉴了陀思妥耶夫斯基对人物病态心理进行发掘和展示的艺术手法，摆脱了机械图解和演绎政策的弊害。蒋光慈开创了革命文学政治启蒙的长篇小说《咆哮了的土地》，基本上克服了“革命的浪漫谛克”的弊端，小说主角从先前的青年知识分子变换为工人阶级，情感基调也由哀怨低沉变为昂扬乐观。蒋光慈被称为“人类的牧童”，蒋光慈也把自己定位成理想的“革命文学家”。有“擂鼓诗人”美誉的抗战诗人田间，他的《给战斗者》等名重一时的“鼓点诗”以及诗里果勇的战斗者形象、火热的诗情、昂扬的斗志、急骤的诗句、铿锵的声调在那个时代产生了巨大影响，激起了广大人民群众的抗战热情，有不可代替的历史作用。他的诗是“诗中的宣传画”。如果说政策宣传只能起到一时的外在作用，那么田间的街头诗、墙头诗、传单诗就能起到持久地影响到人们内在精神的作用。田间不但自己写这些火力十足、热力非凡的“战斗诗”，而且还联络其他革命诗人，在新中国成立前掀起了轰轰烈烈的街头诗运动，使得这种诗歌写作形式产生更为广泛的社会效果。这也就是阿英所主张的革命文学应该表现“无产阶级的活力”[①]。

最后，安徽革命文学十分注重走大众化路线。其实，这是文学民族主义、国家主义对民间文化资源的借鉴和挪用。革命文学的大众化是与革命文学的集体主义精神联系在一起的。蒋光慈说：“革命文学应当是反个人主义的文学，它的主人翁应当是群众，而不是个人；它的倾向应当是集体主义，而不是个人主义。”[②] 凡是与之不符的写作，都有可能被打入另册，因此，在《现代中国社会与革命文学》里，蒋光慈在批判俞平伯《冬夜》和冰心诗歌的所谓“市侩人生观”的同时，高度肯定了郭沫若，认为他是“中国唯一的诗人”[③]。蒋光慈是这样说的，也是这样努力去做的，而且还做得十分成功。蒋光慈是最早以卖文为生的共产党作家，也是那个时期最多产、最受读者欢迎的作家。一个左翼作家能成为畅销书作家，其秘诀之一，就在于蒋光慈走了一条文学先锋化与大众化相结合的写作路线。对此，有人说，1930 年前后，蒋光慈的“革命小说”在“海上文坛”蔚为流行，究其原因，是因为蒋光慈

---

① 钱杏邨：《叶绍均的创作的考察》，《现代中国文学作家》第 1 卷，上海泰东图书局，1928 年版。

② 蒋光慈：《关于革命文学》，《蒋光慈文集》第四卷，上海文艺出版社，1988 年版，第 172 页。

③ 蒋光慈：《现代中国社会与革命文学》，《蒋光慈文集》第四卷，上海文艺出版社，1988 年版，第 152－153 页。

的那些具有先锋性质的小说迎合了都市消费者对于“新”“异”审美的认同；在他的小说中，革命、恋爱和颓废三个维度共同构成了其先锋意义；其中，革命处于中心地位，而颓废和恋爱都是蕴含在革命权力话语中加以表现的，并最终都指向革命①。更有甚至，阿英直接提倡“标语口号文学”。他说：“标语口号文学都含有宣传文学的本质意义的。”②

好在他同时也意识到“希望此后的诗歌能渐渐的离开标语与口号的一般形式”③。也就是说，阿英在标号口号文学的大众化、宣传化与革命文学的文学性之间犹疑、徘徊。而抗战时期的田间则走得更远些。他毫不含糊地把自己写的诗叫“传单诗”“墙头诗”“街头诗”。田间发动的街头诗运动是一种大众化、全民化、民族化的小诗运动。

总之，安徽革命文学的总体状况是，在文学主体方面，工农大众渐渐替代城市知识分子、市民、青年学生之类的平民；在思想理论方面，阶级斗争学说、人民性之类的政治理性逐渐取代人性论和人道主义；在创作方法方面，“唯物辩证法创作方法”、“社会主义现实主义”、革命现实主义全面取代现实主义、浪漫主义、现代主义等；在文学风格方面，“粗暴”渐渐取代知识分子意义上的“雅”与市民阶层意义上的“俗”，努力把标语口号与文学性书写结合起来，力求做到革命性、先锋性和文学性的有机融合。

此外，在现代革命文学时期，除了有像蒋光慈、阿英、田间、苏雪林这样的革命古典主义作家外，还有一些与之若即若离的现实主义作家和文艺理论家，比如小说家吴组缃，他的小说创作在无意识中流露出了左翼倾向，他兼有北平作家和左翼作家双重身份，早期小说写妇女的悲剧命运，后期小说揭示皖南乡村伦理道德的崩溃以及在此中为生存而苦苦挣扎的各种人生图式，他既有京派文人的才情，又有左翼文人的风骨。又如京派文艺理论家朱光潜，他对革命文学的“文艺新方向”持批评态度，因为，在他看来，20世纪30年代的文学不管是“左翼派”的革命文学还是“新鸳鸯蝴蝶派”的商业文学，提供的都是“实用人生”，而非“审美人生”，因此，都俗不可耐，都是“文学上的低级趣味”④，都有可能导致文学的“堕落”，为此，他提出“纯正的文

---

① 章佳妮：《“上海摩登”的另一种想象——论蒋光慈小说的先锋性》，《文教资料》，2008年第28期。

② 钱杏邨：《批评与抄书》，《太阳月刊》，1928年4月号。

③ 钱杏邨：《麦穗集》，上海落叶书店，1928年版。

④ 朱光潜：《文学上的低级趣味》，见《朱光潜全集》第四册，安徽教育出版社，1987年版，第178页。

学趣味”[1]，以与当时的文学风尚抗衡。可惜，他的这些言说，在当时并没有引起左翼文学界的重视，反而遭到了“左翼派”和“海派”文学的攻击。

随着中国共产党领导的人民革命节节胜利，毛泽东的《在延安文艺座谈会上的讲话》这一革命古典主义的经典范本及其革命古典主义精神从解放区推广到全国……

（作者系安徽师范大学文学院教授、博士生导师）

① 朱光潜：《文学的趣味》，见《朱光潜全集》第四册，安徽教育出版社，1987年版，第171页。

论新时期以来长篇小说的“文体互渗”现象

●刘霞云

[摘　要]　文体互渗是文类在发展过程中因相互交融而产生的一种文体变易现象。自现代以来小说中就已出现“互渗”现象，但真正在长篇中出现“互渗”现象的还是新时期中后期。目前学界对“文体互渗”概念置喙不一，对此类文体现象关注甚少，追溯“文体互渗”的历史渊源，厘清概念释义，爬梳新时期以来长篇的“互渗”镜像，探究现象背后的规律与成因，理性评判其未来发展趋向，对于当代长篇的写作以及文体研究不失为一件有意义的事。

[关键词]　新时期以来；长篇小说；文体互渗

在文类发展过程中，由于文类内部以及外部等多重因素的影响，促成了文类间相互交融的文体现象。依据互融程度和外在的呈现样态，我们可将小说与其他文类的互融分成文备众体、文体互渗、跨文体三种形式类型①。其中，文备众体意指在小说中插入诸如诗歌、小说、议论、日记等文体，小说最终毫无争议地呈现为主导性文体，插入文体与小说以及互相之间并未产生实质性的互融效果，新的文类并没产生。文体互渗意指小说与另一种文体渗透交融，在外在形态上二者皆为主导性文体，创造性地形成一种新的文体即“小说的某某化”或“某某体小说”。跨文体意指在小说中插入多种（两种及

基金项目：2014 年安徽省高等教育振兴计划优秀青年人才支持计划项目（ZXJH－194），2015 年安徽省高校人文社科研究重点项目（SK2015A750）阶段性研究成果。

① 关于文类互融的三种类型划分是笔者个人的一种提法，具体内容详见《论莫言长篇小说的“跨”体书写》，《小说评论》2015 年第 4 期。

以上，不包含两种）文体，这些文体互相融合，根据融合的和谐程度，最终呈现为两种可能样态，一种从根本上解构了小说的基本要素，变成了“四不像”式拼贴材料，另一种则有机融合各种文体，使小说成为“多棱镜”式新文体。从本质上看，文备众体只是各文类之间“量”的镶嵌，文体互渗属于文体变易中“质”的渐变，跨文体则属于文体变易中“质”的突变。从存在现状看，文备众体作为小说中插入成分的杂糅现象，自唐以来就广泛存在。而跨文体不仅要求作家熟练运用多种文体，还要在小说中有机融合这些文体，是文类融合中打破界限最突出、操作起来难度最大的一种文体形式，故此类现象在古代乃至现代的长篇中很难觅得踪迹，即便在当代长篇中也不多见。文体互渗是将两种文体“化”为一种文体，此种艺术构思对写作主体的学识素养、先天才情、对插入文类的熟练掌握等也提出一定要求，也具有一定难度。目前学界虽不乏论者关注到中短篇小说中出现了诸如“小说散文化”“日记体小说”等文体互渗形式，但鲜有论者系统关注当代长篇中出现的互渗现象，追溯文体互渗的历史由来，厘清概念释义，爬梳新时期以来长篇小说中的互渗镜像，挖掘现象背后的规律与成因，并对其未来发展趋向做出理性评判，这对于长篇小说的创作及文体研究不失为一件有意义的事。

一

虽然我们可从文类互融视角窥出文体互渗的直接来源，但追根溯源，最早可从古代文论中探得文体互渗的最初意识起源。中国从先秦开始就有了微弱的文体意识，但形成意识的自觉还是在魏晋南北朝时期，《文心雕龙》《文选》等文论著述的问世则是明证。相对而言，与西方泾渭分明的文类意识相比，“中国更注重文体间的和合，也就是在差异的基础上讲求文体之间的互渗”[1]。如中国早期关于“经、史、子、集”的四部分类法，就表明它们之间模糊的文类界限，所谓“六经皆史”也有含混哲学、文学与历史之间区别的意味。中国小说家尤其喜好跨越文学和历史的界限，以接近历史为荣，如《三国志通俗演义》认为“编次”了史书，《儒林外史》被谦称为一部“外史”，《聊斋志异》在篇末模仿“太史公曰”自称“异史氏曰”。古人这种朦胧的“用某某方式写小说”的文体意识，随着长篇小说文类地位的不断提高以及长篇小说自身的不断发展，在不同时段得到一定程度的强化。不过严格意义上说，在小说中尝试“互渗”形式的创作是进入现代以来，而真正在长篇中尝试“互渗”形式的还是新时期中后期。

小说中的互渗现象创作虽始自现代，但从理论上提出“文体互渗”说法的还是进入当代以后。梳理学界有限的研究成果，最早在20世纪90年代陶东风从文体的内在机制方面提出文体变易的几种途径，认为其中最常见的一种形式是“两种或两种以上不同文体之间的交叉、渗透而产生一种新的文体。这种交叉、渗透实际上是不同文体占主导性规范结构之间的交流和相互妥协、相互征服”[2]。此种文体变易观在笔者看来则属标准的“文体互渗”观。而陈平原则提出不同文类的互相影响以及其对文学传统的承继与发展形成了“穿越文类边界”现象，他指出：“在谈论散文发展时，关注小说的刺激；描述小说变迁时，着眼于散文的启迪……”[3]这里提出了散文与小说互渗形成“散文小说化”以及“小说散文化”两种形态。接下来董小英从更广范围来界定文体互渗，认为“文体的互渗是个统称，它有话语语体互渗、文本互渗和文体互渗三种不同的表现形式”，而文体互渗“是指不同的文体在同一种文本中使用或一种文体代替另一种文体使用的现象”[4]，该观点拓展了文体互渗的外延，但对文体互渗的释义稍显含混，究竟这里的“不同”是多少？“一种文体”又是以怎样的方式代替“另一种文体”，要不要保留其本身的主导属性？之后，罗振亚、方长安和高旭东撰写了一组关于文体互渗的研究文章，方长安认为文体互渗“是不同文本体式相互渗透、相互激励，以形成新的结构力量，更好地表现创作主体丰富而别样的人生经验与情感”[5]。这种解释虽指出了文体互渗的功能，但对文体之间如何“形成新的结构力量”也语焉不详。夏德勇提出“小说文体吸收其他文类的文体手法，以丰富自己的文体或改造已经自动化了的文体，借以产生陌生化的震惊效果”[6]，这里“吸收”二字言指小说对其他文类的主动改造，也含有“文体互渗”的意味。

目前学界关于“文体互渗”的内涵所指虽大致相同，但在实际研究中，对“文体互渗”的理解定位有些混乱。一种混乱表现为将“文体互渗”等同于“文备众体”。如博士论文《现代中国小说“文体互渗”现象的文化阐释》中将“诗词的穿插”和“信笺的嵌入”称为“诗意体小说”和“书信体小说”，其实，穿插和嵌入是典型的“文备众体”特征。在这篇论文中，作者将现代小说分为“日记体”“散文体”“童话体”“报告文学体”等类型，按照学界对文体互渗的概念界定，这些类型小说可理解成用日记、散文、童话、报告文学等方式或吸取这些文体的艺术手法而写成的小说，但作者在释义时有些偏离概念本义，如将“童话体小说”理解成“以儿童的心灵世界和生活空间作为素材，充分发挥诗意的幻想和想象，运用童趣和童心视角创作”[7]，这就有了题材类型小说分类的嫌疑。而将“报告文学体小说”理解成“‘新闻通讯型’的报告文学创作”和“‘小说型’的报告文学批评及创作”[8]，这种释义抹去了文体互渗所要求的“小说”的主导性地位，变“某某体小说”为

“小说体某某”。再如陶东风对“文体互渗”的概念界定很清晰，但却认为“中国文学史上这种文体交叉的现象相当多。如中国古典小说就融合了散文、史传、说书艺术、诗等多种文体”[9]，这种释义又将“文体互渗”囊括进“文备众体”的范畴之内。另一种混乱表现为将“文体互渗”等同于“跨文体”。西方学者中有一种“文类陪衬观”，即“指一种文类具有另一种文类的特征但又不是那种文类”[10]，陈军将此类现象称为“小说的散文化、诗化和诗的散文化、小说化、戏剧化等”[11]。这就是典型的“文体互渗”观，但在论证时，却又将“文体互渗”等同于“跨文体”，赞同“各种文学文体在发展中纷纷吸取其他文体的特点，如小说的散文化、小说化、戏剧化等，跨文体写作已经成为一种普遍的文学写作现象，文体之间鲜明的界限日益模糊化了”[12]。

二

当前学界不仅对“文体互渗”概念理解不一，对创作中此类现象的关注也不够。简单回溯中国小说发展概况，进入现代以来，文坛上出现了多样互渗形式的作品，如鲁迅、郁达夫、废名、郭沫若等的诗意体小说，郁达夫、沈从文、王统照、师陀等的散文体小说，丁玲等的日记体小说，陶晶孙等的书信体小说，姚雪垠、李健吾等的戏剧体小说等。由于现代白话长篇还处于刚起步阶段，故上述的文体互渗主要体现在中短篇小说中。关于文体互渗现象的存在之貌，学者夏德勇曾指出“就中国现代小说来说，已经产生了两次明显的交融互渗：一次在 20 世纪 20 年代，另一次在 80 年代”[13]。结合原文语境，此处的“交融互渗”指的就是“文体互渗”。而 20 世纪 80 年代“文体互渗”类型主要偏向于以汪曾祺、张承志、张炜等为代表的诗化、散文化小说。不可否认的是，80 年代是中短篇小说的时代，是诗歌的时代，80 年代的文体互渗现象依然集中体现在中短篇小说中。但随着作家对文体互渗手法的熟练运用，这种文体倾向还是影响到同时期的长篇创作。扫描新时期中后期不多的长篇，《少年天子》有着诗体小说的倾向、《金牧场》有着明显的散文化倾向，《突围表演》《大气功师》有着著述化倾向，而《血色黄昏》则有着自述实录体小说的基本特征。

20 世纪 90 年代虽处于长篇小说文体实验的高潮期，但进行文体互渗的作家并不多。当然，相对于 80 年代中后期的寥落与单调，文体互渗作品中增添了一些新的质素，即在保持诗意化、散文化的基础上增添了小说的哲思化、实录化倾向，如《心灵史》的著述化、《马桥词典》的词典体、《务虚笔记》的笔记体、《苍河白日梦》《城市白皮书》《独白与手势》的日记体、《柏慧》

的书信体、《玫瑰床榻》的论文体、《无字》的散文化等，共同构成了90年代斑驳的文体互渗现象。

有论者将《心灵史》定为"非虚构抒情历史小说"[14]，此论点准确道出其典型的互渗特征。首先，这是一部小说，由叙述者"我"来讲述中国历史上鲜为人知的一支回教教派200多年来为了信仰哲合忍耶而经历的逆境与厄运的心灵历史故事。作为文学，其最本质的特征是虚构，叙述者"我"采用文献推断法讲述历史，甚至个别地方采用描述性语言进行场景还原，从而突显了小说的虚构性。其次，这又是一部历史著述。在动笔之前，张承志就坦承："在酝酿《心灵史》之际，我清醒地感觉到，我将跳入一个远离文学的海洋。"[15]而在准备过程中，作者再三强调为了写好这部"史"，不仅阅读了大量历史文献，还历时6年、先后8次做了大量的田野调查，这使他很自信"这本书的全部细节都是真实的"[16]。质言之，历史著述与小说体式的有机融合，既保证了历史叙述的深度，也彰显出小说的文学品质，这使得《心灵史》在《金牧场》有互渗倾向的基础上对互渗形式作了较为彻底的探索。

《苍河白日梦》通篇采用日记的形式写历史，从而使作品带有新历史小说的意味。作品外在的形式是作者和文本的叙述者之间一场跨时65天的对话，带有鲜明的实录性质。作品在问与答、记录与回忆中，叙述了一个家族跨度半个世纪的矛盾与兴衰，通过百岁老人即当年的家奴"我"的回忆，变全知视角为限知视角，让叙述打上个人主观性烙印，使故事的虚构性和日记的私密性、小说的内在逻辑性以及文本的外在时序相交融，别开生面地为读者构建了另一种历史家族叙事。《城市白皮书》采用日记和小说正文交融互渗的方式进行。故事的讲述者由一个患有奇病且具有特异功能的小女孩明明担任，同样是限知视角，但因为特异功能，限知视角无形中变成全知视角，统摄了旧妈妈、新妈妈、魏征叔叔等在现代都市的情欲、物欲的泛滥场上沉浮的所有故事。

对于《务虚笔记》的文体身份，学界有"哲思体小说"[17]、"散文体小说"[18]等说法，笔者觉得也可称为"笔记体小说"。但不管怎样，大家对其"小说"身份毫无质疑。以小说基本要素来分析，作品就是围绕几组人物之间的爱情纠葛展开对残疾与爱情、孤独与死亡、欲望与理性、时间与生命等人类普识命题的终极追问与思考。但和传统意义上的小说相比其人物是符号化的、情节是碎片式的、环境是虚空的，唯有主题是多义丰富的。对于这么一部构思奇特的小说，作者自述："这种新尝试并不适合完整的故事，也不符合现成的结构和公认的规律。写《务虚笔记》确实带有几分探险的意思。"[19]作者洞悉小说与散文的区别，其采取散文形式来表达小说的"意味"，正如他自己所言“意味就不是靠着文字的直述，而是靠语言的形式。语言形式并不单指词汇的选择和句子的构造，通篇的结构更是重要的语言形式。所以，要紧的不是故事而是讲”[20]。于是，作者采取第一人称“我”的叙述，通篇的对话、打乱的时序、含混的语言、无序的结构、不连贯的情节、飘忽不定的人物一起组成了其“面对灵魂的写作”。有人因此说史铁生是先锋作家，但笔者认为史铁生的“先锋”不是形式技巧的“先锋”，而是小说理念上的“先锋”，他与现代和后现代相距甚远，与中国古典相伴远行，正因如此，才创作了这部典型的互渗文本。

进入21世纪，除了《暗示》《尴尬风流》《我的丁一之旅》《怀念狼》《空山》《西去的射手》等作品依然保持哲思、随笔以及诗意化倾向，又出现了如《黑山堡纲鉴》的纲鉴体、《乌泥湖年谱》的年谱体、《中国一九五七》《上塘书》《炸裂志》的方志体、《告别夹边沟》的采访体、《蛙》的书信体、《檀香刑》的戏剧体、《妇女闲聊录》的闲聊实录体、《外省书》的日记体、《拯救乳房》的专题化等，呈现出鲜明的实用化、纪实化、日常化的“去诗意化”倾向。

在上述趋实化的互渗作品中，《黑山堡纲鉴》不失为一部成功之作。关于“纲鉴体”，作者解释为“纲目是又一种体例的编年纪事。纲是历史的提纲，目是纲的详细记叙。明清用这种体例写历史的不乏其人，往往都称为‘纲鉴’。我们今天就大体使用‘纲鉴’的形式记录黑山堡的历史”[21]。在作者的设置意图中，“纲”用于介绍历史的梗概，“目”用于铺叙更详尽的内容，“批注”用于拓展关于哲学、历史学、社会学、人类学等方面的思考。为了和纲鉴史书的风格取齐，作者在文中仿用历史纪年方式，以1966年为广龙元年起始，以此类推至1976年。作品还按照史书的体例组织故事，从人物设置到结构样态、从人称安排到叙述逻辑，将纲鉴的体例与小说的基本要素巧妙融合，饶有趣味地勾勒出黑山堡的“文革”历史，这种写法较之传统的正史书写，显得轻松、睿智、灵活；较之同时期的新历史小说，又少了片段式、碎片化的晦涩，现实主义手法的运用使叙事的节奏明快，情节精彩，甚是吸引读者的眼球。相对《黑山堡纲鉴》，《乌泥湖年谱》则是一部借“年谱”之名行“传统写作”之实的作品。作品以编年史的体例讲述了从1957到1966年间一批工程技术人员参加三峡工程勘探设计的人生心路历史。作为一部年谱体小说，作品无疑要以年谱的形式来写作品，但实际上，年谱只是叙述外壳，小说的叙事脉络“由成人的生活与儿童的世界两部分交织而成”[22]，在拉拉杂杂的家长里短中逐步还原乌泥湖曾经的历史与生活变迁，正如有评者所言，“用年谱的形式写小说，很容易让人想到编年史式小说所追求的史诗性。作者似乎无意于此，恰恰相反，读她的这部作品，你常常会感到她是在有意无意地消解编年史式的长篇追求的这种史诗性"[23]。所以，这部作品算不得真正意义上的互渗作品，只能说是作者欲用独特的方式写出好看小说所尝试设计的一种小说体式罢了。

当代文坛书写"反右"历史题材的作品很多，《中国一九五七》之所以脱颖而出（该作品被中国小说学会列为2001年度长篇小说排行榜榜首，曾入围第六届茅盾文学奖终审名单）与其所采用的文体形式不无关联。它以亲历者的身份讲述"我"即以周文祥为代表的一批"五七"人的生死经历。其中第一部分采用强制回忆的方式忆及身陷囹圄的原因，第二部分采用日记加注释的方式记录在清水塘劳改农场所发生的"大事记"，此处的"大事"自然不是大事，劳改场严密的监控只能采用这种变异的文体——不伦不类，没头没尾，口是心非，假语村言，将感情压抑到最干瘪的程度，也正因如此，他的"大事记"才有幸保存下来，成为文本回忆的依据和起点。第四部分又迫于劳改场禁止用笔以彻底抹杀人们历史记忆的困境，"我"则以"人物志"的方式来回忆这段历史，所记内容逻辑散乱，但在这散乱中依然清晰还原了部分历史真相。故有论者认为"作家不是为文体而文体，小说中出现的各种文体都是故事和情节的必然需要，像日记、大事记、人物志等文体样式的轮番上阵，既是对主人公在各种情势下拒绝遗忘的书写方式的真实再现，又是小说丰富多变的审美形态的构成部分"[24]。总之，小说的几个部分，在空间结构上是并置的，在时间安排上是线性的，一切皆随着"我"在不同场地服刑而转移，小说没有留下任何叙事技巧的痕迹，但开端、发展、高潮、结局的逻辑关系隐含其中，达到了浑然天成的艺术境界，正如吴义勤所言"其实作家在小说结构上遵循的确是无为而为的结构原则。从结构上来看，几乎是一种纯粹'非结构'或'反结构'小说"[25]。

三

上述梳理只是笔者有限的盘点，对应于浩瀚的当代长篇创作来说，也只是冰山一角。但在这有限的盘点中，我们可清晰窥出新时期以来长篇小说中"文体互渗"现象在数量上呈逐年上升趋势，从"互渗"所产生的艺术效果上看，诗化、散文化的诗意倾向在当下追求多元化写作潮流中显得极其有限，而具有生活化倾向的日记体、书信体、闲聊体、实录体、自述体小说，理性哲思化倾向的随笔体小说，史志化倾向的纲鉴体、年谱体、地方志体小说却在逐年增多，整体呈"实录化""生活化""哲思化"的"去诗意化"倾向。当然，对于研究而言，指出一种现象是容易的，但挖掘现象背后的成因显得尤为重要。新时期以来长篇小说中为何会出现文体互渗现象？又为何呈“去诗意化”倾向？这是我们必须思考的问题。文体本身就是一个复杂的综合体，一种文体现象的生成更是诸多因素的合力使然。对于第一个问题，笔者认为可从文类界限与模糊边界的相悖需求、开放文化语境下不同思潮浸染下的文体选择两个方面去探得究竟。

我们必须承认，文类之间客观存在着界限。因为各种文学作品是用来表达人类情感的，都有着不同的实用或审美功能，如诗言志、小说的“娱乐”和“教化”、文章的“载道”、史传的“记录历史”等功能，这些区别本身就昭示着不同文类之间存在界限的必然性。巴赫金在谈到新旧文类关系时也指出文类间界限的客观存在性，认为“没有一种新的艺术体裁能取消和替代原有的体裁，因为每一种体裁都有自己主要的生存领域，在这个领域中它是无可替代的”[26]。而从文学理论研究的需要来看，文类之间也必须存在界限。王国维认为“一代有一代之文学”[27]，其实这就是对中外各种文学史的另一番解释。如中国从古至今出现了诸如诗、乐府、赋、杂剧、传奇、话本、章回小说、现代小说、新诗、朦胧诗等系列文类，这些文类的存在直接勾勒了一部文学史，如果没有这些文类界限的存在，新的文类身份无法得以确认，文学史将不会存在，所谓的理论研究也就成了无根之木。

虽然文类之间的界限必须客观存在，但文类的发展又决定着其之间并不能如我们想象得那样界限分明。因为文学史上任何一种新文类的产生都与相关的旧文类传统存在一定关联，如在中国文学史上，诗由三言、四言再到五言、七言，发展到一定程度，“诗之余”就成了长短不一的“词”。如果没有诗的存在，词也不会莫名其妙地出现，正可谓“诗词同工而异曲，共源而分派”[28]，“词不同乎诗而后佳，然词不离乎诗方雅”[29]。由此可见，中国古代文类的发展从主线上来看是讲究传承性与关联性的，而在西方学者眼中，除了肯定传承性与关联性外，还注意到了文类之间的变异性，如托多罗夫认为：“一个新体裁总是一个或几个旧体裁的变形。”[30]

界限分明和模糊边界合在一起促成了文类之间有无相济、互相缠绕的文体特征，正是这相悖的特征在一定程度上影响了文类的生存与发展。其中，文类之间的界限有利于创作主体加深对各文类的认识，进而选择适合自己的文类。不同气质禀赋、知识结构、审美追求和情感表达的创作主体，会结合自己的具体情况而选择不同的文体，而模糊的界限所产生的艺术效果也会影响到创作主体的审美追求。虽然在各文类领域中都有极其成功的实践者，但事实上，在每个作家最擅长的文类背后，都有着其融会贯通其他多种文类的综合训练。况且，生活是复杂的，界限鲜明的文类格局束缚了作家们表情达意的自由，随着小说的不断成熟，必然会出现小说与其他文类的互融、互渗现象。

在任何时代，政治与文学之间都存在一定的关系，这种关系直接影响着文学的存在状态。中国现代文学的起点虽定为“五四”新文化运动，但若从文学与政治的关系入手，则应溯至晚清的戊戌变法运动。以进化论的历史发展观来看，没有当年的戊戌变法，就没有后来的辛亥革命。同理，若没有辛亥革命，也就没有“五四”新文化运动的爆发。从政治角度看，戊戌变法失败了，但失败的政治却带来了文学的自主革命，由梁启超等发起的小说界革命，将小说从几百年前的边缘地位推向中心地位。在新文学时期，文学因少了政治的诉求而变得异常的纯粹，并且此时的小说创作主要受西方现代主义文艺思潮影响，从西方翻译过来的如书信体、日记体、对话体、手稿体等中短篇“互渗”小说，甚至有的都不能算作严格意义上的小说，这些译介作品注重个人感受和情绪，不注重故事情节和人物描写，此种文体形式对于当时中国作家来说确实有种茅塞顿开的触动与启发，这就是我们看到现代中短篇小说中多“文体互渗”现象的因由。而此时白话长篇作为新生成的文体自身处于生长发展期，虽也受西方思潮影响，如巴金、茅盾、老舍、叶圣陶等作家开始运用欧美手法进行创作，巴金曾宣称“我在法国学会了写小说，我忘记不了的老师是卢梭、雨果、左拉和罗曼·罗兰”[31]。茅盾创作《子夜》的方法是“先把人物想好，列一个人物表，把他们的性格发展以及联带关系等等都定出来，然后再拟出故事的大纲，把它分章分段，使他们联接呼应”[32]，茅盾坦承这种方法不是他的创造，而是抄袭巴尔扎克和托尔斯泰。但整体观之，批判现实主义思潮对当时长篇的影响颇深，作家们立足于现实生活，运用“科学的描写方法和谨慎的意义题材”[33]，用批判的眼光严肃地反映现实，揭示社会本质，以引起疗救的注意，在这样的文本中难觅“文体互渗”的踪迹也在情理之中。

“五四”新文化运动之后，国内革命战争的爆发又引起文学的变动，“革命文学”和“左翼文学”的出现则是政治与文学的再次结盟。中日战争的全面爆发，再次催生了全国全民的抗战文艺活动，文学与政治的自主结盟不仅完成了现代中国文学史的书写，还为当代文学史的开始拉开了序幕。由此观之，整个中国现代文学史就是一部政治与文学逐渐结盟的历史。而在十七年及“文革”时期，政治对文学的僭越以及创作主体有意识的政治图解倾向，长篇小说作为一种御用文体，虽然从表象上看居于时代中心位置，但这种社会学、政治学的价值导向使长篇小说不仅没有获得文学意义上的长足发展，反而陷入模式化、简单化的不堪处境，此种语境下遑论会有作家进行具有革新意义的“文体互渗”尝试。

新时期初，文学和政治都从自己的立场出发清算“文革”，尽管双方的动机并不一致，但政治清算的共同立场使它们的关系呈现出难得一见的“蜜月”状态。随着市场经济体制改革以及社会全方位的转型，文学与政治的关系又开始变得松散，政治更多地关注社会的发展以及精神生活的优化，而文学开始渐渐疏离政治，以市场化、商品化的方式来迎合政治。进入21世纪以后，随着电子媒介的高度发达，尤其是网络的普及，政治的中心领导地位得以消解，文学的中心地位也不复存在，但国家主流意识的渗透依然以隐形的方式存在，除却主旋律文学外，不愿绑架于政治和市场的纯文学开始有了自己的天地。在这种语境下，国门再次打开，西方各种文艺理论如形式主义、新批评、结构主义、解构主义、新历史主义、女性主义、后殖民主义等的涌入，对作家的小说观产生了颠覆性影响，这也为各种形式的文体互渗提供了可能。西方文艺思潮的涌入使作家意识到“怎么写”和“写什么”处于同等重要的地位。大家也意识到追求诗化和散文化能够增添小说的诗意与意境美；日记体或书信体有利于抒发细腻的情感；而诸如闲聊、实录、自述体小说，则是对虚构写作的一种反叛和创新；充满哲理化、随笔性质的小说以片段的方式呈现智性思考，更加契合当下人们的审美接受习惯；追求历史化的史志体小说充分发挥了纲鉴、方志的形式功能，实现了历史题材的另类书写形式，所产生的艺术效果是传统历史小说所无法比拟的。

很多人都认为20世纪中国文学是在西方思潮影响下发展起来的。此言不虚，回顾中国当代长篇小说的现代化历程，大致走的是一条西化路线。在西方思潮影响下，新时期国内文坛充斥着具有中国特色的现代性文学作品，与之相应的，则是一股否定传统现实主义、推崇现代主义理论思潮的涌动，中国作家一贯坚持的写作立场开始受到冲击。面对西方思潮与中国传统的写作立场，作家们姿态各异，有完全西化者，有举棋不定者，有冷静思考者，有叩其两端而执其中者，还有坚守民族传统者等。在这种语境下，长篇创作则顺应性地出现了向中国古代传统文学资源拓进的文体“返祖”① 现象。其中，新时期初在古小说的影响下，在中短篇小说写作中兴起了笔记体小说，进入20世纪90年代，在长篇小说写作中也兴起了笔记体小说。与笔记体小说的兴起存有一定关联的，则是从新时期中后期开始，受古代哲学反思传统影响，长篇小说又表现出哲思化倾向。而到了21世纪，作家们纷纷借用古代实用文体形式来表达现代人的精神生活。这些“返祖”现象直接表征为小说散文化、笔记体小说、哲思体小说、纲鉴体小说、方志体小说等文体互渗形式。

---

① 此种说法最早见于黄忠顺：《长篇小说的诗学观察》，武汉：华中师范大学出版社，2002年。

从文体内外机制两大方面我们可大致窥出当代长篇中出现文体互渗现象的成因，但为何逐步呈现“去诗意化”？这个问题较之前者，显得同样复杂。20世纪二三十年代中短篇小说中盛行散文化、诗歌化和内在自述化倾向，作家们之所以选择这种独抒性灵的互渗形式，一则缘于对当时西方译介作品的模仿，二则缘于更加自由灵动的情感表达需要。但随着社会政治形势的变化，投身革命的激情和保家卫国的责任意识迫使作家必须走出个人的情感世界，于是偏重倾诉个人情怀的互渗形式逐渐为报告体、速写体等实用化形式所代替。接下来，进入新时期，历经三十年政治对文学的僭越，写作的自由权才真正交还给作家，但作家是社会的人，其写作的动机、表达的内容、选择的形式等皆来自于社会的影响。虽然在80年代中期短篇小说中盛行散文化、诗意化的互渗形式，在80年代后期，在长篇小说中也存在些许散文化、诗意化的互渗形式，但在90年代之后，这种通篇化用散文、诗歌的笔调比重明显减少，究其原因，一则是因为通篇化用散文、诗歌的笔调来构思长篇，这对作家的散文、诗歌体裁功底提出了很高的要求，正如有论者所言“如果一个作家还没有把小说写得更是小说、诗写得更像诗”[34]，遑论去用诗的形式写小说？所以，当代长篇散文化、诗意化的作品也仅限于张承志、张炜、阿来、贾平凹等几位善于写散文、诗歌的作家。二则缘于作家一种本能的文体求新意识。诗意化互渗倾向发端于20世纪初，之后一直以一种流派形式立于文坛。到了21世纪，作家们若想在文体形式上出新，若非散文化、诗意化是化在自己骨子里的自然流露，强行模仿设计并幻想产生令人耳目一新的文体效果显然是不明智的选择。这也是21世纪颇多作家在文体形式上变化翻新，但却少有散文化、诗意化形式的原因之一。第三，作家们选择倾向于实用化的方志体、实录体、闲聊体、哲思体、日记体等互渗形式，不仅是考虑自己擅长某种文类运用的结果，也是适应大众读者审美接受倾向的一种选择。随着全球经济文化的一体化以及网络信息的无死角覆盖，一个多元、平民化的无名时代正在进行，各种变量的急剧提升加重了社会群体的压力负担，这些因子合在一起影响着大众的审美倾向。在大众备受物欲挤压、精神荒芜、灵魂孤独之时，在传统长篇越写越长阅之无味时，这些以纲鉴、方志、词典、笔记、日记、大事记等实用文形式写出的史志体小说充分发挥了古代实用文的形式功能，实现了历史题材的另类书写形式，用“史”的外壳包装着现代个体的感受和思想的碎片，既满足了读者对各种历史的本能偏爱，又满足了读者对作品思想深度的渴求。而且，这些偏向古代实用文形式的文体选择，也是摆脱西方文学思潮影响阴影的一种自信表现，是作家们决意退回中国古代文学传统的一种姿态。

四

作为一种文体现象，“文体互渗”一直存在于具有一定文体意识的作家作品中，如张承志、张炜、老鬼、莫言、残雪、柯云路、李佩甫、史铁生、韩少功、林白、阿来、尤凤伟、杨显惠、毕淑敏、孙慧芬、阎连科等。当然，相对于当代文坛数以千计的作家队伍，上述名单稍显单薄，但“文体互渗”本身是种革新行为，既然是“革新”，就意味着“小众”和“另类”，所以上述单薄正显示出文体互渗现象的先锋性。尽管目前学界鲜有论者关注这种现象，但笔者认为这种现象将会持续出现在具有革新意识的作家作品中，并且互渗的形式将会更加巧妙出彩。

其实，研究文体是件困难的事，对长篇小说的某种文体发展趋势做出评判更是件困难的事，因为“长篇小说是唯一在形成中的和未定型的一种体裁”[35]，笔者对文体互渗的前景持乐观态度，主要基于以下几个方面的考虑：一是缘于文体互渗形式本身的可靠性。从文类互融的三种类型来看，文备众体没有达到“变易”的程度，而跨文体因变易的程度太大，在“反小说”的路上走得太远，稍不留神就变成了肢解意义的一地碎片，从意义的完整性、艺术的构建性、文本的可读性等方面来看易误入形式的歧途。唯有处于中间状态的文体互渗，其是作家根据表达的需要，融自己擅长的文类之长，自如地表达对世界的独特理解，拓展了文体的丰富性与多样性，提供了小说艺术新的生长点。从这点来看，文体互渗具有一定的可发展空间。二是从时代审美角度看，长篇小说发展已有千余年的历史，各种形式的探索由来已久，但读者对长篇小说的可读性、思想性、审美性的基本要求从未放弃。而互渗形式的小说不管采用何种形式书写或与哪种文体互融，基本上都未脱去现实主义的底子，小说的基本要素俱全，并且，因为作者对“化”入文体的偏爱与熟练，使小说平添了几分四平八稳的叙述所不能拥有的艺术魅力，其在絮絮叨叨的闲聊冥想、投入真诚的采访笔录、形式巧妙的日记插入、煞有介事的志史记载等中拉近了与读者的距离，增强了故事的真实性，提升了小说的思想力。这种文体不仅吸引了大众读者，也易获得专业读者的肯定。三则从文体评判标准考虑。虽然文体本身并无高低优劣之分，且“我们没有理由，也没有能力证明某一种文体是‘正’，某一种文体是‘奇’，某一种文体是‘新’，某一种文体是‘旧’”[36]。但我们能确定的是，有意义的文体形式总是和表达内容、与作家的精神气质和写作风格、与时代的审美需求等相契合，进而达到老庄所言的“大象无形”的无结构状态。反之，诸如刘恪的《城与市》这种典型的文类互融作品，因割裂了意义与形式的互融，完全走上了极致的形式追求之路，即便堪称中国先锋小说的集大成者，但对于大众读者来说，就是一部失败的形式之作。但同样的文类互融作品《酒国》，因其超强的融合多文体能力，长篇小说该有的意义与元素一应俱全，所以即便形式夸张、结构多元，但依然不失为一部文类互融佳作。

参考文献：

[1] 高旭东．中国文体意识的中和特征［J］．湘潭大学学报（哲学社会科学版），2008（5）．

[2] 陶东风．文体演变及其文化意味［M］．昆明：云南人民出版社，1994：16.

[3] 陈平原．中国散文小说史［M］．上海：上海人民出版社，2004：14—15.

[4] 董小英．叙述学［M］．北京：社会科学文献出版社，2001：323.

[5] 方长安．现当代文学文体互渗与述史模式反思［J］．湘潭大学学报（哲学社会科学版），2008（6）．

[6] 夏德勇．中国现代小说文体与文化论［J］．北京：中国广播电视出版社，2005：36.

[7]［8］王爱军．诗性的放逐：现代中国小说的“文体互渗”现象的文化阐释［D］．南京师范大学中文系，2013：50，91.

[9] 陶东风．文体演变及其文化意味［M］．昆明：云南人民出版社，1994：16.

[10]［美］厄尔·迈纳．比较诗学：文学理论的跨文化探究札记［M］．王宇根等译．北京：中央编译出版社，1998：142.

[11] 陈军．文类基本问题研究［M］．北京大学出版社，2013：165.

[12] 邓晓成．文学泛化及其文体意义［J］．当代文坛，2005（1）．

[13] 夏德勇．中国现代小说文体与文化论［M］．北京：中国广播电视出版社，2005：147.

[14] 黄忠顺．非虚构——抒情历史小说——《心灵史》文体论［J］．中南民族大学学报，2006（1）．

[15] 张承志．美则生，不美则死［M］//萧夏林．无援的思想．北京：华艺出版社，1995：105.

[16] 张承志．心灵史［M］．广州：花城出版社，1992：219.

[17] 张路黎．史铁生哲思文体的创建及特征［J］．江汉大学学报，2008（1）．

[18] 姜红．困厄中的升华——史铁生散文简论［J］．安徽农业大学学报，2003（6）．

[19] 何东．史铁生病中闲谈［N］．南方周末，2001－04－30.

[20] 史铁生．写作之夜［M］．沈阳：春风文艺出版社，2002：35.

[21] 柯云路．黑山堡纲鉴（序言）［M］．广州：花城出版社，2000：2，3.

[22] 周航．《乌泥湖年谱》阅读札记［J］．江南，2010（3）．

[23] 於可训．无事的悲剧——读方方长篇新作《乌泥湖年谱》［J］．写作，2001（2）．

[24] 姚玉梅．自觉者的记忆言说——论《中国一九五七》的叙事特色［J］．牡丹江教育学院学报，2008（1）．

[25] 吴义勤．历史·人史·心史——新长篇讨论之四：尤凤伟的《中国一九五七》［J］．小说评论，2001（3）．

[26]［苏］巴赫金．陀思妥耶夫斯基诗学问题［M］//巴赫金全集（第五卷）．白春仁等译．石家庄：河北教育出版社，1998：361－362.

[27] 王国维．宋元戏曲史（自序）［M］．北京：东方出版社，1996.

[28]（明）杨慎．词品·序［M］//渚山堂词话·词品．王幼安点校．北京：人民文学出版社，1960：41.

[29]（清）查礼．铜鼓书堂词话·施岳词［M］//词话丛编（二）．唐圭璋．北京：中华书局，1986：1482.

[30]［法］托多罗夫．体裁的由来［M］//巴赫金．对话理论及其他．蒋子华等译．天津：百花文艺出版社，2001：24.

[31] 巴金．文学生活五十年巴金论创作［M］．上海：上海文艺出版社，1983：10.

[32] 李洁非．中国当代小说文体史论［M］．陕西人民教育出版社，2002：23.

[33] 百里，振铎．文艺丛谈［J］．小说月报（第12卷），1921（3）．

[34] 赵勇．反思“跨文体”［J］．文艺争鸣，2005（1）．

[35]［苏］巴赫金．长篇小说和史诗［M］//吕同六．20世纪世界小说理论经典．北京：华夏出版社，1996：296.

[36] 吴义勤．难度·长度·速度·限度——关于长篇小说文体问题的思考［J］．当代作家评论，2002（4）．

（作者系南京师范大学文学博士，马鞍山师范高等专科学校中文系副教授）

生态整体主义视域下大自然文学中的悲剧意识

●徐立伟

［摘　要］　大自然文学注重反思人与自然的关系，强调生态整体性主义，并在作品中通过生态整体性的破坏、人与自然的对立，来展示文学的悲剧意识。在人类中心主义角度上，人终究难逃失败；从人类文化的角度上讲，人痛失家园，浮萍无依；从文化消费的角度上讲，人碎片寄生，死于消费。这些悲剧意识的意义在于提醒人与自然皆统摄在生态整体性之下，人与自然是利益统一的整体。

［关键词］　大自然文学；生态整体主义；悲剧意识

首都经济贸易大学程红教授提出美国自然文学的概念是“以描写自然为主题，以探索人与自然关系为内容，展现出一道亮丽的自然与心灵的风景，重述了一个在现代人心目中渐渐淡漠的土地的故事”[1]。安徽大学大自然文学研究所提出：“大自然文学的创作宗旨是以大自然为题材，书写人与自然的故事，追求人与自然的和谐。”[2]两者表达虽有差别，但却都肯定了大自然文学是对于“人与自然关系”的探索和书写。关于人与自然关系的问题，马克思说“完成了的自然主义，等于人道主义，而作为完成了的人道主义，等于自然主义”[3]，这种完成的自然主义或者人道主义，是一种自然界与人类社会和谐统一的状态，是“生态整体主义”，而不是“人类中心主义”或者“自然中心主义”或者任何一种“中心主义”。生态整体主义，是生态哲学最核心的思

基金项目：2016年安徽省哲学社会科学重点规划项目“生态文明视域中的‘大自然文学研究’”（AHSKZ2016D23）；2017年安徽大学大自然文学协同创新中心资助项目“大自然文学中的悲剧意识”（ADZWP17－07）；安徽大学研究生学术创新研究与扶持项目“马克思主义人学观视域下先锋小说审美研究”（yfc100031）。

想，“其主要内涵是把生态系统的整体利益作为最高价值，把是否有利于维持和保护生态系统的完整、和谐、稳定、平衡和持续存在作为衡量一切事物的根本尺度，作为评判人类生活方式、科技进步、经济增长和社会发展的终极标准”[4]，是一个去中心化的过程，是“人化自然”与“人的自然化”的统一，是科技进步与文化发展的统一。但是，现实的情况是，当人们探讨人与自然的关系时，人类不可避免地会立足于本位，尤其是进入工业化社会以来，人的主体地位显著提升，人毫无疑问会以人类的视角为出发点，审视人与自然的关系。当人的主体地位越发坚固，自然也就成了“他者”。当主体和他者各据一方的时候，自然与人就不可避免地产生了二元对立。所以，生态整体主义是一个未完成的状态，是一个迫切需要并且正在建构的状态。并且建构中引起的科技与文化层面的批判，发生的文学艺术的反思，都会渗透出一种悲剧意识，让人重新审视现有的世界观，激发人类的自省。

与马克思主义异曲同工的是，生态主义的核心思想也在于“整体主义”。1876 年林奈学派的布鲁克纳提出了生命网的观点，指出自然是“一张具有奇特结构的网，由柔软的、易破的、脆弱的、精致的材料制成，按照他的结构和目的，把一切都连成令人赞叹的整体”[5]。这个网中的一切都是相互联系的，都是牵一发而动全身，当网中的有机联系被一种“中心—他者”的关系打破时，无论处在中心的，还是处在边缘的，都将遭到难以避免的打击。尤其是在现代社会，人与自然之间的对立已经与原始社会完全不同。人类不光掌握了可以完全摧毁自然的技术，并且古老的“道法自然”的伦理已经被消费精神所逐渐代替。人们在工业化以来与自然的对立中，饱尝了生态整体结构失衡所带来的苦果。这种苦果值得人类细心反思，值得认真建立一种生态整体主义的世界观，“既包括对人类自身生存与发展的权利的充分关注，又把这种关注扩大和延伸到生命环链中的其他物种，从而形成整体生态系统良性循环和有序平衡”[6]。

要达到反思的效果，文学创作上通常有两种办法：“或者通过展示人与自然的和谐关系及其营造的美景佳境激起人们的热爱自然、保护生态的意识，或者通过描述人与自然相互对立及其造成的生态危机从反面唤起人们的生态忧患和生态保护意识。”[7]事实上，在大自然文学创作中，两种方法都存在，并且都能够从现有的作品中找出例证。但是，随着工业化过程中人与自然关系的对立，人们营造人与自然的和谐关系似乎越来越难，美景佳境也离人们的生活渐行渐远，反而，弥漫在人们生活之中的，是那种生态系统的破坏、自然环境恶化后产生的一系列化学反应，比如浓浓的雾霾、干涸的湖泊、沙化的土地、肆虐的疾病。这些带有人们苦痛体验的经历，促使着人们开始反思，当我们一再以勇者的身份征服自然的时候，是不是自然也会毫不留情地将我们的尊严毁灭？于是，悲剧精神在这种反思中产生了。人类从征服自然的快感中没有走出多远，就已经体味到了自然报复的痛感。这必然引起人类悲剧意识。这种意识，让人类必须直面生存的疑问。我们是什么，我们如何生存，我们生存的意义何在？这同样是大自然文学创作的出发点和落脚点，大自然文学就是站在人与自然关系的角度，对人与自然之间的关系进行“悲剧性现实的情感反映和理性把握”[8]。那就是对生态的整体性，要保持至高的尊重，并且，不要试图僭越。因为玉石俱焚的悲剧，已经填满了人类的记忆，这是挥之不去的悲剧意识。

一、人与自然的冲突中生发的悲剧意识

1. 在与自然的冲突中胜利生发的悲剧意识

德国古典哲学家康德说“动物不具有自我意识，仅仅是实现外在目的的工具。这个目的就是人”[9]。人类习惯以人的尺度来规范自然界，以人的手段推动“自然的人化”。然而，人的尺度并不意味着自然界的法则，因为人是自然的一种类属，而不是相反。在人类“征服”自然的过程中，如果自然不能够“逆来顺受”，那么，矛盾冲突在所难免。所谓矛盾冲突，一定存在着对立的两个方面，这两个方面的斗争不是东风压倒西风，就是西风压倒东风。人类的优势体现在“动物只是按照它所属的那个种的尺度和需要来建造，而人却懂得按照任何一个种的尺度来进行生产”[10]，所以人类总能“与大自然进行残酷而又顺利的斗争”。所以，人对自然的索取，在一定程度上源于人对自然的蔑视，古希腊先贤普罗泰戈拉认为“人是万物的尺度”，这种以人为中心的思想设定，就埋下了悲剧的伏笔，“人是万物的尺度”不意味着人不可战胜，也不意味着人要战胜一切。但是，当人的虚荣使自身站在万物的中心而飘飘然时，“人需要取得巨大的成就，需要无限度地实现自我，需要攻击阻碍和限制他的东西，即使这意味着攻击自然本身——这种蔑视在很大程度上说明了悲剧精神”[11]。因为，人与自然，都是站在自然整体的视域之中，最终的胜利，从来都不是注定给人的。小说《狼图腾》中，“草原狼是草原人肉体上的半个敌人，却是精神上至尊的宗师，一旦把它们消灭干净，鲜红的太阳就照不亮草原，而死水般的安宁就会带来消沉、萎靡、颓废和百无聊赖等等可怕的敌人，将千万年充满豪迈的草原民族精神彻底摧毁”[12]。蒙古人民对狼有原始的崇拜，他们热爱生养自己的草原，对狼保持着一种弹性的态度，依靠并伴随。而汉人的到来，则改变了这个相对“平衡”的局面。政治运动式的屠

杀，导致了狼与人的决裂。经过一轮战斗，人类高举着猎枪和幼狼的尸体，庆祝着“人定胜天”的伟大预言。但是，正像作品所渲染的那样子，“在几乎每部悲剧中，从一开始就有一种在劫难逃的气氛”[13]。人类与狼的关系恶化到了极点，狼的报复也默默展开。终于在月黑风高夜，它们来到了生产队驻地，将马群赶入临界冰点的泡子中，人类至此，再也无力回天。小说的悲剧意识体现在人类受到的关于狼的惩罚，直接原因就是“汉人”们破坏了草原的规矩，打破了人和狼之间的平衡。草原包含着人和狼，是生态系统的一个缩影，草原的规矩就是生态整体主义的规矩，每一个环节都要遵守维护整体的“体量”。汉人们对狼的穷追猛打，将这种整体的牵制破坏殆尽，“人定胜天”的革命观念在生态整体性面前，就显得软弱而空洞了。这也印证了恩格斯的话：“我们不要过分陶醉于我们人类对自然界的胜利，对于每一次这样的胜利，自然界都对我们进行报复，每一次胜利，在第一线都取得了我们预期的结果，但在第二线和第三线却有了完全不同的，出乎意料的影响，它常常把第一个结果重新消除。”这种人类中心主义的恶果，与其说是人类意图的背道而驰，不如说是人类独断专行的咎由自取。借用《美狄亚》的一句话：“凡是我们所期望的往往不能实现，而我们所期望不到的，神明却有办法，这件事也就是这样的结局。”[14]

2. 在与自然的冲突中失败生发的悲剧意识

人类中心主义的首要出发点是人的利益，人类依此建立所谓的秩序，在人与自然的关系中，将自然作为客体，将人的价值观完全覆盖在自然之上。然而，这种人类中心主义恰恰忽视了人是自然的一部分，并且人身上具备自然的规律和秩序，一旦改造自然出现问题，那么势必是人的规则和自然的规则出现了冲突，可以想到的是，逆自然规则就意味着逆作为自然的一部分的人的自身规则，后果就是所有的改造将以失败告终，连“一线的胜利”，都不会发生。因为“所有的生命都在某种程度上依赖于另一个生命，而且，每一个个别的自然造物的部分都必须支撑其他的部分，进而，如果缺少了任何一个部分，所有其他的部分必然因此而秩序紊乱”[15]。满目疮痍的自然并不是人类的成功改造，而是人类的慢性自杀。斯奈德指出：野生的自然，是秩序无穷的源泉……在人类看来，这个世界有太多的杂乱无序的东西，但是在非人类的宇宙里，从树上掉落的一片树叶也是遵循着整体秩序飘落的[16]。在艾特玛托夫的《断头台》中，人类烧毁了草原，用以建设代表现代文明的公路，抓获幼狼换取烈酒，屠杀羚羊，上缴肉类供给，最终导致狼的复仇，牧民在人与狼的决战中，误击中幼子，战斗结束，四野苍茫，浪迹遍地，人类受到严重的惩罚。从最初的筑路开矿，到大规模捕杀野生动物，所有满足人欲的规划都为悲剧埋下了伏笔。人类没有考虑整体的自然，仅仅从自身的欲望出发，在与自然的战斗中，落得了“白茫茫大地真干净”。甚至作者发出了这样的呼喊“为什么你要赐予那些互相残杀、把大地变成大众耻辱的坟墓的人以智慧、语言以及能创造万物的自由的双手?”他甚至呼吁人类“不要再贪求对别人的统治!”[17]文学作品再一次以悲壮的形式，印证了人类中心主义的短视和悲剧结局。如果生态整体主义被看作一种力量，那么是人和自然共同承担着生态整体的压力，所以，人类与自然之间的角力应该保持在个体能够承受的范围之内，当人类毁灭性地消灭一个物种，那么那个物种所承担的压力就会转嫁给其他物种，当然，毫无疑问这种转嫁一定会波及人类，人类的承受能力遭受了巨大挑战，当人的力量不足以承担转嫁而来的压力时，人将二次转嫁，或者灭亡。人与自然斗争的大量失败经验是人不足以承受这样的生态压力，进而灭亡。但，人是有意识的文化动物，人将这种灭亡的来龙去脉付诸丹青，就渗透出了那种生命被打碎的悲剧气质，也就是文学作品中，人惨败于自然后的那种后知后觉悔之晚矣的悲剧意识。

二、乡土消逝与谱系断裂生发的悲剧意识

虽然大自然文学探讨的是人与自然的关系，但是，反思的对象绝不仅仅是物质生命，还包括人类自身的文化、思想和生存方式。“我们社会文化的所有方面，共同决定了我们在这个世界上生存的独一无二的方式，不研究这些，我们便无法认识人与自然的环境的关系，而只能表达一些肤浅的忧虑。”[18]

1. 乡土消逝产生的悲剧意识

人类都是从自然而来，尤其是作为农耕民族的中华民族，人与自然、土地的情感更为复杂，有学者指出：“全部中国文化几乎都是建立在人类的这种悲剧意识的基础之上的，都是建立在人与宇宙、自然、世界的悲剧性分裂和对立的观念之上的。”[19]随着人类城市化的扩张，自然的范围被进一步压缩，难以计数的农村人口涌进城市，城市的范围也在不断地扩大，可是当我们定居在钢筋水泥的丛林里，重新填写一份关于身份的证明时，会发现“祖籍”一栏越来越模糊，不但我们没有去过，甚至，那个地方已经消失了。在文学作品中，自然界被赋予了文化上的含义，实现了审美的对象化，所谓对象化即“一切对象对他来说也就是成为他自身的对象化，成为确证和实现他的个性的对象，成为他的对象，而这就是说，对象成了他自身”[20]。体现在文学作品中，自然界就不仅仅是一种风光、一种原始的动植物存在状态，而是一种带有乡土感的审美情怀。在这一点上，自然界是作为审美对象而存在的。如

苏童的《飞跃我的枫杨树故乡》："多少次，我在梦中飞跃遥远的枫杨树故乡，我看见自己每天在迫近一条横贯东西的浊黄色河流。我涉过河流到左岸去，左岸红波浩荡的罂粟花地卷起龙首大风，挟起我闯入模糊的枫杨树故乡。"[21]河流的意向在小说中被多次使用，在枫杨树的自然环境中，河流作为一种自然界景观，承载着两个方面的审美意蕴，"一是时间方面，河流的流淌就像生命岁月的流逝，带着枫杨树故乡的人走向生命彼岸，二是空间方面，河流从乡村到城市，带着个人的生命的历程，从一个地方到另一个地方"[22]。这是一种乡土的流动、以生命历程为主体的乡土感，乡土的离别渗透着淡淡的忧伤，苏童的乡土感相对温和，与此不同的龙应台，她的乡土感就更显悲伤了。因为那不是乡土的流动，而是乡土的消亡。让我们看一看《美君的淳安古城》："美君在台湾一住就是 40 年，学会了当地的语言，也爱上了亚热带的生活，异乡已经变成了故乡。那新安江畔的故乡嘛，1959 年建水坝，整个古城沉入千岛湖底。她这才相信，原来朝代可以起灭、家国可以兴亡，连城，都可以从地球上抹掉，不留一点痕迹。"[23]人的乡土感，是人的生命归属。当人的乡土消失，人的归属也在走向淡化和消亡，人若草芥，飘零无依。反映在生态整体主义世界观里，就是无源之水、无本之木，动荡着生态的整体，而这种动荡，是人在维持生态整体性时，社会赋予其的精神上的痛楚，一种流离的悲剧意识。余虹说："一个天地隐匿、诸神逃离、万物被掠夺的世界不是真正的世界，而是一个地基被毁的深渊，悬于深渊中的现代人，是无家可归者。"[24]

2. 谱系断裂产生的悲剧意识

人是大自然的一部分，只是人很少用观照自然的视角来观照自身。经济社会高速发展的三十年，我们的宗族观念已经严重淡化，一个家族血脉的传承也由小家庭的分散生活所取代，大家族群居的时代和土地都已经不复存在，族群的记忆走向散佚，如果家族是一棵树，那么主干已经不在了，只剩下满地叶子。再看个人的回忆，个人的回忆也随着生活空间的不断压缩，变得气若游丝，孩提时代的过往美景今天已经荡然无存。大自然伴随着我们成长，但是当我们长大以后，大自然却不见了。如果我们是一棵树，那么曾经生长的山已经不在，我们只是被安排在高楼大厦下面一个方寸大小的花坛里，这种现实阻断了关于个人的记忆。在《即将消失的村庄》里，作者写到"溪口村的败落是从房屋开始的，在经历了无数岁月之后，房屋一年年陈旧、破损、漏风漏雨，最后一座座倒塌。轰隆一声，冒一股尘烟，就意味着这一家从溪口村彻底消失了。每倒塌一座房屋，村长老乔就去看一下，就像每迁走一户人家，他都要去送一下，这是他的职责"[25]。作品中我们看到了一个又一个房屋消失，一个又一个村庄消失，一个又一个故乡消失，进而农田被流转，河水干涸，集市主干道两旁盖起了楼房，昔日绿油油的菜田和金黄的油菜花都已不会再现，留下的只有千篇一律的，城市。这段文字中还有一个不太显著的印记，就是，消失的村庄，它流逝的不光是个体的人，而是“一户人家”，这意味着一个姓氏，或是一支血脉即将消失在他扎根的土壤，当多年后，人们试图认祖归宗的时候，回到血缘的宗土上，发现，庙堂不在了，祖坟不在了，牌位不在了，连能够血脉相通的人都已经不在了。整个宗族的谱系早已断裂，人不得不面对血脉伦理上的飘零。正是这种宗族谱系的断裂，使个人甚至一个宗族的回忆都染上了浓重的悲剧意识，而当我们真正失去宗族的归属，成为沧海一粟、迷途中的羔羊时，那种悲怆将必然引起我们的反思，现代的生活是对自我的成就，还是对自我的毁灭？反映在大自然文学作品中，乐观地讲“一方面遭受压抑毁灭，另一方面又能在压抑毁灭中实现生命本质力量的对象化，引发新的生命、新的人格的诞生成长，促使欣赏主体更深沉地去思索人的生命活动的意义和作用，感受人的生命存在的价值和重量”[26]。而悲观地讲，则是人终究需要面对苍茫人世的众生飘零，孤独地享受着现代化的物质成就和精神摧残。这种生态的整体性破坏就在于原本群落的受力组合，变成了单个的、缺乏组织的受力个人，人类社会的孤独感使人徒增了受力的新负担。

三、消费生活与过度消费生发的悲剧意识

1. 碎片化生活产生的悲剧意识

我们在研究大自然文学的悲剧意识时，要对我们社会的文化有一个了解，“文化艺术问题始终同社会的劳动分工、阶级关系联系在一起，而且是自觉不自觉地对他们做出反映，因此文艺是上层建筑，是一定社会的精神生活，代表一个民族对生活和人的观念”[27]。人，是自然的人也是社会的人，并且人是一切社会关系的总和，人所反映的观念，是一种“历史无意识”，社会文化既是人的背景，也是人的产物，正如马克思所说：“社会性质是整个运动的一般性质；正像社会本身生产作为人的人一样，人也生产社会，活动和享受，无论就其内容或就其存在方式来说，都是社会的，是社会活动和社会的享受。”[28]在当代社会中，后现代主义在消解了“二元对立”和中心主义之后，将生活带入一种平面化之中。这种平面化，让我们处在一种分散的状态下，每个人游离于社会体系之中，有群无体，只能称作社会的组成，而不能称为社会的组合。一方面，人与人之间的交流被科技的藩篱所阻隔，纵然科技高

速发展、社交工具层出不穷，人们的内心依然是孤独的，甚至出现了依靠电脑可以度过一生的个人生活状态。整个社会，由独立个体的碎片生活所组成，人们生存模式的碎片化反过来加剧了每一个个体的自我封闭，人类不以自己为中心，也不以大自然为中心，人们减少互相交集，也减少与自然的交集，人变成“宅人”。正如越南作家阮坚在《多余的人》中写到的：“母亲为了保护内部的美丽不受外部世界的影响，做了一个巨大的铁门，也建了高墙，高墙上装上了带刺的铁线，茂密的常春藤爬满了墙，隔绝内外的墙，从外面根本看不出来。”[29]人们在封闭的自我空间里，既隔离自我，也隔离了自然。另一方面，每个人的个体生活也都由碎片组成，宏图大志的价值观固然存在，但投射在个人头脑里的，却是个人消费的价值观。对快感的追求，并且是不断地追求，促使了人从一个文化消费碎片走向另一个文化消费碎片，这种步伐仍在加剧。当个人的文化生活全部由快感的碎片组成，那么，人也终将逝去他遥远的征程，沦陷在碎片的生活里。这让人生发了物种的异化，而这种异化，也是对生态整体性的破坏，因为支撑整体的一个物种已经开始变异了。并在这种变异的过程中散发着一个类属堕落的悲情意味。

2. 过度消费产生的悲剧意识

文化产品和社会物资一样，在当下的时代，供应远远超出了基本需要，人们在面对纷繁的消费行为时，往往超出所需，过度占有。

不可否认，科技的进步、环境的改造使经济社会出现了物质生活的极大丰富，消费需求的极大满足。并且在经济发展和消费需求的互相作用下，消费社会的影响开始渗透到各个领域，并且不断蔓延。自然界也不可避免地成了人类的消费品。人对待自然的态度，如果是那种简单地对待消费品的态度，那么后果是不堪设想的。因为人和自然共同担负着生态整体性的责任，当人把共同受力者当作消费对象时，人要承担的，绝不仅仅是自然的反抗，同样还有生态系统的惩罚。芭芭拉和杜博斯的《只有一个地球》中总结道：“对消费品的喜新厌旧成风，无限制地使用能量，我们的前途只能是生态系统的灾难。”[30]除了消费主义以外，技术的进步所引起的人与自然的关系变化也值得我们重视，技术的进步到底意味着什么，这是我们需要辩证思考的东西。马尔库塞就发出了这样的疑问：“西方文明究竟出了什么毛病？一方面是技术的高度进步，另一方面则是人性的倒退：非人化、残酷无情、作为审讯的‘正常’手段的严刑拷打复兴，原子能的破坏性发展，生物圈的污染等等，这些问题究竟是怎样发生的呢？”[31]如果技术让人倒退，那么技术能让生态整体性持续保持吗？技术是人化的技术，还是非人化的技术，这个问题我们有必要考察技术的出发点。技术不应该是自私的，不应该是有利于人而有害于自然的，技术如果不能双赢，也不应该是加害一方的。因为技术摧毁的不光是自然界和人类的一方，而是整个生态系统。此外，技术的发展，带动的消费应该是节制的、良性的，而不是导致人类毁灭的泛滥。在尼尔·波兹曼的《娱乐至死》一书中，封皮上印着一个头顶电视、手里还拉着孩子的人，这与作者本人创作此书的初衷相呼应，人类终将丧失思考，并死于人们所热爱（消费）的事物。文化消费产品的过剩，同样加速了文化的衰亡，“在这里，一切公众话语都日渐以娱乐的方式出现，并成为一种文化精神。我们的政治、宗教、新闻、体育、教育和商业都心甘情愿地成为娱乐的附庸，毫无怨言，甚至无声无息，其结果是我们成了一个娱乐至死的物种”[32]。相对于曾经贫瘠的文化消费而言，现在的一切有些过剩了，我们不再会被饿死，而是被撑死。正如琳达所言：“人类能力的急剧膨胀，是我们的不幸，而且很有可能是我们的悲剧，因为这种巨大的能力不仅没有受到理性和智慧的约束，而且还以不负责任为其标志。”[33]我们过度消耗了自然，又过度地消费了自然，在没有崇高文化引领的时代里，我们又痴痴地咽下一个又一个自然做成的汉堡，直到最后不知不觉无知无觉。“我们聚集了众多的人口/他们无力自由地生存下去/与强有力的大地绝缘/人人无助，不能自立/圆圈封了口/网在收/他们几乎感觉不到网绳正在拉。”[34]人们再一次在从自然无尽的获取中走向自我消解，人死于挚爱的消费，这难道不是悲剧吗？同样，人如果死于消费，那么自然恐怕也难独善其身，生态整体性也就烟消云散了。

四、结语

人与自然共同担负着生态整体性的重任。生态整体主义不支持任何一种中心主义，它呼吁的是一种统一的整体、一种和谐的共存。大自然文学就是考量人与自然的关系问题，并借此来重新审视和建构人与自然的关系的文学形式，它呼吁生态整体主义的建构，反思人与自然的对立。大自然文学作品不可避免地涉及这些对立的残酷性、冲突的激烈性。在这种冲突中，人永远不会是完全的胜利者。就像生态思想家们在共识中提到的，他们“绝不赞成用征服自然的方式证明人的伟大，而且坚信，人类最终是无法战胜自然的，无论是他取得了多少让他自豪的胜利，无论多少次用征服自然的方式证明了自己的力量，最终他仍旧必然会遭到自然严酷的甚至是毁灭性的惩罚”[35]。任何一方的损失都会以牺牲生态整体性为代价，而人类永远占不到便宜。备受打击的痛楚体现在大自然文学中，激发了巨大的悲剧意识，这种悲剧意识的核心源头，就是生态整体性的破坏。分析大自然文学的悲剧意识，首先是人类中心主义所生发的，当人类在与大自然的冲突中获胜时，会落入恩格斯所言的“一线胜利二线失败”的泥沼。当人类在与大自然的斗争中失败时，人类需要直接吞下生态系统的罚单，悲剧意识不可回避。在我们的现代化进程中，城市化发挥了巨大作用，城市占领了越来越多的大自然空间，占领了我们的乡土，让我们成为悬在深渊中的无家可归者，同时，现代化的进程瓦解了我们的记忆，连同曾经陪伴我们的自然景物、曾扎根于心的宗族谱系都在时间与空间上被无情地抹去了，我们为此陷入了深深的悲悯之中。在探讨大自然文学的同时，对社会文化的认识是必要的，在现代化的进程中，我们的生活已经被解构了中心和对立，呈现出碎片化平面化的景观，我们不再汲汲于族群和群体，我们作为碎片化的人生活在社会中，我们隔离了自己，也隔离了自然，我们在丰富得过剩的文化中寻找消费的兴奋点，我们在纷繁的选择中并没有精神节制，反而最终被同样碎片化的文化产品淹没在没完没了的需求中，连同我们的工业、物质。我们毫无知觉地全部吞下，丝毫没有在意那些东西远远地超出所需，并耗尽我们的生活和赖以生活的自然，其中也包括我们自己。人类已然开始认识到自身的短视与自大，也开始重建一种对待世界的观念，作家们在沉重的大自然文学中，缓缓唱起了酒神的颂歌。

参考文献：

[1] 程虹．美国自然文学三十讲［M］．北京：外语教学与研究出版社，2013：2.

[2] 安徽大学大自然文学研究所．大自然文学研究（首卷）［M］．合肥：安徽人民出版社，2013：1.

[3] 中共中央马克思恩格斯列宁斯大林著作编译局．马克思恩格斯全集（第42卷）［M］．北京：人民出版社，1979：120.

[4] 王诺．生态批评与生态思想［M］．北京：人民出版社，2013：141.

[5] Donald Worster. Natual's Economy：a History of Ecological Ideas (Second Edition)［M］. Cambridge：Cambridge University Press，1994：48－49.

[6] 赵凯．生态文明视域中的大自然文学［A］．安徽大学大自然文学研究所．大自然文学研究（第二卷）．合肥：安徽人民出版社，2015：62.

[7] 刘文良．悲慨：生态文学之魂［J］．中国文学研究，2007（4）：113.

[8] 何锡章，王书婷．佛教与中国传统文化悲剧意识的演变［J］．中国文学研究，2004（4）：8.

[9] 雷毅．深层生态学思想研究［M］．北京：清华大学出版社，

2001：118.

[10] 中共中央马恩列斯著作编译局．马克思恩格斯全集（第42卷）[M]. 北京：人民出版社，1979：97.

[11] Glen A. love. Practical Ecocriticism; Literature, Biology, and Environment [M]. Charlottesville: University of Virginia Press, 2003: 126.

[12] 姜戎．狼图腾 [M]．武汉：长江文艺出版社，2004：352.

[13] Clifford Leech. Tragedy : The Critical Idiom [M]. London: Methuen &Co. Ltd, 1969: 39.

[14] [古希腊] 埃斯库罗斯．悲剧二种 [M]，罗念生译．北京：人民文学出版社，1979：10.

[15] R. P. Mclntosh. The Background of Ecology : Concept and Theory [M]. Cambridge, UK: Cambridge university press, 1985: 78.

[16] [日] 山里胜已，高田贤一，野田岩一等．自然和文学的对话 [M]. 北京：中国社会科学出版社，2014：9.

[17] [俄] 艾特玛托夫．断头台 [M]．冯加译．北京：外国文学出版社，1987：221.

[18] Johnathan Bate. The Song of The Earth [M]. Cambridge, MA: Harverd University Press, 2000: 24.

[19] 王富仁．悲剧意识与悲剧精神（上篇）[J]．江苏社会科学，2001（1）：114.

[20] 中共中央马克思恩格斯列宁斯大林著作编译局．马克思恩格斯全集（第42卷）[M]．北京：人民出版社，1979：125-126.

[21] 苏童．飞越我的枫杨树故乡 [J]．上海文学，1987（2）：10.

[22] 徐立伟．马克思主义自然观视域下先锋小说审美批判 [J]．云南社会科学，2017（2）：180.

[23] 龙应台．美君的淳安古城 [J]．中外文摘，2010（15）：69.

[24] 余虹．艺术与归家 [M]．北京：中国人民大学出版社，2005：1.

[25] 赵本夫．即将消逝的村庄 [J]．时代文学，2003（4）：78.

[26] 佴荣本．文艺美学范畴研究——论悲剧与喜剧 [M]．南京：南京大学出版社，2002：107.

[27] [意] 葛兰西．论文学 [M]．吕同六译．北京：人民文学出版社，1983：188.

[28] 中共中央马克思恩格斯列宁斯大林著作编译局．马克思恩格斯全集（第42卷）[M]．北京：人民出版社，1979：121-122.

［29］转引自［日］山里胜己，高田贤一，野田岩一等．自然和文学的对话［M］．北京：中国社会科学出版社，2014：138.

［30］［美］芭芭拉·沃德，勒内·杜博斯．只有一个地球［M］．国外公害丛书编委会译校．长春：吉林人民出版，1997：23.

［31］［美］布莱恩·麦基．思想家——当代哲学的创造者们［M］．周穗明，翁寒松译．上海：三联书店，1987：70.

［32］［美］尼尔·波兹曼．娱乐至死［M］，章艳译．桂林：广西师范大学出版社，2004：2.

［33］Linda Lear. Rachel Carson，Witness for Nuture［M］. New York：Henry Hholt & Company，1997：407.

［34］彭宇．20世纪美国诗歌——从庞德到罗伯特布莱［M］．开封：河南大学出版社，1995：580.

［35］Joesph W. Meeker. The Comedy of Survival：Studies in Literature Ecology［M］. New York：Clarles Scribners' Sons，1974：50－51.

（作者系安徽大学文学院博士生）

新世纪诗歌的现状
及诗歌突围的可能性

●王明文

[摘　要]　新世纪中国新诗虽然取得了一定的成绩，但现状不容乐观。中国新诗日益边缘化，在表面轰鸣的喧嚣中走向内在的沉寂。新诗在寻找突围的可能性时，应该以世界诗学眼光，吸取古今中外人类文明的精华，与古典对话，与西方对话，与现实生活对话，走出困境。

[关键词]　新诗；边缘化；突围；对话

新世纪中国诗歌在经济大潮中日益被社会边缘化。诗歌本身的鱼龙混杂、泥沙俱下，使新世纪诗歌在表面轰鸣的喧嚣中走向内在的沉寂。或许这是诗歌的悲哀，或许是诗歌发展中一次蜕变新生的机遇，或许是诗歌发展无法绕过的陷阱……身在其中，往往无法拉开透视所需要的历史距离，但这不是我们回避反思和探索的理由。

新世纪诗歌的现状如何？弊病在哪里？它如何实现自身的突围？这是诸多诗人和研究者所关注的问题。

一、语言形式上过度的口语化、叙述化、散文化

1986—1988 年“口语诗”写作迅速蔓延，形成“口语诗”的第一次热潮。口语诗的涌现应该说是诗坛对诗歌反思与焦虑的结果。朦胧诗在 20 世纪 80 年代的横空出世刷新了中国诗歌的观念和审美原则，让人耳目一新。朦胧诗对中国六七十年代口号式诗歌的伪抒情、滥抒情、浅抒情进行了纠偏，它在新诗发展中的贡献是巨大的，但是不少朦胧诗以密集的意象对历史、文化、

社会超负荷的承载，让诗人们厌倦，他们迫切要求突破。短短几年之后，诗坛喊出了“pass 北岛，打倒舒婷”的口号，以“第三代”自居的诗人们纷纷举起大旗，全国诗派林立，南京的“他们”，上海的“海上诗群”，四川的“莽汉主义”“非非主义”等诗派各自主张，对诗歌的理解令人眼花缭乱。韩东的“诗到语言为止”、于坚的“拒绝隐喻”成为诗人们的旗帜。口语诗写作的初期，诗人们以叙述替代泛滥的抒情，回到生活现场，以口语的鲜活、表现的自由冲击了诗坛，给诗界带来一股新鲜的风，具有一定的审美价值。于坚的《尚义街六号》、韩东的《你见过大海》、李亚伟的《中文系》等，以其独特的语言表现形式和非主流的思想，显示出各自不同凡响的艺术品格，得到诗坛一致的喝彩。

随着后现代哲学和文学思潮的被推崇，第三代诗人很快被打着后现代旗帜的诗人们所摒弃。事实上，现代派文学的影响仍在，它与后现代派思潮一同，构成了新世纪诗歌写作的哲学支柱。后现代主义文学崇尚“零度写作”，拒斥孤独感、焦灼感之类的深沉意识，具有明显的向大众文学和“亚文学”靠拢的倾向。

口语化写作随后成为中国诗坛的主流形态。持续 30 年的口语写作，至今风头不减，但它的艺术功能和艺术的内在追求逐渐丧失。口语诗的缺乏艺术韵味、琐屑、空洞等为读者所厌弃，已经无法再起到推进诗歌发展的作用，弊端尽显，成为阻碍诗歌发展的痼疾。事实上，口语化写作的去修辞化，本身就与诗歌文体相背离。

1. 语言低俗

20 世纪 90 年代以来，诗歌的生存空间被极度压缩，诗歌的民间化、个人化色彩更浓。在诗歌观念上，出现崇尚非理性、反修辞等现象。“下半身”诗歌、“垃圾派”诗歌和反饰诗歌彻底消解了诗歌的精英品质和贵族气质。在语言的盛宴中，陈列着数不胜数的以诗歌名义出场的文字垃圾，让人目瞪口呆，禁不住要问：这是诗吗？

一些作者以先锋为旗帜，不崇高，而“崇低”，诗中常出现“屎”“鸟”“洞”“杂种”“他妈的”等不堪入目的粗鄙和情色词语。低俗、亵渎、肮脏、下流、嚣张、淫荡的内容让读者为之侧目。这种“反文化”“反逻辑”“反语言”的“实验”与“尝试”，到底有什么价值呢？历史终将做出判断。我想，如上所述的文字无论拿到哪个国度，放在哪个时代，都难以称之为诗。这是对诗歌的戕害，不仅亵渎了诗歌，也侮辱了诗人自己。

2. 废话充斥

诗歌语言过度的口语化、随意化、去修辞化往往带来诗歌的废话充斥。

通俗易懂，不意味着取消语言技巧。口语写作是需要诗歌智慧的写作，而不是任意而为。

新世纪一些诗歌姿态做作，内容浅显，结构松散、语言繁杂。比如乌青的《怎么办》："我打电话，给张建华/接电话的是/他母亲/我问，张健华在吗/他母亲说，在、在大便/我说，在大便啊/他母亲说是的/我对张健华的母亲说/那怎么办呢？"这样的文字，我们能称之为诗吗？它的审美元素在哪里？

"乌青体"与"梨花体"的诗歌，能称之为诗歌吗？它们的诗美在哪里？诗性在哪里？事实上，这种诗歌有一种"返祖现象"。下面我们对比赵丽华的一首诗与新文化运动时期胡适的《两只蝴蝶》。"毫无疑问/我做的馅饼/是全天下/最好吃的"（《一个人来到田纳西》），完全的散文化、去修辞化，味同嚼蜡。相比之下，新诗草创期胡适的"两个黄蝴蝶，双双飞上天/不知为什么，一个忽飞还/剩下那一个，孤单怪可怜/也无心上天，天上太孤单"，则更具诗意。

新诗是自由的，但是自由表达的文字不一定就是诗。诗歌是对生活的提炼，抹杀生活与诗歌的界限，就容易使诗歌失去诗性，不再是诗歌。口水诗、废话诗等几乎与诗歌没有血缘关系。一些人把日常口语分行排列，即称之为诗，难免贻笑大方。

3. 过度叙述

20 世纪 90 年代以来，在诗歌语言策略上，无论是知识分子精英写作还是民间写作，都对叙述手法的使用表现出极大的热情。诗歌的叙述策略席卷了中国诗坛，此风愈演愈烈，传统的"情愫消逝了，歌唱性旋律不见了，那些倾诉、宣泄和呼告统统走向平静的叙述"[1]，诗歌进入了一种零度抒情，而代之以不动声色的叙述。与传统诗歌的叙述要素的功能截然不同，新世纪诗歌的叙述本身成为一种自足的言说，叙述就是它本身。

诗歌过度依赖叙述，会成为一种营养不良的病态。启功先生曾说"唐以前的诗是长出来的；唐人诗是嚷出来的；宋人诗是想出来的；宋以后诗是仿出来的"[2]。套用一下，我认为新世纪诗歌基本上是讲出来的。过度叙述对诗歌无疑是一种伤害。不能否认，叙述也是诗歌的一种表达方式，但我们必须认识到叙述不是诗歌最主要的表达方式，更不是诗歌唯一的表达方式。虽然叙述手法在某种程度上对 20 世纪 80 年代诗歌起到了一种纠偏作用，丰富了诗歌的表现力，但是当它被架上神坛成为诗歌的主流语言时，它能否承担起推动诗歌前进的重任呢？

诗歌写作的过度叙述化，必然导致诗歌写作的散文化、戏剧化，使之进入跨文体写作的状态，并成为新的诗歌写作模式。诗歌文体边界日益模糊，诗歌的难度被消解。口语诗早已在口水诗的路上狂奔，成为当下诗坛的一种貌似自由洒脱实则是糊涂乱抹的风景。

诗歌不应过多承担散文的功能，把自己变成“分行的散文”，这一点应该没有悬疑。事实上，早在1947年袁可嘉先生就谈到过这个问题，他认为“就诗的散文化说，我们有太多的人民作者做过了火，把诗写成了不很好的散文”[3]。

4. 晦涩怪异

一些诗歌，意象零乱，晦涩怪异；一些诗歌采用下意识写作，不知所云。猜谜式的文字、由抽象到抽象的叙述、玄学化的整体构思，让读者无法获得阅读的审美愉悦感。每行字都可以看懂，读完后却不知道作者到底在表现什么。不仅普通读者难以理解，即使诗歌研究者也感到茫然，不解其意。

5. 文字随意

在诗歌的语句上，新世纪的诗歌对句子的建行不再关注，句子要么很长，要么短到一个字，不管是否合适就随意断行，不仅完全抛弃了外在的语言节奏，也忽视了内在情感的节奏。传统的诗歌语言被彻底颠覆，意象了了，甚至完全无诗歌意象。诗歌语言随意化，摒弃修辞，使创作难度被无限制降低。

新诗创作日益边缘化，同时又日益大众化。网络的发展为新诗提供了新的生存空间。20世纪90年代后期网络成为诗歌重要的载体，使诗歌传播具有了即时性、广泛性、互动性、公众性。在网络发表诗歌比纸媒有更大的自由，网络也因此成为大众语言狂欢的场地。网络对于诗歌发展的作用好坏参半。一方面，网络为诗歌的探索、实验提供了自由书写的场所，使诗歌获得了新的生长空间，具有不可替代性；另一方面，它又对诗歌创作的随意化起到了不良的引导作用和巨大的推波助澜作用。一些人误以为分行即是新诗，制作大量的非诗文字，那些文字最多可以称之为“亚诗歌”“泛诗歌”。诗歌语言的鄙俗化、狂欢化、随意化，使诗歌距离诗本身越来越远。新世纪“中国诗歌的主流，正在一天天变得平淡，平凡，平庸，诗多了，淡了，浅了，零碎了”[4]。

二、内容上的日常化，精神上的去崇高化，诗意的放逐化

20世纪80年代初中期的诗歌具有一种和时代紧密相连的关系。“归来派”“朦胧诗”乃至之后兴起的“第三代诗歌”，都有一种理想主义精神贯穿其中。他们以追寻正义、人性的姿态立足于文坛。80年代中后期以降，随着社会和

文化的转型、生活的多元化、价值取向的改变，诗人的身份被世俗化，他们不再是文化英雄，不再是精神的拯救者，不再是人生的导引者，也不再是历史与时代的代言人，而只是从事文字写作的普通人。诗歌和诗歌写作都不再崇高神圣，诗人们重新考虑诗歌与时代的关系，回到本身，以个体“我”的身份出现。诗歌的境遇随之发生了巨大变化。

在商品为主导的文化语境中，人们往往更容易接受视觉和听觉的文化消费，而减少了对文字体味的耐心和热情。新世纪的不少诗歌在某种程度上迎合了后工业时代生活模式的变化，往往成为一次性消费的文化产品。大众文化消费使文学的雅俗界限不再明显，新媒体的崛起、文化产业的发展等，也给诗歌的发展带来了复杂影响。

新世纪诗歌口语与叙述的泛滥，一方面把诗歌的表现领域扩展到无限大，另一方面，它削平了诗歌的深度。在诗歌题材方面，无论是先锋诗歌、精英诗歌，还是草根诗歌，基本远离国家发展、重大社会问题、民族心灵、文化历史这样的“宏大叙事”，而以个体存在、生命感知为轴心。如学者谢有顺所言：“近年诗歌的平民化倾向，使得诗人所创造的形象多样起来，不再是单一的忧郁知识分子、精神启蒙者和时代代言人的角色。英雄主义消失了，代之而起的是一些日常、卑微却真实的自我。”[5]题材上主要有这样两个特点：一是对生活的书写具有更大的开放性；二是趋向于个人化、生活化、世俗化。诗人们更倾心于日常生活的琐碎事、小心情、小人物、小感想的叙述，对细微的生活变化敏锐甚至过分敏感。

与20世纪90年代不同，21世纪以来，一些诗人的创作触及了平民生活的诸多方面，开始关注底层民众的生存状态。近年来的“打工诗歌”“底层诗歌”“草根诗歌”的倡导就是这一创作现象的响应与号召。这是一种新的诗歌现象，应该予以关注。

从精神上看，新世纪诗歌主要具有这样的表征：一是拒绝情感，摒弃想象，解构崇高，消解意义，削平深度，放逐诗意，只记录生活的原生态，以新闻化的笔法消解诗与生活的距离，不再追求终极价值。二是内涵貌似深刻，实则成为语言的空壳。一些诗歌往往缺乏对人生和社会的深刻思考，只是眼前一点小趣味的叙述，无法给人以回味。“诗人对诗持刻意的非审美化的态度——甚至向着粗鄙化陷落。传统的诗美或诗美的观念已经崩塌。”[6]传统诗歌的审美特质荡然无存，诗歌成为无诗意、无诗情、无诗性的“三无”产品。三是反英雄、反意象，热衷对生活体验做隐喻的表达，哲理隐晦化。早在1986年，徐敬亚在《历史将收割一切》中就宣称：“崇高与庄严必须要用非崇高和非庄严来否定——反英雄和反意象就成为后崛起诗群的两大标志。”[7]新诗从80年代中后期反神性、反崇高、反文化开始，到关注日常生活，到对身体“下半身”的聚焦，矫枉过正，在审美上走着一条下行的道路，尽管它在艺术上也有少许创新之处。

自20世纪80年代中后期以后，在很多诗人眼里，抒情就不再是诗歌，抒情就意味着诗学观念落后，难以反映客观生活。21世纪的诗歌主流依然是叙述为主导，情感寡淡，乃至冷漠到冰凉。平淡的日常生活流、个人意识流的诗歌文本充斥着诗坛，一些诗人认为，只有用无修饰的口语来叙述生活，才能深刻地表达对生活的发现。但是，他们忘记了口语写作其实需要更高的诗歌素养。

诗歌是民族情感的记忆，它以个人创造的形式书写民族的文化意识，是带有哲学意味的诗意的文学表现。优秀的诗歌对人的生存状态、人生境遇、生命价值的叩问往往能触及人的灵魂深处，具有较高的审美价值，它是时代精神的诗意记录，是一个民族的心灵史。在经济全球化的文化语境中，人文精神的沦丧、拜物观念的至上、传统道德的失范、生存压力的挤压……无不对诗歌产生巨大的影响。在欲望升腾的后现代文化语境中，诗人们在文字的泥潭里挣扎，失去了方向，这是需要警醒的。面对现状，我们不禁要追问：何为诗歌？诗歌何为？诗歌是现实生活体验的诗意表达，是在形而上与形而下之间跳舞的文体，换言之，它是以形象的思维表达带有哲学意味且表现人类情感的文体，它是撼动人类心灵的诗意文字，不唯情，也不唯智。

21世纪以来，在诗歌发展的滚滚洪流中，地方诗群、民间诗歌中都有一些默默坚守诗歌精神的诗人，他们没有随波逐流，而是探索着、守护着清洁的诗歌精神。

三、承继上与传统的疏远化、批评的缺席化、评价的无标准化

新诗不是诞生于中国古典文学的母体，而是在新文化运动中由西方移植而来。自1916年胡适的《两只蝴蝶》的发表到今天，新诗取代古典诗歌，成为中国诗歌的宠儿，已经走过了百年历史。“新诗的诞生不是反叛传统的必然结果，而是在中西文化冲突中不断拓展的一个新的审美空间自身发展的必然结果，……所体现出的文学关联不是一种继承关系，而是一种重新解释的关系。”[8]这就意味着，新诗和中国古典文学没有必然的血缘关系。如果说20世纪80年代中期之前的中国新诗还力图向中国古典文学吸取营养，讲究意境、意象、格律、节奏等，那么到80年代中后期开始，新诗就几乎完全走上了一条割裂与中国传统文学关系之路，靠移植西方诗歌的观念、西方诗歌传统为

成长资源。新世纪诗歌，在全球化浪潮的冲击下，传统的、民族的因素日渐稀少。它把否定传统当作自己创新的出发点，弃而不扬，这无疑是片面的。虽然片面往往带来某种深刻性，但并不是所有的片面都必然合理与深刻。西方的文化传统毕竟与中国的历史、国情、文化不同。移植西方诗歌形式不难，但是我们却无法克隆西方的文化背景，更无法沉浸于西方的历史和哲学传统之中，这是许多人不愿意看或者看不懂翻译过来的西方诗歌的重要原因之一。那种隔膜感，是文化的隔膜，不是简单的语言修饰就可以消除的。

中国诗人用现代汉语写新诗，借助西方诗歌资源发展自己，自觉不自觉地疏离了中国传统文化背景，到80年代后期就几乎完全“西化”，诗歌放逐抒情、不再讲究意境等，民族文化心理被淡化，诗歌很难引起读者的共鸣。

新诗以现代汉语为表现语言，现代汉语由古代汉语发展而来，这就注定新诗与中国传统文化和文学具有一定的内在的联系，只要不抛开现代汉语，就无法抛开中国传统，这是新诗发展的必然。新诗必须不断自我批判、反思、扬弃，创新有时需要背离甚至反叛传统，但是，它必须从传统中汲取养料，才可以获得前行的动力。

学者们关于诗歌的学术论文多见于学术刊物，而这些刊物是一般诗人没有机会阅读或者不愿意阅读的，这样，学者们的研究成果基本处于封闭状态，无法与诗人们形成良好的互动。一些批评家发表于文学报刊上的关于诗人的评论，也基本上是谁写谁看、写谁谁看。为什么？因为大多评论都是“谀辞”。21世纪诗坛吹捧之风盛行，诗人们被吹得晕晕乎乎，找不到北，看不到自己诗歌的不足。失去批评品质的批评，沦为了非批评的文学软文，在此意义上，诗歌批评是缺席的。

中国当下诗歌批评热衷于对一些文学现象命名，给一些诗人贴标签，人为制造吸引读者的眼球的东西，类似表演。比如，提起诗人郑小琼，批评家首先强调“80后”“打工诗人”，谈到诗人余秀华，则是媒体反复渲染的“脑残”“农民”。诗人的社会身份等外在的标志被强调，而诗歌文本本身或者没有得到认真的解读，或者被过度解读。一些刊物经常打出“90后诗人”“00后诗人”的旗号，强调诗人的身份、年龄、社会阶层等，这于诗歌本身有多大的意义呢？

20世纪90年代以来，中国诗坛吵吵嚷嚷，山头主义盛行。21世纪以来，诗歌更是呈现多元化、个性化的特点，没有领军的主流诗人和诗歌流派。诗坛成了一个大剧场，你方唱罢我登场。一些诗歌刊物、民间诗歌社团越来越圈子化；一些网站为了圈子的利益，批评的文章往往缺乏学理的支撑，没有严肃的学术研究的态度，彼此攻讦甚至谩骂成风，诗坛成了江湖。“文人相轻，自古而然，傅毅之于班固，伯仲之间耳，而固小之。”[9]中国文人的恶习至今都没有消除。

对诗歌的批评，自然会牵扯到批评的标准问题，而当下诗歌没有一个公认的标准可以参照。这与中国古典诗歌不同。在多元开放的21世纪文化语境中，一些诗人和批评家选择了“个性化”为标尺，对诗歌进行衡量，这自然有它的合理之处，但是也应该看到这个标尺的片面。个性化应该是评价标准之一，而非全部，就如同评价一个人，我们不能只按照他的脾气进行评判一样。

吴思敬教授认为“自由诗不是不讲形式，只是它没有固定不变的形式。如果说格律诗是把不同的内容纳入相同的格律中去，穿的是统一规范的制式服装，那么自由诗则是为每首诗的内容设计一套最合适的形式，穿的是个性化服装。实际上，自由诗的形式是一种高难度的、更富有独创性的形式，从某种意义上说，比起格律诗来它对形式的要求没有降低，而是更高了”[10]。虽然他只是从微观上谈诗歌的形式标准，但是对我们评论诗歌具有很强的启发性。

笔者认为，新诗是开放的文体，同时它又有自身的诗学品质，在内容上它追求真善美；在内蕴上，它具有诗意；在思维上，它是诗性思维而非日常思维；在精神上，它自由洒脱；在形式上，它不拘一格，既不拒斥叙述，也不排斥抒情，因为一切都是表现的手段。

四、新世纪诗歌突出重围的可能性

真正的诗歌和伪诗歌一同热闹着中国诗坛，虽然诗歌每年以海量的速度生产出来，但在喧嚣之中诗歌隐藏着生存危机。这是一个诗歌泛滥的时代，同时又是一个缺乏经典诗歌的时代。

新世纪诗歌如何实现突围，走出困境？一些诗人和理论家对此进行过一些探索，但至今还没有找到一条突出重围的路径。探讨诗歌的出路问题，我认为不能就诗歌论诗歌，必须把它置于整个社会思潮、文学思潮和文化、文学传统中考察，在现代汉语的语境中观照。

新诗解构了中国传统诗歌的美学原则，却没有重建起新的范式。这样，自由诗被误读为新诗可以随意写，分行就是诗。有些人认为新诗是低门槛甚至无门槛，这是对新诗文体的误判。新诗看似无门槛，其实门槛很高，它的自由必须在更高的层次上才能获得，它必须尊重现代汉语的语境，尊重读者，尊重诗歌本身。我认为，新诗的自由，在精神上，是现代意识的自由表达，是对人性与道德的尊重；在形式上，是相对的自由，是有限度的自由，绝不能随心所欲；诗歌语言的形式必须谨慎。任何一种文体，对语言的约束都是必要的、必然的，诗歌更不例外。取消了诗歌语言，也就消灭了诗歌本身。

诗歌就是诗歌，它必须回到自身。尽管它可以扩张自己的领地，但它必须尊重艺术的法度。首先，诗歌语言必须凝练，不能拒斥抒情性。诗歌是文学中的炼金术，它以极少的语言表现丰富而深刻的内容，直指内心。当下不少诗歌，动辄几百行，读者阅读完毕，也不知道诗人到底在说什么。诗歌自诞生之日起，抒情性就是其本体特征，叙述并不是主体，即使叙事诗，也离不开抒情的介入。诗歌是最典型的情感语言，是情感语言的最高形式。其次，诗歌语言应该有意蕴，应使诗歌具有内在蕴藉。诗歌的语言，不一定每句都是有意味的语言，但是，诗歌总体应该是有意味的、有审美价值的。历代诗歌，都不排斥口语，但是，口语毕竟不是诗歌的主流。新诗不排斥对口语的使用，对口语的倡导，自然有其积极的意义，它可以给诗歌带来新的生命力，增强诗歌的表现力，如：在某种意义上对矫揉造作的诗歌语言有纠偏作用，更接近生活的原生态，能增强诗歌的容纳力并有利于诗歌张力的形成等。但是，过度强调并依赖口语，则使诗歌之路越走越窄。口语并不是唯一的诗歌语言，没有理由拒斥书面语入诗。不管什么语言，都是形式，都是构建文本的材料，都是诗性言说的方式。只要用得恰当，都有存在的合理性。既然新诗是自由的，那么，它就不可能只用一种方式表达，如果只有口语叙述才是诗歌的圭臬，那么这本身就陷入了新的不自由。俄国形式主义文艺理论家什克洛夫斯基提出的陌生化诗学理论对中国新诗语言的重建不无重要的参考价值。经过陌生化处理的语言具有的是“诗学功能”，它着眼于文本的可感性，而不仅仅是认识。按照这一理论，口语的叙述无法独自承担起诗歌语言陌生化的功能。第三，诗人应该有语言的自觉，捍卫母语的纯洁，对母语抱有敬畏之心，在写作中建立自己的语言风格，而不是一味地跟风，在语言的狂欢中迷失自己。

面对全球化的发展，21 世纪的诗人应该拓宽视野，既要有坚守民族文化的自信与自豪，又要汲取世界文化中的营养，强化自身的哲学意识、美学意识、文化意识、人性意识。

诗人们应调整自己的心态，自觉坚守诗歌的精神，扩展自己的文化视野，在历史、现在、未来的考量中感悟人生。在题材方面，尽力拓展，诗歌可以贴近现实生活、关切生存状态、担当社会责任、承载历史社会情感、追问人生哲理、抵达灵魂深处……它是丰富的，没有丰富性，就不可能具有现代性。

诗歌的立身之本在于诗意。没有意蕴、没有深度的诗歌很难说是一首优秀的诗歌。诗歌是否有新的发展，必须看它与之前相比，在语言形式上提供了什么新的有机要素，在审美上有哪些突破，在精神上有哪些宝贵的发现。

现代汉语本身的不成熟会给新诗的发展带来一些难度，这是无法回避的。现代新诗，不仅仅是语言的现代性，它还要有精神的、审美的、哲学意识的、感觉经验的现代性。

21 世纪以来，对诗歌过度口语化、过度叙述化，一些诗人和学者们进行了反思和探讨，一些曾经以先锋著称的中年诗人如于坚、西川、陈先发、柏桦等开始回归，他们试图从中国历史文化和文学传统中寻找可资借鉴的精神资源，从而给诗歌的发展注入活力，这不能不说是一种有意义的尝试。需要注意的是，回归古典，并不是丧失现代意识，“复古”不是目的，而是建立现代诗学的一种策略。有的诗人在诗中引用古诗词，或者采用古诗的句式穿插诗歌中，则显得有些生硬。古典传统，不仅仅限于文学，历史、哲学、美学、民俗等都是传统文化的范畴，中国古典传统包括各个方面，既有语言的，精神的，也有哲学的、思维的。如何找到古典与现代的契合点、融汇点，在不丢失现代性的基础上接通传统，是一个重要的命题。

我们必须丢掉非此即彼的线性思维，既不能抛弃中国文化传统，只依赖西方诗歌而发展，又不能因为回归传统就完全抛弃西方诗歌的资源，而是要以世界诗学眼光，吸取古今中外人类文明的精华，与古典对话，与西方对话，与现实生活对话，不断探索。

参考文献：

[1] 陈仲义．中国前沿诗歌聚焦［M］．中国社会科学出版社，2009：217.

[2] 启功，柴剑虹．启功讲唐代诗文［M］．中华书局，2009：7.

[3] 袁可嘉．论新诗现代化［M］．三联书店出版社，1988：76.

[4] 徐敬亚．“诗意”在移动［J］．特区文学，2006（4）：160.

[5] 谢有顺．1999 中国新诗年鉴（序）［M］．广州出版社，2000.

[6] 谢冕．福建论坛（人文社会科学版），［J］，2000（6）．

[7] 徐敬亚．历史将收割一切［M］//徐敬亚．1986 中国现代主义诗群大观．同济大学出版社，1988：1.

[8] 臧棣．现代性与新诗的评价［M］//现代汉诗：反思与求索．作家出

版社，1998：86.

[9] 曹丕．典论·论文 [M] //古代文论名篇详注．霍松林上海古籍出版社，1986：85.

[10] 扬子江诗刊 [J] .2017 (1)：86.

（作者单位：安徽省濉溪县文联）

茅盾“实用”与“经典”的译介理念

●丁艳丽

在中国现代翻译文学史上，那些看似杂乱无章的翻译活动其实大都是围绕名家名著进行的。与胡适、梁实秋等人的名家名著翻译路线不同，茅盾继承和发展了鲁迅、周作人等开创的弱小民族文学的翻译思路。茅盾有意识地放大翻译文学的社会政治功能，他翻译外国文学的首要价值取向就是利于社会人生和民族政治，体现了启蒙思想主导下“实用”的翻译理念。与此同时，茅盾在介绍外国文学方面也是颇有建树的，且介绍的多为名家名著，十分注重作品的文学性，贯穿了“经典”的介绍理念。

一、“实用”的翻译理念

作为“五四”新文学运动的先驱之一，茅盾的文学生涯是从翻译外国文学开始的。青年茅盾将文学翻译看作是当时最关系新文学前途的事业。“翻译的重要实不亚于创作”，但“若漫不分别地介绍过来，委实是不太经济的事”。早在1920年初，茅盾就“介绍西洋文学”初步提出了要“系统”的观点。接着，他又在《对于系统的经济的介绍西洋文学底意见》一文中增加了“经济”一说。受新文学发生初期有限的“人力”所制，按照“系统”和“经济”的标准，茅盾提出新文学工作者对外国文学的翻译应分两步走。第一步，翻译15位作家的37部作品，“所取的是纯粹的写实派自然派居多”，侧重于作品的艺术性。这些作家都是近现代文学史上赫赫有名的大家，如左拉、莫泊桑、屠格涅夫、陀思妥耶夫斯基、果戈理、契诃夫、比昂松、斯特林堡、高尔斯华绥、易卜生、霍普特曼、高尔基、显克微支等。37部作品都是长篇剧本或长篇小说，包括《挑战的手套》《青年同盟》《父亲》《一生》《死魂灵》《外套》《猎人笔记》《父与子》《处女地》等名著。第二步，主要是翻译《战争与和平》《罪与罚》《谁之罪?》等5位作家的7部长篇巨著，强调作品的思想性。除上述作品外，茅盾认为如果有时间和精力，可以再翻译《新爱洛绮丝》《浮士德》等过渡时代的文学作品。从所列书目看来，此时的茅盾将文学作品的艺术性置于第一位，思想性次之；特别偏爱鸿篇巨制和名家名著，具有学院派特点；相较于古典文学作品，茅盾更看重近现代作家作品，因为引入"世界的现代思想"对于启蒙大众、改造国民性及发展中国现代文学都是必要的。

那么，作为翻译书目的制定者，茅盾有没有按照他所谓的"轻重缓急"去翻译呢？很显然他没有。他只在1921年译过其中的一部剧本——比昂松的《新结婚的一对》，之后再也没有翻译过所列的作品。难道茅盾所列的这些作品很快就被翻译出来了吗？而且翻译的质量特别高，根本不需要重译？答案显然是否定的。那么茅盾为何"言行不一"呢？是对自己的翻译不自信吗？还是太忙无法静心翻译这些长篇巨著呢？两者可能兼而有之。

茅盾继承和发展了鲁迅、周作人弱小民族文学的翻译路线，很少翻译名家名著。他翻译了波兰、印度、爱尔兰、希腊、土耳其、以色列、芬兰、保加利亚、捷克、俄国等国的文学作品，且多为短篇小说、短小的剧本和诗歌等。其中一部分国家如俄国、希腊、印度等曾拥有过灿烂的文明、近代以来却衰落了；也有一些备受欺凌与压迫的弱小民族沦为西方强国的殖民地或宗属国。茅盾引这些国家的文学为同调，企图用作品中的现代精神去唤醒麻木不已的国人，从而达到启蒙人生、改造国民性的目的。例如，茅盾翻译希腊帕拉马斯的《一个人的死》有两个目的：一、他的作品中充满着"对于被压迫的弱小民族的同情"，"他好咏弱小与谦卑的人生，他永久同情于这些，甚至于崇拜他们"；二、小说歌咏了主人公梅忒洛斯健全美满的热情，象征着古希腊的民族精神。茅盾正是要借此痛斥"在灰色生活中苟安惯的中国人，宁卑贱地活着而不肯英雄地死了的中国人"，批判国民性中苟且偷生、麻木不仁的弱点。茅盾还很重视对犹太民族戏剧的翻译。犹太是一个多灾多难的民族，宾斯奇的剧作不仅能"透过现代文明的假面刺着内在的痛创"，而且给人以改善生活的美好憧憬。茅盾翻译宾斯奇的三部戏剧正是为了唤起沦为弱国的中华民族对崛起的希望。"凡是被损害的民族的要求正义要求公道的呼声是真的正义真的公道，在榨床里榨过留下来的人性才是真正可宝贵的人性，不带强者色彩的人性"，所以他将热情倾注到对东欧、北欧等被压迫被损害的民族文学的翻译中。

除了翻译"弱小民族文学""被压迫民族的文学"和"被损害民族的文

学”外，茅盾还翻译了一些名家的不知名作品。在翻译作家的选择上，茅盾是有“名家”情结的。他翻译过的许多作家在欧美文学史上都具有重要地位，有的甚至是世界一流的大文豪。如在对小说的翻译中，茅盾翻译较多的作家有俄国的契诃夫、高尔基和谢德林，苏联的吉洪诺夫和西蒙诺夫，法国的莫泊桑和巴比塞，瑞典的斯特林堡和拉格洛夫等。其中耳熟能详的有：世界三大短篇小说巨匠莫泊桑、契诃夫和欧·亨利，杰出的批判现实主义大师左拉，作品风格“独一无二”的爱伦·坡，匈牙利爱国诗人裴多菲，奥林匹克圣歌的作词人帕拉马斯，诺贝尔文学奖得主拉格洛夫和泰戈尔，与诺贝尔文学奖失之交臂的瑞典现代文学奠基人斯特林堡，法国著名反战小说家巴比塞，社会主义现实主义文学的奠基人高尔基以及六次获得斯大林文学奖的苏联作家西蒙诺夫等，还有以个别作品闻名于世的苏联作家格罗斯曼、卡泰耶夫等等。其实，不止是在小说翻译的选择上，在翻译散文、戏剧时，茅盾也是有“名家”情结的。如《回忆·书简·杂记》中共收入了茅盾的9篇译文，其中三篇作品的作者都是诺贝尔文学奖获得者，还有大名鼎鼎的易卜生、海涅等。

茅盾把“自己的志趣、能力和读者的利益”作为选择翻译对象的三个因素，虽然“移译西欧名著尤为重要”，他翻译的却多是弱小民族文学、苏联卫国战争小说和名家的不知名作品，显然是有意避开了古典文学名著和近现代名家名作。在文学的经典性和现实切要性二者中，茅盾毅然选择了后者，试图使外国文学切入当时中国的文学、人生甚至社会的现实脉络，文学经典性的理念让位于“实用”的翻译理念，翻译的功利性显而易见。

二、“经典”的介绍理念

翻译外国文学是围绕作品进行的，对译者的外文水平和文学修养都有较高的要求，目的是让文学创作者和文化精英从中汲取创作的养料或是获得某些思想上的启发。要使中国文学与外国文学发生关系，除了翻译外，还有介绍这种极为重要的方式。相较翻译，介绍的内容更为宽泛，不仅可以对文学作品进行描述，也可以介绍文学流派、文坛的状况、文学的发展脉络、作家的生平轶事，即对社会、时代、作者、读者等文学外部的因素进行评介；介绍性文章的读者定位可能更低，不再局限于文化精英或者文学创作者。介绍与翻译外国文学虽有诸多不同，但它们有一个共同之处，那就是必须在了解和把握作家作品的基础上进行。从大的方面来说，不管是翻译还是介绍，其目的都是让国人了解、熟悉甚至学习外国文学。

青年茅盾认识到介绍对于传播外国文学的价值。1921 年，他在《小说月报》的改革宣言中明确了介绍外国文学的重要性，认为“介绍文学流派”是“刻不容缓之事”，为了“创造中国之新文”，要“于译述西洋名家小说而外，兼介绍世界文学界潮流之趋向”，《小说月报》中的评论、研究、海外文坛消息和书报评论等栏目都可以用于介绍外国文学。

茅盾在介绍外国文学上也是颇有建树的。20 世纪 20 年代初，在撰写专栏《海外文坛消息》时，茅盾及时跟进国外文坛的相关资讯，尤其注重诺贝尔文学奖相关信息的更新。他经常报道诺奖得主的近况，每逢颁奖也给予强烈关注。对比昂松、显克微支、梅特林克、霍普特曼、罗曼·罗兰、哈姆生、法朗士、叶芝、萧伯纳等诺贝尔文学家，茅盾均做过专题报道。

此外，茅盾还于 1918 至 1936 年间出版了十四本介绍外国文学的书籍。他采用编译、编写和撰写三种方式介绍了神话、传说、史诗、悲剧、寓言、童话、小说、诗歌、戏剧等外国文学作品。介绍文类多样，介绍的内容也极为丰富多彩，上至古希腊古罗马文学、中世纪文学、文艺复兴时期文学，到 17 和 18 世纪文学，再到 19 世纪的浪漫主义、现实主义、自然主义和其他流派文学，直至 20 世纪初欧美各国的现实主义文学。可以说，他对欧美文学的主体部分均有所涉及。例如，《汉译西洋文学名著》和《世界文学名著讲话》两本通俗读物共介绍了 33 位名家的 37 部名著，涉及古希腊、意大利、西班牙、英、法、德、俄、波兰、挪威等 9 个文化强国。从古希腊史诗到文艺复兴时期的英、意、西班牙诸国文学，到 18 世纪的启蒙文学和古典主义文学，到 19 世纪的浪漫主义、批判现实主义、自然主义和唯美主义作家作品，再到 20 世纪初的现代文学，有代表性的名著大都在内，内容包罗万象。除《荷马史诗》《伊勒克特拉》《神曲》《失乐园》《哈姆雷特》《曼弗雷德》和《当代英雄》等少量长篇巨著不是小说外，他选择的多是卷帙浩繁的长篇小说。前者“炭笔勾勒、通俗易读”，后者“精雕细刻，学术性强”。茅盾多方查证、一丝不苟的学者风范与幽默风趣、娓娓道来的讲述方式融为一体，从而完成了对欧美文学的系统介绍。这些文章主要是运用了“勃兰兑斯式”的文学批评方法，通俗易懂、趣味性强，特别适合想要初步了解西方文学的读者，因而“很受中学生、年轻工人、店员乃至大学生的欢迎”，至今仍有价值和意义。

从相关的书籍可以看出，茅盾不仅将热情投入到翻译外国文学上，也将很大一部分精力倾注在系统地介绍欧美文学上。茅盾特别注重对世界文学名著和各种文学流派的介绍，他的长篇小说情结以及文学经典性的理念使在介绍外国文学作品时以名家名著为主，又在翻译时坚持以弱小民族文学为大宗、辅以名家不知名作品。从茅盾的译介实践可以看出，茅盾对自己介绍与翻译的外国文学作品的读者定位都不高，不再局限于文化精英这个小圈子，而是面向工人、学生、军民等更为广阔的读者群体。从这样的读者期待中，可以看出茅盾在译介中的文化平民意识，也从一个侧面反映了五四时期的外国文学正逐渐从精英圈走向普通读者。

“20世纪的中国文学就是在翻译文学经典性和现实切要性的理解张力的伴奏中，追求自己的形态，完成自己的宿命的。”茅盾在翻译外国文学的实践中以现实切要性为首要标准，在外国文学的介绍中又贯穿了文学经典性的理念，二者巨大的差异性使茅盾对外国文学的译介呈现出一种新的平衡。

三、矛盾的翻译家

茅盾“避热趋冷”、极为自主的翻译选择使其文学翻译极具特色，对弱小民族文学的翻译是对名著翻译的重要补充，起到了拾遗补阙的作用，丰富了中国现代翻译文学史。直到20世纪80年代，茅盾翻译的许多弱小民族文学作品还没有被重译淹没，仍有一定的可读性。同时，他“别有用心”的翻译是一种有益的尝试，扩大了小语种文学被翻译的可能性，使中国文学得以与更多的弱小民族国家文学建立关系，使更多的外国文学参与到中国现代文学发展的进程中。

作为中国现代翻译名家之一，茅盾对外国文学的翻译还呈现出多重矛盾。其一，翻译实践与翻译言论相悖。为了引进新思想和发展中国的新文学，五四新文化运动杰出代表胡适、郭沫若、郑振铎等认为翻译西洋经典的文学名著不仅可以输入新思想、新内容，而且可以提供新的写作技巧和形式，“中国文学的方法实在不完备，不够做我们的模范”，而“西洋的文学方法，比我们的文学，实在完备得多，高明得多，不可不取例”，所以“只译名家著作，不译第二流以下的著作”。外国文学名著成为中国新文学发生和发展的榜样。同他们一样，茅盾也将外国文学视为“精神食粮”和“艺术养料”，十分重视外国文学对新文学建立的艺术和思想上的指引作用，认为在文学技术层面，“翻译就像是‘手段’，由这手段可以达到我们的目的——自己的新文学”。但他却大量翻译弱小民族文学，基本不译名家名著。此外，由于转译多少会影响原作的神韵，茅盾并不支持转译，可他的多数翻译都是依靠转译进行的。可见，茅盾“舍近求远”的翻译实践与他的翻译言论、翻译目的显然是不符甚至是相悖的。这一方面可以看出茅盾避热就冷、趋易避难的翻译心理，另一方面也反映了茅盾中外一体的、极其开阔的文学视野。

其二，翻译选择的自觉性和局限性。在翻译对象的选择上，茅盾是极为自觉的。他唯一掌握的外语是英文，且说不上精通，但他基本不译原作为英文的英美文学，而是转译大量的非英语国家的著作，特别是“弱小民族文学”“被损害民族文学”“被压迫民族的文学”以及俄苏文学，这就势必导致他的翻译大多是从英译本转译而来的。一方面，茅盾想通过外国文学来引导中国新文学的发展，另一方面却又极力规避英美法等文化强国的作家作品。虽然抗拒强势文化，却又不得不借助于英译本来转译。茅盾的翻译既受制于英译本的选目和翻译水准，又局限于所能接触到的英译本。为了接触更多的英译本，扩大翻译选择的自由度，更好地翻译“弱小民族文学”和“被损害民族文学”，茅盾“为介绍世界被压迫民族的文学者热心所驱迫，专找欧洲的小民族的近代作家的短篇小说来翻译。……伦敦，纽约出版的各种杂志的‘新书评论’栏是最注意阅读的，每见有新译成英文的小民族的作品，便专函去购买，每见有介绍小民族文学的短篇论文，便抄存下来，旧出的或新出的小民族文学史，也多方弄钱来去购买，甚至因为某种杂志偶然登了一篇小民族文学作品的译文，便将这杂志订阅了一年，以期续有所得”。茅盾早年翻译的为童话和科幻小说，大部分取材于英美的《我的杂志》《儿童百科全书》等旧杂志。主编《小说月报》期间，他还根据订阅的欧美报刊如《泰晤士报》的《星期文艺副刊》、《纽约时报》的《每周书报评论》等来编写“海外文坛消息”和“书报评论”等栏目。茅盾20世纪二三十年代翻译的东欧北欧作品大都是从英译本的短篇小说集转译而来，例如荷兰作家包地·巴克尔的小说《改变》译自里克斯的英译本；匈牙利米克沙特的《皇帝的衣服》是从安德伍德编选的《外国著名小说集》中选择并转译的；克罗地亚作家雅尔斯基的《娜耶》是从英译本《巴尔干短篇小说集》中转译的一篇小说；还有从英译本《世界著名短篇小说集》中转译的匈牙利作家约卡伊的《跳舞会》等。到了三四十年代，茅盾发展为基本上只依据苏联的英文杂志和莫斯科外文书籍出版局发行的英译本来选择翻译对象，如铁霍诺夫的《战争》是根据1932年第2、3期的《国际文学》上的英译节本来翻译的；《我们落手越来越重了》译自英文本《战争小说集：我们坚持下去》；《新生命的降生》《母亲》《苹果树》等小说都译自莫斯科的外国文书籍出版局的英文本《列宁城的故事》。

此外，茅盾对鸿篇巨制情有独钟，尤爱长篇小说。他钟爱的左拉、托尔斯泰等无一不是长篇小说的大师。他一开始创作就是三个中篇小说，长篇小说的成就也更为突出。可他翻译的小说、剧本和散文数量虽多，却多为用力少的短篇，翻译的小说中只有 5 篇是中篇，没有翻译过长篇小说。

综上所述，茅盾翻译理念与介绍理念之间强烈的互补性显而易见，翻译实践与翻译言论又恰好相悖，翻译选择极具自觉性却又有局限性，这些共同构成了他矛盾的译介之“道”。

（作者单位：安徽文学艺术院）

柳永艳情词艺术风格新探

●王　磊

［摘　要］　柳永婉约词的风格是多样化的，从香艳、秾丽，到幽艳、秀淡都有。柳词对男女情爱内容的大胆表现，以及柳永把封建文人的羁旅行役之感写入入艳情词的创作之中，大大丰富了北宋婉约词的风格内容，构成了柳词艺术风格的主导性因素。而且柳永这些舞筵歌席、倚红偎翠之作也对明清时期的文学戏曲向言情化、世俗化转变产生了重要的积极影响。

［关键词］　柳永；艳情词；风格；新探

一

形成柳永词艺术风格的主导因素是柳词对男女情爱的直率表现。张炎所说“康、柳词亦自批风抹月中来”[1]267，正指出了构成柳永词创作的主要内容是男女情爱。由“花间词”启其端，而由柳永大加发扬的艳情词，其对男女情爱内容的大胆表现，构成了婉约派词创作的本质要素，即是婉约词之被称为“婉约”的根本原因之一。柳永的艳情词创作具有多方面的革新意义。他对男女私情的直率大胆的表现方式，以及贴近市民欣赏需要的通俗化、世俗化的创作取向，既为他的词作赢得了广泛传播和民众的喜爱（“凡有井水饮处皆能歌柳词”），但也给他的词带来“浅近卑俗”“词语尘下”“词多媟黩”“以俗为病”等评价。如冯煦说：“耆卿词曲处能直，密处能疏，奡处能平，状难状之景，达难达之情，而出之以自然，自是北宋巨手。然好为俳体，词多媟黩，有不仅如《提要》所云‘以俗为病’者。”[2]3585刘熙载也说：“耆卿词细密而妥溜，明白而家常，善于叙事，有过前人。唯绮罗香泽之态所在多有，故觉风期未上耳。”[3]3689但柳词之“俗”比柳词之“雅”，更能代表新的时代精神和审美趣味的变化。清李渔说柳永词堪称“曲祖”，近代著名学者夏敬观也说，柳永的艳情词（俚词）“袭五代淫波之风，开金元曲子之先声”。所谓“曲祖”“开金元曲子之先声”，这些说法皆表明，在宋词因雅化、形式化而走向衰落的命运时，元曲这一新时代的文学对柳词的大力继承。

婉约词风格的形成，除了与表现男女情爱的内容有关外，还与对男女情爱的不同表现方式有关。例如清周济说：“耆卿融情入景，故淡远。方回融景入情，故秾丽。”[4]601“耆卿于写景中见情，故淡远。方回于言情中布景，故秾至。”[5]602这些说法即是通过区分不同的表现方式而对词的具体风格形态所做的一个分类。依此我们可以将艳情词的婉约风格大致分为四种主要类型：一是直接描写或暗示男女之欢的即“香艳”“淫艳”作品，如欧阳炯的“兰麝细香闻喘息，绮罗纤缕见肌肤”、牛峤的“玉楼冰簟鸳鸯锦，粉融香汗流山枕”等。二是用华丽的辞藻描写女性容止的则可称为“艳冶”“秾丽”，如欧阳炯的“胸前如雪脸如莲”、温庭筠的《菩萨蛮》“照花前后镜，画面交相映”等。三是抒发男女间抑郁愁思的可称之为“幽艳”“幽秀”。所谓幽艳、幽秀者，即不明丽、不畅达也，如李商隐“一寸相思一寸灰”、秦观“可堪孤馆闭春寒，杜鹃声里斜阳暮”等。四是在表现男女相与之情时多含蓄、多韵味、重意境者则为“秀淡”风格，如晏几道的“落花人独立，微雨燕双飞”、秦观的“自在飞花轻似梦，无边丝雨细如愁”等。冯煦在《蒿庵论词》中说：“淮海、小山……其淡语皆有味，浅语皆有致，求之两宋词人，实罕其匹。”[2]3587传统上，香艳、艳冶、秾丽被归入“俗”一类，秀淡含蓄则是“雅”，幽艳（幽秀）则介于上述二者之间。

柳永婉约词的风格是多样化的，从香艳、秾丽，到幽艳、秀淡都有。如清周济说：柳永的词“铺叙委婉，言近意远，森秀幽淡之趣在骨”[6]1631，“耆卿秀淡幽艳，是不可及”[4]601。陈廷焯曰“子瞻之明隽，耆卿之幽秀……”[7]609陶篁村说：“倚声之作，莫盛于宋，亦莫衰于宋。尝惜秦、黄、周、柳之才，徒以绮语柔情，竞夸艳冶。”[8]604-605但柳永词“秀淡”者少、“香艳、秾丽、幽艳”者多，这使柳词总体上给人一种“俗”的印象。柳词有赤裸裸描写男女之欢会场景的，有直接刻画女性真实心理活动的，有浓笔着墨描绘妓女美貌艳姿、轻歌妙舞的，有大胆直露地表现男女相互渴慕之情的等，所有这些都为中国古代的抒情文学开创了新的艺术意境。

因此，我们认为柳词的“俗”恰恰道出了柳永的创作与一般社会大众或市民生活的密切联系，也恰恰道出了柳词对男女情爱的大胆直露的表现方式与传统文人扭扭捏捏地“男子而作闺音”的虚假美学趣味的本质性差异。在中国历来的诗词中，歌咏男女情爱内容的诗词一般有两类即“悼亡诗”和“闺怨诗”。“悼亡诗”是在封建道德容许的限度内去表现男女之情（实际上叫夫妇之情，它与青年男女的恋爱之情区别很大）。而“闺怨诗”即使对男女情爱有所吟咏，但抒情主人公的身份是夫妇还是恋爱中的男女，其实并不明确，而且也要经过观念作用的过滤，抒情主人公的形象描写往往是抽象的、象征性的，如唐朝人的“闺怨诗”大都如此。李商隐在诗人中算是描写情爱内容比较多的，但李的作品含蓄朦胧，多题为“无题”，让人很难猜到他真正的内心意思。相反，柳永的艳情词却非常坦率真挚，不隐晦遮蔽，并且喜欢用民间的俚语俗语，这样的表现意识完全是全新的。

二

柳永艳情词的历史积极价值还表现在他创作了大量慢词。小令非常适合文人传统的情景交融的抒情套路，而慢词融入了叙事因素，层层铺叙，即事生情，能更好地融合新的市民生活或生活的原生态，更适合表达新的生活情调和时代精神。这在柳词创作中突出表现为两点：

一是柳词把传统诗词文学创作中的“借景写情”的抒情性因素与叙事性因素结合起来。一方面是“状难状之景，达难达之情，而出之以自然”，另一方面是“细密而妥溜，明白而家常，善于叙事”，这二者的完美融合铸就了柳词独特的风格。例如“耆卿《斗百花》词中‘长是夜深，不肯便人鸳被’这句子，与和凝的‘娇羞不肯入鸳衾’的句子非常类似。但是从结尾看，和凝使感情升华到观念的世界里，而象征地结为‘兰膏光里两情深’，而耆卿则进一步加以描写道，‘与解罗裳，盈盈背立银釭’，然后以对话‘却道你但先睡’作结，从始至终贯穿着按照实际情景加以描写的态度”[9]195。“按照实际情景加以描写”突出了对生活“原生态”的叙事处理，使人物形象更加具体真实，人物情感也更加细腻感人。其他如《定风波》（自春来）、《锦堂春》（坠髻慵梳）、《迷仙引》（才过笄年）等。《雨霖铃慢》（寒蝉凄切）更融入了一定的故事情节性，而《婆罗门令》（昨宵里）对抒情主人公醉酒、和衣而睡、酒醒无眠的过程进行细致铺陈，“铺叙展衍，备足无余”，很好地传达出抒情主人公相思孤寂的情绪。在中国文学史中，叙事性因素在《国风》中其实已有萌芽性的璞拙表现，在汉乐府和南北朝民歌中已出现了长篇的叙事性爱情诗如《孔雀东南飞》等（数量较少），到唐人传奇中爱情故事的叙事得到了一次大发展，到元明戏曲《西厢记》《牡丹亭》等的出现，爱情故事则进入到有说有唱的戏剧表演中而得以成熟。在唐代爱情传奇向元明戏曲言情剧的发展过程中，柳词将叙事性因素引入艳情文学乃是一个关键的发展环节，说柳词是“曲祖”“开金元曲子之先声”其实一点也不为过。

二是柳永的慢词把羁旅行役与艳情结合起来。柳永的羁旅行役词表现出了柳永很高的才情，前人往往将柳永的羁旅行役词与柳永的艳情词一分为二，称前者为雅词而加以肯定，称后者为俗词而加以否定。如清邓廷桢说：“《乐章集》中，冶游之作居其半，率皆轻浮猥亵，取誉筝琶。如当时人所讥，有教坊丁大使意。惟《雨霖铃》之‘今宵酒醒何处，杨柳岸晓风残月’，《雪梅香》之“渔市孤烟袅寒碧”，差近风雅。《八声甘州》之‘渐霜风凄紧，关河冷落，残照当楼’乃不减唐人语。‘远岸收残雨’一阕，亦通体清旷，涤尽铅华。昔东坡读孟郊诗作诗云：‘寒灯照昏花，佳处时一遭。孤芳擢荒秽，苦语余诗骚。’吾于屯田词亦云。”[10]603－604 柳永的羁旅行役词意境高远壮阔，情感也相当豪放，因而被学者看作是柳词中的“豪放词”。但柳永的“豪放词”与苏辛等人的“豪放词”完全不同，它不是“摆脱绸缪宛转之度”，而是紧密地与抒写男女情爱内容的艳情成分相结合，往往上阕写羁旅行色和伤秋登高，下阕则转向相思怀人。如《雪梅香》上阕有“楚天阔，浪浸斜阳，千里溶溶”，意境阔大，雄浑，几乎可追盛唐气象，而下阕则转入“想佳丽，别后愁颜，镇敛眉峰”，更有以“雅态妍姿正欢洽”等艳句回忆过去的欢会场景。柳永的羁旅行役词与艳情词完美而深刻结合在一起。其他如《曲玉管》（陇首云飞）、《两同心》（伫立东风）、《定风波》（伫立长堤）、《归朝欢》（别岸扁舟三两只）、《凤栖梧》（伫倚危楼风细细）、《阳台路》（楚天晚）、《诉衷情近》（雨晴气爽）、《留客住》（偶登眺）、《夜半乐》（冻云黯淡天气）、《轮台子》（雾敛澄江）、《玉蝴蝶》（望处雨收云断）、《洞仙歌》（乘兴）、《引驾行》（红尘紫陌）、《迷神引》（一叶扁舟轻帆卷）、《倾杯乐》（楼锁轻烟）等无不具有同样的抒情形态。包括柳永历来最受好评的《八声甘州》（对潇潇），被苏轼赞誉为“唐人佳处，不过如此”，其上阕“对潇潇、暮雨洒江天，一番洗清秋。渐霜风凄紧，关河冷落，残照当楼”，意境阔远，而下阕也是转入怀人意绪的抒发：“想佳人、妆楼颙望，误几回，天际识归舟。”

柳永将艳情打并入羁旅行役词之中，一方面，借宋玉登山临水的意境而嵌入具有时代新意识的男女情爱的描写，将传统的因悲秋而生的悲慨难平的意绪一把转入哀感顽艳的艳情意识之中。宋玉《九辩》“登山临水兮送将归”慷慨唏嘘的乃是“悼余生之不时兮，逢此世之俇攘”，这里的“不时”指的是君臣不得知遇的“贤人君子”之悲：“以为君独服此蕙兮，羌无以异于众芳。”这里承袭的仍是楚辞中一贯的“美人香草”的审美传统。在“有美一人兮心不绎”，“岂不郁陶而思君？君之门以九重”的诗句中，“九重门”内住着的既不是才子，也不是佳人，而“有美一人”也只是宋玉的自况，可见宋玉的悲秋意绪抒发的并不是男女的情爱，而是“心存魏阙”的君臣之思。柳词同样是动悲秋意绪，但星移景换，物是人非，时代精神已悄然潜移，柳词在“悲秋意绪”中注入了男女的情爱内容。另一方面，柳词也改变了抒写男女离别相思之情爱诗的传统意境。如温庭筠、韦庄、冯延巳、晏殊等，常常借闺中女子的口吻和眼界来抒写情怀，景物不出闺阁园亭之中，意境狭窄，而柳词却将相思怀人意绪和对离别佳人的痛悔深怜之情置于高远的景物之上和壮阔的意境之中，从而开辟了艳情词的全新格局。

柳词与唐诗中的李杜、宋词中的苏辛的相似作品，其审美风貌也都大为不同，它代表着中国传统美学精神向元明清后期“转向”的深刻变化。例如辛弃疾的那首著名的《水龙吟·登建康赏心亭》，上阕“楚天千里清秋，水随天去秋无际”，苍凉壮阔，“江南游子，把吴钩看了，栏杆拍遍”，悲凉慷慨，下阕转入“倩何人，唤去红巾翠袖，揾英雄泪”，表面看似乎与柳永的羁旅行役词的抒情结构类似，但辛词中的“红巾翠袖”只是一个抽象的符号，与男女情爱内容毫无关涉，这一点与柳词将艳情灌注于羁旅行役中的抒情走向，其性质完全不同。为此，我们对李泽厚在《美的历程》中所表达的相关观点有不同的看法。李泽厚说：“苏东坡生得太早，他没法做封建社会的否定者，但他的这种美学理想和审美趣味，却对从元画、元曲到明中叶以来的浪漫主义思潮，起了重要的先驱作用。直到《红楼梦》中的‘悲凉之雾，遍被华林’，更是这一因素在新时代条件下的成果。苏轼在封建后期传统美学上的深远的典型意义，其实就在这里。”[11]267 苏轼的“人生空幻感”来自于大乘佛教的空观与庄子出世倾向的结合，虽然这样的创作倾向在中国封建后期的文学艺术创作中确实有着鲜明的体现，但我们认为这样的末世情怀并不是明中叶以来的浪漫主义思潮的本质因素，而且李泽厚基于这一认识更把纳兰词看作是北宋以来中国词创作史上的高峰也是不符合实际的。明代奇人冯梦龙在《情史·龙字犹序》一文中于儒道释三教外别立一“情教”，曹雪芹于《红楼梦》中也立了一个“情榜”，这些都充分表明了明代中叶以来的浪漫主义思潮的本质因素乃是男女之情的觉醒与讴歌。由此回溯柳永艳情词的创作，我们看到柳词对男女之情的真挚抒发，多样化的风格表现，以及把羁旅行役与艳情结合起来而深刻开拓了艳情词的艺术境界，涤尽铅华，寄意高远，都说明了柳永是最具有历史代表性的新的灵魂性人物，“凡有井水饮处皆能歌柳词”，他由此也成为封建后期审美精神“转向”的典型表述者和担当者。因此，从积极方面而不从消极方面来说，我们认为不是苏轼，而是柳永，才在中国传统美学精神向元明清后期“转向”中具有深远的典型意义，柳永的艳情词创作也完全可看作是《牡丹亭》《红楼梦》的前奏先声。

参考文献：

[1] 张炎．词源［M］//唐圭璋．词话丛编（第一册）．北京：中华书局，2006.

[2] 冯煦．宋六十一家词选·例言［M］//唐圭璋．词话丛编（第四册）．北京：中华书局，2006.

[3] 刘熙载．词概［M］//唐圭璋．词话丛编（第四册）．北京：中华书局，2006.

[4] 周济．宋四家词选目录序论［M］//叶嘉莹．柳永词新释辑评．北京：中国书店，2005.

[5] 周济．宋四家词选眉批［M］//叶嘉莹．柳永词新释辑评．北京：中国书店，2005.

[6] 周济．介存斋论词杂著［M］//唐圭璋．词话丛编（第二册）．北京：中华书局，2005.

[7] 陈廷焯．白玉斋词话［M］//叶嘉莹．柳永词新释辑评．北京：中国书店，2005.

[8] 江顺诒．词学集成［M］//叶嘉莹．柳永词新释辑评．北京：中国书店，2005.

[9] 村上哲见．宋词研究［M］．杨铁婴等译．上海：上海古籍出版社，2012.

[10] 邓廷桢．双砚斋词话［M］//叶嘉莹．柳永词新释辑评．北京：中国书店，2005.

[11] 李泽厚．美的历程［M］．天津：天津社会科学院出版社，2001.

（作者：安徽省长丰县人）

论杂技节目中滑稽表演的重要性

●郭　娟

长期以来，中国杂技演出往往都是技巧有余，笑料不足。演出有一定的观赏性，但是缺乏喜剧效果。很多人用“有掌声没笑声”来形容中国杂技。我国的杂技节目中滑稽元素一直处于比较弱势的地位，通常只是在其他节目需要换场时出现。而参照国外比较优秀的节目中，滑稽元素一直处于很高的地位，小丑可以成为全场最受瞩目的人物，尤其是滑稽丑角表演更是一个值得研究的重要课题。随着近年来杂技艺术国际交流日益增多，在杂技中糅合滑稽表演显得日渐重要。

历数古今中外可知，滑稽已经存在了数千年，在宫廷表演艺术中有较大的地位。古埃及就有一位矮小的小丑在宫廷内给法老王表演的记载。而在中国，早在《礼记·乐记》中就有“及优侏儒，犹杂子女”的记叙；《国语》中也有“侏儒扶卢”的描写。司马迁在《史记·滑稽列传》中记载了优孟、优旃等滑稽表演大师的精彩表演。千百年来，滑稽一直作为杂技艺术的重要组成，成为杂技观众的开心果。

本文将结合安徽杂技团创作的《美丽的梦》谈谈滑稽表演在杂技演出中的重要性。

一、滑稽元素是舞台串接的润滑剂

滑稽丑角表演就是杂技艺术中的喜剧小品，它具有哑剧表演风格同时又有相声小品表演的一些特征，它具有很强的即兴表演的要素在内。通过表演，既可起到串场作用，又可调节气氛，对观众的心理起到一定的缓冲作用。在《美丽的梦》里面，安排了“四个精灵”的滑稽角色表演。精灵（丑哥）是一个多才多艺、心地善良、勤快朴实的演员，并且拥有杂耍等绝活。此时，他一会儿扫地，一会儿打水，微笑着为大家做练功的准备工作，却又不失时机地展示一下自己的技艺。所有重要的场景切换，精灵（丑哥）都可以串联起来，可以是表演一段杂耍，也可以作为和主角竞争的另一角色，起到对比的舞台效果。可以说滑稽丑角是整个杂技表演过程中一个不可或缺的角色。

二、滑稽元素是一种与优美并列的审美形态，有着人们生活的影子

著名滑稽大师奥列格·波波夫所说："小丑的魅力和表演力不逊于任何杂技技巧，没有小丑，就不能称其为杂技。"在审美上，幽默、诙谐、喜剧、调侃、揶揄等等都是滑稽形态的具体样式。

在《美丽的梦》里面，精灵（丑哥）作为滑稽展示的是现实中不得意的小人物，和生活中的"高富帅"起到了鲜明的对比，在他身上，每个人都会发现自己或多或少有些他的影子：或不优秀而很努力，或和别人对比的自卑感，或面对爱人的小心翼翼，或朴素而不浮夸，容易引起人们的共鸣。当他不得志时，会引起人们的同情；当他自卑时，会得到人们的鼓励；当他出洋相时，人们在欢笑之余仿佛会想起些什么；当他最终成功时，人们会体会到他多么的不容易。

三、滑稽元素可以缓解人们观看传统杂技的审美疲劳

当人们看着重复的表演时，会产生一种相对厌倦心理，不再产生较强的美感。在传统杂技表演中，由于技艺型节目的惊险刺激，观众的神经会处于高度紧张之中，时间长了其心理容易产生审美疲劳。在《美丽的梦》里面，杂技《女子排椅》《空竹》《顶板凳》《死亡轮》《女子软功》等节目都是技艺型节目，如果连续上演，没有中间过渡，则会引起观众的审美疲劳，尤其是发现后面节目难度都差不多的时候。而滑稽表演正可以缓解观众对杂技的审美疲劳，并调节杂技演出的紧张气氛，带给观众快乐和欢笑，也能够带给观众轻松和愉悦。

《美丽的梦》里面，精灵（丑哥）出场后，观众一片沸腾。当杂技演员演完《死亡轮》后，精灵（丑哥）静静地搬着一个沉重的大道具箱走进练功场，他依然是始终如一的勤快和不辞劳累。将令观众紧张到近乎窒息的情绪以一种冷静的情绪宣泄。当女主角美丽被亮仔忽视后，情绪陷入了痛苦之中，亮仔扔掉了玫瑰，而精灵（丑哥）拾起红玫瑰，吹了吹上面的灰尘，放在了一

旁，又搬来“软功”道具，示意美丽，只要继续训练，就会有光明，就会获得真爱。将观众的情绪从悲伤引导到希望，体现了滑稽在缓解杂技艺术审美疲劳中的这种超强的价值。

四、滑稽表演可以促进互动

在杂技节目中，常规杂技演出往往演员卖力演出，观众却反响平平，因为观众和演员的互动不足。对于观众来说，希望可以积极参与其中。而滑稽演出填补了这一空白，他的演出区可以延伸到观众区，可以出洋相，可以对观众插科打诨。正因为有了滑稽小丑的风趣穿插，杂技艺术表演就多了几分情趣，少了几分单调；多了几分活跃，少了几分呆滞。对于观众来说，滑稽小丑使他们对杂技艺术审美的热情，也多了几分助力。

在《美丽的梦》里面，亮仔和精灵（丑哥）都在追求美丽。亮仔追求美丽，大家都不服气，这时精灵（丑哥）走向前台，拿起一支大笔，开始书写起来。不一会儿，他举起了一个大牌子，上写着“爱情擂台”四个大字。他看看牌子，又看看观众，笑了。观众看到这一刻，不由自主地读出了这四个大字，情不自禁地参与其中，为精灵（丑哥）加油。体现了杂技中滑稽演出起到了观演之间的润滑作用，使观众不由自主参与其中。

当前，在文化产业大发展大繁荣的机遇面前，随着杂技演出市场的需求越来越大，日渐相同的杂技演出需要融入更多的元素，而滑稽元素是其中最重要的元素之一。滑稽演出可以推动杂技舞台剧的故事情节，增加故事趣味性和欣赏性，使人们从中发现自己的影子，增加观演互动，更好地促进杂技事业发展，从而让人们“开怀大笑释郁闷，闭目回味有启迪”。

（作者：安徽省杂技团）

起于师形，熟于师迹，成于师心

——文化结构理论视野下的山水画临摹过程论

●王　峰　魏国彬

[摘　要]　文化就是人所看到的东西，就是人眼中的自然，也就是自然的人化。文化结构体现的是由自然到人再到人的意识世界的观察过程。绘画具有文化的结构特征。绘画的物质外表层是绘画工具和绘画原料，绘画的中介层是绘画技能技法和绘画过程，绘画的内在层是绘画作品及其体现出的风格、情感与思想。山水画的临摹是一个起于师形、熟于师迹、成于师心的学习过程。重视山水画临摹成长的学习过程，把握从认识自然到技能实践再到表现自然的绘画规律，遵循学习成长轨迹，那么，我们的山水画临摹才会取得应有的学习效果。

[关键词]　山水画临摹；天人合一；师形；师迹；师心

绘画学习离不开风景写生与山水临摹。无论是对自然世界的写生，还是对文本意义上的山水画作品临摹，我们都可以统归于山水画临摹过程。对于绘画者来说，风景写生与山水临摹都是再熟悉不过的事情，但是，真正对山水画临摹过程做理论思考的并不多，能够概括提炼出山水画临摹过程理论的则更为少见。然而，无论对山水绘画学习者还是对山水绘画教育者来说，这个问题都是促使山水画教育走向文化自觉的关键之所在。

一、天人合一哲学观与文化内涵

天人合一的哲学观是中国传统文化与哲学思想里最重要的一种哲学观。《易经》坚持天地人三才之道：天生万象分阴阳，始万物；地道柔刚，生万物；人生万义，成万物。如果从对象与主体的哲学关系来看，万象与万物可以合并为自然，被看作物质世界。所以，先秦时期的哲学家老子和庄子都把万象万物看作是自然，认为“道法自然”。他们认为，人法地，地法天，天法自然。生物进化论也认为，人类是从猿猴进化而来的。这也就说明，生物进化理论的科学阐释也支撑人来自于大自然这一哲学观点。虽然天和地合成自然，但是，万象决定万物，天决定地，因此，我们习惯于天地合称自然，以天代称自然。从这个意义来说，人来自自然，道法自然。

哲学观是关于人和自然关系的学问。在回答人和自然的关系问题上，不同的回答就有不同的哲学观。人定胜天认为，人与自然是征服与被征服的关系，是改造与被改造的关系，体现的是人的一种主观能动性。天定胜人认为，人与自然是约束与被约束的关系，是规范与被规范的关系，体现的是自然的规律决定性。到了汉代，著名哲学家为了独尊儒术，取得汉武帝的尊崇，他把人与自然的关系看作是天人合一的关系，目的是为了解释君权神授。后来，他的天人合一思想逐渐被看作是主流的哲学思想，而且也被赋予更丰富的内涵，即人与自然是相互依存的关系，物质决定存在，存在决定思维，思维反映存在，人和自然应该和谐共存。在人与自然的关系上，今天我们更多的普通人都会接受天人合一哲学观，而不会坚持人定胜天或天定胜人的哲学观。

用天人合一的哲学观来审视文化，那么，我们的文化概念就是自然的人化。《易·贲卦·象传》：（刚柔交错），天文也。文明以止，人文也。观乎天文，以察时变；观乎人文，以化成天下。这里的天文和人文实际上就是文化的内涵。从语法的角度来看，虽然“观乎天文”和“观乎人文”都省略了主语，没有明确指明谁在看，但是，我们从人与自然的关系来看就可以知道，这里观看天文和人文的主体肯定是人。因此，文化就是人所看到的东西，就是人眼中的自然，也就是自然的人化。研究文化，我们必须坚持人本主义立场，坚持天人合一的哲学观，从人的角度来分析文化的内涵和结构，只有这样，我们才能够科学正确地分析文化，洞彻文化的本质。

二、文化结构与临摹过程的对应关系

既然文化与天人合一哲学观存在着这样紧密的联系，那么，我们同样也可以用天人合一的哲学观来阐释分析文化的结构。如果我们以人为主体来观察自然，立足人的视角观察自然，我们就会发现，我们的文化世界包括物质世界（自然和社会）、人的行为世界和人的意识世界。人是物质世界和意识世界的中介和桥梁，物质世界通过人的观察而转化为意识世界。观察是一种行为存在方式，是人最重要的行为，包括观察的行为、观察的对象和观察的结果，是行为、对象和结果的综合统一体。观察的行为过程是文化世界，观察的对象是物质世界，观察的结果是意识世界。从这个意义而言，文化世界就是物质世界、人的行为世界和人的意识世界的统一体，文化结构体现的是由自然到人再到人的意识世界的观察过程。

按照天人合一哲学观，文化结构可以分为物质文化、行为文化和观念文化。物质文化对应于物质世界，观察的对象是自然和社会；行为文化对于人的行为世界，观察的对象是人的生产生活行为及其行为规范；观念文化对应于意识世界，观察的对象是人的思想观念、思维方式、内心活动和精神状态。人的行为世界是物质世界和意识世界的交接点。物质世界和意识世界必须通过行为活动才能够得到转化，必须借助劳动实践才能够实现转化。无论是行为活动还是劳动实践，他们都是人的生产生活技能在客观世界的存在方式，都是行为规范与过程的物化表现形态。文化结构是由外向内依次递进的结构，其中介是人的行为世界，包括由观念意识世界构成的内在层、由人的行为世界构成的中介层和由物质世界构成的外表层。由此可见，文化是具有结构层次性的。

运用这种文化结构理论来审视绘画，那么，绘画显然也是一种文化，具有文化的结构特征。绘画的物质外表层是绘画工具和绘画原料，绘画的中介层是绘画技能技法和绘画过程，绘画的内在层是绘画作品及其体现出的风格、情感与思想。绘画工具和绘画原料对于每一个绘画者来说都是一样的，画中国画的无非是文房四宝，画西洋画的无非是画布、油画颜料和画笔，这些都是绘画所共有的物质世界。到了中介层，由于绘画主体的人的千差万别——绘画材料的掌控能力、绘画技法的熟练程度和绘画过程的时间长短都不可能一样，所以，画家的绘画行为就决定了绘画水平的高低，其表现形式就是绘画作品。绘画作品是绘画工具和颜料、绘画技能技法和过程、绘画观念和意识的综合统一体。绘画作品的风格是对绘画技能技法的反映，是画家绘画题材、绘画构图、绘画造型和绘画技能的比较稳定的倾向性特征。画家的情感与思想就是通过绘画题材、造型和构图来体现自己对这个世界的独特观察与看法。因此，作为自然的人化产物和人的技能表现形态，绘画作品就成为我们分析画家乃至绘画文化的基本依据。

运用文化结构理论审视山水画的临摹，我们就会发现，山水画的临摹过程包括三个阶段，即师形、师迹和师心。师形就是临摹文化结构的物质世界，对自然和社会进行临摹，以形似为追求目标，临摹实物与绘画造型力求达到逼真程度。师迹就是临摹文化结构的行为世界，对人的绘画技能、绘画技法和绘画过程进行仿照，以技似为追求目标，临摹画法与原物技法力求达到高度仿真。师心就是临摹文化结构的意识世界，对人的观念和思想进行模仿，临摹作品的风格力求能够体现原初画家或自己的情感与思想。师形是基础，只有熟练使用绘画工具和颜料，绘画技能才能够形成，风景写生和山水临摹才能够实现形似；只有具备较高的绘画技能，绘画技法才能够娴熟，绘画造型才能够传达出风格，风景写生和山水临摹才能够体现自己的风格；只有深入揣摩情感和思想怎么样融入造型构图之中，绘画作品的气韵品味才会有基础，绘画作品的文化内涵才会交融其中，让人回味无穷。总之，山水画的临摹是一个起于师形、熟于师迹、成于师心的学习过程。

三、山水画临摹成长的学习轨迹

从山水画的临摹过程来看，首先要注意的是临什么。我觉得这涉及对山水画画史、画家的熟悉程度和对自身专业基础的了解程度。中国山水画的发展同文人画思想的发展紧密相连。文人画家大都崇尚情感的自由表现和个性的张扬，可以说我们所要临摹的作品大多数都为此类风格各异的文人山水画。所以在选择临本时，我们就不能随心所欲，喜之则临，不爱则不学。我就曾深有体会。因为很早以前，我就对大痴和云林的潇洒用笔、空灵简淡的艺术风格向往之至。在临摹初始阶段，我就去临《富春山居图》和《紫芝山房图》之类的作品，结果不仅吃力不讨好，反而自信心也受到沉重打击。现在回过头来思考，我才明白自己的错误：一是急于求成，二是临摹目的不明确。宋画重理，元画写意，学习山水画应从宋画入手，以及与宋画一脉相承的明清一些大家的作品。这些画有时看起来比较繁密，线条也不那么优雅，临摹起来很慢，但对初学者来说，临摹这类作品能够掌握基本的山水画语言，而且最重要的是能对山石树木结构（文化的物质世界）有一个清晰的认识和体会。长此训练，我们就会对造型时所应遵循的自然生成规律融化于胸，由此就能够掌握描绘技巧中必要的格法（文化的行为世界）。当初在认真临摹了范宽的《溪山行旅图》和龚贤的《溪山无尽图》后，我顿觉先前浮躁的心平静下来，用笔用墨也比先前沉稳了很多。总之，在临本选择的问题上，我们要立足于物质文化世界，以宋人山水画为重点，不断熟悉自然山水的艺术表现特征，通过反复临摹把握山水画的造型与构图。

再次是“怎么临”的问题。临摹阶段的学习效果，关键在于解决“怎么临”的问题，解决好了，可一步步登入山水国画的正堂，反之则会自织罗网，框住自己。不过，“怎么临”的问题涉及对待传统、临摹方法以及对山水画的认识深度。在临摹过程中，这几点是相互融合在一起的，成为临摹者的主观意识，并能在临摹作品上清楚表现出来。山水国画深深根植于中国传统文化，文人画的兴起使山水画打上了缘情言志的烙印。传统文化的积淀就是我们登高望远的高山。学习山水画就不可能对中国画上千年的优秀传统这座高山视而不见。“传统”也并不是一件我们想拿就拿、想丢就丢的东西。我们想要运用它，不潜心深研、付出艰苦的代价，是不能得其精髓、得其法的。我们面对传统、学习传统是从我们自己的时代精神出发的，我们的认识不可避免地具有时代性。对于山水画，其章法、笔法、墨法均有着鲜明的派别、个人的印记，其地域、时代也呈现出不同的风貌。文人画家重视个人修养、人品胸次、士气、书卷气、游历等，诗书画结合缺一不可。现代人在面对山水画的历代墨宝及诸多大师时，我觉得应该有着清醒的认识。针对自身所处的学习阶段，我们在临摹时要有取有舍、有先有后，重点是临摹技法画法，熟于师迹。

最后是“如何临”的问题。我认为，在临摹时，我们应带着自己的性情去画，“入我神者，古化为我也”，学古的目的应该在于学会如何去表达自我。在这方面，石涛的观点我很赞同，石涛认为对待传统应该是“古者识之具”，是为我所用的工具，但如果本末倒置，“知有古而不知有我”，一味泥古就会失去自我。石涛提出了学习传统的一个根本问题就在于化古为我有、化古为我用，师古才不会亦步亦趋，茫然无向。这一点我也曾在临摹过程中深有体会。如果只从临本的形出发，试图每一处与原画相似，唯临本是从，效果往往很差，画面拘谨，墨色呆滞；如果先细观临本，用心体会其取势之妙、用笔之理，然后再临，取其意而略其形反而感觉很好。这似乎正应了石涛所说的：“师古人之迹而不师古人之心，宜其不能出一头地也。”观先前所摹之画，连师古人之迹都谈不上，仅仅一个外形，更别谈师古人之心了。说到底，“如何临”的问题也就是“师心”的问题。师心就是在临摹的过程中，我们应该逐步以形传神，借助临摹形成的技法画法表达出自己的思想情感。只有达到能够师心的程度，我们的临摹学习才能说已经完成，可以独立作画了。

临什么，怎么临，如何临，这三个成长阶段在山水画临摹的学习过程中就体现为山水画临摹、风景写生、山水临摹这样三个学习操作环节。孔子提倡启发式教学，不愤不启，不悱不发。山水画临摹的这三个学习操作环节就是绘画学习的启发式教学过程。山水画临摹属于文本学习的师形，通过脱离自然状态临摹山水画作品，学习造型、构图、技法和画法，学生将会越学越困惑，从而产生愤悱的心理状态；风景写生则属于模仿自然的师迹，反复训练，摆脱蹒跚学步时的约束，熟悉造型构图与绘画技法，培养绘画技能；山水临摹则属于艺术表现的师心，学会审美取景，学会融情于物，学会意境交融，借助画笔和山水表现自我真性情。总之，师形、师迹和师心就是山水画临摹、风景写生和山水临摹这三个学习操作环节在学习任务上的形象概括。

中国山水画是东方文明东方精神的生活体现，具有深刻的稳定性和持久性，体现的是人对自然复归的精神，与西方向自然进取的精神是互补的。而且，人类现在越来越重视与自然的相互协调、相互融合，追求精神生活的绿色生态。山水画实际上就是对“天人合一”哲学思想的历史印证，潘公凯先生针对“中国画末路论”而提出的“绿色绘画说”则是对山水画天人合一哲学思想的最新诠释，山水画是与人所追求的绿色生态生活需求相一致的。所以，重视山水画临摹成长的学习过程，把握从认识自然到技能实践再到表现自然的绘画规律，遵循起于师形、熟于师迹、成于师心的成长轨迹，那么，我们的山水画临摹才会取得应有的学习效果。

（作者单位：安徽财经大学文学与艺术传媒学院）

试论《斐多篇》中柏拉图的灵魂论

●万士端

[摘　要]　《斐多篇》中呈现的柏拉图的灵魂论被普遍认为是基督教和后来一切西方宗教中关于灵魂不死和灵魂升华的主体学说，在西方文明史上具有举足轻重的地位。本文从灵魂概念的出现与灵魂不死论的源流、灵肉二元论及其负面效应、灵魂不死在《斐多篇》中的论证、灵魂解脱与自我拯救的路径等四个方面展开，力求较为全面地梳理《斐多篇》中柏拉图的灵魂论，从而更好地理解、体悟、把握《斐多篇》的丰富意蕴及其呈现的柏拉图灵魂论的永恒魅力与不朽价值。

[关键词]　《斐多篇》；柏拉图灵魂论；灵魂不死；灵肉二元论；解脱与自我拯救

论及柏拉图对西方文化与哲学的影响之大，有一句名言："谈起希腊文化，转头必见柏拉图。"怀海特也说过："西方两千多年的哲学，只不过是柏拉图思想的一系列注解而已。"① 而在柏拉图的思想中，他的灵魂论则被世界哲学界普遍认为是基督教和后来一切西方宗教中关于灵魂不死和灵魂升华的主体学说，在西方文明史上具有举足轻重的地位。灵魂不死论的证明，除了诉诸神话的、经验的以外，在柏拉图对话录中主要体现在《斐多篇》和《斐德罗篇》中，尤以《斐多篇》的阐述最为丰赡通透、动人心魄。罗素在《西方哲学史》中指出："柏拉图所描写的面临死亡的苏格拉底，无论在古代还是在近代的伦理上都是重要的。《斐多篇》之对于异教徒或自由思想家，就相当

① 转引自［德］爱德华·策勒尔．古希腊哲学史纲［M］．翁绍军译．上海：上海人民出版社，2007：58.

于福音书中所描绘的基督受难和上十字架之对于基督教徒。”①

在《斐多篇》中，苏格拉底在生命的最后时刻沉着冷静，谈笑自若，就是因为他深信灵魂不朽，而且必将升华到与宇宙同体的高度。在这篇对话中，灵魂不死的本原思想从一个行将死去的人口中表述出来更具有震撼的意义。本文拟对《斐多篇》进行一次认真的文本细读，力求较为全面地梳理《斐多篇》中柏拉图的灵魂论，从而更好地理解、体悟、把握《斐多篇》的丰富意蕴及其呈现的柏拉图灵魂论的永恒魅力与不朽价值。

一、灵魂概念的出现与灵魂不死论的源流

灵魂的希腊文原意是指任何存在物中的生命原理，因此它是所有有生命物种不可或缺的。灵魂原来的含义相当模糊，在《斐多篇》中，西米(Simmias) 主张灵魂只是一个躯体各部分和谐的安排状态，可见当时并未普遍认为灵魂不死。在荷马那里，死后的生命只是血肉之躯的阴影。灵魂像蝙蝠一般，在悲鸣声中飞向地府，它们无法对俄底修斯（Odysseus）说话，直到一滴鲜血使它们恢复一点点生命；阿基里斯（Achilles）死后也发出怨言，说他宁可在人间做穷人的仆役，也不愿在阴间做死人的君王。荷马所谓的灵魂并无精神性，他笔下的死人宁愿受苦也会庆幸自己回到人间②。

灵魂不死的理论在古希腊有很广的源流。在神话中，灵魂是不会死亡的，他在现世的停止就是人们所说的“死亡”，但他不会消亡，只是在等待另外出现的时机。在俄耳甫斯教的教义中，灵魂是轮回的——他们可以按照在现世的生活方式，分得来世的福祉或遭到永恒的痛苦。俄耳甫斯教的目的是要达到“纯洁的修行”，实行净化的教礼，免除在现世的受污染之苦；按照传说，由于俄耳甫斯被撕成了碎片，所以他们中的最纯真的人总是通过茹素来忌讳肉类。又根据教义，人类的肉体是属于天和地的，如果一个人足够纯洁，他所占的天的分量就会增加，而地的部分就会减少，最后可以像狄奥尼索斯一样死而复活。在俄耳甫斯教教义里，身体无异于灵魂的监狱或坟墓，人生的目的在于净化灵魂，经过多次轮回抵达完美程度时，就重回神界。毕达哥拉斯学派很可能就是在俄耳甫斯教派的影响下，主张过一种趋向净化的生活方式。毕氏学派强调，不死的灵魂就是人的知性能力，而净化过程大多有赖于严格的科学（即数学）训练；他们中也颇有些人特别强调数字魔力与仪式。在他们流传下来的观念中，比如以知性为人的最高贵及不死的部分，以知识

① ［英］罗素．西方哲学史（上卷）［M］．何兆武等译．北京：商务印书馆，2011：176.

② ［德］施瓦布．希腊神话［M］．高中甫译．北京：中央编译出版社，2015：305－316.

为解脱之道等观念，都在《斐多篇》中得到体现，并且也是柏拉图终身珍视的信念[①]。

亚里士多德谈到前人灵魂观的共同点时说，前人以运动与感觉为灵魂的主要性状。这里的“前人”当然也包括柏拉图，柏拉图不止在“灵魂的主要性状是运动与感觉”上继承前人，他的灵魂论的其他一些思想，也可以在前人那里找到原型，如“灵魂不朽”“灵魂永恒运动”“灵魂可以与肉体分离”等观点，就可在毕达哥拉斯的哲学中找到原型，还有如亚里士多德所指出的，在《蒂迈欧篇》中，柏拉图像恩培多克勒一样用诸元素撰造灵魂。柏拉图的灵魂论不只是“承前”，而且还“启后”，其灵魂论观点也为后来古希腊哲学家所继承，如亚里士多德在其灵魂论的第一阶段中的观点大体承袭了柏拉图《斐多篇》中的思想，可以说，亚里士多德的灵魂论（又称为《动物心理学》）是从继承柏拉图开始的，柏拉图的灵魂论是古希腊灵魂论史上的一个重要环节[②]。

毕氏学派的教义和古希腊民间流行的宗教思想对苏格拉底的影响是毋庸置疑的。在此基础上，苏格拉底进一步认为，灵魂管理身体及其欲望，借此指导人的生活。因此，护持灵魂，是每一个人与每一个城邦的目的。这一点在《查密迪斯篇》中有很充分的表述，当年轻俊美的查密迪斯请教治疗头痛的药方时，苏格拉底说：“身体与整个人的好坏，无不源生于灵魂，再散布开来，就像病痛由头部传到眼睛一样。因此，若要使头部与身体的其余部分健康，首先要全力照顾的就是灵魂。”苏格拉底指出健康与德行两者并行而互补。一切都依赖灵魂，而终极目的是整个人身体上与道德上的健康。这正是柏拉图早期对话录的基本态度，只是重点较为偏向灵魂[③]。

《美诺篇》也谈到灵魂不死，但是仍以神话形式表述。其中介绍了“知识即回忆”的理论。所谓学习，不外乎记忆灵魂在出生之前所知者：“灵魂既然不死，就会重生许多次。它曾经见过此世、地府以及一切事物，没有东西是它不曾学过的。它所回忆起过去所知的德行与其他事物，实在不足为奇……因为一切探索与学习都只是回忆而已。”[④]

不过，柏拉图对话录中以《斐多篇》最早谈到这个主题：苏格拉底在临死之日，试图证明灵魂不死。记忆之说随着理念论出现，苏氏借此表示他相

---

① 汪子嵩．希腊哲学史［M］．北京：人民文学出版社，1993：696.

② ［古希腊］亚里士多德．灵魂论及其他［M］．吴寿彭译．北京：商务印书馆，1999：49－52.

③ 转引自北京大学哲学系外国哲学史教研室．古希腊罗马哲学［M］．北京：商务印书馆，1982：133.

④ 同上，第198页。

信人的灵魂与思想世界之间有本质上的联系。我们在此看到柏拉图哲学中的极端二元论，灵魂与身体几乎完全分离了。

在苏格拉底看来，灵魂是人的一部分，是人要认识及领悟知识的永恒对象所能凭借的唯一部分。在此，灵魂是一个整体，并且不包含理性之外的任何功能。在每一个转弯处设下陷阱的是身体，它是意气、激情、欲望与快乐的牢固基地。哲学之路，就是尽可能摆脱这些身体因素的诱惑与干扰，毫不留情地加以严格管制，使自己得以“净化”。这是一条“死亡之路”，因为我们在死后才能找到此生所追寻的目标。

在《斐多篇》中，柏拉图反复表达了这样的观点：“所以要想让思想清楚，就不能有视觉听觉的干扰，也不能有痛苦愉快的干扰，必须尽可能地摆脱肉体，尽可能地避免与肉体结合与联系，独立地去探索真实……哲学家的灵魂总是十分轻视肉体，总是力求摆脱肉体，尽量使自己独立存在。”① 很明显，这种思维在近代被扩大成一种典范式的精神。狄德罗在他的《精神的戏剧与苏格拉底的游戏》中说：“对于把肉体的利益放在第一位而生活的人来说，死亡必定是痛苦的，因为它意味着完全的舍弃，而对于那些相信精神追求存在的人们来说，死亡很可能是一件快乐的事情，他们仅仅把它看作是行动，任何时间空间都不能否定他们的精神价值，他们不能被否定。这就是精神不死的意义。”② 在柏拉图的灵魂论里，我们可以清楚地看到他的灵魂不死论是和他的彻底的灵肉二元论如此紧密地联系在一起，乃至须臾不可分离的。

二、灵肉二元论及其负面效应

在《斐多篇》中，苏格拉底的讲述突出了灵魂与肉体的二元论，它是柏拉图二元论世界的一部分。柏拉图的哲学，其核心便是对立的二元世界，包括实在与现象、理念与摹本、理智与感觉、灵魂与肉体。在所有的二元世界中，联系广泛存在，而且是前者胜于后者，无论在存在还是美好方面都是如此。于是，在这样的道德二元论的基础上，灵魂被崇尚至天，肉体被贬谪入泥。这种灵肉二元论对后世的文化产生了极大的影响，但需要引起关注的是这其中亦包括不小的负面效应。

苏格拉底深入地阐发了苦行主义的原旨，他的话里带有大量的快乐因素。

---

① ［古希腊］柏拉图．斐多［M］．杨绛译．北京：三联书店，2011：16．文中为照顾阅读习惯，一律按通常译法称为《斐多篇》。

② 转引自赵敦华．西方哲学史［M］．北京：北京大学出版社，2000：254．

关于这个方面，《斐多篇》中有一段精妙的言论，为笔者所深爱，所以不烦繁冗地摘录如下：“我们追求的既是真理，那么我们有这个肉体的时候，灵魂和这一堆恶劣的东西掺和一起，我们的要求是永远得不到的。因为这个肉体，仅仅为了需要营养，就产生没完没了的烦恼。肉体还会生病，这就阻碍了我们寻求真理。再加肉体使我们充满了热情、欲望、怕惧、各种胡思乱想和愚昧，就像人家说的，叫我们连思想的功夫都没有了……还有更糟糕的呢，我们偶然有点时间来研究哲学，肉体就吵吵闹闹地打扰我们思考，阻碍我们见到真理。这都说明一个道理：要探求任何事物的真相，我们得甩掉肉体，全靠灵魂用心眼儿去观看。所以这番论证可以说明，我们要求的智慧，我们声称热爱的智慧，在我们活着的时候是得不到的，要等死了才可能得到。因为如果说灵魂和肉体结合的时候，灵魂不能求得纯粹的知识，那么，或是我们压根儿无法寻求纯粹的知识，或者呢，要等死了才能得到。人死了，非要到死了，灵魂不带着肉体了，灵魂才是单纯的灵魂。我们当前还活着呢，我想，我们要接近知识只有一个办法，我们除非万不得已，得尽量不和肉体交往，不沾染肉体的情欲，保持自身的纯洁，直等到上天解脱我们。”[①] 在这一段中，我们可以领略到一个哲学家应有的行为准则，他不应该专注于享乐，如果是为了肉体的缘故，也应该把欲望减到最低限度，他不应该沉溺于肉体的欢乐，对于爱情、欲望应该毫不关心，而把注意力转移到心灵上面。这里无疑在暗示着个人需求与社会良心之间的冲突——柏拉图承认许多享乐是好的，但应当学会判断何者是有益的、何者是有害的，并加以适当的自制。仅以后世崇拜柏拉图的人对于食物和生活欲望的理念为例，我们就可以窥见柏拉图的这种灵肉二元论的影响。这些人担心肉食会造成人体消化的过分负累，所以认定人应当食用其他食物，这样可以使身体与自然协调一致，这样理性的灵魂才不至于萎缩退化，因为肉体的欲望会在粗淡的食物刺激下保持清醒。

柏拉图认定身体是沉重的、压制的、属土的、可见的，灵魂必须摆脱一切身体的欲望，抵制身体的情欲和快乐，甚至连最基本的触、看、吃、喝都要回避，因为“用眼睛、耳朵以及其他所感官做出的判断完全是一种欺骗”，只有追随理性和做哲学的同伴，才能获得真实的、神圣的灵魂。灵魂是与神圣的、不巧的、理智的、统一的、不可分解的、永远保持自身一致的、单一的事物最相似，而身体则是与凡人的、可朽的、不统一的、无理智的、可分解的、从来都不可能保持自身一致的事物最相似。因此，柏拉图认为灵魂应该统治身体，身体只是灵魂的奴仆。

---

① ［古希腊］柏拉图．斐多［M］．杨绛译．北京：三联书店，2011：18－19．

于是后世的学者便从柏拉图的灵肉二元论中领悟到一种类似禁欲主义的修行方式，对待知识他们孜孜以求，而放弃了其余，甚至是正常的物质生活。牛顿、笛卡尔、卡文迪许等都是这样平日毫无生活享乐痴迷于研究的狂人，这一定是受到了柏拉图的指引而做的了。对于享乐，苏格拉底和柏拉图并未一概拒绝，他们的观点是只要不是耽于享乐就可以继续求得心灵的清宁。不过在柏拉图的灵肉二元论中，有一条原则显然是值得商榷的，这就是只要不是肉体的快乐，心灵上的快乐都是有德行的生活。显然，这样的表述是有问题的，因为超脱了肉体欲望之外，我们自身还存在着许多心灵上的污浊点，比如权力欲、嫉妒、毁灭欲，诸如此类的心灵上的负面东西都可以给自己带来快乐，却给别人带来痛苦，并且这种痛苦很有可能远远超出肉体的欲望所带来的痛苦。柏拉图在灵肉问题上的缺漏给一些满怀野心的人隐示了一条疯狂之路，他们忽略肉体，贱视肉体，不仅以虐待自己的肉体为乐，更以无情地蹂躏甚至杀戮别人的肉体为乐，因为按照柏拉图的说法，只要是与肉体快乐无关的，就是高尚的。柏拉图或许怎么也不会想到，美好的理念一念之差竟会造成如此恶果，并且此类事件史不绝书。以中世纪圣殿骑士团为例，骑士团的全称实际上是“基督和所罗门圣殿的贫穷兄弟战团”（Pauperes Commilitones Christi Templique Salomonici），我们所熟知的“圣殿骑士团”（Ordre du Temple）只是一个简称。他们大都是一些衣着破旧的穷骑士，在占领了耶路撒冷之后，也没有改变自己清苦的生活，继续以极大的虔诚侍奉上帝，然而他们为了享受狂热虔诚带来的快乐，不惜屠杀妇女和儿童作为求得精神超脱的途径。正像弥尔顿在《失乐园》中用撒旦的口吻写的那样：“心灵是他们自己的天堂，在这片土地上，可以把天堂造成地狱，也可以把地狱造成天堂。”①

这种灵肉二元论对后世造成极大影响的原因还在于，在苏格拉底那里，他非常崇尚天神，他把人的身体的幸福与神明联系在一起，看不起身体自在的感觉的幸福。按苏格拉底的说法，当身体是灵魂的仆人时，生活就是美好的，只有灵魂才可能拉住神明的衣襟；幸福也可以通过单纯身体的感官享乐获得，但美好的幸福通过身体成为灵魂的居所——因此身体会觉得沉重、艰辛——来获得。苏格拉底的这种观点（暨柏拉图的灵肉二元论），特别是灵魂对身体有绝对的掌控权的观点在西方文明史上很长时间里都曾是主流思想。不过这种过度崇尚灵魂贬斥身体的论调仍需更好地回应千百年来人们如下的

① ［德］曼弗里德·瓦索勒德．十字军东征［M］．高建中译．武汉：湖北教育出版社，2010：128.

质疑：为了能体验到美好的生命，让身体承负灵魂而变得辛劳和沉重是否真有必要？“等待对美好事物发生欲望的耐心”是否必需？走向美好的生命时辰，为什么就“不能抄近路”？生命之路为什么不可以走得轻盈些？[①]

三、灵魂不死在《斐多篇》中的论证

《斐多篇》的主体部分是对灵魂不死的论证，与此同时苏格拉底还反驳了西米与齐贝的灵魂观，从而更充分地论证了灵魂不死的确实性。

第一个论证是建立在轮回说的基础之上的。根据古代流传甚广的神话，古希腊人认为人死后灵魂从阳间到了阴间，亡灵还有可能还阳，会由灵魂转化为活人。这里所依据的通则是：一切事物皆由其反面所生。活着的灵魂来自死去的灵魂，已死的又来自活着的。由此，我们就必须有双重旅行：由死到生，由生到死。

“假如生生死死的一代又一代只是一直线地从一头走向另一头，没有来来回回的圆转循环，那么，你看吧，到头来所有的东西都成了同一个形式，没有别的变化了，也不再代代相承了。”[②] 苏格拉底在《斐多篇》中这番论证，即是说，如果变化只有一个方向，那么一切灵魂，推而广之，一切变化的事物，最后都将抵达同一终点而不再存在了。这显然是不可能的，由此从反面论证了灵魂不死的实在性。

第二个论证是建立在灵魂回忆说的基础之上的（杨绛先生在《斐多》中译为灵魂记忆说，本文虽采用杨绛先生翻译的版本，但此处采用一般常见的翻译）。在《斐多篇》中，柏拉图认为，灵魂必然是在人出生前就存在的，因为当我们看到一件事物时便接受了它而不感到怪异，这是因为我们的灵魂中存储了关于它们的记忆。宇宙间最永恒的法则，善、美、智慧以及所有的理念必是先于灵魂之初就存在了，因而我们的本质感觉就是关于灵魂的所有记忆，同时也是从这些灵魂前世看到的记忆中得到结论，人类的灵魂必定是在出生以前就存在的了，由于理念世界的内容贮存在灵魂中，我们感受到理念世界毫不奇怪，这便是问题的证明了。

第三个论证是建立在理式说的基础之上的。理式若是存在，则存在之物有两种：一种是纯然永恒而不灭的理式，亦即知识的对象；另一种是个别的混合物，有生有灭，并且一直在变化之中。前者拥有神性，后者则没有。灵

---

① 刘小枫．沉重的肉身［M］．北京：华夏出版社，2007：79.

② ［古希腊］柏拉图．斐多［M］．杨绛译．北京：三联书店，2011：27－28.

魂的本性是要管理身体并且领悟理式，它当然必须接近理式、接近神性了。因此，灵魂自身必须是单纯的而非组合的，因此也应该是不可分解的。

紧接着，苏格拉底还反驳了西米和齐贝的灵魂观。西米认为灵魂即是和谐，它与身体的关系，就像旋律与琴弦的关系；当身体受冷热干湿等因素左右时，灵魂使这些因素各依分量，形成和谐的组合。齐贝认为，灵魂在出生前也许存在，但是它在我们死时就会消失。身体也许活得比灵魂更久，但是这不能证明什么，譬如一个编织工人在一生中穿坏几件外套，但是他的最后一件外套将留存得比他更久。前面已经证明，灵魂在本质上就比身体更耐久，但这并不保证灵魂自身不会在一次生命或多次生命之后，走到终点。

针对西米的灵魂即和谐说，苏格拉底提出三点反驳理由。第一，若果真如此，则灵魂不可能先于身体而存在，并且只要相信灵魂即和谐，就不能相信灵魂记忆说。第二，作为整体之和谐，怎能与其部分对立？而灵肉冲突却是公认的事实。第三，灵魂若是和谐，那么它如果不带来和谐就是根本不存在。这就带来一个悖论：许多人的灵魂并非处于完全和谐的状态，他们不是根本没有灵魂了吗？并且，善与灵魂之间的关系该如何界定？是和谐之和谐吗？这又如何说得通？既然和谐如果不是完全的即是不存在的，那么我们很可能不得不推导出如下的结论：所有的人都有灵魂，也都同样和谐，身体各部分及其功能都是完美的组合，进而也都是同样的善。由此可见，灵魂根本不可能是和谐。

齐贝的灵魂观主张灵魂使用几世身体之后再消失。对此，苏格拉底没有立即答复，却转而发挥他的理式说：个别物体不仅分享它自己的理式，同时也分享某些它所不可少的其他理式，但我们不能把拥有相反特质的理式放在一起。譬如，三不仅包括“三”理式，也包括“奇数”理式。它不可能包括“偶数”理式。火不可能容纳冷，诸如此类。同样的，拥有灵魂之物，即拥有生命，生命是灵魂的必然伴随物，灵魂当然不能容纳生命的反面，从而充分证明了灵魂是无死的①。

《斐多篇》的主题是关于灵魂不死的论证。如上所述，在整个对话中，这一论证从多个角度反复展开进行。不过，如果从逻辑的眼光考察，这些论证在逻辑上远非可靠。因为在诸多论证中，柏氏采用的论证方式大多是或然性的类比推理，并且在许多情况下都是简单类比，例如对立面相互转化的论证、回忆说的论证等；另外，有些论证也不无循环论证之嫌。从哲学发展的近现代眼光考察，这些论证其实也是颇有问题的。灵魂问题在康德那里被认为是

---

① 傅佩荣．柏拉图哲学［M］．上海：东方出版社，2013：135－142.

超出于纯粹理性范围之外的信仰问题或实践问题，而非思想问题；在维特根斯坦那里，则被认为是超出于语言表达之外的神秘存在，对之必须保持沉默。这些几已成定论和常识。这样来看，二千五百多年前柏拉图抓住的其实是一个假问题。因之，具体论证中的逻辑窘迫，主要还是因为“灵魂不朽”是不可论证的，其与逻辑无涉，不是作者的逻辑能力欠缺，而是论题对于逻辑本身的超出。

在《斐多篇》中，面对死亡，苏格拉底镇定从容、安详平和，如其所言，他对死亡是有准备的，他相信灵魂不朽，相信自己死后的美好归宿。既然灵魂不死论从根本上证明的是一个不可能被证明的问题，那么，我们该如何解释苏格拉底对于灵魂不朽所抱的坚定信念呢？其实，我们不能用哲学和逻辑在发展二千多年后带给我们的眼光去评判古人，而是应该努力进入历史，持一种同情与谦虚的态度。以此观之，在苏格拉底所处的哲学的童年时代，在理性的光芒刚刚升起之时，面对这样一个极其困难的问题、一个人生的根本问题，他能殚精竭虑提供如此充分细密的论证分析，实属难能可贵。尤其值得引起我们关注的是，在对灵魂不死的论证过程中，除了推理文字，《斐多篇》中还有很多关于死后灵魂的各种可能归宿及彼岸世界图景的描述，更有对生前净化的重要性的强调。这些文字和纯推理文字形成明显的对比和提示。稍微了解当时希腊民间盛行的宗教信仰背景以及毕达哥拉斯教派教义的人就不难发现，其实苏格拉底在《斐多篇》中反复陈说的世界图景和人生信条，并非为他所有，实际上只是当时的精神和文化传统的熏陶与赐予。这是一些自他出生之日起就覆盖和围绕着他的传统和氛围，是很早便已在他的心灵深处扎下根来，并终其一生为他所持守的坚定不移的信念。也就是说，这些东西，首先并不是苏格拉底的哲学，而是他的宗教、他的信仰。某种意义上，他的哲学和逻辑实在只是这一信仰统摄下的产物。他是先有“灵魂不死”的信念，然后才尝试对其进行逻辑的论证。《斐多篇》对灵魂不死的论证，可以看作他的宗教神学陈述，就像后世诸多神学家，相对于基督教信仰而建构的神学体系一样。实际上，他们都是先有信，再有想、说和作，而非先有思有想有逻辑。具体到《斐多篇》，首先是传统和习俗赋予并支持了“灵魂不死”的信念，而非逻辑的论证。在《斐多篇》中，大量的论证文字之外，存在大量不假思索的非论证性陈述和描绘，正是这一点的明证。当然，逻辑论证显然充分有力地提升和强化了这一信念本身。①

① 张文举．柏拉图斐多篇的论证及其启示［J］．北京：北京社会科学，2000（2）：50－52.

四、灵魂解脱与自我拯救的路径

在《斐多篇》中，苏格拉底深刻指出，真正的哲学家会选择哲学作为他心灵的寄托，当他在接受这种“智慧”的时候，哲学便开始占据灵魂。哲学家忌讳肉欲，因为他们看到它们是囚禁灵魂的肉体的帮凶，一切热爱智慧的人都会作如是观。于是潜在的哲学呼唤便鼓励灵魂，使他们自己解脱自己、自己告诉自己，一切所见所闻都是具有虚妄性欺骗性的，是被肉体的假象所迷惑的，不到万不得已的时候，不要运用自己的器官，否则只会带来更大的困惑。在使用自己的灵魂观察现实世界时，除了相信自己和自己之抽象思维中的存在之外，不要相信任何事物，特别是不要相信被宣称为使用工具获得的不真实的信息和变幻不定的东西——这些东西依靠感觉就可以理解，而灵魂却可以看见肉体感觉之外的事物。由此，真正的哲学家便渴望得到解脱，并确信如果一个人被快乐、恐惧、痛苦等缠绕，其结果必然会招致更大的灾难——这最大的灾难就是灵魂受到极大的刺激，便把虚幻的看作真实的，真实的看作虚幻的，这就是一切堕落的开始。到了这时，每一分感觉就像一根钉子，把灵魂钉在肉体上，使灵魂真正附庸于肉体，以肉体所知为真实。这样，灵魂便与肉体同化在一起，养成了同样的习气，只能在最后浸染污秽随肉体而去，永远不能以纯洁之躯到另一个世界去了。在肉体消亡后，它又像一颗种子一样进入另一个肉体，带给那个肉体堕落。

所以，灵魂正确的解脱方法就是，它必须依靠哲学的力量，想办法摆脱一切情欲的束缚，为求得宁静，始终不渝地追求理智。否则当灵魂从肉体解脱出来之后又会进入其他的肉体的束缚中去，同时必将受到无休无止的痛苦的折磨。研习哲学的人所看到的，才是真实、神圣、存在着的事物，以此为灵魂唯一的食物，在有生之年这样生活，死后才能摆脱人世的苦难。柏拉图指出，“凡是不钻研哲学的人，在去世时必将是被浸染的人”。柏拉图的灵魂论之所以与众不同，并在众多宗教思想的掩映下得到彰显，就是因为他倡导了一种积极的非出身决定论的自救思想，并不像其他宗教一样自视为完美无缺，而是抱定了坚定的哲学道路，满怀信心地走下去，甚至面对死亡也能谈笑自若、坦然以对。

至此，柏拉图关于灵魂存在及解脱的证明便宣告结束，在《斐多篇》中，我们了解了一个哲学家的本质义务，即担负着自我拯救的责任。他应当追寻心灵的指引，把灵魂归结为一切事物的原因；他必须自愿放弃尽可能多的物质享受，并深入到灵魂深处，依靠灵魂的力量观察现实世界，这样他才能真正地爱智慧，依靠哲学去拯救自己的灵魂。由此，我们必须正视下面这个事实，即在《斐多篇》的最后被赞颂为“在我们这个时代，我所见过的最有智慧最正直最善良的人”① ——苏格拉底的背后隐藏的是对自我飞升的极度追求。当人们从其悲壮的亦是从容的饮鸩赴死中苏醒过来的时候，我们或许会感到苏格拉底（亦即柏拉图）留给我们的自我解脱和拯救的“药剂”不仅没有那么可怕，反而是富有魅力的。事实证明，柏拉图的灵魂论比任何一个宗教的自我拯救理论都更明确更具有学术意义。我们可能甚至会为柏拉图感到一丝惋惜，他创造了一条多么好的指引灵魂升华的道路，然而他却又在设想自己的理想国和哲学王位。他永远不可能实现他的理想国理念，后人也不甚关注他的理想国系统，却把关怀来世的目光更多地投向他的灵魂论。

不过需要指出的是，柏拉图的灵魂论虽然与宗教观念有着紧密的联系，但是并不完全相同，正如黑格尔所指出的：“柏拉图所讲的灵魂不死和我们宗教观念里的灵魂不死，意义不同。柏拉图所谓灵魂不死是与思维本性、思维的内在自由密切联系着的，是构成柏拉图哲学出色之点的根据的性质，和柏拉图所奠定的超感官的基础、意识密切联系着的。因此灵魂不死是首要之事。”② 也就是说，柏拉图从宗教观念中抽取出灵魂观念，虽然蕴含着宗教文化意义，与宗教的神的本体有相似的思维结构；但是柏拉图在此基础上又把这种灵魂上升到了逻辑和理性的高度，最终与他的理念论相联系，甚至在某种意义上用灵魂来取代理念，赋予其终极存在的意义，同时还祛除了原有宗教观念的神秘色彩。在《斐多篇》中，柏拉图还将灵魂分为理性、激情和欲望三个层次，这种分类显然把灵魂当作认识的主体，其所对应的主体属性是智慧、勇敢和节制。与此同时，柏拉图不仅把灵魂当作人所进行认识活动的主体，还规定了灵魂的最高任务，即通过理性来把握理念。

柏拉图的灵魂论在他的另一著名的对话《斐德罗篇》中也有重要呈现（对话录的其他篇目中也多有涉及），比如关于“灵魂的形态”“灵魂的马车”的观点，柏拉图都有比较深入的探讨。不过，世界哲学界普遍存在的看法是，《斐多篇》中呈现的柏拉图的灵魂论是基督教和后来一切西方宗教中关于灵魂不死和灵魂升华的主体学说，其首先阐述了关于灵魂不死的证明，是西方思想史上头一等的大事。柏拉图强调凡是一事物的运动是由其他事物的推动引起的，尽管该事物同样能使他物运动，该事物仍然不可能永远存在。只有自身运动者才会永不停止运动而长存，灵魂即属这样的实体，这其实已成为后

① ［古希腊］柏拉图．斐多［M］．杨绛译．北京：三联书店，2011：95.

② ［德］黑格尔．哲学史演讲录（第2卷）［M］．贺麟等译．北京：商务印书馆，1957：246.

来天主教的一个经典性的论证。反过来说，要了解后来基督教派的许多理论，特别是圣本尼迪克教派和方济各会的清修教义，就必须认真研究柏拉图的灵魂论，尤其是他在《斐多篇》所呈现出来的。

最后还需要特别指出的是，《斐多篇》中呈现出的柏拉图的灵魂论对柏拉图的整个哲学体系尤其是他的理式说的最终形成有着不可忽视的意义和作用。关于这一点，李平先生有一段简明扼要的阐述很能说明问题："俄耳甫斯教的肉身灵魂二分论和灵魂轮回说以及教仪的迷狂性质，赫拉克利特的'一切皆流'和克塞诺芬尼、巴门尼德哲学的'一'神观，毕达哥拉斯学说的神秘气息，苏格拉底的美善统一论等等，特别是柏拉图自身的理想国抱负，都导致了柏拉图哲学思想的最终形成。苏格拉底以前的哲学家关心的是'自然'，而苏格拉底关心的是'人事'。到了柏拉图那里，他把两者结合起来，从不证自明的终极角度，形成了对宇宙的一种总的态度，创建了自己的哲学普——普遍存在（不是观念或概念）的哲学——理式说。这是一种交融着精神上的神学意味和实践上的贵族政体抱负的复杂哲学体系。"①

（作者：上海师范大学2016级中国现当代文学博士生）

① 李平．"理式"之床与诗的"形式"——柏拉图、亚里士多德诗学宇宙观论［J］．上海：上海师范大学学报（哲学社会科学版），2004：68.

根植民族土壤，书写时代“国风”

●王长征

近年来，随着《中国诗词大会》《朗读者》等电视节目的热播，以及网络平台举办的各种诗词活动，使得人们越来越关注传统诗词，并将其当作“国粹”进行大肆宣传，力求回归“中国诗歌”传统。如此一来，将当代新诗推向一个极为尴尬的境地。然而另一方面新诗爱好者似乎对传统诗词不屑一顾，认为这不过是一种对中国诗词的怀旧罢了，缺乏应有的时代感与创造性。

无论是从哪个方面来讲，中国新诗和传统诗歌都不应该是对立关系。当今世界，各种文化不断交流碰撞、相互融合，中国新诗和传统诗词更需要互相吸收包容。新诗相对于旧体诗来说，无论是格式还是语言都得到了很大的解放，它的诞生有极其深厚的历史原因，带着“革命”的色彩，在草创阶段引进了一些西方诗歌元素，打破了旧的桎梏和锁链，但是在日渐成熟的过程中，最终必定会回归传统，重新创构符合当下民情的“中国诗歌”。

中国新诗是中国诗歌的合法继承载体，尽管受西方现代思潮影响的因素较多，但依然不改其文化基因的中国底色。由于我们受到多年的古诗词传教育，对诗歌意境和建筑美要求严谨，造成某些人看不起新诗，认为新诗不过是散文的分行，这种从形式上反驳新诗的观点是多么幼稚可笑。诚然，新诗发展在没有完善之前，呈现的面目较为复杂和多样化，有许多非诗、伪诗充斥其间，造成鱼目混珠。诗人队伍里也不乏滥竽充数之人，这在新诗发展过程中均属正常现象。自古以来就有不少有权有钱之人附庸风雅用诗歌包装自己，但随着时间的推移，他们最终都会被历史淘汰出局。将新诗比喻成“回车键的频繁运用”，只能说明当下读者对中国新诗的认知不够，审美和思想都尚未达到一定高度，再者就是古诗词在国人的心灵里打下的烙印太深，中国人的“恋旧情结”造成“自虐式”的过度推崇旧格律诗，他们无视当今社会新诗更适合现代人情感表达需要这一现状。“诗言志”对当下来说，旧体诗词的短板越来越明显。

事实上，我们研究古诗词时，常常忽略古代一些自由诗，这些不受格律限制的古诗词在传统诗词中占很大比重。王国维曾说：“过度在语言上束缚，让中国诗歌少了很多生气。”拿古诗词来说，包括后来的元曲，是无数前人不断尝试、总结、创新的结果，每个时代都有自己的语言风格，新诗更具有表现力，尤其在这个令人眼花缭乱的时代，经济的发展和文化的大融合，古诗的惰性使中国诗歌丧失了创造力，现代人写的古诗词难以超越古人。很多古诗词作者还沉浸在一种农业社会的隐士趣味，所写作品仅仅保留了形式，几乎完全抛弃了时代中国精神，所以“老干部体”“励志体”才会十分盛行。

古典诗词是新诗创作的源头，新诗是古典诗词的继承和发展。新诗所继承的应该是中国人的精神和表现手法，抛弃的应该是人为形成的镣铐和桎梏，比如格律诗的强制押韵和平仄这类束缚性的条条框框。新诗的内在节奏和思想性才是它永恒的生命力，古代东方的诗人气质让新诗创作者陶醉于自己的趣味之中，对生命的存在本身并不关注。

从诗歌发展的角度来说，内在节奏是新诗的生命力，新诗作者在改造和发展旧诗时，重点在表现形式和表达方式上发力，绝不应该排斥旧诗并完全断裂，应当承认新诗是对“中国诗歌”优良传统的继承和发扬。

新诗最大的特点是学习西方，西方诗歌对中国新诗的发展有积极促进作用，但也不能将中国新诗演绎成西方诗歌的附庸，由于中国新诗形成初期是带着语言革命的使命，很多新诗作者一味地学习模仿西方诗歌显然不对，很多诗人缺乏文化素养，对西方又茫然无知，仅靠大量的阅读就去和中国传统诗词反叛和对立，这样毫无出路，尤其是文化心理的反叛，是一种不健康的创作态度。在文化霸权扩张的当下，全盘学习西方文化，造成中国优秀传统文化大量流失，只能跟在别人后面跑，认为西方的一切都是好的，对西方文化不加选择地全盘接受，以至于把一些糟粕都当成宝贝来供奉，这岂不是越走越偏？

一些文学理论家研究西方诗歌，推崇一些他们喜爱的诗人，但这只是理论家自己的看法，其口味并不适合所有的民族、所有地域的人，更不值得盲目地学习和推广。很多中国普通民众对新诗无法接受，最重要的原因是中国新诗艺术原创性的缺失和诗歌本土化演变过程的失败，我们一味地学习西方诗歌中的“神性表达”，却没有生长神性的土壤，中国新诗一直没有形成基本稳定的民族化风格，没有将新诗的艺术思维融入本民族的文化心理结构当中，以至于诗人们创作的新诗不但中国读者不认可，而且连西方人也不认同。

另外，我们阅读到的西方诗歌大多是翻译家的“翻译作品”，是一种浅层次的表达，诗歌的内核是“意蕴”，这是最难翻译的东西。当下不少中国诗人往往热衷于翻译西方诗歌，而对中国传统诗歌和民间诗歌丝毫不感兴趣，这是因为他们根本不了解诗歌的特性。除了诗歌的本质以外，诗歌意蕴非常重要，那就是作者虽然没有写出来却又客观存在的东西，作为读者从一首诗中领会的东西应该比作者表达的多，这就是诗。诗歌的意蕴是诗人个性化的感受，具有模糊性、不确定性、没有具体指向性，就连作者本人也说不清、道不明，它与作者本人的气质、个性和精神气度密切相关，是作者个人情感的真实反映。

这种意蕴是很难翻译的，不但需要翻译家掌握一种语言，还要对西方文化心理和中国文化心理双重熟悉，才能更加接近但“永远也达不到”理想的境界。读者在阅读时应该用心思考，不能浅层次去阅读一首诗，要思考它的本质。同一首诗不同的人翻译，结果是不同的，不但是表达情感不同，形式上也千差万别，既可以译成自由诗，又可以译成五言、七言，也能翻译成词曲。诗歌意蕴的丰富性由于不同民族、不同地区、不同文化土壤的区别，造成翻译字面的差异，意蕴丰富程度往往不可想象，就拿中国古代的《诗经》来说，翻译成现代语言，也有各种不同理解，同一个词性在中国南北方都有不同的看法，所以，我们学习西方诗歌通过这种翻译的“二手货”，注定了它的片面性和局限性。西方翻译诗只能作为构建中国新诗、完善中国新诗的一种参考。我们应该尽快去完善“中国化”“本土化”的新诗创作理论体系。

要想创作真正意义上的中国新诗，首先要保持一种原创力，抒发个人真情实感，去除中国古诗词中的教化，讲究艺术审美，去除与时代脱轨的“文人化”，彻底深入生活创造无愧于时代的诗歌作品。

中国的诗歌资源极为丰富，想写出好东西却很难，一定要有坚定的艺术目标和清醒的创造意识，克服主流化的艺术惰性，摆脱那种强有力的艺术体制性约束，形成自己独特的艺术风格，写出具有时代精神的诗歌作品。很多“地震诗”“采风诗”“关怀诗”和一些陈词滥调的抒情诗，表面上看起来很热闹，但思想不够深刻，很快就会被人们所忘记。

诗人应当关注世界、关注人民大众、关注社会的兴衰进退。若是这些都漠不关心，整天沉浸在个人小小的快乐与悲哀之中，自己的世界将会越来越小。每天写一些同质化的隐士诗，把自己塑造成一副出世高人的模样，虚伪程度令人作呕，这种远离现实的作品怎能具有代表性？还有一些协会组织跟政府合作，举办一些歌颂家乡和土地的诗歌赛事，每个人的抒情看似激情洋溢，但有多少真情实感？我曾给南方某省文学大赛担任评委，看到很多基层作者视野狭窄，作品意象重叠，拿“故乡”来说吧，读了一个开头就知道无非是“母亲”“太阳”，这类被人千百遍用过的“比喻”，还有什么新鲜可言？

当下社会矛盾重重，正处于社会大变革时期，底层人民的生存状态并不乐观，有喜有悲、布满酸辛，他们的精神面貌是什么样的，需要诗人走出书斋去亲近他们。无论是官方还是民间，热衷于关怀农民工，然而写出的作品却缺乏真情实感，带有想象性的性质，看似对底层人民十分同情，实则假大空，带着一种俯视的姿态，不深入生活，不融入他们的生活，这能写出好作品吗？所以诗人要摈弃文人化，不要让自己变成庙堂里的伪君子，应该用更通俗更简洁的语言去“呈现”，不作无病呻吟，把该说的不该说的都说尽，不留一点想象空间和艺术空白，哪里还有什么诗意呢？

对于创构中国诗歌，我也不反对当代人写古诗，应当继承中国古诗词的“真情”“真实”等优良传统，但不要被格律化所束缚，更不要沉浸在一种复兴传统卫士的意淫当中。即便是盛唐时期，也有《长恨歌》《茅屋为秋风所破歌》《将进酒》这样较为自由又充满时代气息的杰作。中国新诗作为中国诗歌的延伸，还处于成长完善中，作者创作时应该追求高深的审美，敢于吸收优良传统，积极借鉴外国新诗的理论和表现手法，勇于创新、不断探索、不断总结、不断提高，与时代接轨。只有扎根生活、深入生活、贴近基层、贴近群众，进行全面观察和深入思考，才能充分认识到中国诗歌的丰富性。只要是还原诗歌本真的东西，甚至可以运用来源于土地和草根的民歌、曲艺等艺术体裁进行创作，只要能真正表达个人情感，代表中国新诗发展方向，与我们的自然环境、人文环境密切相连且植根于民族土壤，写出的诗歌才能更加厚重、鲜活，从而使中国诗歌走向世界！

（作者单位：《中华风》杂志社）

汉代即兴舞蹈考略[①]

●梁　宇

［摘　要］　即兴舞蹈，是指事先并无准备，也没有经过任何创作、编排，仅就个人在某一时刻，或某种事件中产生的感受或情绪，进行舞蹈表现。这类舞蹈具有情感性、突发性、随即性、表述性，人们喜怒哀乐的诸般情绪，皆可以即兴舞蹈的方式进行表达，不必讲求礼制的严谨规范，无须强调专业的技术技巧，也不追究舞蹈动作的规范性、标准化，不要求舞以载道、舞以象和，更不需规定合乎天地人伦的任何准则，人人皆可舞之，只用动作挥抒胸中的情绪，用肢体倾吐自己的心声。有时这类舞蹈也会被用来表达某些愿望或达到某种目的。汉代是即兴舞蹈集大成的时代，其大致可划分为带有目的性的即兴舞蹈、表达情绪性的即兴舞蹈、礼节性的即兴舞蹈和生离死别之际的即兴舞蹈四大类，而上述四类舞蹈又都和汉代历史上一些著名事件相联系，成为后世子孙耳熟能详的动人故事。

［关键词］　即兴舞；以舞相属；袖舞

引　言

“即兴”而起的东西，大多是感性的、任意的，大多是主体对外部世界刺激物即时即景的感应和反映。所谓“即兴舞蹈”，无非是主体用舞蹈的方式来物化这种感应和反映。通俗地说，“即兴舞蹈”是舞蹈者随着自己的兴之所至而手舞足蹈，它与诗人即景的吟哦颂咏、与画家即席的挥毫泼墨在艺术表现

① 教育部人文社会科学研究青年基金项目（艺术学），项目批准号：15YJC760056。

的内因上是一致的。著名舞蹈艺术家贾作光被誉为“即兴舞蹈”的大师，他认为好的“即兴舞蹈”要有音乐感、节奏感、段落感、美感、交流感、速度感，还要有造型性、艺术性、流动性、准确性、贯穿性、对比性、技巧性、民族性。同时，上述“感”与“性”又都要以音乐为核心。显然，他在这里所论及的是“音乐即兴”，即由某一乐曲作为外部世界的刺激物而引发的舞蹈者的“即兴”。因此，贾作光先生将“即兴舞蹈”定义为“一种由乐曲的旋律、节奏、速度、和弦效果刺激而起的舞蹈表演”。时至今日，舞蹈即兴被广泛地应用在舞蹈艺术专业中的各个领域和环节中，如舞蹈创作、舞蹈编导、舞蹈教学、舞蹈比赛、舞蹈演出。作为课程架构，即兴舞成为舞蹈编导教学环节中的一种训练方式。而这种训练方式则是从西方现代舞体系中舶来，现代舞表演者提倡“机遇舞蹈”，亦称“即兴舞蹈”，即将意识流手法运用于舞蹈创作，并由此建构起一系列的训练方法。现代舞派大师邓肯、丹尼丝、玛沙格雷姆等人在德国、美国、法国对她们的学生就进行这种即兴舞训练。而中国的舞蹈专业学校进行即兴舞学科的训练是在20世纪80年代初，1982年北京舞蹈学院编导系首次进行即兴舞教学，把它作为身体与心灵的对话、开发身体对意识流的把握、丰富想象力，打破定式思维方式的训练①。

今天，华夏大地的莘莘舞蹈学子、百千万计的舞蹈工作者，无一例外地认为“即兴舞”产生于西方，是外国舞蹈界的珍品。殊不知，世界范围内最早的即兴舞，产生于中国汉代，它并非西方专利，在中华民族悠久的乐舞史中曾经辉煌、绚烂，曾经承载过人类无数的悲欢离合，它的背后是我们祖先多少欢笑与泪水的凝结。必也正名，本文历经数载，深入探究，为这份已然消失千载的舞蹈艺术正名，为其在世界舞坛恢复本源身份而呼吁。

纵观九州，五十六个民族中，西北地区的藏族、回族、维吾尔族、哈萨克族，西南地区的傣族、苗族、壮族、彝族、瑶族、土家族，北方的蒙古族、满族，此外，还有朝鲜族、黎族、高山族等兄弟民族，哪个不是能歌善舞？冬不拉一弹，无论何时何地，人们便会跟着节奏移颈动目；马头琴一拉，无论在敖包内还是草原上的人们，便会不自觉地揉肩压腕；长鼓敲起，身着长裙，头戴象帽的男男女女们便会在一呼一吸间尽情欢乐；葫芦丝吹起，傣家儿女在“三道弯”中起舞翩翩；牛角琴声里，藏家儿女在高原上、湖泊边果谐堆谐；侗族的大歌、彝家的火把、苗寨的芦笙、土家的跳丧……然而，人口最多、地域最辽阔的汉族人民呢？我们的悲欢离合、喜怒哀乐难道只能寄情于山吃海喝、霓虹闪烁？只能寄托于卡拉OK、麻将桌边？我们的闲情逸

① 于平：《关于“即兴舞蹈”的理性反思》，载《北京舞蹈学院学报》，1999年，第1期。

致，难道只剩下了抱着遥控器，或拊掌，或抽泣；握着手机，蜷缩于沙发中玩弄着微博、微信？我们为何不能率性手舞，缘情足蹈？在数千年前，我们曾是一个怎样好歌善舞的民族，所有的悲欢离合、喜怒哀乐，我们都曾交付即兴而起的舞蹈，有朋自远方来不亦乐乎时，我们“呦呦鹿鸣，食野之苹。我有嘉宾，鼓瑟吹笙……鼓瑟鼓琴，和乐且湛。我有旨酒，以燕乐嘉宾之心”（《诗经·小雅·鹿鸣》）；暮春时节，在大好春光中，我们“坎其击鼓，宛丘之下。无冬无夏，值其鹭羽。坎其击缶，宛丘之道。无冬无夏，值其鹭翿”（《诗经·陈风·宛丘》）；辛勤劳作之余，我们可以“有酒湑我，无酒酤我。坎坎鼓我，蹲蹲舞我。迨我暇矣，饮此湑矣”（《诗经·小雅·伐木》）；满目所见，可以是“灵偃蹇兮姣服，芳菲菲兮满堂；五音纷兮繁会，君欣欣兮乐康”（屈原《九歌·东皇太一》）；亦可以是“肴羞未通，女乐罗些。陈钟按鼓，造新歌些。《涉江》、《采菱》，发《扬荷》些”（《招魂》）……

自石器时代始，中华民族从蛮荒走向文明，从夏商巫风走入西周雅乐，从秦汉俗乐走入盛唐燕乐，舞风盛传，成就斐然，经久不衰。上及帝王将相，中有文人雅士，下至百姓黎民，人们醉酒当歌时可以“屡舞仙仙”（《诗经·小雅·宾之初筵》）；夜不能寐时可以“起舞弄清影”（苏轼《水调歌头·丙辰中秋》），“歌月徘徊、舞影零乱”（李白《月下独酌》）；女子们可以“罗衣从风，长袖交横”（傅毅《舞赋》），也可以“笑春风，舞罗裙”（李白《前有樽酒行》），还可以“一舞剑器动四方”（杜甫《观公孙大娘弟子舞剑器行》）；男子们可以是“击不致筴（策），蹈不顿趾”（傅毅《舞赋》），也可以“环行急蹴皆应节”（李端《胡腾儿》），还可以“翩翩舞广袖，似鸟海东来”（李白《高句骊》）。然而，不知究竟何时起，是程朱理学的诞生还是缠足之风的兴起，中华民族沉寂了，舞蹈之心被桎梏、舞蹈之身被凝结，人们再不会率性而舞，情感被压抑于心底深处。

回溯古旧尘封的岁月，让我们走进泱泱大汉，看看曾几何时，中华民族，我们的祖先是怎样即兴起舞，以舞宣情、以舞诉心……

一、带有目的性的即兴舞蹈

在汉代有一种即兴起舞的舞蹈，所谓即兴舞蹈，是指事先毫无准备，没有经过任何编排、创作，仅就个人在某种时刻，或某个事件中产生的感受和情绪，进行舞蹈表现。这类舞蹈具有情感性、突发性、随即性，人们喜怒哀乐的诸般情绪，皆可随即用舞蹈的方式进行表达，不需讲求任何规范。

即兴舞不强调技术技巧、不强调舞蹈动作的规范性，也不强调舞以载道，更不要求合乎天地人伦的任何准则，人人皆可舞，只是挥抒自己胸中的情绪，用肢体倾吐心声。有时这类舞蹈也会被利用来表达某些愿望或达到某种目的：

即兴舞蹈在古代历史的记载中往往都和一些著名事例相挂钩：如项羽为刘邦设的鸿门宴中，项庄借口宴享中无以为乐，请求表演舞剑，想趁机刺杀刘邦，项伯知晓其意，也随之拔剑起舞，于是项庄在即兴舞剑过程中频频将杀机指向刘邦，而项伯却在即兴舞剑中左遮右挡，保护刘邦，并用长袖（巾）相隔，言“公莫”，意即公莫杀汉王，后世著名的《公莫舞》既是再现了这段精彩的历史故事。

长沙定王刘发是汉景帝的儿子，由于母亲不得宠，其封地小且贫，约公元前154年，诸王进京朝贺，刘发遵旨以歌舞祝福皇帝，他故意缩手缩脚，扬袖不过头，甩袖不过身，大家都嘲笑他，皇帝也感觉纳闷，问他为何要这样舞，定王答：“臣国小地狭，不足回旋。”用这种特殊的舞态引起关注，借以表达不满封地的目的，不愧为即兴舞的妙用。

二、表达情绪性的即兴舞蹈

《汉书·高祖本纪》记载汉高祖刘邦曾在酒酣之际击筑高歌：“大风起兮云飞扬，威加海内兮归故乡，安得猛士兮守四方”，歌罢即离席奋袖起舞，舞蹈表达了他安邦求贤的迫切心理，也流露了他对叛乱频起政局的深深忧虑，舞罢，刘邦禁不住落下数行泪来，表达了激昂慨叹的情绪。

《汉书·杨恽传》载，汉平通侯杨恽在给友人安定太守西河孙会宗的书信中，谈及自己在家赋闲的生活，“酒后耳热，仰天拊缶……拂衣而喜，奋袖低昂，顿足起舞”（《报孙会宗书》）。这里的即兴舞主要是传达出兴致勃勃的喜悦之情。

以上著名历史事件中的这些即兴舞蹈表现，普遍是以当时民众服装中的“袖”作为主要手段，可见袖舞是汉代即兴舞蹈的主要承载体。

得在出土的汉代舞蹈图像中，有的即兴舞蹈是以古琴或瑟作伴奏，在家宅内部表演的，妻即兴起舞，夫操琴伴奏，不追求观赏性，只求在舞蹈与琴曲中夫妻以交流情感，更加和谐恩爱。“洞房花烛明，燕余双舞轻。顿履随疎（疏）节，低鬟逐上声。步转行初进，衫飘曲未成；鸾回镜欲满，鹤顾市应倾。已曾天上学，讵是世中生。”（庾信《和咏舞》）

山东省留城出土的汉画像石就是这种场景的表现，石刻中丈夫低首抚琴，妻子深情地凝视着自己的夫君，舞袖抒卷、缓步即兴起舞（见图1）。

图 1　山东留城出土汉画像石

而在汉代肖印中，对于此类场景也有着形象的刻绘（见图 2）。

图 2　汉代肖形印

此外，还有士大夫（从画中人物形象和衣冠着装推测）相聚，觥筹交错、醉酒当歌，既而由兴起舞的。如江苏省连云港出土的漆奁乐舞图，画中部一人抬袖作舞，右侧一人手持一长条，在击打着一块板状物，左侧一人似在欣赏（见图 3）。

图 3　江苏省连云港出土汉代漆奁上的乐舞线描图

再如甘肃省武威出土的漆樽残存乐舞图，图中三个男子（从其衣着装扮上看应是文人雅士）在树林间（从图画左侧树木和人物所在的场景推测应是在树林间或野外），挥洒广袖、即兴起舞、任性而为，和后世魏晋时期越名教而任自然的竹林七贤的生活极为相似，可见这种文人名士之间率性起舞应是古来有之，一脉相承，即兴舞蹈以抒发自己的情怀，表述自己的志向与理想（见图 4）。

图 4　甘肃武威出土漆樽上残存的乐舞图

从上述舞蹈图像看，其场景或在家宅之中，或在田野之间，没有观众，没有热闹的景象，有的只是三五人的相邀、志趣相投的友朋，琴瑟和谐的知己，从其舞蹈动作看，应该是没有经过事先编排与练习的即兴舞蹈。

袖在即兴舞蹈中的运用，往往要根据舞者自身的情绪，所要借助舞蹈实现的目的或表达的感情来自如运用，当今戏曲中水袖的运用，喜则要袖、怒则拂袖、哀则抖袖、哭则翻袖、寂寞幽怨时则双袖垂直……因此即兴舞蹈中，无论试图表现或传达什么，都离不开袖舞的运用。

三、礼节性即兴舞蹈——以舞相属

汉代有种礼仪性的社交舞蹈，称之为“以舞相属”。“以舞相属”，实际上就是中国最古老的交谊舞。在士大夫饮宴中，常跳此舞以助兴。通常是前一人舞罢，继而邀请另一人起舞，即为属。属者，委也，付也，即邀请之意。一般在宴会上，先由主人起舞，然后邀请客人起舞。被邀请者必须从席上或榻上起身以舞相报，然后再以舞相属他人，如此循环往复，尽兴而罢。如果拒绝起舞，往往被认为是看不起对方的表现，邀舞者会很失面子，转而记恨对方。因此，在通常情况下，客人定会欣然起舞以报之，拒绝起舞是极特殊情况。

这种交谊舞，有严格的礼仪规矩，姿态仪容均有约束，否则即失礼。古代士大夫之间若心存歧见，常于舞中互示爱憎。在“以舞相属”的过程中，如果主人邀请，而客人不以舞为报，就会结下仇怨。

《后汉书·蔡邕传》记载了一个以舞相属的故事，蔡邕被贬，五原太守王智为他饯行，席间王智先起舞属蔡邕，蔡邕不为报，惹怒了王智，蔡邕亦拂袖而去，这位五原太守本是中常侍王甫之弟，遭此轻侮，岂肯忍气吞声，蔡邕此举算是得罪了权贵，结果再未能重返京城。再如《汉书·灌夫传》记载：“酒酣，（灌）夫起舞属（田）蚡，蚡不起，夫徙坐，语侵之……”虽然慑于田蚡的地位和权势，灌夫不敢怎样，但也闹得相当不快。另据《三国志·魏书·陶谦传》记载，陶谦任舒县令时，郡守恰是他的同乡、父亲的朋友张磐。磐甚亲热，愿引为亲信，谦却深知其人，总觉得在他管辖下委屈。有一次张磐设宴请他，并跳起舞来“属”他，陶谦勉为其舞，舞到该转身时，谦却不转，磐问他为何不转，陶谦曰：“不可转，转则胜人。”古人把升官视“日转千阶”，陶谦言外之意是我若一转，就会升迁，不再屈居你之下了。磐自然会意，甚怒，陶谦弃官而走。上述拒绝起舞的举动都引来了麻烦或不快，可见“以舞相属”在汉代社交中的重要性。

图5　四川彭县出土汉画像石中的“以舞相属”画面

在四川省彭县出土的汉画像石中，主人峨冠博带，宽袍广袖，广袖中又套一截窄长袖，他左手举起，右手做邀请状，客人着长袍大袖，正向前伸左手答舞，周围宾客席坐。中间人似操箜篌伴奏，后有侍者打扇（见图5）。

山东省曲阜出土的汉画像石，石中一人抗袖起舞，另一人席地而坐，击掌相和，舞者面对着坐者的位置，似即将要做一个垂袖，躬身邀请之状，这应当也是个“以舞相属”的画面（见图6）。

图6　山东曲阜出土汉画像石

此外，在陕西省绥德还出土了一组“以舞相属”舞纹画像石，从主客相邀饮酒开始，既而主人起舞，并邀请客人，最后主客共舞，一派欢愉的氛围（见图7）。

图7　陕西绥德出土汉画像石中的“以舞相属”画面

还是陕西绥德出土的画像石，石左边表现的是著名历史故事“二桃杀三士”[①]，而右边则是一幅“以舞相属”的图像，图中一人拂袖起舞，向着端坐的另一人的方向低首伸右臂做邀请状，坐者抬起双手，欣然应邀，欲起身随舞（见图8）。

图8 陕西绥德出土汉画像石

中国交谊舞的起源追溯起来，始于中华文明发展史的源头。在内蒙古乌拉特中后联合旗东地里哈日峰顶巨石上，有一幅岩画，画面上一男（右）一女（左），面部相对，连臂而舞。在没有比这幅图更早的考古发现之前，我们可以认为这是中国原始交谊舞形态的写照，也是世界上最早的交谊舞形象的记录。

《诗经·鲁颂》里有“万舞翼翼”的描写。“万舞”是古代乐舞的名称，甲骨文中已有了记载，周代典籍中也有著录，据闻一多《姜源履大人迹考》的考证，“万舞”是远古时期，每年仲春二月，在祭祀女娲的日子里，青年男女聚集在神宫附近，以舞交谊相识的舞蹈。汉代文献记载和出土画像砖石上，更是保留了“以舞相属”的文字与形象资料。魏晋南北朝时期，依然流行“以舞相属”，《宋书·乐志》中曾提到谢安起舞属桓嗣的事。可见，“以舞相属”是从汉代到魏晋时期流行于文人士绅之间的重要文化现象。《宋书·乐志》的作者沈约认为：“魏晋以来，尤重以舞相属……近世以来，此风绝矣。”以“尤重”之语来强调魏、晋继承两汉“以舞相属”的艺术风气所盛之情形。“近代”指沈约所处的南北朝。“以舞相属”现象在两汉、魏、晋的盛行以及到南北朝时的逐渐淡去，有着复杂的时代因素与文化缘由[②]。唐代（618—907），交谊舞虽不再以“以舞相属”的形式出现，但此类舞蹈在中国却已经广泛普及开来，当时的交谊舞叫《打令》。《打令》有二人对舞，还有集体舞，

① 春秋时齐景公将两个桃子赐给公孙接、田开疆、古冶子论功而食，三人弃桃自杀。事见晏婴《宴子春秋·谏下》中将两个桃子赐给三个壮士，三壮士因相争而死。比喻借刀杀人。

② 资料来源：http：//www. docin. com/p—301184860. html.

特别的是，《打令》还发展出一系列舞蹈规范动作。宋代朱熹的《朱子语类》卷九十二记载："唐人俗舞，谓之打令，其状有四：曰招，曰摇，曰送，其一记不得。""有四句号云：送摇招摇，三方一圆，分成四片，送在摇前。"……这种以舞交谊的形式一直流传至今天，可谓源远流长！[①]

汉代袖舞在这类礼仪性舞蹈（以舞相属）中通常只呈现某种优雅感和仪礼性，作为正式场合的着装，表示对来宾的尊重，另外袖之形态亦有纽带之意，连接某种关系、某种友谊，同时也抒发情感，从而使宾主双方获得更好的交往并达到沟通思想的目的。

图 9　汉代肖形印中的舞蹈图像

图 9 为汉代肖印中相关的舞蹈图像。在中国古代文物保存的舞蹈图像中，以古肖形印中刻画的舞蹈图像最小，造型别具一格，是丰富多姿的古代舞蹈图像宝库中的一枝奇葩。肖形印又称"形肖印""图形印""画印"，是中国印章艺术的一种，它在我国篆刻艺术史上具有重要地位。肖形印起源于商周，盛行于汉代，现存作品多为汉代遗物，基本是用青铜刻铸的。其形状有方形、长方形、圆形、椭圆形等。古肖形印都有钮，当时人们配挂身上用做赏玩；或用之求吉利、避灾祸；也可用于取信。汉代文字多书写在竹简、木简上，当寄递这些文书或封存物件时，用绳捆缚好，在绳交结处，封上块黏泥，后捺印于泥上，泥干后，可防私拆，史称"封泥"，也叫"泥封"。肖形印刻画的图像有人物、车骑、鸟兽、器物、神怪等。在表现社会生活的作品中，有不少是反映汉代乐舞百戏表演的。

从汉乐舞肖形印中，我们看到它和汉画像石、砖有共同的艺术特征，雄浑质朴，寓巧于拙，平中见奇。正如当代精研古印的著名画家黄宾虹在其《古印概论》中所评述："肖形诸印，有龙凤虎兕犬马，以及人物虫鱼，飞潜动静，各各不同；莫不浑厚沉雄精神焕发，与周金镂采，汉碑刻画相类。"汉

---

① 《中国交谊舞的起源》，中国网上音乐学院，资料来源：www.cn010w.com.

肖形印中的舞蹈图像，在造型上和汉乐舞画像石、砖非常近似，他们可以互相印证，进一步帮助我们了解研究汉代的舞蹈艺术。

四、生离死别之际的即兴舞

由于这类即兴舞蹈很特殊，并且在汉代又占据教大比重，被史书记载，传之于后世，因此笔者将其单独列出进行介绍，在诸多艺术种类中，悲剧往往是最具感染力的，此类舞蹈也可称作是悲情绝命舞。

如苏武（见图 10），在武帝天元元年（公元前 100 年）出使匈奴，被扣十九年，历尽磨难仍坚贞不屈。

图 10　苏武牧羊图

昭帝时，匈奴与西汉和好，始元六年（公元前 81 年）苏武被释放回国，临行前，被迫降匈奴的汉将李陵设宴为苏武送别。席间，李陵奋袖起舞，唱道，“径万里兮度沙幕，为君将兮奋匈奴。路穷绝兮矢刃摧，士众灭兮名已聩。老母已死，虽欲报恩将安归?”李陵歌舞毕后，与苏武诀别。（见《汉书·卷五十四·李广苏建传》第二十四）

汉高祖宠姬戚夫人能歌善舞。刘邦晚年病重时，曾一再努力，企图废太子刘盈（吕后所生）改立戚夫人的儿子如意为太子，当这个计划失败后，刘邦无可奈何地唱起了楚歌，并让戚夫人跳楚舞，戚夫人一边举袖起舞、一边痛哭流涕，这段歌舞倾泻了二人内心的感情，无疑带着浓重、强烈的悲痛情绪。（见《汉书·张良传》《汉书·外戚传》）

汉武帝子燕王刘旦谋反，被发觉，欲发兵，又不能。刘旦十分郁闷，在万载宫设酒宴，与宾客、群臣、妃妾一起饮酒。燕王自歌道，“归空城兮，狗不吠，鸡不鸣，横术何广广兮，固知国中之无人!”华容夫人抒袖起舞道：“发纷纷兮置賨，骨籍籍兮亡居。母求死子兮，妻求死夫。裴回两渠间兮，君子独安居!”如此悲痛绝望的歌舞，使在座的宾客都忍不住潸然泪下，“嗣后刘旦即自缢而死，随死自杀者二十余人”。（见《汉书·武五子传第三十三》）

东汉末年汉灵帝驾崩，董卓专权乱国，废少帝立弘农王（中平六年，189年），次年又让郎中令李儒强迫弘农王刘辨饮毒酒，在无力反抗、含辱自尽之时，刘辨与妻唐姬以及宫人举行了告别宴会，刘辨悲歌曰：“天道易兮我何艰，弃万乘兮退守藩。逆臣见迫兮命不延，逝将去汝兮适幽玄。”其妻唐姬也抗袖起舞，边舞边歌曰：“皇天崩兮后土颓，身为帝王兮命夭摧。死生路异兮从此乖，奈我茕独兮心中哀。”抒发了她与刘辩诀别时极端痛苦和悲愤的情感，两人歌舞罢“泣下呜咽，（刘辨）遂饮药而死，时年十八”。（见《后汉书·皇后纪》）

此外，还有楚汉之争时西楚霸王项羽与爱姬虞姬生离死别之际的那一段即兴歌舞，更是流传千载，为后世嗟叹惋惜。

借助于袖舞表现哀伤的情感，抒发某种悲愤、无奈、绝望、撕心裂肺、痛断肝肠的情绪，此类舞蹈中，袖无疑是被借助于增强情感表现力的最佳媒介，以上悲情绝命歌舞无不舞袖，袖成为哀思的延伸，悲苦的共鸣，正如今天戏曲和“中国古典舞”（特指 20 世纪 50 年代创立的“中国古典舞”体系）中借用雪白的水袖来表现悲苦的情绪那样，白绫般的袖子舞动起来，既如同一场生死祭奠，又如同可以书写无限悲愤绝望的绢帛，以舞袖来表达痛苦，从汉代始（以正史记载为准，或许以前也有，但却不得而知）直到今天，一脉相承，所不同的是在汉代，上至帝王将相、下至平民百姓，无论男女老少、文士伎人，都可以作为袖舞中的一分子，借舞袖表达自己的情绪情感，没有专业与业余之分，袖舞被用于人们最日常的生活之中。可以说，汉代人很多都具备良好的舞蹈素养。而今天，袖舞只是作为戏曲和舞蹈领域的专属，只有专业人士在舞台上才能表演，失去了袖舞的群众性和广泛性。

总之，古人的舞蹈在今人看来或许不够美轮美奂，观赏性也不强，却最能打动人的心灵，那情、那景、那人、那舞，最能触动观者心弦，因为古往今来，面对生离死别、爱恨情仇、悲欢离合，人类是最容易产生情感共鸣的。将心比心、以情感情，虽然在出土的汉画像砖石上鲜有这类舞蹈的记载，因为墓葬之中的出土文物，墓主人还是需要以欢快、振奋为主要基调，谁都不希望，躺在墓室里还要面对满眼的哀痛，然而可以想象，此类舞蹈必定是最真实、最精彩的人性体现。正如郝默在《舞赋》中所言：“哀则哭踊有节，乐则赓歌有章。男则踊跃逸豫，凌厉矜庄；女则委迤诘屈，窈窕幽房……”

五、结语

即泱泱大汉之后，经魏、晋、南北朝的混乱与隋王朝的速生速朽后，中国历史上再次诞生出一个辉煌、壮丽的帝国——皇皇大唐，它将中国古代舞蹈艺术的发展推至顶峰。在唐代初、盛二期，常见的有一种称为“酒筵歌舞”的自娱性独歌独舞，这种歌舞是明显模仿了汉代的即兴歌舞。

经五代十国之乱到北宋建立，民间舞蹈和其他表演艺术有了很大发展。勾栏瓦舍、民间社火（民间舞队）和宫廷“队舞”的盛行，戏曲艺术兴起。

由于宋代起国家内忧外患，社会逐渐缺乏稳定性，宫廷已供养不起大量乐舞班子，艺人解散，分落民间，已行不成完整的气候，很多大型群体表演性节目消失。加之程朱理学将儒礼烦琐化，对女人的束缚，三从四德，大门不许出、二门不许迈，不许抛头露面以及社会的变态审美心理对于裹小脚和病态美的欣赏，因此辉煌了数千年的舞蹈艺术走向衰落并最终消亡，取而代之的戏曲这一艺术形式的诞生，也是社会与历史发展的必然。

程式化的戏曲艺术中，我们再也无法看见率性而舞、即兴而歌，即兴舞蹈就这样在历史尘埃中衰落，在历史舞台上消亡，以至于千余年后，21 世纪的舞者们竟然认为即兴舞是由西方舶来的艺术形式，不能不说是中华民族文化的不幸、艺术的悲哀！

（作者单位：华中师范大学音乐学院舞蹈系）

不忘初心：红色记忆的当下叙述

——简评“金寨红”系列大型文学原创叙事

●陈振华

为纪念建党95周年和长征胜利80周年，弘扬战争年代的革命英雄主义精神，揭橥革命历史起源的正当性、合理性，铭记革命前辈的牺牲奉献，回到革命的历史初心，有效抵御历史虚无主义对革命历史的丑化歪曲甚或虚化，安徽省文联及其所属《清明》杂志、《安徽文学》杂志组织了大型“金寨红”系列文学原创活动。该活动不仅激起了强烈且广泛的社会反响，也取得了文学和艺术的重要收获，就小说创作而言，就有余同友的《鲜花岭上的星星》、李国彬的《哥哥莫要过河来》、陈斌先的《斑竹泪》、朱斌峰的《等》、洪放的《失踪者》、张子雨的《立夏》、孙长江的《碑匠》、张琳的《寻找金桂生》和李云的《爷要一杆枪》等优秀的中短篇“金寨红”系列小说从千百作品中脱颖而出。这些“不忘初心”的红色叙事在当下社会语境和总体的历史情境中具有重要的现实价值和历史意义。

一、不忘初心的创作态度和思想立场

金寨是革命老区，是将军县，为了革命的成功曾经献出了十万儿女的生命。革命历史的苦难和牺牲奉献精神是不能忘记的，它关乎我们共和国的其来有自，关乎我们历史与现实的正当性、合法性和必然性。然而现阶段有一种历史虚无主义思潮正有意识有预谋地妄图扭曲、虚化革命历史起源和赓续的正当性。“欲灭其国，必先毁其史。”这就是随后各种网络及其新媒体上打着揭示历史真相的幌子污蔑革命历史英雄、虚化革命历史的种种篡改和诋毁。当然也有一些革命历史叙事打着新历史主义的幌子，肆意歪曲、戏谑、恶搞

历史人物和历史事实。尤其是革命历史题材的创作在当下更需要深刻的自我反省和自我救赎，方能以正视听。

但当回顾革命历史题材创作的时候，我们发现在该领域的教训是较为深刻的。中华人民共和国成立后一段历史时期的历史叙事走向神圣、过于的意识形态化，结果导致的是历史叙事的本质化。英雄被无限拔高、神化，只能是高大全式的不真实的革命英雄。历史没有了原欲，革命者进化为没有七情六欲的神，读者只能对这种高大全的英雄敬而远之。革命历史题材也因没有了烟火气而遭到了审美摒弃。后来的革命历史叙事则矫枉过正，假西方解构主义的思潮观念，对革命历史进行祛魅，对革命的“卡里斯马”进行解构，这种叙事在当初破除历史题材的意识形态性方面应当是有一定的积极意义的。但后来愈来愈变本加厉，历史最终被彻底解构了。如此，革命历史叙事何为？红色记忆如何进行当下叙述？我们认为，只有回到革命历史的初心，回到我们当初为什么出发，回到历史的正确认知：不虚美、不隐恶，回到重建对革命历史的敬畏，重建我们内心真诚的信仰。我觉得从这个意义上而言，“金寨红”系列文学原创活动重返了革命历史的初心，表现了鲜明的创作态度和基本一致的思想立场。首先，作家在素材题材的搜集整理上，都采用的是实地探访，获得的几乎全部是第一手的材料，然后进行艺术的营构。这必然是把“不忘初心”的创作理念建基于大量可靠的历史事实之上的，而不是凭空坐在书斋里的先验想象。据我所知，安徽省文联、省作家协会多次派人赴金寨进行采风活动，或实地探访，或历史钩沉，或寻找历史的口述者与见证者，尽量还原历史的现场。而这些发生在金寨革命老区的真实革命进程和真实的故事，必然会重建对革命历史的有效认知和信心。其次，作家对革命历史进程的复杂性悖论性的深刻揭示。革命不可能一帆风顺，必然遭遇历史的复杂性、往复性甚或悖论性的命运。既往的历史叙事枉顾历史进程的复杂性，往往只注重表现历史浩荡的必然性，而将历史中充斥的偶然、撕扯、纠缠甚或悖谬无情地舍弃，但这些“本质”性的叙事文本也遭遇到文学审美的背叛。历史很多时候是充满吊诡的，而我们文学叙事的重要功能就是要展示这种悖谬纠缠的历史进程。洪放的《失踪者》真实地还原了金寨地区的历史失踪者，“这些失踪者，被隐没在红军史中，成为中国红军史上最难以释怀与疼痛的一笔”。而这些失踪者仅金寨地区就有三万之多。他们同样为革命的胜利做出了自己的牺牲奉献。洪放以自己的思想勇气对历史负责，以江子龙的革命遭遇和经历，深刻揭示了革命进程中“肃反”扩大化的历史因由和历史伤痛。但小说中的江子龙们并没有因为受到委屈而丧失革命信仰，小说在批判中又有令人信服的信仰守护，历史的失踪者终于在文学叙事中成了“在场”者。小说弥补了历史记录不足的遗憾，小说成了民族的心灵秘史。同样触及肃反扩大化题材的是朱斌峰的《等》，小说中的廖家文、廖家武兄弟也是受到了肃反扩大化的影响而蒙冤的。廖家武的出走让奶奶用一生在等。在等他回来？在等蒙冤昭雪的那一天？千疮百孔的历史需要文学叙事的还原与修复。然而无论是采茶女还是拐子爷，他（她）们对待“闹红”的历史选择仍然痴心不改，一曲《送郎当红军》仍然在他（她）们内心久久传唱。再次，小说体现出较为鲜明的“史记”意识或倾向。陈斌先的《斑竹泪》里面的叙述人是史纪（史记的谐音），并声称自己的重要使命就是挖掘重大历史题材，为历史树碑立传。小说通过老太太的缓慢诉说，基本还原了历史与现实的多重面目。从“闹红”、肃反、土改、公社到“文革”以及当下，从祖辈、父辈到儿辈的历史命运与现实遭际中，文本揭示了“斑竹有泪也知节”的傲然风骨与信仰坚守。小说在陈述历史人物冤屈的时候，能够站在历史辩证的高度，将历史的复杂暧昧与现实进行对照，对历史不虚美、不隐恶，某种程度上回归了“史记”的信史精神和话语德性。

二、历史的正剧化、场景化和细节化

历史不是冰冷的事实，也不是任人打扮的小姑娘或随意涂写的羊皮纸，历史是基于事实之上鲜活的历史场景和具有生命温度的细节形成的历史，而文学叙事建构的历史则更应如此。“金寨红”系列小说的创作在这方面有比较明确的叙事自觉，这也为小说创作的成功奠定了坚实的基础。客观而言，传统的革命历史题材已经经过文学叙事的多轮征用，很难革故鼎新，也很难开创革命历史叙述的新维度。然而，时代的变迁与话语的更新以及历史对叙事的新要求又必然赋予历史新的意涵，作家们需要的是更新自己的思维方式和话语呈现，从革命历史的富矿中打捞或开掘其中的新意。我觉得“金寨红”系列文学活动在这方面的努力是成功的。其一，神圣化和庸俗化的双重祛魅。一方面小说祛除了英雄偶像化和神圣化的叙事逻辑。小说里面出现的革命历史人物，不是应者云集的革命“卡里斯马”，而是在苦难中抗争的族群中的一员，只不过比普通人更早觉醒或者更具有反抗意识反抗精神。他们不懂得理论的高头讲章，只是在内心服膺朴素的革命真理：哪里有压迫，哪里就有反抗。这些革命先烈没有被神圣化，而是具有普通人的缺点和人性的弱点。李国彬的《哥哥莫要过河来》里面刻画的是一群在大别山腹地参加革命的小红军形象，这些小红军战士生于战火纷飞的特殊年代，自己的命运和身世遭际让他们具有了顽强的生存意志和不屈的信念，然而，他们又难以摆脱未成年人的稚气、任性和缺乏经验，尤其是他们自身的自负、软弱或倔强，导致了他们在执行任务时付出了巨大的牺牲。小说没有拔高小英雄们的形象，而是给予了原生态的呈现。这样的形象反而更能够引起读者的深层共鸣，觉得这就是战争形态下的可能的自己。张子雨《立夏》里面的革命领路人周教官，后来追随革命，由团丁转变为战士的丁山；张琳《寻找金桂生》里面的金桂生……革命历史的进程就是由这些普通人的业绩构成。另一方面，“金寨红”系列小说也没有走庸俗化历史叙述的套路。近些年来，历史英雄的庸俗化倾向较为明显，比如《亮剑》中的李云龙、《历史的天空》中的梁大牙、《狼毒花》中的常发等就是代表，这些历史人物有其英雄气，但也不乏莽夫山林的民间气息，这些革命历史叙事显然走的是将英雄人物庸俗化的叙述模式，是对以前高大全式人物塑造的矫枉过正。而“金寨红”系列中的短篇小说则似乎是历史的正剧，人物的形象更接近历史人物的本真，是对神圣化和庸俗化历史英雄的双重祛魅。其二，历史的场景化和细节化。鲜活的历史场景和丰富的历史细节无疑是革命历史叙事审美的必然需求，《立夏》将立夏节的革命暴动的前因后果、具体进程、人物命运的沉浮写得足够具体细腻，尽管历史的记录或许寥寥数语，但小说却真实地再现了这一历史场景发生的必然性。孙长江的《碑匠》将碑匠张良的个人命运与他刻碑的经历关联起来，当初因为刻“红军公田”碑而深陷险境，当白匪回来的时候只好深夜埋碑，后来给所谓的地主刻碑，十年浩劫期间被再三批斗，改革开放的1979年，当年深埋的“红军公田”碑得以重见天日。碑就是历史的镜鉴，碑的浮沉也是碑匠命运浮沉的写照，从而镜像出历史非直线螺旋上升的反复、犹疑、艰难、残酷等真实图景。细节化让历史的血肉得以丰满，历史才能变得可感可亲，仿佛触手可及。“金寨红”系列小说以大量鲜活的细节让红色记忆的当下叙述远离了干瘪和苍白。以前的革命历史题材的创作就是因为惧怕日常生活的男欢女爱、柴米油盐妨碍革命英雄形象的建构，从而舍弃了大量的感性生活细节，进而远离了历史的真实。所以我们“既不避历史的宏大叙事，亦关注历史的细节与无名；既重点叙述正史所载重大历史事件和变故，又旁涉宫闱官场科场秘闻，但这决非意在历史帷幕后的猎奇，更非历史叙述的媚俗，而是展示了历史的多个维度，回归历史的本然状态”。如李云《爷要一杆枪》中对廖山虎抓周细节的描写，廖山虎几次都从糖果、毛笔、算盘、木质手枪中抓取了木质手枪，这看似无关紧要的细节，正暗示着爷后来对枪的痴爱和走向革命道路的必然；《碑匠》中张良埋碑的细节描写也为历史的沧桑变化埋下了应有的伏笔；《等》中“我”奶奶采茶女丹桂望着远山唱《八月桂花遍地开》时的款款深情，这一细节不就是对“我”爷爷钻山猴廖家武的深情凝望与等待吗？

不就是对过去烽火岁月的缅怀吗？这些细节就是叙事学大师华莱士·马丁所谓的“对日常生活所特有的那种无意义的或偶然的细节的包容成为正面故事‘真正发生过’的证据”。

三、现实主义多样化叙事形态的探索

“金寨红”系列小说的作者都是我省中青年作家的中坚力量，他们在小说领域深耕多年，有着良好的基础和功力。虽说这次是带着任务去体验生活，感受昔日的革命精神，但他们普遍投入了饱满的创作热情，在素材收集、命题立意、篇章结构、艺术构思等方面颇具匠心，尤其在现实主义创作手法的多样化探索方面令人刮目相看。

首先，意象化色彩的叙述颇为精彩。小说的意象具有重要的功能，或结构篇章，或预示主题，或作为深度的象征等。巴金《家》里面的“家”就是小说的中心意象，“家”既是觉慧逃离的思想陈旧、麻木、腐朽的所在，又是觉新无法割舍的宗法、亲情、伦理之所在；张爱玲的《金锁记》中的“黄金锁”也是小说的主题意象，黄金枷锁锁住的是曹七巧的青春和人性。老舍《骆驼祥子》里“骆驼”意象，它的诚实、坚韧不就是祥子命运的写照吗，但祥子最终却变成了个人主义的末路鬼。因此，小说意象的恰当应用，能大大深化小说的现实主义主旨，扩展小说的主题意蕴。陈斌先的《斑竹泪》的中心意象显然就是“斑竹泪”，“斑竹泪”的意象就是漆家命运的浓缩与象征，小说由此获得了思想的升华：斑竹有泪也知节。漆家世代的命运在历史的大潮面前尽管受到了委屈，但他们知道进退和分寸，知晓历史的曲折和坎坷，深谙社会历史进程的反复与迂回向前。《碑匠》中的“碑”就是小说的核心意象，尤其是“红军公田”碑的刻、立、埋、起的命运，不就是历史进程的真实轨迹吗？前途是光明的，道路是曲折的。这是进步论历史观的自信，更是社会达尔文主义的必然体现。余同友的《鲜花岭的星星》中的“星星”，老房子上面的“红五星”，不就是画家，也是作家心中的追寻吗？当然，《哥哥莫要过河来》中的包袱——红25军军旗，也是小说的核心意象，小说人物的命运和主旨都是围绕着这面军旗是否能够重新插到紫云架上而展开的。《爷要一杆枪》中的“枪”同样是小说的主题意象。旧社会让爷失去了身体的枪，而革命则让爷修复了身体的枪的功能，是革命之枪救治了身体之枪。这有点儿类似于《白毛女》中旧社会把人变成鬼、新社会重新又把鬼变成人的主题。

其次，创作主体的介入式叙述。余同友《鲜花岭的星星》成功地采用了这种叙述。小说中的“我”带着主编的使命到金寨县去组稿，想在老区的土地上发现具有生命细节和生命温度的稿件。因在宾馆看稿失望，“我”百无聊赖地出去走走，结果在去鲜花岭的车上遭遇画画的老者，在他的精神吸引下，“我”对老者未完成的绘画产生了浓厚的兴趣。由此“我”知晓了老者二十年未完成所绘之画的原因，也让“我”进入了老者的记忆世界——鲜花岭的星星，进而引出了红色年代的英雄人物李大刚和沈阳林以及他们回乡之后的故事。老者在寻找点睛的绘画主题，一直苦于没有找到，身为作家的“我”背负使命，也在寻找最能够反映红色土地上人的命运象征。这里“我”成功地介入了小说的叙事，“我”的寻找不仅仅具有小说的叙事功能和结构功能，更主要的是完成了小说主题的呈现与拓展，因此，小说中的“我”绝非可有可无的存在。小说也因叙述人“我”的介入，而让小说的叙述变得富有层次和摇曳多姿，也让小说的叙述节奏变得富有变化，从而充满韵味和叙述的张力。显然，这种创作主体介入式的叙述深化了小说的现实主义主题。

再者，红色历史与现实叙述的互文。历史就是昨天的现实，现实也必然成为明天的历史，历史是现实的因由，现实是历史的延续。两者不仅有因果的联系，也是互相见证和映射的彼此。历史能够照进现实，现实也每每显现曾经的历史。《寻找金桂生》的叙述就是历史与现实的互文。金桂生就是战争年代的金黑牛，他和自己的妻子田春苗在转移的途中失散了。失散时他们的女儿金盼红还只是母亲身体里的一粒种子。中华人民共和国成立后，母女俩千方百计寻找金桂生。在现实寻找的叙述过程中，金桂生的战斗经历也由回忆一点点地拼接而成。这样的叙述形成了当下现实与红色历史的互文。现实中的田春苗也遭到不公正的待遇，在“文革”中受到了冲击，于是她倍加怀念红色战斗的岁月。现实的缺失依靠回忆历史的峥嵘来救赎，寻找既是现实层面的对丈夫、亲人的寻找，也是精神层面的对红色年代革命激情、革命信仰的追寻。历史与现实的反复交叉叙述，彼此互文，相互映照，无疑深化了小说的主题内涵。《鲜花岭的星星》也采用了现实与历史的互文。小说中的两个主角李大刚和沈阳林革命胜利后主动要求返回自己的家乡，主动放弃了城市优裕的生活。小说通过李大刚为沈阳林的母牛助娩经历的叙述，将二人的现实生活与曾经战斗的历史串接起来。红色年代的革命追求是他们毕生的信仰，也是他们当下生存的精神支撑。而画家作为革命的后代不也在用绘画的方式继承其父辈的精神吗？“我”不也是赴革命老区去追寻他们当年的红色历史和生命信仰吗？不忘初心，就是现实对历史最有力的回答！当然，《等》《斑竹泪》等也不同程度地采用了历史与现实互文的叙述方式，同样也取得了良好的叙述效果。

综上所述，“金寨红”系列大型文学原创叙述之所以取得成功，主要是在于作家忠实于历史、不忘初心的思想立场和创作态度，在于这些作品重返历史的鲜活场景与生命细节，在于历史现场的原生态重现，在于历史叙述对意识形态化和历史虚无主义的双重拒绝。这些优秀的中青年作家具有现实的使命责任，他们用优秀的现实主义篇章完成了对红色历史的深度挖掘和红色精神的当代弘扬。当然，“金寨红”系列作品也还有进一步提升的空间，此系列作品在弘扬金寨乃至皖西红色精神的同时，还没有充分将皖西地区特有的地域文化、乡土人情、民风民俗等融入红色叙事之中。另外，某种程度上而言，这些文本叙事中历史和现实的深度互文还不够。如若能在这些方面更进一步，必将获得红色精神的文化基因图谱、红色精神的历史景深，红色精神对当下信仰缺失的深度救赎。如此就有可能生成“金寨红”系列叙事的更大气象和更大格局——于此，我们翘首以盼。

（作者单位：解放军陆军军官学院）

让意识踉跄

——从“金寨红”小说标题说开去

●束舒娅

题目在一篇小说中，字数上万分之一而已，也从无固定的标准。有的题目，先声夺人，抓着读者从看到题目开始就一头扎进文本里探个究竟读个痛快；有的题目，其貌不扬，像夜行者的黑风衣低调到没有多少存在感，却可能在书到中途或收尾处让人恍然，让人回味，余音袅袅；还有的题目，本分稳妥，不抢风头也不拖后腿，履职而已。私以为，一个好的题目虽无定势，但大抵是可以让意识踉跄的——踉跄，是不经意里绊了下，稍作平衡又能站稳继续；毕竟文似看山不喜平，太平容易生倦，但也不能为了起伏生造波澜，摔太狠爬不起来。

十来篇“金寨红”主题创作的中短篇小说，在题目上就很吸引人，有“让意识踉跄”的味道。这些标题做到的是调动起读者期待视野的吸引，而不是博眼球，不是虚张声势。

“哥哥莫要过河来”，短短七个字本身就可谓一篇微型小说。七个字，人物双方“哥哥”“妹妹”有了；要不要“过河来”成为这篇小说铺展的事件核心；而一个“莫要”，暗示了潜在的矛盾——“哥哥”要过河，“妹妹”不想“哥哥”过。于是乎，这河是哪条河？过河是要做什么？过河有怎样的危险吗？这个危险是冲着“哥哥”还是“妹妹”？一心要过河的“哥哥”是不知道有危险还是明知山有虎偏向虎山行？要如何留住“哥哥”莫要过河来？“妹妹”能成功劝阻么？……这七个字的标题，虽然蕴蓄着迭起的悬念和矛盾，却并不显得剑拔弩张。一声“哥哥”、一个带点乡土味的“莫”，让这个标题充溢着深情，是满满的恳求满满的关切。如此，这个说话的“妹妹”对“哥哥”的一往情深不言而喻。只是，这深情中依然有让意识踉跄的地方：“哥哥”知道“妹妹”的这颗心么？不知道的话，“妹妹”要如何让“哥哥”发现？知道的话，“哥哥”又是在怎样的时间节点知道？一切是否还来得及？又或者会不会起反作用呢？更进一步，这样一句以“妹妹”的口吻发出的真挚轻唤，还带着浓浓的大别山味儿，为读者进入正文中“金寨红”的历史时空勾勒了一个具体的理解语境。

中篇小说《爷要一杆枪》和《哥哥莫要过河来》在标题上有异曲同工之妙。不论题目中的“爷”是一个长辈的身份还是叙事者的自称，一眼瞄到这五个字，血气方刚的男人味、铁骨铮铮的战士魂就扑面而来。不过，这五个字好像也并不是就那么一眼看到底，就那么毫无保留地“剧透”了整个小说。再读上几遍，这“爷要一杆枪”里似乎又有点无奈和奋起的味道——好像这位“爷”并不是天生就这么霸气的，大抵是命运开了个什么“玩笑”，“爷”不得不“要一杆枪”。究竟是怎样的变故？“要一杆枪”以后可以扭转么？如果可以扭转，以后还要不要这“一杆枪”？这么一品咂一踉跄，《爷要一杆枪》的基调就不再是单纯的热血拼杀，而是多了点悲壮的意味。可能是荆轲刺秦，也可能是逼上梁山，究竟是哪种要继续往下读才知晓，但至少仅仅是从题目的五个字开始，就对后文充满期待——这期待不限于故事的走向，更多是好奇“爷”在被动地“要一杆枪”之后会不会有怎样主动的觉醒。人物内在的变化能不能实现、如何实现，大抵也将决定这篇小说的格调和深度。

其他如《八月桂花开》《碑匠》《失踪者》等，则或以“金寨红”的核心标志“立夏节起义”、革命歌曲等切入，或以小说所选取的以小见大的那个关键词为题。

题目赏完，便要进入正文。好题目应该让意识踉跄，好的作品同样需要如此。在满屏抗日雷剧的时代，面对“金寨红”这样一个厚重的主题，其实不敢有多少期待。毕竟，为了在电视荧幕中分得一杯羹，编剧们、作家们绞尽脑汁在已知的对弈方阵中各自捏出三五人物，制造桥段，生成冲突，你侬我侬、爱恨情仇，好几十集的电视剧、动辄上亿的拍摄成本就哗啦啦地从流水线上下来了。剧情是不是逻辑通顺不重要，人物性格前后是否一致不重要，“拉郎配”是否合情合理不重要，网红鲜肉们担得起流量和话题就可以。

回归到“金寨红”这个主题，要讲述有纯正“金寨红”味道的故事，塑造出贴合当时当地的时代地域背景的人物，写出可以让意识踉跄的小说，并非易事。历史，如同一块厚重的黑天鹅绒帷幕，往往掩盖掉很多声音。当我们回望，或许只能于白茫茫的历史迷雾中，打捞一些属于个体的灵魂撞击的细节；那些悲欣交集的时刻，再宽广的历史幕布也无法掩盖，而其中可能就有让意识踉跄的宝藏。可以说，“金寨红”这一组小说作品都不约而同地选择了如此的角度。宏大的时空推动着金家寨的老老少少男男女女而动，每一个具体的人物在特定的情境中做出不同的选择，从此命途相殊。

虽然视角类似，但各位作者的具体切入各不相同，写作手法也各有高低。《寻找金桂生》一篇就用了一种机灵且讨巧的方式去实现让意识踉跄。作者张琳选择直接把“金寨红”当作一种抽象的精神，全文是寻找“金桂生”，更是金家几代人对“金寨红”精神的追随和传承。如此，大别山区的烽火鏖战在整个中篇中仅占很小的篇幅，避开了历史书写“隔”的可能和人物塑造假的风险。从一个电话引发的种种心理波动起，作者吊足了读者的胃口——“金桂生”究竟何许人也？作者稳稳地从田春苗的视角叙事，接着是女儿金盼红，不慌不忙的小家庭生活变迁中折射着 20 世纪 60 年代全中国的风云变幻和意识形态。标题里的“金桂生”迟迟不出现，不仅不在文中以角色出现，似乎也不常在文中人物的生活里出现，但这个自始至终未出场的“金桂生”却像一个在金家“上空徘徊”的“幽灵”，暗暗影响着家里每一个人的选择——顺应的或是叛逆的。金家人烟火日常的生活铺展中，作者会辅以闪回，在倒叙、插叙中“金桂生”被不同的人讲述，当年那段激情燃烧的岁月一点点露出峥嵘。整个文本不仅在线性上有回环，空间上，从金家寨再到北京、陕西、重庆乃至大洋彼岸的美国最终又回到中国，这一路是金桂生走出金家寨的革命之路，是寻找金桂生之路，也是以金桂生为代表的“金寨红”精神的探寻、理解和传承之路。

《立夏》这篇则选择了“硬碰硬”的挑战，直接深入到历史深处，择取个中片段做工笔小楷式的描绘。作者张子雨是霍邱人，大概土生土长的背景也赐予作者更真切的感触、更深邃的思考。作为一名律师，张子雨这篇《立夏》的切入、行文全不见律师的味道，倒有一番六安老城晴耕雨读人家吟一篇散文的意韵。

比起整篇小说的起承转合和人物塑造，可以说《立夏》一文最让意识踉跄的当属个中散见的一些“闲笔”。开篇“问了几次”，“都摇摇头急忙忙地走，还回头看他”，寥寥几笔，丁山“陈奂生上城”的味道出来了，镇上人对丁四爷的几份敬、几份畏、几份远也出来了，金家寨的局势也可见一斑。

从西小门进了宅子开始，借丁山视角对宅院子做了些许勾勒，并不惜笔墨地写下丁山候在院子里时对厢房里各种动静的留意乃至年少时那次跟伯一起来时的回忆。丁山种种忽而放空、又忽而收紧的思绪，配合上老宅子里的灰瓦漏窗疏影横斜，这些看上去无关紧要的笔墨，传神地再现了丁山版的“林黛玉进贾府”。

初见四爷，作者还对丁山的声音有一连串描写。表达“想跟着四爷跑码头学生意”的时候，丁山“嗓子眼似乎堵了团棉花”；四爷表示自己“这碗饭也吃不安稳”后，两人陷入沉默，作者宕开一笔写鸟笼子里的“咕咕”声，这一声放大了丁山的尴尬和窘迫，又自然过渡到和丁山声音的对比——“丁山觉得自己嗓子不如那鸟”；当四爷终于打破沉默，开始说金家寨的形势时，丁山终于松了口气，“咽了咽口水，那团棉花也咽下去了”，附带着，松了口气的丁山还有一瞬息的走神，他看到“桂花树的影子也慢慢地斜在墙上”，像“小时候看的皮影戏”。这不紧不慢的笔调，也和后文高潮处繁弦急管式的语言，形成一种张力，让整个中篇收放自如。不得不说，作者笔力从容，能在这种清水溪流式的“闲笔”中制造踉跄。可贵的是，这些“闲笔”在整体风格上呼应全文关键词“立夏”，淡而有味，浅中孕盛。

文中不时穿插的环境描写，不突兀也不拖泥带水，每一次出现都像是人物行到半途的一个擦肩而过，不需要专门凝神注目，却也雁过留痕，淡淡的。

比如立夏节前夜，周教官找过丁山后，文中写道：“院子的柏树上有几只鸟在争窝，有惨叫声。其中一只噼里啪啦在院子里不停地飞，飞。”这是丁山夜深时辗转反侧胡思乱想后的一段，可以有可以无，但有了，这小说的味道就丰富了，意识才得以踉跄。这一段环境刻画，既是立夏时节“月出惊山鸟”的实写，又是虚写——几只“争窝”的鸟，是整个金家寨“山雨欲来风满楼”的绝好写照；而这个大背景下，还有一个我们可爱的主人公丁山，在抉择在斗争在判断。比起周教官的运筹帷幄，丁山的反应如此真实，时而想到家里的玉兰，时而又是解放和革命，这个尚不成熟的年轻人因为并不高大全而尤其可亲可近。

“假如一旦无力，要到传统中寻找力量。”只是，历史书写从不简单，一不留神可能就成了观念的产物，成了穿着长袍马褂却说着网言网语的时空错乱人。“金寨红”这个主题也是个厚重的黑天鹅绒帷幕，这次创作打捞出一些精彩的细节，发出了一些失语者的声音，但让意识踉跄的书写应该不止于此。脱掉身上的华服，抛开刻奇的念头，去到那黑天鹅绒帷幕深深的褶皱里，勇敢地先给自己一个踉踉跄跄的机会，等到披着旧年的灰尘卖炭翁一样出来的时候，大概会有更多让读者们意识踉跄的好作品。

（作者单位：滁州日报社）

铿锵诗意爷的枪

——浅评李云《爷要一杆枪》

●马书玉

省作协主席许辉先生阐述作家的写作状态时说，写作有七种境界，其中最高境界是“无我之作”。对比《爷要一杆枪》，作品实乃典型的“无我之作”。虽然作者的观点无处不在，但是，通篇都是让人物说话、用场景表达，情节循序渐进，故事规律推动，丝丝入扣、环环相套，毫无枝蔓缠绕和虚幻添加之嫌，让读者确实相信：这是真实的人物，就是大山腹地、时光深处，一个山里娃的人生缩写，一名时代造就的、红军爷爷的真实经历。

平实之处有跌宕，朴拙之中藏含蓄，真实之下书传奇，而作者坦诚的写实态度又让你挑剔不出些许的虚构与拔高。与传统的英雄人物和革命题材作品相比较，《爷要一杆枪》，无论是主要人物山虎爷还是巾帼女将许队长，都不是高大上的人物，他们朴素、平凡、真实，如果你我置身那时那景，咱们都会说彼话、做彼事，成为那个时代的其中一员。作品能达到如此境界的，堪称“无我之作”。

唯其如此，作品的时代性、地域性、真实性、逻辑性等优秀小说普遍具有的特性，才凸显无疑。除此之外，个人以为作品还具有其独特的艺术技巧。

一、见于言外的暗喻韵致

欧阳修在《六一诗话》中提出对诗歌的表达艺术要求——含不尽之意见于言外，这种“弦外有音，言外含意”的表象艺术，实际上就是一种暗示艺术。这种暗示艺术不只是诗歌的专利，被广泛地运用到文学作品中，因为它能让读者产生积极的遐想，从而获取比文学表象本身要多得多的信息，进而收到寓意含蓄、透视深远、耐人寻味的艺术效果。

鲁迅先生的小说《药》，堪称暗示艺术的精品。很显然《爷要一杆枪》，就很好地借鉴了鲁迅先生的暗喻技巧，把言外之意、“韵外之致”运用得酣畅淋漓，精彩纷呈。

1. 字意暗示

小说的标题为何取“爷要一杆枪”？看过小说，品味咀嚼，方知“爷”喻意之妙、“枪”寓意之奇，主题立意之匠心，叙文本述之酣畅，故事情节之跌宕。从头至尾，“爷”不离叙述，“枪”驰骋文本。使纸面之言与言外之意气象万千，扑朔迷离，却又散得开、收得住，明灭可见，而不迷乱入俗。

纵观全文，《爷要一杆枪》中的爷，不仅是对长辈男性的称呼，更是对男人的血性、男子的尊严以及战士的刚烈的敬仰。从爷作为牙牙学语的农家幼儿，到挥刀跃马的红军战士，血肉之躯的生命在成长壮大，堂堂男儿在千锤百炼中磨砺成钢。村民山虎与红军战士廖爷，是一“爷”两身份，爷与“爷”又不同义。

枪，更是一字多喻，意味深长。从爷爷抓阄抓到一杆木头手枪，到爷爷荷枪实弹拥有一杆实实在在的真枪，甚至懂得“枪杠子里面出政权”的道理，爷爷的命运与枪结缘共生。很显然，粗糙的爷爷粗中有细，话中有话。他的枪，有物质的枪，也有精神的枪。即明暗两杆枪。通俗地说，手中握有物质的枪，就是权力、实力、势力；精神上树起信仰的枪，就有自信、自尊、自立、自强。而没有物质和信仰的枪树立在中国人民的心头，那作为生物人的尊严、男人的血性、甚至宗族的延续，都是脆弱易碎物品，随时可以戛然受损，生死瞬间。在乱世，对于男人来说，精神之枪和血性之枪尤为重要。

枪不仅只是爷爷肩上扛的物质之枪，更有作者匠心独运的暗示寓意：苏党不仅治愈了山虎的生理缺陷，树立了山虎作为爷们的“信头”即精神尊严之枪，更是播种了革命者只有唤醒民众，才能掌握推翻黑暗社会、救助民生的理想信仰之枪。“枪杆子里面出政权”，反对剥削和压迫不仅需要“枪”，也需要“血性”，有枪者没有敢于反抗的“血性”不行，有“血性”没枪支撑更不行。而没有天下为民的信仰指挥枪杆子，血性男儿可能是占山为王的土匪、手握重器的兵丁，也可能是鱼肉百姓的贪官戾吏，无信仰之枪，最终可能是助纣为虐祸害社会、荼毒生灵的屠杀器具。

因此，枪在谁手，被谁指挥，为谁打响，是一个宏大而深远的命题，但作者通过动荡时代小人物命运的起伏跌宕，以及复杂社会中各色人物思想信仰的纠葛碰撞，完成了哲学和政治学以及社会学才能回答的复杂理论命题。可见作者由于艺术地运用了“枪”的暗示寓意，表达了极其深刻的题旨，实乃“妙手偶得一字意，气象万千隐乾坤”。

2. 线索暗示

《爷要一杆枪》有明、暗三条线索，暗线主要是通过暗示手法来设置的。明线写山虎爷从抓阄抓到一杆木头手枪结缘开始，在幸福来临之前，出门撞见鬼，平地起风云，厄运连连，家破人亡，产生拥有一支真枪来报仇雪恨的朴素梦想，在红色苏党的启迪下，柳暗花明，参加革命，揭竿而起，为民除害，在战场上缴获一支真枪，实现了自己拥有一支枪的夙愿。与该线索相辅相成的，还有山虎爷在与恶霸厮打中愤恨交加身心具损，不幸沦为有生理残缺的人、没有精神尊严的男人，在寻找光明、参军参战、在红色军中扬眉吐气并得到革命志士关心救助，最后生理缺陷得到救治而幸运恢复男儿尊严这一辅助明线。

与两条明线并行渐进的暗线索，是主人翁的精神之枪即红色理想信念萌生、形成并根植心中的过程——山虎爷历经恶霸欺凌和羞辱，饱尝人生磨难与精神创伤之后，在苏党狱友胡先生的启发引领下，找到穷人的队伍，寻亲人，杀仇人，参军参战，在军中巾帼许队长等红色将士的指导教育关怀下，逐步形成"红色革命信仰"和懂得"枪杠子里面出政权"等革命道理，最终成长为一个坚强的红军战士。

明行、暗进，二线相辅相成，三线层层递进。在小说高潮之处三线合一，完成了对主题的升华，小说主旨由浅到深缓缓而至，传递给读者。作者三线交错的设计，大大深化了小说的主题：如果单写"男人肩上有杆枪才能保护胯下那杆枪"，这两条互为因果的明线，只能反映旧民主革命的不彻底和不科学，山虎最后可能难逃舅舅那样的旧式知识分子的命——冤死在去省城的悬崖下（只有文抗没有武争的旧式民主革命）；而采用明暗两条线索架构作品，则说明了：枪杆子里出政权，只有人民掌握枪杆子，才能救赎劳苦大众，才能取得红色革命的胜利，这，恰恰是著名的"立夏节起义"的真相和真谛。

至此，作为物质之枪的力量，作为生理之枪的男人尊严，以及作为信仰之枪的战士精神，三枪合一，汇集于主人翁一身。一个饱尝苦难磨砺、富有壮士阳刚与野性的纯爷们儿，一个经历战火洗礼、具备男人威风与浩气的军人，一位深受革命信仰熏陶愿为天下劳苦大众而抛头颅洒热血赴汤蹈火的英雄，丰满地、真实地站立起来——一个普通的山里娃蜕变为一名英勇的红军战士，小说完成了对爷爷平凡而富有传奇一生的叙述。

3. 宿命暗示

恰如其分的宿命暗示，让主人翁身上散发出自然的传奇色彩。作者通过讲述大山深处民众口口相传的甚至有点蒙昧的宿命思想，加上合理的想象，使人物故事充满神秘却不流于离奇怪异，为作品增加了耐咀嚼的可信度。

一是孩子周岁抓阄，这是皖江大地上很平常的一个民俗，但整个故事和主、次人物，就在抓阄过程中铺陈和登场，点明了主题中的枪，暗示了人物命运，引出了明、辅、暗三条线索。

第二个是钟声，漆家那只昭示其实力和势力的西洋钟，是人物悲剧命运的集节点和矛盾爆发的导火索。恰在辫子和山虎到达漆家大店的时候，它不早不晚不多不少地敲响三声，引出辫子和漆家三少的爱恨情仇、生死纠葛，钟被山虎怒拳砸碎，又因其赔偿问题引出贪官污吏登场、社会黑暗被曝光以及山虎辫子普通山民家破人亡和小人物蝼蚁般的生存状态。看似偶然，其实是蕴含深刻寓意的妙笔暗喻。

皖西南有民谣，钟者，终也。漆家的西洋景，舶来品。山虎打碎的，不仅是地痞恶霸家的西洋钟，也暗示这是为土豪劣绅执政的民国政府敲响了警钟和丧钟：得道多助失道寡助，欺行霸市、恃强凌弱、徇私舞弊的贪官污吏所把持的民国政府，已经到了官逼民反、摇摇欲坠的边缘，而为劳苦大众撑腰的红色苏维埃，才是民主政府、民族的希望，百姓的乐园。红色将士领导下的劳苦大众，正要砸烂一个旧世界，建立一个新社会。

秘鲁作家略萨说，小说的说服力是要“缩短小说和现实之间的距离，在抹去二者界线的同时，努力让读者体验那些谎言，仿佛那些谎言就是永恒的真理，那些幻想就是对现实最坚实、可靠的描写”。作家在处理人物的遭际、故事的跌宕时，并不是兴之所至的，他要顾及事物引索与故事情节之间的联系和宿命，其实这就是宿命与暗示的作用所在，无论虚实，只要符合真实的逻辑规律，人物就能立体、饱满，故事就能令人信以为真且印象深刻。

4．人物暗示

《枪》中的几组人物之间，相互有着或明或暗的对比衬托。山虎与山虎爹、辫子与许队长、山虎舅与胡先生等几组人物的生死阅历，就是那个时代各阶层人民的典型代表：

山虎与山虎爹，虽然是父子俩，但性格迥异，对比强烈：山虎血气方刚，敢做敢当，路遇不平，拔拳抗争，百折不弯，血战到底，最后找到光明与希望，走向人生的尊贵与辉煌，成为山中英雄、民族的脊梁；山虎爹是老实勤奋、胆小怕事、逆来顺受的农民，面对飞来的横祸，山虎惹上的官司，山虎爹胆战心惊、唯唯诺诺，屈膝长跪，寄希望于权势恶霸的恩典饶恕。然而，山虎爹的忍气吞声与屈膝求饶，不仅无法使山虎免于牢狱之灾，反而助长了恶霸的嚣张气焰。最终，山虎爹在倾家荡产人财两空的悲凉中，气绝身亡，年轻的山虎，较之其父，寓意新生的有朝气的敢于造反闹革命的新生力量。

山虎舅舅吴子轩与胡先生，都是崇尚民主、向往自由、有知识有文化的开明士绅和小知识分子的代表。山虎舅崇武尚义、爱憎分明，面对不公和冤屈，不屈不挠，据理力争，依法辩护，寄希望于清官正吏。可惜的是，他生不逢时，面对的不仅是手握重兵的当地恶霸，还有掌握行政执法大权、为兵匪民痞撑腰壮胆的贪官污吏，他的不屈和抗争，如卵击石、似飞蛾扑火，最终粉身碎骨，不明不白地屈死喊冤途中。政府衙门朝南开，有理无钱莫进来。在了无边际的公权私用、司法黑暗中，社会底层人民的抗争，是沧海之粟、九牛一毛，渺无希望，结局悲怆。与山虎舅不同的是，胡先生在黑暗中追寻探索，找到了穷人的“信头”——在“红色苏党”信仰引领下，他由一个山大王的师爷，蜕变为一名足智多谋、高瞻远瞩、意志坚定、慷慨赴死的英雄，并在狱中，为青年山虎，指明了团结劳苦大众跟着红色苏党、打土豪闹革命的光明道路。

“山虎啊，人得有志气，只要为民众办事，就是男人，就是爷了。有卵子你不干好事，只干伤天害理的事，那就不是男人……男人，得有责任，有担当啊！知道不?”这既是胡先生教育山虎的话，也是他作为革命者的自我表白，更暗示了成千上万个红军将士的男儿品格、英雄气节。

辫子与许队长，则是那个时代女性的典型代表：她们都在叶嫩花初的年龄，遭遇男权重压和婚姻不幸，辫子在强盗面前委身听命，沦为恶霸的妻妾，临死甚至向昔日的情人山虎为欺辱自己的魔霸求情讨饶，成为一朵夭折的蓝色妖姬。而许队长则逃婚、流亡、与命运抗争，上下而求索，英勇善战，指挥若定，成为红色军中一朵艳丽壮美的铿锵玫瑰！

几个人物的心中信仰、生死姿态，暗示那个风云际会、纷繁复杂的社会万象，各层人物的生死悲欢离合——山虎舅舅等小知识分子，生得明白，斗得无助，死得憋屈。山虎爹等老农民生得糊涂，活得怂困，死得窝囊。辫子等山里女孩儿生得清纯，死得遗憾。许队长等巾帼豪杰，则生得刚烈，死得伟大，活得其所。胡先生等革命志士，生得灿烂，死得壮烈，气贯长虹，与日月同辉。几组人物的成功塑造，暗示了中国各色文化信仰主宰下人物的生死宿命。

总之，我们阅读《爷要一杆枪》时，常常发现叙事线索中大量的隐喻现象，它们依附在一些看似平常的情节里或叙事形式中，却巧妙地离散着叙事的直白添加，于无声处构架着叙事的重心内核。这些散落在文字中的隐喻，如夜色中独自绽放的冬梅，只有近距离聚焦它，才能感受其清辉中所储藏的生命张力，具有“含不尽之意见于言外”的艺术效果。

二、栖居的诗意和铿锵的音律

1. 诗意栖居的语言

李云先生是位诗人，在他的小说里不乏诗意的铺陈和音律的流淌。标题

《爷有一杆枪》，语气清冽，寓意豪迈，节律铿锵；男儿的棱角、枪械的冷凝、恢宏的气势等，跃然眼帘，力透纸背。他让你阅读的是小说，但当我们静心体会这部作品的时候，却蓦然发现，作者是把通篇小说当成一首诗来写的。他把诗磨成了很细的粉末，撒在作品的字里行间，隐而不露，但可以感受到诗的存在，听到诗魂运行的脚声。那是被他卸下了韵律的负担和抒情的镣铐，脱去了朦胧隐秘的外衣后赤裸裸的诗魂，彰显了诗的灵魂在安详地述说状物、抒怀言志。大别山的林啸风吼，贫苦山民的哀怨哭号，敌对双方的厮杀呐喊，民族英烈的血脉贲张，都在气定神闲的叙述里，似有似无，若隐若现。或哀婉悲壮，或跌宕铿锵，时而诗意盎然，时而沧桑冷峻。《爷有一杆枪》堪称一首不是诗歌胜似诗歌的气壮山河的红色颂歌。

“那阳光如几千条小细柳轻轻抽过了全身，痒酥酥的，更像十五条小狗舔过脚心一样，麻麻的，他身轻如燕有种跃跃欲飞的感觉，舒坦得很。”

“大旺却照样戏闹并领着几个屁大的孩子继续大声喊，唱山歌一样，史河的水被他们一喊，仿佛激荡起来，水流得更欢快，捎着童谣流向远方。”

溪水，童谣，春光，杨柳，恋爱中的青年……诗意栖居于文字，明媚绽放于场景，唐诗宋词里的妙曼在叙述中汩汩流淌。

而后来的一组场景，把人物的凄凉悲伤烘托得淋漓尽致：

“只见那后院有一棵腊梅树和一棵银杏树，银杏树高大，枝叶茂盛挂满了满树青果，对面是个二层楼，窗棂半启，门楣紧闭，石级上生有青苔，院子里落满了树叶，看来辫子很少来这院子。”

青苔，落叶，天凉好个秋；闭窗，掩扉，物是人非，除却巫山不是云。《诗经》有一句思念情人的场景：“自伯之东，首如飞蓬，岂无膏沐，谁适为容”（国风·卫风伯兮），意思是，自从心爱的人走后，我的头发便乱得像飞蓬，不是没有润泽的发油，而是我把头发梳理好了，又给谁看呢？诗词里的哀婉悲凉，隐于小说的字里行间。

“山虎沉醉在枪声里，他嗅到一缕硝烟，那大约就是枪的奇香吧。”硝烟气味应该是呛人的，遍体鳞伤饱经沧桑的底层青年，在找到为穷人撑腰、替百姓鸣叫的红色枪杆后，气味就成了“一缕奇香”。

2. 音像视图的画面感

作者李云先生曾经是位电视传媒人，他的小说不仅有诗人的灵性，还有镜头的立体视角感。用文字勾勒镜头拍摄的景象，用叙述讲述人物在视频图像中的形象，使故事情节在读者脑海里一一凸现，给读者的是立体的鲜活的灵动的音像质感。这可能是作者多年影视传媒职业生涯积淀的、一般作家所难以企及的表达方式。

“村口老槐树下，辫子站在那里好像一株盛开的梅树，挺拔、幽香、美艳。她穿着对襟的桃红色小袄，下身是藏青蓝的棉裤，挽个碎花包斜倚在树干，水灵灵的目光望着大步走来的山虎荡漾着幸福的甜笑。”

短短百余字，有声有色，有动有静，叶嫩花初，青春静好！可谓一身诗意千寻瀑，斑竹园里无湘女！

“许队长斜坐在鸡公车上，她打扮的是位回娘家的媳妇，梳好的巴巴头的发髻上插着一朵白兰花，颤颤微微地撒着一路清香……说到这她摸了摸已隆起的腹部，脸上流出三月的暖阳……她轻声哼起了《劝郎当兵》……”峰回路转，歌声荡漾。让人想起毛主席那首咏梅的画卷：“待到山花烂漫时，她在丛中笑”，飒爽英姿，缠绵铿锵！

语言，是心的涟漪。画面，是跳动的乐章，作品看是很简单的叙述、对话，却把一处处场景和一个个人物描摹得何其逼真。作者就是用了这样独具匠心的诗意音律，给整个作品埋下了足堪回味咀嚼的各种伏笔。而读者将一把文字嚼将起来，嚼出了艺术的滋味，我们将一段段文字剥离出来，闻出了四月芳菲的馨香，聆听到了英豪们的厮杀呐喊，嗅到了枪林弹雨的况味。那滋味有点五味杂陈。作品中的英雄，不像传统红色经典小说中那些人物的高大上，也不像教科书那样的中规中矩的总结归纳；还不像简明使用手册那样可以分列出一二三四，供人学习掌握。你可以看出作者在描写人物上的独有套路，即他不会刻意静止下来，对某个人物精雕细刻，他总是习惯在行进和流动中来塑造他的人物。有时候，我们甚至不知道他是靠描写来推动故事呢？还是靠故事的发展来塑造人物的。故事、人物在时空中水乳交融，诗意地律动。

是的，李云先生就是用独属于自己的语言和艺术，镜头地、诗意地攫取了大别山的风土人情，雕塑着金寨沃土上一张张红色英雄的脸谱。用最简单的文字组合，传神地勾勒出了一幅幅岳西组画。我们沿着他作品里叙述的一条条蜿蜒的小路，不知不觉登上一座座山峰，去到一个个村庄，聆听那里发生的不朽的传奇。那些故事，有的是真实的，有的是虚构的。真实的，对他而言就像发现了一件上好的根雕材料，简单雕凿几下就成为艺术品了；虚构的，就像一个灵感，他须先将其牢牢抓住，然后慢慢灌注生气，使其渐渐有了可触可感的真实形体。

中国古代诗学中意象与意境，究其实质是一种内视之美。而诗学以之作为审美价值标准的“言外之意”“韵外之致”，其产生的根源在于诗的内视之美。在笔者看来，这种内视之美，恰恰体现了文学的基本审美属性。宋代诗人梅尧臣所言“状难写之景，如在目前；含不尽之意，见于言外”，前后之间有着内在的逻辑关系，“见于言外”是以“如在目前”为其前提的。从诗人创作的角度看，诗的内视之美在于经过主体的“拟容取心”而产生的圆融整一的意境，主体的知觉功能是最重要的因素。从诗的艺术媒介来说，诗人的内在构形是产生“言外之意”的基础。

总之，让诗意栖居于时空，让韵致镶嵌于场景，让浩气附着于人物的灵魂，是《爷要一杆枪》的审美内核。作品如一幅民国时期的《清明上河图》，通过大山深处小人物跌宕起伏的命运，再现了那个时期皖西乃至整个中国的社会状况，阐释了“枪杆子里面出政权”、“没有人民的军队便没有人民的一切”等哲学真理，只有以造福广大人民群众为己任的执政党，才能得民心、顺民意，成为中华民族的脊梁，从而说明，以习总书记为核心的党中央，惩治腐败，打虎灭蝇，整肃党纪，依法治国，不仅是以史为鉴，更是时代的需要、人民大众的呼唤！

个人以为需要商榷的不足：

其一，漆家三少的反面形象设计有待丰满。个人感觉没有立体感，没有逃脱以往反面角色的脸谱模式。一个有意思的人一定是多面的，比如好人偶尔的使坏，坏人偶尔的善心，这样的人写起来都是很有趣的。大家都认同的并具有真实感的人物，一定是符合人性的，是立体饱满的。漆家是集土豪、巨商乃至官吏为一体的山中望族，也是那时的当地名流乡绅，他们有霸道邪恶的一面，却可能不同于流氓痞子。其门店中有一座小舞女弹琴的西洋钟，就展现了他们非同于普通地主恶棍的、甚至有点高雅的生活情趣。漆家三少的言行举止，若表面斯文甚至儒雅一点，让其笑里藏针的“邪毒”一面含蓄深隐一些，让他假善人伪君子的一面潜伏在文字之下，是否会更丰满更符合人性和形象逻辑？为其做个有别于以往反面人物形象的设计，起到不入俗套的剧情效果，可能会让这个反面角色站立起来，活化一些。

其二，山虎过堂细节需要考证。故事是民国政府时期，那时的政府官员审理案件不同于明清时期，作为原告的漆三少，无论其势力如何强大，都不可能高高坐在庭堂之上，与县长平起平坐，公然审讯被告。那时的贪官污吏，徇私枉法，也不会明目张胆，民国政府是崇尚大陆法系的，审理案件注重程序合法，原告位居县太爷之侧参与审理，在明清时期都不是正常现象，十九世纪二三十年代的民国政府，应该鲜有发生。当然，在山高皇帝远的大别山腹地，抑或有此可能。但如果把贪官污吏徇私枉法设计成厚黑掌控、暗箱操作，使当局的钱权交易更隐秘更虚伪地呈现给读者，让含蓄表达代替直白暴露，也许会收到耐人寻味的效果。

其三，山虎母亲的结局值得商榷。山虎的母亲小说中着墨不多，只有两次提到，却很重要：在山虎和辫子去镇上赶集的时候，交代他们去买一面双面镜子，就是这次买双面镜，导致山虎和表妹辫子去漆家商铺并偶遇漆家三少，几个人的命运恰恰纠结缠绕厄运连环。当山虎一家家破人亡的时候，作为母亲，她躲进了辫子姐姐家，从此再没有出场。

当丈夫气死、弟弟冤死、儿子生死不明、儿媳被人霸占等一系列灾难降临到这个普通妇人的身上，她不疯不傻不呆，却没有任何痕迹地消失在亲戚家中，是不符合常理的，尤其是在山虎参加红军、扬眉吐气之后，依然没有任何行踪，一个可塑性很强能为故事加重分量的人物，却很不明晰地缺位，总有一种悬而未决的空落感。契科夫说“你开头若是写了一把枪，后面就得让它打响，要不就没有必要挂在那里”。作家在处理人物机遇、命运掌控时，要顾及他的记忆和积存，生命的细节人物的逻辑，有千丝万缕的联系，一个人可能做什么事、会说什么话，发展到一定程度，会自己站出来，是挡不住的。当然，山虎母亲的处理可能是作者的艺术留白，是笔者阅读心力不够，没有理解透作者的创作意图。

其四，辫子是否可以不死。和几个读者讨论作品的时候，大家各说不一，有趣的是，几位男士认为辫子应该死，因为她失贞了，有几位女士则说，辫子不能死，因为她怀孕了。小说人物不能以读者的意志而生死，但可以由作者的智慧而超然。因为很爱辫子这个姑娘，所以，从普通读者角度，我宁愿辫子腹中的胎儿死掉，却希望她和山虎爷爷，可以举案齐眉，可以琴瑟终老。不知道专业的作家怎么看待辫子的死，马尔克斯似乎说过一句话：一个负责的作家，绝不会让一个人物轻易死去，总觉得，作品里死亡的人太多，让人感到悲剧的气氛有点浓。

如果许队长的死，可以突出10万金寨英雄儿女血洒大别山这个红色悲壮主题的话，更希望作为普通女儿的辫子姑娘，在革命英烈血染的红色江山上，幸福自由地生活，如今还安详地坐在一处农家小院的桃李杏下，革命者金戈铁马的目的，不是这样吗？

如果辫子不死，是否正好应了开篇中的那句——“爷说：有了肩上的枪，才能保护老婆孩子，才能保护土地庄稼。”

（作者单位：铜陵市作家协会秘书处）

青春与战争的碰撞

——李国彬《哥哥莫要过河来》浅议

●黄圣凤

十五岁的能量有多大，十五岁的骨头有多硬，十五岁的信念有多执着，十五岁的理想有多坚定，十五岁的爱情有多炽烈，苏维埃的旗帜上有多少英雄血和少年红？

翻开作家李国彬的《哥哥莫要过河来》仔细研读，便能一一落实。

这是一部红色题材的中篇，主人公是一群十五岁上下的少年。这般年纪，在当今时代，基本还是父母腋下的雏鸟，但在革命战争的背景下，这些人已经是坚强的红军战士，坚定的布尔什维克，坚贞执着的革命者，英勇不屈的忠诚赤子。

李国彬在谈到这篇小说的创作时说："战争是成人的战争，无论做出多大的牺牲，忍受多大的痛苦，都是应该的，因为战争是他们挑起来的。但孩子是无辜的，他们是被裹挟进来的。"所以，他们的牺牲尤其令人心痛。

那是一段不堪回首的历史，一切被裹挟在战争和死亡里。但是孩子们并没有被动地充当牺牲品、充当炮灰，孩子们挺起胸脯，昂着头颅，走在刺刀和硝烟中。孩子的觉醒和崛起，是全民觉醒和崛起的一个标志，是中国革命战争中最可歌可泣的一部分。

一、英雄情结和少年英雄群像

1. 英雄情结

"歌唱祖国，礼赞英雄，从来都是文艺的主题"，习总书记在系列讲话中有这样的陈述。人类自古，英雄辈出，在人类文学发展的漫漫长河中，英雄主义情结在作品的创作主题中始终占据着重要的地位。

特别是中国现代革命史，英雄的星空无比璀璨，“英雄主义”一直是红色文学经典最显著的特征。在和平发展的今天，英雄情结和英雄性格仍然具有很重要的现实意义。可以这样说，无论是写红军战士，还是写战略战术，表达的东西是当代的，担当和奉献是当代的。英雄的精神实质、精神原则是跨越的，战争年代需要，当下仍然需要。

我们的时代需要英雄，我们的文艺要表现英雄，英雄是民族最闪亮的坐标。李国彬《哥哥莫要过河来》是一篇具有浓厚英雄情结的作品，它关注历史，呈现战争，表达热爱，表现庄严，具有深沉的历史意识和鲜明时代精神。

1931 年，红 25 军在金寨县麻埠镇成立了。25 军在金寨所有红军队伍中是符号性的，25 军在，意味着革命的力量在，当地老百姓就会很安心，25 军不在了，百姓就会很慌乱。随着时局的发展，蒋介石渐渐感觉到，仅仅以地方武装来维持金寨的秩序已经成为梦想，于是在武汉成立了剿匪指挥部，亲自任总司令，对苏区进行第四次围剿，小说由此开始。

从霍邱保卫战中下来的一批小红军，以蝎子为小队长，一共七个人，接受了一个任务：要把一个包袱在限定的时间送到汤加汇，包袱里的东西非常重要，只有蝎子知道。临行，蝎子对游击队长承诺：一定能完成，一定要完成任务！

蝎子，无疑是这一群英雄中最耀眼的一个。他才 15 岁，却已经是一个优秀的布尔什维克，他信守对党的承诺，为完成任务，不惜一切代价。他有坚定的革命信念，他对紫蕊说，任务就是钉子钉在我头上，钉子拔了，我就死了。还说，你听到的那件事就是我的命，要是告诉了别人，就是把我的命交给了别人。

当小分队历尽千辛万苦，终于渡过史河，已经胜利在望的时候，突然发现那件“宝贝”没有了。蝎子决定回头寻找，虽然已经九死一生，已经牺牲了二位战士，蝎子还是坚持再回渡史河。十五岁的蝎子已经具备了勇敢、忠贞、坚韧、执着等优良品质，具备了不畏艰险的铮铮铁骨。

然而，他毕竟过于年轻，对回头路缺乏认真分析和清醒的认知，经验不足，急躁冒进，考虑不周全，是一个有缺憾的英雄。

在整个故事进程中，蝎子的做法至少有三点不妥：

第一：按照纪律，超过接头时间，必须离开。蝎子等了再等，就是不愿撤离，结果给了冒牌的江宜平以可乘之机。

第二：以牺牲两个队员为代价渡过史河以后，发现“宝贝”不在了，本不该贸然回头，而蝎子一意孤行，固执己见，带来巨大牺牲，带来整个小分队的灭顶之灾。

第三：出发的时候，蝎子没有仔细检查包袱，以致“旗帜”被紫蕊扣留而全然不知。

这种倔强任性，是一种幼稚病，却也是一种英雄主义。小说情节因“再渡史河”而波澜顿生，展现牺牲的悲壮，带来情感的撞击，带来震撼人心的力量。人物形象也因某种“缺憾”而更为真实，更为血肉丰满。

古希腊哲学家普罗泰戈拉有一句名言：人是万物的尺度。在小红军战士心中，信仰是万物的尺度。国之重器，以命铸之。因为信仰，所以无畏；因为信仰，所以顽强；因为信仰，所以敢于舍命；因为信仰，所以一往无前。

蝎子知晓这项任务意义重大，必须不折不扣完成，必须用鲜血和生命践行。使命大于天，承诺大于命。这是伟大的英雄品格，这是令人敬畏的英雄行为。

特殊的年代、特殊的年龄、特殊的经历，让主人公们经历了至少三种碰撞：青春与战火的碰撞；完美理想与严酷现实的碰撞；生与死的碰撞。

这些碰撞中，英雄形象鲜明地立起。读者看到了英雄虎胆，看到了赤胆忠心。他们英武的身姿，是苏维埃的旗帜；他们不屈的热血，是苏维埃的脊梁。

2. 少年英雄群像

自古英雄出少年。在历次革命战争中，涌现过无数的英雄少年，在民族危亡的时刻，他们跟父辈们一起，用稚嫩的肩膀担起沉重的战争，他们的事迹经艺术家们演绎，很多成为经典。

河北白洋淀地区的少年雨来，利用熟悉水乡环境的优势，用智谋与敌人展开斗争；河北涞源县的放牛娃王二小，聪明地把敌人带进八路军的埋伏圈；龙门村儿童团长海娃，受尽折磨成功送达鸡毛信；云周西村的刘胡兰，面对敌人的铡刀，不低头、不屈服、不胆怯、不退缩，“怕死不当共产党员”响彻云天。他们的事迹被写成故事、被谱成歌曲、被改编成电影，几十载被人民传颂，成为不朽的经典，永远刻在共和国历史的丰碑上。

这些少年，并非生就一副铁骨头，而是那个年代的血与火，逼着他们站到生与死的十字路口。共产主义之光，为他们提供了斗争的勇气和源源不断的生命力量。李国彬通过《哥哥莫要过河来》，重新把这一切呈献给读者，呈献给今天的人们，呈现出它高于生活的价值。

蝎子是全篇着墨最多的人物，形象鲜明自不待言，前文已有陈述，其他人物也是血肉丰满。

窦苗在“江宜平”撕开虚假身份、露出狰狞面目的时候，惊恐地爬到树上，被死亡的气息浓重地包围。这个当口，窦苗或许是可以拿“宝贝”换命的，但她没有。即将被扼住生命的咽喉，她却奋力把箱子扔下悬崖，用生命捍卫使命。

狗跳冲到沟底，把散落的物品归拢，把箱子系在绳子上后，已经来不及逃走，最后被乱枪打死。狗跳的牺牲场面非常个性，下文将有陈述。

八斗十六岁，在这几个孩子中是最大的，也是最清醒的一个。他提醒蝎子超过接头时间必须撤离，他坚决反对蝎子再回头的决定。但两项建议，都因蝎子的顽固而没有达成。八斗是个相对理性的战士，虽然明白回路即是死路，当蝎子执意回头的时候，他还是默默地转身跟上，最后在一阵猛烈的轰击中，直直栽进田沟。

年纪最小的燕玲，危险的关头，不愿独享最后一线生机；蝎子和骚货更是在生与死的交口，把生的希望留给老头脸。

小分队七个人外加紫蕊，小说一共写了八个孩子，他们有的是烈士遗孤，有的是财主千金，身份不同，性格各异，他们身上具有那个年代青少年的共性与个性。李国彬塑造的这组英雄群像，为中国少年英雄序列中植入了耀眼的星光，为少年英雄谱增添了光辉的、令人难忘的艺术形象。

二、典型人物与战争中的人性

1. 青春征候下的生与死

小说塑造人物形象，反映社会生活，离不开典型人物、典型情节和典型环境。《哥哥莫要过河来》的典型性在于这样几个关键词：战争、青春期、酷刑、死亡。这种背景下的少年，必然呈现出特有的语言、行为和心理，必然显露与其年龄、身份相一致的性格特征。

狗跳牺牲的场面，具有鲜明的年龄特征和性格特征。

狗跳被白匪团团包围，十几条汉阳造对准他。狗跳一点不孬种，很潇洒地拔出自己的枪，一板一眼地和敌人对射。敌人开一枪，他开一枪，并且嘴里发出干脆而漂亮的声音，啪，啪!

这一场战斗，一个勇士面对一群敌人。可是，狗跳手里拿的，不停朝敌人“啪啪”射击的，是一把木头枪而已。

狗跳用一把玩具手枪反击，而敌人射进他身体的是残酷的子弹。在你一枪我一枪的来回中，狗跳被打成一只血葫芦。

这是一个孩子的英雄主义，也只有孩子才会做出这样的对垒，只有无比勇敢的孩子才能够面对真枪实弹，不躲不藏，不奔不突，任由子弹穿膛。

我想，李国彬写狗跳的牺牲，一定是带着爱的，也带着理想主义。因为实战中，似乎并不可能无数子弹穿胸而过后，还能稳稳端着木头枪，并且发出“清脆而响亮”的声音。但这样的情节又不让人感觉失真，艺术真实来源于生活真实，艺术真实高于生活真实。对于一个十几岁的男孩子，打木头枪的演练一定上演过无数次，完全可能把血与火的真实也游戏一般完成。

小说最撼人心扉的情节是骚货的受刑和死亡，这部分最体现人性，最有青春期的年龄感，读之肝肠寸断。

骚货十四岁，身材单薄瘦小。他英勇，但他不是钢铁；他成熟，但掩不住孩子气。

大刑过后，骚货的小命已经折掉大半。他像一只受到惊吓的羊羔突然发现了母亲，努力向蝎子身上拱着，把脸深深藏在蝎子的胸口处，吃力地说，队长……让我招了吧，我实在受不了啦……我只招一点点，我不说包在哪……

一个饥饿的孩子，看见了别人的面包，他会说：我不真的吃，我只舔一下；

一个怀春的孩子，见到心爱的小姑娘，他会说：我不做什么，我只轻轻吻一下。

敌人的毒打实在无力承受，可又实在不能招。痛苦万状之下，他说“我只招一点点……”这和饥饿的孩子怀春的孩子一样，都是人性的自然流露。

更深刻的人性还在后头。

再一次受刑，骚货再一次挺了过来。嘴角已被撕裂，门牙也掉了，眼睛肿在一起，半个脸青紫并扭曲，头皮上还有大窟窿，全身没一块好肉，骚货泊在死亡的边缘。

骚货却笑，跟蝎子有一段临终的对话：

紫蕊对你不赖，你睡过她吗？

你知道窦苗喜欢谁吗？

你觉得燕玲喜欢我吗？

如果燕玲没死，你知道我要为她做什么吗？

李国彬在小说中构设这样的对话，颇为大胆。可能会被质疑，在死亡的覆压之下，在生不如死的悲情之中，会产生这样的对话吗？

其实，根本用不着怀疑。因为，爱是最深刻的人性。

青春像泥土下的种子，一旦春天来临，无论环境怎样、境况如何，它都要萌发。萌发是种子的天性。十四五岁的青少年，正是荷尔蒙发芽的年纪，爱和向往是人性中最茁壮的因子，任何瘦土和顽石，都抵挡不住生命的破土。

惨无人道的幕布，藏不住情窦鸿蒙。青春的萌动，是爱的原发力，是最原始、最有力量也最贞洁的人性。

不是共产党员临死的时候，都得上缴党费；不是革命者牺牲的时候，都得转交重要信件；也不是小战士殉难前，都得掏出一张亲人照片。

骚货的生命之火渐微渐弱，渐暗渐淡，最后熄灭。但另一种能量腾空而起，是一种精神的能量，从人们心中霍霍升起。

读到此处，谁能不怜爱、不痛惜、不动容、不敬畏？谁能不对敌人充满仇恨，对黎明充满企盼？读者在小说阅读中获得洗礼，获得激励，获得正气，获得力量。

这个一向好吃懒做、投机取巧、喜欢耍些小聪明的骚货，抵抗住了敌人的酷刑，用生命捍卫了尊严，他瘦骨嶙峋的身躯，变得丰满而伟岸，需仰视，敬礼和膜拜。

这不得不归功于作家李国彬对青春的理解，对战争人性的挖掘，李国彬的叙写细腻而深刻，令这部小说充满了人性的光辉。

2. 爱情的感性与理性

《哥哥莫要过河来》这个标题，如诗，如画，如歌。

紫蕊是个单纯的姑娘，她偷偷抽出那面红旗的时候，天真地以为，情郎一旦发现红旗不在，就会很快回来。爱是什么，爱是执意要把情郎留住，爱是想方设法让爱人转身，满心希望那个人快快渡过河来。

爱的狂热像沸水顶起壶盖，炽烈得冒泡。

清水镇的屠杀让她对严酷的形势渐渐有了清醒的认识，不断传来的枪声和一排一排挂起的人头，让她每天蜷缩在自己的房间，颤抖不停。爱是什么，爱是意识到危险，反过来祷告心上人不要回来，走得越远越好。

“哥哥莫要过河来”，是紫蕊心灵成长的标志，是她生命的转折点——从任性贪爱，到爱的自觉。

要情郎快快归来，这是小爱；把红旗送去出，并成功把旗帜插到云架山，这是大义。紫蕊的爱实现了从“感性”到“理性”的转变，从“小爱”到“大义”的升华。因为有了大义，大爱的旗帜就升起来了，红军的旗帜就飞扬在山巅。

这篇小说中的“旗帜”，有双重含义，既实指军旗，也虚指人们理想的旗帜、信念中的旗帜。心中装着旗帜，就是装着对党的忠诚。

紫蕊，是一只滚烫的爱情鸟。

她因爱而哭，因爱而脆弱，因爱而颤抖；她也因爱而觉悟，因爱而成长，因爱而坚强，因爱而升华；她因为爱而近乎一名战士，甚至超越一名战士，独立完成了一项几乎不可能完成的任务，最后为革命而献身，为爱而死亡。

紫蕊，紫色的花蕊。她身上所体现的柔美与坚定、娇弱与刚强，是一个矛盾的统一体。爱情的力量是无穷的，爱的高度成就了一种觉悟的高度，让她一刹那释放了能量，绽放了美丽，喷薄了光华，展现了生命的高贵。

“哥哥莫要过河来”，是紫蕊姑娘殷殷的呼唤。这个感性的标题，单看起来，或许有人会以为是一部爱情小说。如果真的写成一部爱情小说，红色经典的力量就会大打折扣，小布尔什维克的英雄精神和革命气概也会有所削弱。但是，爱情又不能不写，爱情是推动情节发展的重要因素之一，是爱导致红旗的滞留，导致渡过河之后的再回头，也是爱让紫蕊最终把旗帜插上山头，作者对爱情和英雄气质的均衡恰到好处，笔墨分配颇见功力。

那一面红旗，是整个故事的灵魂，红旗的轨迹和落点，是整个内容和情节发展的核心动力。那是一面能凝聚人心、鼓舞士气的旗帜，那是一面让敌人望而生畏、闻风丧胆的旗帜。当紫蕊懂得了这面旗帜对爱人有多么重要，对苏维埃有多么重要，紫蕊的爱情就长大了，她的生命发生了根本的逆转，“情”向着“理”迈了大大的一步，出现了质的飞跃。

25 军的军旗飘扬在猎猎风中，蝎子看到了吗，我想他一定看到了。因为读者分明看见一张一张青春而勇敢的脸在旗帜上微笑。这旗帜，值得他们用生命去保卫、用挚爱去塑造、用英勇去燃亮、用鲜血去浸染，旗帜上映着他们青春的脸，微笑着迎接未来。

小说有一个浪漫主义的结尾，一个猎人向他的同伴大声惊呼，他看到了一只鹰。李国彬用这个典型细节写紫蕊的死亡，含蓄而意味隽永，对紫蕊的褒扬和赞颂，尽在一滑而过的雄鹰身上。

紫蕊像雄鹰一样飞下悬崖，矫健而迅猛。跳崖这一幕，没有直接写，读者却真真切切地领悟到。不写死亡，只写雄鹰，苍凉而绚丽，悲壮而唯美，庄严而圣洁。小女子身躯里迸发的能量，可以长虹贯日，可以气壮山河。

李国彬笔下青少年的爱情，战争硝烟中的爱情，于情于理，感人至深。

三、文本语言的美学追求

小说文学性和艺术性的实现，要借助于语言，语言的唯美和练达能使小说产生强烈的艺术感染力和恒久的魅力。现在有一些作家，或沉迷于叙述模式的实验，或陶醉于魔幻现实的营造，或痴心于恢宏历史的展现，或执着于玄妙故事的构思，或许不自觉地忽视或者漠视了对小说文本的用心构建。

李国彬是一位高高大大的汉子，触觉那么敏感而细腻。他通过微观的、日常的、细节的叙事手段，来完成这一重大历史题材的书写，赋予了小说以深沉的意蕴和美感。李国彬对叙事文本的美学勘察，让我们从另一个层面看到他对小说艺术至臻完美的追求。

他的文字，像金家寨山路上时或闪烁的花朵。

无论战争多么妖魔，无论枪林弹雨多么密集，终也毁灭不了山山岭岭之间此起彼伏的野草和山花。

美国记者罗森塔尔在《奥斯维辛没有新闻》中写道，“在德国人撤退时炸毁的布热金卡毒气室和焚尸炉废墟上，雏菊花在怒放”，罪恶的布热金卡，曾经是人间地狱，也许只有灰暗的天空、沉闷的色调才能与之相称，罗森塔尔却一簇灿烂的雏菊，这个表现自由与光明的细节，曾经温暖多少读者的心。

李国彬也这样写：“紫蕊在走廊上跑起来，一头乌亮秀美的短发悠悠荡荡的，两只脚一上一下的，鞋底一明一暗地闪现，欢快得很，有如一路栽花。”

这里营造了诗一般的境界。现代意识中的艺术象征论认为，在自然界万物之间存在着相互对应的关系，在可见的事物与不可见的精神之间有互相契合的地方。作品此处呈现的诗意，可以理解为黑暗世界的一线光亮，是一种隐喻，可以引发读者的联想，去搜寻深藏在意象中的言外之意：英雄一路插花，把正义之花、信仰之花、忠诚之花、执着之花，一一插在那片红色的土地。有这“一路插花”，人间终究会摆脱罪恶，奔向黎明。

对燕玲的牺牲，他这样写：“蝎子下意识地去拽燕玲，却发现燕玲在一片急骤的弹雨中向坡下滚去，然后挂在一棵橡树上，看上去，如一枚绚烂的花朵。”

“死亡”总和“枯萎”“衰败”“零落”“灰暗”“腐朽”这些词汇密切相关，而“绚烂”一词的跳出，醒目彩色的跳出，瞬间带来强烈的视觉冲击，契合了摄影艺术中视觉美学的特征，触发读者的视觉审美意识，传达出作家深沉的审美情意：十三岁的如花生命，革命人的一腔热血，无可比拟的绚烂。为国捐躯日，壮丽辉煌时。

小说不同于电影，小说是以静止的文字为媒介的语言艺术，电影是以运动的画面和视听为载体的视听艺术。但是，有一种文本，可以通过静止的语言，码出类似电影或者话剧一般的生动画面，比如“牢房之夜”片段：

“清水镇的月亮出来了。这是死了无数个共产党员和亲共人士之后出的月亮。那月亮就格外的大，格外的明亮，水里发的一般……一抹月光照进了牢房，刚好落在骚货的脸上。”

在文字的磁场里，读者面前出现了布景，出现了光影。画面中央，不是聚光灯，是一束月光，打在两个主人公身上。四周出奇地静，夜出奇地黑，两个压不垮的少年郎，上演一段心灵的对白。

地狱之门的一抹月光，阴森幽秘，却又皎皎不染一尘。这是绝望之中的希望，这是秋风少年心。如果没有将生命和苦难提纯为艺术的手段和能力，是无法写出这么诗意的唯美的句子的。

语言能力始终是一位小说创作者必须具备的首要能力，语言水平也始终是标示小说水准的重要特征。读《哥哥莫要过河来》，对李国彬的文字驾驭能力颇感惊喜，李国彬小说文本语言能够准确地表情达意，能够承载广阔的思想内蕴，也能够生发较为强烈的审美效应。

作品自始至终弥漫着硝烟、血腥和死亡气息，但细细品味文本，仍可见作家内心深藏的暖意，那种在灾难和死亡面前没有泯灭的暖，是潜在的能量，或者说气场，即使八个少年全部遇难，但希望还在，曙光还在，幽幽的气息还在。这一脉气息最终会凝成死亡之地的雏菊，年年再来，生生不息。像寒冰之下的地心，永远有一股阳气，时机一到，春意莅临。

总之，《哥哥莫要过河来》无论从思想性，还是从艺术性，都达到了一定的高度，值得大家花工夫去品读，去鉴赏。

（作者单位：六安市叶集中学）

现代喧嚣中的传统歌谣
——长篇小说《淮水谣》地域色彩品读

●施晓静

曹多勇最新出版的长篇小说《淮水谣》，是一部将地域特色作为重要美学追求的作品。小说通过对韩立海一家人的日常描写和故事叙述，反映了无论时代如何变迁，世俗百姓的生活总是一如既往地具有无奈、琐碎、重复的现实本质，但也蕴含着坚守、理想、新生的巨大力量，以淮河人的方式、淮河水的节奏、花鼓灯的神韵，在我们这个充满物质和精神喧嚣的现代生活中，唱响了一曲平静悠远的传统歌谣。

一、时间的经线与地理的纬线

独特地理位置的界定，是小说《淮水谣》地域性的表现之一。小说以主人公韩立海站在淮河边上等候他的四个儿女，分别从他们居住的东、西、南、北四个方向，来给已经故去的母亲上坟这件事作为“楔子”，将大河湾村作为地理坐标，在往南不出二十多里、往东不出四十多里、往北也不出二十多里、往西不过一百多里这么一个呈放射状的特定地界里，分别讲述韩立海夫妇与子、女、媳、婿等人的故事，描绘出大河湾村及周边特定地域人们的生存状态、生活情态。虽然故事发生的地理范围不大，但涵盖面很广，有农村、县城、城市、乡镇、矿区；人物身份涉及的行业、职业等也很多，有农民、教师、学生、商人、小微企业主、国企下岗职工、官二代、富二代、罪犯等；在时间跨度上，从20世纪50年代的“大跃进”、“文革”年代、改革开放，再到大河湾村因为地底挖煤已经面临塌陷的当下，具有相当的社会广度与年代长度。

如果说地理坐标撑起了这部作品的纬，那么时间就是结构作品的经。虽然作品除了“楔子”和“结尾”，父亲韩立海、长子韩新云、次子韩新水、三子韩新雨、女儿韩新苗、母亲吴水月、大儿媳张玉玲、准二儿媳李园园、三儿媳钱丽、女婿苏聪的名字，各为一个章节的篇名。但在情节叙述上，仍是按照时间的顺序，延续着故事。就好像奔流不息的淮河，串起了岸边一个又一个村庄、集镇、厂矿、城区；书中的人物也是顺着时间的流淌、沿着时间的主线，一个一个依次登场。这种“一线串九珠”的结构方式，或许就是淮河的地理形态对作者的启发。

二、地域性写作的身份认同

俗话说，一方水土养一方人。特定的自然环境、山川景物、民情风尚、民间文艺、劳作方式等，会融入这里百姓的血脉、灵魂，形成他们独特的性格，形成独特的地域文化色彩。大河湾村是一个“四周被淮河水围困的小村庄”。作家曹多勇是大河湾村人，他深知淮河水与花鼓灯，浸润造就了大河湾村人的性格。因而他非常注重特定地理环境、民间艺术等对人物性格的塑造，他在书中这样写道：“锣鼓点疾速奔放，像决堤的淮河水，一泻千里，遏制不住。锣鼓点细密舒缓，像春天解冻的淮河水，一步三叹，纹理有致。大河湾村人一代代浸泡在淮河水里，一代代浸泡在花鼓灯里，性格如锣鼓点一般，有时疾速奔放，有时细密舒缓；性格如淮河水一般，有时像决堤的淮河水，有时像春天解冻的淮河水。”“大河湾村人的性格，就是淮河水的性格，就是锣鼓点的性格。”

淮河水时涨时落、能进能退。因为村庄四面环水，大河湾村的“人家住在庄台上，在庄台上盖房屋过日子，养鸡养鸭养鹅生孩子”，早已习惯了淮河的汛期、枯水期、丰水期以及各种旱涝灾害。他们也是能进能退，能屈能伸，在善于变通的同时，又能够保持以不变应万变的秉性。实实在在过好眼前的日子，是他们重要的行为准则。年轻时的韩立海，没能克服井下恐惧症，从令人羡慕、有固定收入的煤矿，跑回了大河湾村。他后悔自己此生再也无法离开大河湾村了，就想方设法让自己的四个儿女去更好的地方学习、生活、工作。可孩子们有一点与他基本相近，都不是志存高远、不想离家千里，而是非常务实地选择适合自己某种需求的生活道路。老大韩新云完全听从父亲的安排，师专毕业后，就去县城中学教书，以方便照应弟弟妹妹读书；又娶了擅长操持家务的当地女子为妻，忍受着妻子的火爆脾气与大嗓门吵架。老二韩新水先是开日杂小店，再倒卖煤炭，后来开发房地产，应该是个成功的商人，可他也只是选择在离大河湾村不过四十里路的城市安家，热心购买城市户口，满足于过一般商人通常意义的“幸福生活”。老三韩新雨则更加务实地找了一个“现成的家”，和一位孩子已经十岁的离婚女人结了婚。他们都具有大河湾村人的基本特征：不惧怕改变，能够顺应改变，却很少主动去寻求改变。

从性格方面看，寡言少语、本分厚道、踏实肯干、责任心强的韩新云，颇似“春天解冻的淮河水”，承载太多，难堪重负。韩新水经常会“像决堤的淮河水”，不安现状，敢闯敢拼，勇于冒险。韩新雨性格挺像平水期的淮河，看似波澜不惊，其实暗流涌动；他外表文静、内心叛逆，对自己有着非常务实、清醒的认识。大河湾村的女人柔情似水，大胆执着，犹如丰水期的淮河，奔腾不息，滋养生灵，心无旁骛地朝着认准的方向倔强前行。吴月水和她的女儿韩新苗，对待爱情都是主动、大胆、坚韧。

在这部作品里，时代的变迁不过是大河湾村人的生活背景与年代底色，只能改变书中人物生活方式的外在形态，却无法改变已经融入他们骨髓的生活态度。政治纷争和意识形态，都很难改变他们对生活意义的判断。贫穷也好，痛苦也罢，富贵也好，生死也罢，他们都一如既往地经受、习以为常地应对。大河湾村人就这样一代一代务实地活着，务实地过着日子。这种生活态度，潜移默化地影响着作者的写作态度。没有悲天悯人，没有刻意煽情，没有褒贬评价，没有明确判断。韩新云的委曲求全与隐忍、吴水月的结扎后遗症及死亡等，对这些很容易渲染感情色彩的情节，作者也是不动声色、习以为常似的叙述着、陈说着，冷静客观地呈现着、展示着。这种近乎原生状态的写作方式，应当是大河湾村人性格的延续，是作者个性写作的地域化表达，是文学对现实的参照，是作家与作品中人物的身份互认。

三、花鼓灯是作品地域色彩浓郁的重要标志

花鼓灯是淮河文化的重要元素之一。它是一种以舞蹈为主要内容的综合艺术形式，是有歌、有舞、有戏剧、有锣鼓伴奏的传统民间艺术。关于花鼓灯对大河湾村人的影响，书中是这样说的：“村人的身心在花鼓灯的喧闹中得到陶醉，村人的生命在花鼓灯的喧闹中得到张扬，村人的灵魂在花鼓灯的喧闹中得到安顿。”在小说《淮水谣》中，花鼓灯不单单是民俗风情的展示，更对人物塑造、情节发展、烘托时代起到了非常独特的作用。吴水月就是因为花鼓灯而钟情于韩立海，再通过练习花鼓灯舞蹈来追求他的。花鼓灯是他们姻缘的催化剂。夫妻俩后来又在教授自己的孩子练习花鼓灯的过程中，加深

了对孩子们的了解。

韩立海那一代或上几代大河湾村人对花鼓灯的情感非常浓烈："苍天呀！——大地呀！——淮水呀！——列祖列宗呀！——此时此地，就是要俺去上刀山，俺都没有一句怨言。此时此地，就是要俺去下火海，俺都没有一声抱怨。此时此地，就是要俺去投河、去上吊、去拿一把刀抹脖子，俺都不后悔!"虽然改革开放以后，花鼓灯再次兴起，但韩立海的孩子们，对花鼓灯已经没有那种刻骨铭心、渗入灵魂的热爱了。花鼓灯毕竟是农耕文明的产物，随着城市化进程的快速推进，随着农村的日益凋敝，它已经从农民自娱自乐的广场文艺，逐渐演化成节庆表演、民俗展示、商业演出性质的艺术样式，难以触动灵魂。书中"结尾"第二部分对花鼓灯的大段描写，正是作者对原汁原味花鼓灯的致敬和缅怀。

小说每个部分的开场诗，都精选自淮河流域花鼓灯情诗。从开头的"楔子"，到第八章，开场诗是一组情妹妹唱给情哥哥的送别诗。"送郎送到清水河，/上水漂来两只鹅，/公鹅前头打着浪，/母鹅后头叫哥哥，/可跟你我差不多。"这是全书的开篇情诗。歌中的情意缠绵、恩深义重，越发显得站在淮河码头边翘首以盼的韩立海形单影只、焦虑不安。因为这天是老伴吴水月的忌日，孤单寂寞的他，正盼着孩子们回来上坟。"送郎送到半山坡，/干鱼饼子卷馍馍，/叫声情哥吃饱些，/省得路上挨饥饿。"这首第六章《吴水月》的开场诗，很好地衬托出吴水月干脆利落、泼辣大胆的性格，以及吴水月离世时对韩立海的不舍与牵挂。第九、第十章和结尾的开场诗，通过情妹妹的大胆表白，唱出了淮河女子直率、果敢、坚韧的性格特质。敢作敢当、重情重义的李园园，讲究实际、咄咄逼人的张玉玲，有条不紊、念旧、唠叨的钱丽，这些女子都与各自章节的花鼓灯情歌开场诗韵致呼应，气味相合。

四、独具魅力的语言彰显了作品的地方韵律

小说《淮水谣》的地域性还表现在作品的语言上。本色、平易、质朴、直白、鲜活、冷静、贴近生活，完全是一种农民式、平民化的语言，非常具有地方色彩。如"老婆是自家的责任田"，"孩子是自家的自留地"，"白天是干活的时间，是侍弄庄稼的时间"，"吴水月和韩立海之间的缘分，就像涨满河床的淮河水，眼看着这一边被堵，其实它寻着另一边又溢了出来"等。作品多叙述，少议论；多人物、情节、对话的铺陈，少细节、景物、心理的描写。作者爱用"重复的句式"叙事，读来颇像川流不息的淮河水，后浪推着前浪，一浪高过一浪。时而水流湍急奔涌向前，时而波澜不惊暗流涌动，时

而微波泛起细浪拍岸。“最起码，张奎总能帮忙找一间房屋吧？最起码，韩新云带上半袋子米过去，总能在学校食堂的蒸笼上蒸一蒸吧？大不了一个礼拜韩立海从家里送一锅发面馍馍过去，大不了一个礼拜韩立海从家里送一碗咸腊菜过去，大不了家里再补贴一部分钱，让韩新云在学校食堂买上一点饭菜票搭补着过下去。”近似当地“老人说话的语态，拉杂和重复是他们说话的最基本特征”（曹多勇语）。这种“车轱辘话”的语言节奏，既像一波一涌的淮河水，又如花鼓灯的锣鼓点，一阵紧似一阵，在变化中循环，起落有致，动感十足，极具魅力。

关于“重复的句式”，作者是这样解读的：“重复，是我生命的意义，也是我小说的意义。”“生命是由一天一天重复所组成，日出日落，看似今天和昨天没有多大的区别，其实无数个生命在这种重复中诞生，无数个生命在这种重复中消亡。”所以，重复不仅是语言表达的方式，也是淮河人对生命和人生的基本认知，无论世事变幻沧海桑田，遵从自然延续生命追求幸福，是淮河这方水土这方人亘古不变的坚守。

此外，方言的适度运用，也是《淮水谣》的语言特色之一。如“韩立海挨晚黑回头”“恓惶不恓惶”“瞧看一下子”“说话办事不利亮”“吵嘴磨牙”“搁在心里”“找见”“难心”“搭补”等这些具有鲜明地方和族群特色的方言，使人物更加生动鲜活、叙述更加生活化，字里行间透露着此时此地的风土人情与地方韵味。

作为淮河人写淮水谣，作者完全是以其中一分子的身份和视角，用淮河人千年传承并深入骨髓的思维方式、生命态度、情感倾向，来体认感知、叙述表达淮河人的生活，这种写作具有很强的原生性或者说是内生性，和外在于这个群体的客体性讲述有着本质的不同。而且，无论写人状物还是叙事，作者只是客观表达，并没有凸显自己的主观情绪，看不到多少善恶的臧否、价值的判断或情感的亲疏。就好像作者和书中的人物都在对你说：生活就是这样，我们就在这里。至于如何评价如何取舍，那是读者的权利，是你们外人的事。作者完全以平视的角度、融入的态度，在看似不动声色、平静从容的叙述中，努力实现作品地域性、社会性、时代性和普遍人性的自然融合；在凸显地域特色的同时，又超越了地域性。

（作者系省文联文艺理论研究室副主任、省文艺评论家协会秘书长）

声音在场，幻觉抵达

——加拿大男高音乔·维克斯的歌剧演唱艺术

●赵　扬

他的声音，犹如来自地狱的复仇火焰，燃烧着黑暗的邪火与压抑的冷酷，燃点和冰点一样幽冷。他的声音，颠覆了我们浅薄的聆听美感体验，把庸俗纯粹的生理美感逼向了无路可退的绝境，像是巫士施展出的蛊咒与魔法，然后又亲手把它们一一毁灭，让剩下的那些赤裸裸的欲望，变成北风里的孤魂野鬼，四处流落……他，就是加拿大男高音歌唱家乔·维克斯（Jon Vickers）。

没有任何一个男高音的声音听上去像乔·维克斯。换句话说，没有人能够模仿得了乔·维克斯，他已然超越了一个歌者的范畴，当他醉心于舞台上的某个角色时，他发自肺腑炽烈的表演，会展现出惊人的强度和火山爆发般的壮丽奇观。他属于那种在声音上有些许缺陷，但是却能够以心理的戏剧力量和超凡的个人魅力推进与再造剧情效果的歌剧演唱大师。

从1957年在英国科文特花园皇家歌剧院登台首演成为世界瞩目的歌唱家以来，直到1988年退出歌剧舞台的31年中，乔·维克斯扣人心弦的演技和动态强劲的演唱力度与表现力深深地让观看过他现场演出的观众们为之着迷，他多元化的风格跨度也令人称道和折服。他的诠释风格之所以与众不同，洋溢着迷人的魅力和诱惑，除了个人的能力与天赋以外，还因为他的个性化处理，从不依赖于前辈大师的创造模板。他为了保持创作的激情，而刻意远离唱片，他在闲暇时间里，几乎从不听唱片，他认为，这样会在无形中受到塑造人物的干扰，降低他的创作欲望，容易形成习气和依赖感。他喷薄灼烫而又被愚蠢毁灭的奥赛罗，他惊悚中暗藏杀机的卡尼奥，他优雅而备受灵魂折磨的谢尼埃，他抗拒世俗而走向自毁的彼得·格里姆斯，他勇武而脆弱的拉达梅斯，就像谜一般的斯芬克斯，留给人们的是悬而未决的猜想与探险的好奇。

纵观乔·维克斯在漫长的歌剧演唱生涯里饰唱的歌剧角色，他最为擅长的几乎无一例外是悲剧或英雄角色，例如弗洛伦斯坦、帕西法尔、齐格蒙德、特里斯坦、格里姆斯、奥赛罗、卡尼奥、埃涅阿斯和参孙等，这些都是他俘获人心的至高无上的角色。他也给这些角色都无一例外地打上了属于自己的标签，予人不可磨灭的印象。犹如古罗马的权贵们喜欢用滚烫的火钳，在奴隶的身上烙下身份印记一样，当乔·维克斯强大、粗粝和发自内心的声音，与其富于戏剧性洞察力的音乐修养完美地结合在一起的时候，也像一个无法抹去的烙印，在深入探求人物的心理特征和精神深度的过程里，那些蕴含在音乐中的双关语和含沙射影般的暗讽，才能被他揭示得恰如其分，他深刻理解那些特定字面里蕴含的诗性表达与含义，以及将它们如何传导进音乐中去，从而赋予了这些角色鲜活而摒去平庸的可信度与生命力。

乔·维克斯能用意大利语、德语、法语和英语四种语言来演唱歌剧，这让他的剧目显得十分宽广，然而乔·维克斯最为擅长的领域无疑首推威尔蒂的歌剧《奥赛罗》，其次是贝多芬的《费德里奥》，再次才是瓦格纳的那些英雄男高音的角色。自美国大都会歌剧院于 1890 年 3 月 24 日由意大利男高音弗朗西斯科·塔玛尼奥（Francesco Tamagno，1850—1905）首次上演《奥赛罗》以来，在一个多世纪的漫长岁月中，依笔者看来，能在世界歌剧舞台上真正树立起奥赛罗这个角色经典形象的男高音，只有屈指可数的寥寥 4 个人：雷蒙·维纳伊、马里奥·德尔·莫纳科、詹姆斯·麦克拉肯和乔·维克斯。

窃以为如果要排列出 20 世纪下半叶饰唱奥赛罗最好的男高音名单，那么，乔·维克斯毫无疑问应名列三甲。奥赛罗这个歌剧角色的繁难和细微心理的揭示过程，对于任何试图挑战他的男高音来说，都无异于是畏途巉岩。乔·维克斯为了饰唱好这个角色，也是临深履薄，谨终如始。他说："虽然我唱过几乎所有的大角色，但是我总是小心翼翼，从未过早地涉猎他们。在我获得饰唱特里斯坦演唱机会的头一年里，我的国际性的演唱生涯也就此开启，而那只不过是精神失常的举动而已。在我国际职业生涯开始的 5 年中，我都在尝试饰唱奥赛罗，继而又把这个角色放到一边，晾在一旁好几年，然后又反反复复地这么做，我对自己说'干得不错'！但是，我一年还是只会演唱 6 场《奥赛罗》。"

1973 年，奥地利指挥大师卡拉扬邀请乔·维克斯出演歌剧电影《奥赛罗》。乔·维克斯把莎士比亚笔下的奥赛罗这位摩尔将军的鲁莽、炽烈和妒火展现得汹涌暴烈，几乎推入到心理变态的边缘，内心的煎熬惊心动魄。剧中当黛丝德蒙娜为凯西奥求情，让他回来时，乔·维克斯饰唱的奥赛罗唱道“Non ora!（现在不行!）”这个心生狐疑的表情微妙的警告充满了暗示的意味，可是黛丝德蒙娜没有听出来这句话的意思。最后，剧情才一步步滑向不可逆转的悲剧绝境。当乔·维克斯饰唱的奥赛罗怒骂黛丝德蒙娜为“Otello's whore!（奥赛罗的娼妇）”，并在舞台上火冒三丈地驱赶追逐着她时，紧张的气氛几乎夺走了观者的呼吸。在歌剧第三幕中的咏叹调“Dio! mi potevi scagliar tutti i mali”（神啊！别把所有的灾祸都抛向我）中，乔·维克斯演唱的3个十六分音符“d'angoscie（痛苦万分）”以递增强度的3个降A音表达出内心锥心泣血般的心酸悲痛，戏剧效果犹如风雨交加的狂暴之夜，令人惶恐不安。乔·维克斯曾说：“你们会为我塑造的人物而哭泣泪流的!”的确，他做到了！幸而与他唱对手戏的意大利女高音米雷拉·弗蕾尼以她温柔顺从的姿态塑造的黛丝德蒙娜巧妙地化解并平衡着整部歌剧的节奏，直到最后所有的悲剧线索，在最后扼妻的一瞬间，凝固成爱与死哲学命题的戏剧经典。

毋庸置疑，乔·维克斯饰唱的奥赛罗，无论从演技，还是从角色本身所要求的声音气质来说，都足以代表一个时代的经典与高度。尤其是在表现奥赛罗的骄矜与绝望的心理演变过程中，分寸拿捏极为精准恰切。倘若我们仔细观察他的表演，就不难察觉出乔·维克斯饰唱的奥赛罗，哪怕是细微到每一个具体的手势和肢体语言，其实都是经过他事前的精心设计与仔细揣摩的，而且，这一点也多多少少地受到维兰德·瓦格纳和玛丽亚·卡拉斯的舞台造型艺术观念的影响。当然，乔·维克斯塑造奥赛罗的过程，其实也是一个渐变成熟的过程。

乔·维克斯第一次录制这部歌剧的唱片是在意大利指挥大师塞拉芬的指挥下，于1960年录制的。然而，他第一次在舞台上饰唱奥赛罗却往后推迟了长达7年之久的时间，然后才又在卡拉扬的指挥下相继灌录了该剧的唱片和拍摄歌剧电影。乔·维克斯说：“威尔蒂的奥赛罗，当然是我曾经试图去触碰过的最全方位、最复杂、最困难的角色。在很长的一段时间里，我拒绝在歌剧院中演唱这个角色。尽管我和塞拉芬在1960年录过这部歌剧的唱片，但对于在舞台上表演他，我那时还犹豫不决。在我职业生涯开始的早期，就有人不断地追问过我好多回，要我饰唱这个角色，而我却一次又一次地对他们说‘不’！在录过唱片的几年之后，我才觉得准备好了在歌剧院中去现场饰唱奥赛罗，那时我已然明了，对于歌唱来说，饰唱奥赛罗是一个多么宏伟的事业!”

乔·维克斯饰唱的奥赛罗，目前已知出版的影像资料有两部，一部是电影，一部是大都会歌剧院1978年9月25日的现场演出录影，后者现场版的表现更加威猛，简直令观者汗毛倒竖、脊背发凉。以电影而言，乔·维克斯之后的奥赛罗饰唱者普拉西多·多明戈的演出无疑是最好的，但是，就角色塑造本身而言，乔·维克斯无疑是最令人震撼和无可取代的。虽然普拉西多·多明戈的演唱更加唯美和流畅，他更加适合表现威尔蒂歌剧中的那些意大利人的角色，然而，奥赛罗并不是意大利人，而乔·维克斯更能真正让莎士比亚所说的“高贵的野蛮人”的奥赛罗形象在舞台上呼之欲出、栩栩如生。他的声音既不像马里奥·德尔·莫纳科泛出刺眼的青铜光泽，也不像普拉西多·多明戈的声音流泻出富贵红。他刺耳的音调更加生动传神地传达出了这个摩尔人的所有焦虑与无助，他的悲伤忍受着压抑的心酸，他的愤怒摧枯拉朽，就连和他同台饰唱黛丝德蒙娜的意大利女高音雷纳塔·斯科托（Renata Scotto，1934—　）有好几次都真的被他吓住了。乔·维克斯饰唱的奥赛罗就像一头身躯被插满长矛、遍体鳞伤的狮子，做着最后的垂死挣扎，令人顿生怜悯和同情。他的声音张力，犹如古希腊雕塑家阿格桑德罗斯手塑的大理石群雕拉奥孔，被雅典娜的巨蛇死死缠住的肌肉，痉挛而恐惧，充满了强大的戏剧张力。无论是饰唱黛丝德蒙娜的意大利女高音雷纳塔·斯科托，抑或是饰唱阴险恶毒的雅戈的美国男中音康奈尔·麦克尼尔（Cornell MacNeil，1922—2011），都与乔·维克斯构成了最稳定的金三角，锋芒所指，无坚不摧。乔·维克斯感人的表演，也很容易让人就联想到英国戏剧大师劳伦斯·奥利弗（Laurence Olivier，1907—1989）曾经在英国国家剧院演出时塑造过的奥赛罗这一经典形象，而乔·维克斯的语气和肢体语言所自然流露出的威严感，甚至超越了王权的威仪，在这一点上，他似乎比劳伦斯·奥利弗更胜一筹。在那一刻，他有如神助，没有人会怀疑乔·维克斯就是奥赛罗的化身，直至当代歌剧舞台上，依然无人可与之相颉颃。

正是因为乔·维克斯对歌剧演唱表演观念非同凡俗的理解，才使他的演唱与表演有了与众不同的特征和脸谱化的可辨别性，他说：“无论说话还是唱歌，人的声音会自动反映出我们在那一特定时刻的情绪。如果你感到恐惧，你的声音会泄露出来；如果你满怀感恩，你的声音会流露出来。我觉得我对作曲家、词作者，尤其是对观众有一种责任感，那就是我必须完全把自己放进角色的情境中去，并在我演唱的部分中去试图分析和搞清楚角色每一时刻正在经历着什么，正在感受着什么。当然，这些都会随着角色和情境的不同而不断地发生变化，但那是一个贯穿始终的出发点，你必须放弃掉你自己的情绪，好有利于刻画出角色的情绪。我从不曾对那些自作聪明的小伎俩和哗众取宠地追逐轰动效应的做法感到有什么兴趣，我仅仅是试图以我的塑造方式进入人们的头脑中，以在舞台上让自己消失的方式来进入人们的头脑中。

我千真万确地相信，除非维克斯消失，否则你们将不会看到真正的奥赛罗、彼得·格里姆斯、特里斯坦或者是参孙，你们只会看到一个化了妆的维克斯在你们的四周飘忽游荡，我觉得那将会是一件多么遭人厌恶的事儿！”

乔·维克斯在指挥大师奥托·克伦佩勒的指挥下，于1962年录制的歌剧唱片《费德里奥》也是可以代表其歌剧演唱艺术水准的典范之作，可圈可点。虽然50年过去了，但这个版本却依然没有被埋没与赶超。时至今日，这个录音足以成为衡量后来者高下的准绳，也成为后来者可以师法的不二玉律。虽然在对这一角色的诠释上，前有偏重演绎刻画苦痛的男高音朱利斯·帕扎克(Julius Patzak，1898—1974)，后有以演绎细腻见长的男高音詹姆斯·金(James King，1925—2005)，但是，乔·维克斯似乎毫无惧色，他把独一无二的分句处理和雄狮般的声腔结合在一起，他带着逼真的悲戚之感唱出的“Ich murre nicht! Das Maβ der Leiden steht bei dir（苦痛的分寸皆有你执掌，我没有怨尤）”，令人揪心；在唱到“und die Ketten sind mein Lohn，Willig duld' ich alle Schmerzen（铁链成了对我囚困的灾报，我甘愿承受一切痛苦）”时，他又似沉沦在无边的苦海，但并未心灰意懒；他以温情而稍带激动的色调唱出的“Und spür' ich nicht linde sanftsäuselnde Luft?（我感受到的是一阵柔和的微风吗?）”则又隐含着绝望中暗藏的希冀。即便是他以宣叙调唱出的“Geruht? Wie fände ich ruhe?（入睡？如我之人会寻获安宁吗?）”也是那样的动人心怀。他的歌声有着天然的叙事感，能够在不知不觉中就把人带入故事当中，感同身受地去体验人物身上的所有爱与快慰、悲戚与痛苦。在这个版本中，还值得一提的是德国次女高音克里斯塔·路德维希（Christa Ludwig，1928—　）饰唱的莱奥诺拉一角，这是她饰唱过的女高声部中最复杂的角色之一，她毫不费力地唱着困难的大线条“Töt' erst sein Weib!（要杀，就先杀他的妻子!）”。当号角声传来，她唱出了“Ach! Du bist gerettet! Groβer Gott!（啊！你有救了！伟大的上帝!）”极弱（Piano Pianissmo）的声音表情浮动在皮扎罗、弗洛伦斯坦和罗科的三位雄性的声音之上。而当她唱到“难以名状的喜悦（O Namenlose Freude!）”时，又以欣喜的高音B表达出了莱奥诺拉拨云见日般豁然开朗的敞亮心情。在这一版本中，乔·维克斯与克里斯塔·路德维希的对手戏可谓棋逢对手，珠联璧合。

1967年，指挥大师卡拉扬邀请乔·维克斯在他的歌剧电影《卡门》中饰唱唐·霍塞。卡拉扬使用的是法国作曲家埃奈斯特·吉罗（Ernest Guiraud，1837—1892）写的宣叙调，这个老版本的宣叙调和他后来为DG唱片公司再次灌录的《卡门》唱片所采用的的宣叙调有较大的差别。乔·维克斯饰唱的唐·霍塞从一个内向腼腆带着一些情窦初开羞涩的下层士兵，到崇拜卡门的爱慕者，再到毁灭这一切美好的妒火中烧的杀人凶手，呈现出一个容易受伤的灵魂最终意识到自己的人性弱点，却又无法改变自己的忠诚被卡门玩弄，而最终堕为凶残的辣手毁灭者的心理走向。一个被嫉妒的恶魔所逼疯了的人的所有情感逻辑线索，被乔·维克斯演绎得既合情合理，又带着鲜明而令人难忘的个人风格指征。他的每一个乐句都带着不可思议的音乐线条造型和流动性，他知道每一个字词的含义，并知道如何给他强大而富有弹性的声音敷上色彩，把内容表达得一清二楚。尽管他的身材稍显笨拙，但是他的舞台语言却带着强大的戏剧威慑力与洞察力。在唱到"花之歌"的时候，他唱出了难以置信的迷人的极弱音表情，让人能够真切感觉到一个乡下小子身处复杂环境中的羞涩，以及他牺牲掉了一切而换取来的爱情，最后却被卡门残酷地扔掷在他脸颊上的一朵花带来的绝望。比谱面要求得更加迷人，但却很少有男高音能够真正做到这一点。他在"花之歌"结尾处的极弱音也有异曲同工之妙，令人难忘。美国次女高音格蕾丝·班布丽（Grace Bumbry，1937—　）饰唱的卡门，则突出展示了其风骚性感和玩世不恭的一面，为自己的悲剧结局埋下了祸根。

1967年1月20日，大都会歌剧院上演了英国作曲家布里顿的歌剧《彼得·格里姆斯》，这是继20世纪40年代这部歌剧被引进到纽约后的新制作版本，也是大都会歌剧院从百老汇第39街迁址到林肯艺术中心以来上演的一部野心勃勃的全新大制作。乔·维克斯当仁不让地饰唱了剧中的一号人物彼得·格里姆斯。他巨大的天赋正是借由这部歌剧的演出而到达了其个人职业生涯的巅峰。乔·维克斯塑造出的掌控欲和犹疑并存的人物形象，是彼得·格里姆斯的有力化身，受命运驱使的人性时而内收、时而外放，他饰唱的格里姆斯即使与他之前的扮演者比较起来，其演绎也是最值得令人信服的。泰隆·加斯瑞的执导，乔·维克斯的演唱与表演，加上英国指挥大师科林·戴维斯的指挥，共同让这部歌剧呈现出了罕见的舞台奇观，繁难疲累的声乐苦差与人的生存境况结合在一起，展现了一场壮观的大师级表演，也阐明了彼得·格里姆斯生与死的悲情启示。他每一次出现在舞台上都带着强烈的爆发力和迷人的声音质素，第一幕接近尾声处，乔·维克斯饰唱的格里姆斯闯进酒馆找寻他的新学徒，他唱着幻想性的"大熊和昴宿星团"，夹杂着室外肆虐的狂风暴雨和忽明忽暗的火光投射在酒馆墙壁上显示出的离奇古怪的斑斑驳驳的影子。咏叹调的最后一行语句是布里顿最感人的音乐主题之一——"谁能让天空重回晴朗"。加斯瑞精湛的舞台画面陈设，维克斯演唱中超凡脱俗的美，构成了观赏的梦幻。激动人心的是萦绕心怀久久难忘的"疯狂"场景，在格里姆斯回肠寸断的维氏装饰唱腔中达到了高潮。乔·维克斯不像其他男高音那样糟蹋音乐线条，他饰唱的格里姆斯完全在他自己的心里，他所要突出的恰恰是一个莽撞的局外人在当地渔民中间搅起的那种敌意和恐惧。

1968 年，卡拉扬又邀请乔·维克斯和保加利亚杰出的抒情女高音雷娜·卡巴范斯卡（Raina Kabaivanska，1934— ）出演歌剧电影《丑角》。乔·维克斯的蛮悍声音造型与卡拉扬的铁腕指挥完美投契，相得益彰。这是卡拉扬特意选定在意大利西西里岛的农居为背景地拍摄的一部引人入胜的歌剧电影，白色的鹅卵石街道、温柔轻拂的海风，都让这个古希腊人和古腓尼基人的家园在电影中散发出淳朴而悠远的历史味道。乔·维克斯饰唱的卡尼奥有着十足的爆发力和分量感，将卡尼奥遭遇背叛的脆弱，最终演变成杀气腾腾的怒汉的心理过程展现得淋漓尽致，细致入微的洞察力和灼热的强度，呈现出一片压倒性的戏剧景观。作为卡拉扬最喜爱的女高音之一，雷娜·卡巴范斯卡的演出无论是形象、演技，还是演唱俱称一流，凄美得令人心碎的声音在她饰唱的内达与西尔维奥偷情以及最后命丧舞台的时刻，达到了令人揪心裂肺的戏剧性巅峰。

1973 年 7 月 7 日，乔·维克斯联袂瑞典女高音比利吉特·尼尔森在法国普罗旺斯举办的奥朗吉歌剧节（Les Choregies d' Orange）期间，于奥朗吉古罗马露天剧场（The Thétre antique d' Orange）上演了瓦格纳的歌剧《特里斯坦与伊索尔德》，并留下了演出录影。乔·维克斯饰唱的特里斯坦之前就已经为他赢得了世界性的声誉，甚至被誉为他那个时代不可替代的特里斯坦。在他之前，同样以饰唱特里斯坦而素享大名的前辈如劳里茨·梅尔绍尔或是沃尔夫冈·温德加森（Wolfgang Windgassen，1914—1974）的诠释风格都倾向于夸张和老派。而乔·维克斯饰唱的特里斯坦则具有更多的细腻层次和精妙的心理情感区分，在活力充沛的充满阳刚之气的外表下，还隐藏着浪漫、温情和脆弱。他与伊索尔德初次不期而遇时演唱的二重唱，尤其充盈着戏剧力量和心怀激荡的兴奋感，而在最后一个场景中，他以重伤之躯，唱起对于死亡和与伊索尔德团聚的咏唱，则爆发出摧毁性的悲情，令人不禁潸然泪下，他的声音与表演无疑就是瓦格纳当年一直梦想着的理想化的特里斯坦化身。在这一版本中，乔·维克斯的演唱在洞察力、抒情性、精确性和分句上一如既往的稳定，堪称 20 世纪最杰出的特里斯坦饰唱者之一，他在这个角色上的造诣，足堪与以饰唱这个角色而素享大名的梅尔绍尔分庭抗礼。

1986 年 2 月 3 日，大都会歌剧院上演了其演出历史上第一场亨德尔的清唱剧《参孙》，乔·维克斯在其中饰唱了传说中的悲情大力士参孙一角。《参孙》的情感广度是惊人的，但它所讲述的故事指向的是心理层面，而并非物理层面的。乔·维克斯将参孙的悲怆和英雄主义水乳交融在一起，与众不同，独特鲜明，饱满的活力使得其他大多数男高音饰唱的同一角色听上去显得唯唯诺诺。乔·维克斯的伟大角色都是一些粗莽的英雄，外表强硬，但却遭遇残酷命运的毁弃。从演唱本质来说，声音不仅仅是传递语意和叙述故事的工具，实际上，它更体现了亨德尔音乐中的戏剧效果，嚎叫的恶言谩骂、柔和的纯粹、持久不息的丝丝缕缕虔诚祈祷般的色调都在乔·维克斯这里得到了具有想象力的启发呈现。在演出过程中，乔·维克斯手段迭出，使得纽伯格·汉密尔顿（Newburgh Hamilton，爱尔兰作家，《参孙》的剧本作者）的剧本显得异常感人肺腑。乔·维克斯能把这些都融进那些连绵不断的分句里，在F、G和降A以上的音域里没有任何压力和扭曲，以第一幕中萦绕心怀久久难忘的三重唱而言，他以柔声处理，并使之渐渐消逝于一片虚空之中，犹如画面里的留白手法，耐人寻味。他声音中流动着的特殊的优雅气质与富于力量感的叙事线条，和他独一无二的音色与强度互为表里，敬畏的屈膝，抑或是抗争挥舞的拳头都一样肢体简洁，并充满了只能由歌者内心信念来引导诠释的明确含义。第一幕在囚禁中唱响的音调，洋溢着狂热宗教情感的骄傲，带有颗粒状粗糙、极度痛苦的声音，最终体现出剧中人参孙醒悟到自己的弱点不仅给他自己，而且也给他的民众带来厄运压迫的悲剧后果。此外，乔·维克斯和比利时次女高音丽塔·戈尔（Rita Gorr，1926—2012）在法国指挥大师乔治·普莱特（Georges Prêtre，1924—　）指挥下录制的这一剧目唱片被收入了EMI公司出品的“世纪伟大录音”系列中，这一版本中的诠释再次显现出乔·维克斯的表达深度，原本悲剧性的剧情铺陈被他贴上了在享乐主义和愚蠢的轻世傲物的个人英雄主义双重打击下，参孙被最终摧毁的神话标签。

名不徒生，誉不自长，以乔·维克斯在半个世纪里所取得的歌剧演唱艺术成就而论，他毫无疑问应跻身于歌剧史上最伟大的歌唱家之列，他驱遣声音的强度与无畏，他在舞台上的表现力与威慑力和完全沉溺于所饰唱角色中的幻游状态，他的敏感直觉、锐利头脑、丧心病狂的粗蛮暴力和倔强个性的有机融合，共同驱驰着他的演唱与表演。在以《奥赛罗》等为代表的歌剧表演中，他以痛苦而扭曲变形的声音造型，试图深入更加敏感的心理学角度来诠释角色，这种超越了对声乐技巧和纯粹音色表现角度的偭规越矩般的艺术探索，绝对不可能奢望能够被某些平庸的大多数人所理解和欣赏。而乔·维克斯对某些非议却也根本不加理会，依然以他教徒般的布道信仰一意孤行，执拗地在自己的艺术世界里孤独前行。其实，他清楚地知道，艺术不仅有标准，而且这个标准越是高级，就越是会被越来越少的人所知晓和理解，犹如到达巍峨高山的峰巅，远离了一切喧嚣后的寂寞，难免会有高处不胜寒的俯视之感。

乔·维克斯不仅是一个声音艺术家，也堪称一个不折不扣的视觉艺术家，舞台上与人物合二为一的表演，达到了神遇的境界。所谓“堆出于岸，流必湍之，行高于人，众必非之”，乔·维克斯杰出的演唱艺术成就也招致过某些评论者的无端非难与横加指责，这其中有嫉妒生恨者，有不懂装懂者，也有盲目跟风者，更有甚者，还不乏抑彼扬己者，种种奇谈怪论夹杂着心理扭曲的攻击论调不一而足。其实，乔·维克斯对角色与乐谱的详尽研究与阐释，无论是在现场，还是在唱片中，都一以贯之。客观地说，如果以田忌赛马的观点来衡量短长，那无疑是强盗逻辑，以筌为鱼，皮相之谈毫无意义，根本站不住脚的观点除了暴露出评论者的浅薄之外，只能徒留笑柄而已。

在乔·维克斯的身上，声音不再是无可改变的固有状态，当角色的灵魂与其合二为一的时刻到来时，观者的感受已然被笼罩在一片无意识的幻觉里，犹如时间毫无先兆的流逝，无所谓始终与边界，这才是艺术的高峰体验。一个回避了以传统路径而达到歌剧诠演巅峰状态的谜一般的人物，除了乔·维克斯，不作第二人想。

（作者单位：马鞍山广播电视台）

《逃离》中生存学叙事

●刘鹏艳

余同友是近年来在国内文坛比较活跃的一位安徽作家，他的叙事行云流水，举重若轻，常常给人一种痛定思痛的尖锐感觉。有论者指出，他同时拥有“现代意味的先锋写作和传统小说理念的写实手法”两套小说话语系统，既强烈地关注现实，又能运用荒诞、魔幻等多种手法表现现实生活，在传统与现代两种写作方式之间从容切换，自由行走。在我看来，他的先锋性特质，只是叙事的一种面貌、一个手段，他更注重的是现实的质感和丰富性，因而其作品中的现代性内涵也成为一种介质，其根本的出发点和落脚点都在于当下社会的生存现实，以及对现实问题的思辨性回应。《逃离》就是这样一部从现实出发、又回到现实的充满生存“质感”的作品。

《逃离》是余同友的一部中篇力作，2015 年首发《阳光》杂志后，又先后被《小说选刊》和《中篇小说选刊》选载。在《逃离》的创作谈中，余同友有这样一番剖白：在对乡土生活的反刍中，“我似乎找到了写《逃离》的初衷。那就是关注我们的‘生存环境’。当下中国人的生存环境存在一个悖论，农民一心要成为市民，而市民中很多人又向往成为农民。其实，我想，当下中国人的生存环境中，最重要的倒不一定是生态环境，而是道德、法治环境。只有道德、法治环境优良了，才有可能建设一个好的生态环境”。因而从某种意义上说，余同友在《逃离》中其实是用一个中国故事诠释了一部当代中国的社会生存学。

《逃离》的故事有两条线索，一是哥哥赵蓝天在大都市的底层生活图式，二是弟弟赵大海在小县城的过失杀人案件。这两条线索交错推进而又相互映照，裁剪合度，张弛有致。赵蓝天是一个城市的漂泊者，他在北京居而不易，遂决定慨然返乡，然而故乡早已不是旧时的桃源，不仅他的乡愁无处安放，而且自成一统的“小城生态”让他备感不适，最终只能以逃离的姿态拒绝现实。赵蓝天曾经试图以法治思维抵抗人治环境，把弟弟拯救出泥淖，不想却使弟弟深陷囹圄。他溃败出逃，重又返回北京寄居，偶于生活的缝隙，偷窥桃花源的理想，又被现实的重负沉埋了头颅。《逃离》对社会现实的介入是敏锐而深刻的，一张车票、一只宠物，都包含有丰富的生存信息，一条人命、一场群体事件，更是准确地呈现出当代中国的生存现实，余同友剥茧抽丝、滴水藏海地摹绘出了底层生活的复杂性。

主人公赵蓝天是个“扎根人民”的代表性人物，他是一个普通的、随着汹涌的进城大军挤入大都市的乡镇青年，这个具有典型意味的社会平民有知识、有能力、有良知，却无身份、无住房、无背景，无法完全融入异乡，却又与故乡更加疏离。正如弟弟赵大海对赵蓝天的评价：“虽然你现在说大城市这不好那不好，可是我估计你到县城来，你大概又干不了。”从漂泊者到逃离者，余同友写出了当代城市寄居人群的新心态。然而作者的叙述重心可能更多的还在于社会生态的斑驳和恶化。赵蓝天在北京的困局还只是无法找到一个价廉物美的居所，为女友和未来的家庭提供高质量的生活；到了县城，却成了价值系统和思维模式的不兼容，以及个体的道德与集体的不道德之间实力悬殊的对抗。此时，现代文明进程在城乡之间的巨大差距性显现出来：小县城里法制基础薄弱，唯县领导“稳定大局”的原则性讲话为最高指示，在小型自足的社会环境里进行封闭的自循环，从而导致了不健康的社会生态，并形成一整套荒谬的社会生存哲学。当赵蓝天质疑学校隐瞒学生死亡真相“两头哄”的做法时，赵大海就如此知会赵蓝天：“你那代表的是你们大城市的思维，在我们这里出了事，还不都是这样处理的?”虽然最终赵大海听从了赵蓝天的劝导投案自首，但他个人的良心发现并没有改变群体的“救火”心理，他们只是推卸责任地把扑不灭的“火种”抛出来，牺牲了不识时务的赵大海。

社会主义文艺是实现中国梦的重要力量，在本质上应该是核心价值观的艺术表达、视觉呈现、形象引领。这一点上，《逃离》可谓颇有建树。《逃离》的核心命题，其实是逃无可逃——“人的本质是一切社会关系的总和”，人不可能逃离他的生存环境而孤立存在。因而余同友最终没有让他的主人公成功入住桃源居，就连那个象征桃源理想生活的猪食槽，也被无奈地塞进了杂物箱。在现实的狰狞逼迫下，赵蓝天先后“谋杀”了自己未出生的孩子和爱犬，因为他无房养子，无证养狗，生命只能排序在条件和规则之后。在大都市里生存的窘迫，归根结底是由于无钱而导致的无力。而赵大海在小县城的结局，则是另一种生存的无奈。他必须接受那个自循环的小社会苛严的审判，因为他的不合作破坏了小社会的稳定生态。相比之下，他的过失杀人罪微不足道，而这种打破稳态的愚蠢行为才是罪大恶极。他受到八年重判之后，还劝说赵蓝天不要再为他的事操心，因为“他们说要是上诉的话，在监狱里就没有减刑的机会了”。“他们”是一个隐晦的代词，代表着这个小社会的权力结构和运行规则，也就是赵大海逃无可逃的生存环境。由此可见，社会平民的生存压力主要来自两个方面，赵蓝天和赵大海的生存线索也即当下中国老百姓普遍性的生存现状。余同友抓住了这个足以在读者心理上引起哗变的生存命题，对现实展开质疑和批判，同时也表达出建设美好健康的社会生态的“人民性”愿望。

（作者单位：《清明》杂志社）

植根文艺沃土　聚焦中国梦

——“我们的沃土我们的梦”采风活动摄影金奖作品述评

●赵　昊

为深入贯彻落实习近平总书记在文艺工作座谈会上的重要讲话精神，2014年安徽省文联组织开展了“我们的沃土我们的梦”千名文艺家下基层采风创作活动。广大安徽摄影家热烈响应，积极行动，以习总书记提出的“扎根人民、扎根生活”的文艺创作方法论为指导，深入基层，创作了一系列有筋骨、有道德、有温度的佳作，呈现出江淮儿女在安徽大地辛勤耕耘、不断逐梦的历程与向上、向善的精神面貌，让人民群众深刻感受盛世欢歌的喜悦之情，反映出摄影家为人民拍摄的立场与扎根基层的创作态度，以优秀的作品、生动的实例充分证明了基层是文艺创作的沃土，向人民交出了满意的文艺答卷。

一、在文艺沃土中记录筑梦历程

此次采风摄影获奖作品共100幅（组），其中金奖作品5幅（组），精彩地表现了工人、农民、警察、战士、艺术家等人物典型形象，涵盖各行各业，既反映了安徽人民勤恳努力的工作状态与积极向上的精神面貌，又展现了文艺家下基层采风的丰富活动，还表现了人民群众在文艺家下基层活动中所见所感。整体作品彰显了盛世欢歌，既有文艺下乡的欢声，又有人民群众在工作生活中的愉悦，更有对老战士、警察、劳动者的讴歌。

文艺家下基层，将欢乐送到群众中。文艺家下基层展演是此次摄影创作的主要题材，众多优秀作品展示了展演的盛况。朱建平的《“俺家来了艺术团”——中煤矿山集文艺演出队》（组照）8幅作品全面表现了艺术家为中煤矿山集工人们倾情表演的状况，深刻体现出艺术家与人民的深厚情谊，演出、献花、握手、拍摄等情景以情动人，多个画面从不同角度呈现着欢声与感动，冷暖对比的色彩突出人物形象。组照注重了全景的展现与中景的叙事，在叙事中抒发真挚情感。在项目部慰问演出的画面中整体暖色的运用增添了欢乐之感，现场工地环境表现出氛围。雨中撑伞观看、举起手机拍摄等画面中更看出基层大众对文艺的期待。组照有序、完整，画面自然生动，充分反映出文艺家与大众的心连心。

文艺家下基层，在基层感悟、表现盛世欢乐，众多作品反映了百姓安居乐业、怡然自得的生活状态。桂纲要的《山乡晨曦》呈现出山清水秀、自然和谐、令人向往的和谐而愉悦的一幕，雅致的景观、悠然的行人，有节奏的独木桥形成延伸之感，与水中之影仿佛奏出山乡小曲，行人衣服的暖色更显欢乐之意。作品独具唯美画意，清晨薄薄的雾气升腾于水面，营造清静的氛围，大面积的蓝色与高调的影调使静虚的气氛更添意境，画面浓淡相宜。作者有效运用传统的“井”字形构图，作为主体的行人位于黄金分割点上，符合大众视觉欣赏习惯，人物在独木桥上行走，姿态优雅且动态不一，在静静的画面中增添了轻动的成分，大众观后能与行人心中之乐产生共鸣。文艺家在基层拍摄，感受到了既要金山银山，也要绿水青山，关注了环境与人的和谐关系，体会到了优良的生态环境给人内心带来的愉悦。

文艺家下基层，着力刻画为盛世努力奉献的人们。许萍的《检修》中暖色虚化的背景凸显了检修工人的形象，大面积的金黄色塑造暖意，烟雾烘托氛围，仰拍体现了人物的高大，从人物的动态中感受到工作的娴熟，侧逆光的运用勾勒出人物的形象，虽因工作帽遮盖而并未清晰表现具体面部形象，但却在平凡中表现出工人群体的形象——平凡而伟大，为盛世欢歌而默默奉献。马宁的《警民鱼水情》于纷飞雪中捕捉了感人的瞬间，执勤民警帮扶着负重下阶梯的老人，在冷冬中感受到了暖意。作者拍摄出飞雪飘舞的动感，主体人物突出，注重了人物表情的刻画与动作的表现。两位民警一前一后各帮扶下阶之人，画面有呼应，深化了主题，更体现出摄影家的敏锐目光与快速的抓拍能力。刘洪的《山河记忆——满江红》以环境人像形式展现了19位保卫山河的抗战老战士形象，以质朴的形象语言呈现出史诗般的历史厚重感。19幅画面简洁而富有内涵，人物主体突出，刻画深刻，神韵生动，肃穆庄重。尤其是几幅敬礼的形象，庄重、有力、感人，更使人深感爱国情怀。整体作品注重了视觉语汇的运用与图像文化意义的紧密联系，极具视觉价值与思想价值，是爱国主义教育的典型佳作。

二、基层是文艺创作的沃土

为什么本次活动会涌现出这么多的精品力作，引起大众的共鸣？因为基层是文艺创作的沃土，摄影家们在基层向人民学习中提升自我，在感悟生活、了解大众中力创精品。习总书记指出“要虚心向人民学习，向生活学习，从人民的伟大实践和丰富多彩的生活中汲取营养，不断进行生活和艺术的积累，不断进行美的发现和美的创造”。基层的生活充满正能量，勤劳善良的人民，青山秀水的环境，丰富多彩的民俗，皆是摄影家创作题材。唯有深入基层，深刻体验生活，才能真正感动于基层中的凡人善举，才能深掘题材、精练主题、触发灵感，潜心创作的作品才具深度，才能打动人心。《“俺家来了艺术团”——中煤矿山集文艺演出队》是作者感受到艺术家们深入矿山为人民演出的深情，感受到人民对艺术的需求与欢迎，多视角、多场景拍摄系列图片，后经选择提炼而成图片逻辑缜密、情感表现深厚的组照。《山乡晨曦》是作者在深入山乡观照生态，领略晨韵而创作。《检修》是作者深入工作之地，寻觅题材，瞬间抓拍。《警民鱼水情》是作者冒雪在车站等候抓拍，感动于警民鱼水深情而拍摄的决定性瞬间。《山河记忆——满江红》更是如此，系作者满怀敬意长时间的走访而真实、深刻的记录。这些作品在选题、拍摄的同时，是摄影家的一次马克思主义文艺观的自我教育。本次采风作品皆为作者深入生活，有感而发，真心所系，凝聚人心，反映时代风气，经得起人民检验，展出时好评如潮，以致图像传播广泛。

三、立足基层　讲好故事

《中共中央关于繁荣发展社会主义文艺的意见》指出：“大力倡导文艺工作者深入生活、扎根人民，虚心向人民学习、向实践学习，不断进行生活的积累和艺术的提炼。”本次下基层采风创作活动正是安徽省文艺工作者发自真心、动真情的大行动，在基层广阔的创作空间中长时间地积累生活、艺术经验，在艺术观察力与感知力互动提升中研判、思辨，创作出最美的文艺作品呈现给人民，同时促进自身审美格调与艺术水准的提升，在文艺创作实践的高原上力攀高峰。

习总书记指出：“实现‘两个一百年’奋斗目标、实现中华民族伟大复兴的中国梦是长期而艰巨的伟大事业……实现这个伟大事业，文艺的作用不可替代，文艺工作者大有可为。”我们的摄影家将如何作为？立足基层，记录人民群众在实现伟大中国梦进程中的伟大实践，实现摄影家的摄影艺术追求与责任担当。时代赋予了摄影家深刻的创作命题，生活给予了摄影家丰富的创作题材，基层给予了摄影家广阔的创作空间。经过本次采风创作，越来越多的摄影家深刻理解了基层生活体验对于创作的重要意义，认识到只有贴近实际、贴近生活、贴近群众，才能开阔视野，耳目一新，感受深远，从而观念更新，明确价值取向。摄影家们从追求唯美转向力求大美，从传达美的外在形式感受转向传递美的内在蕴含感悟。很多摄影家在此次下基层中发现、挖掘了许多具有深刻时代内涵与生活意味的新题材，现正分步拍摄。

安徽省文联组织开展的“我们的沃土我们的梦”千名文艺家下基层采风创作活动，在文化惠民中达到了马克思主义文艺观教育的效果，起到了升华境界、提升创作的作用。此次实践对广大安徽摄影家的重要意义在于对摄影创作的本质理解得更为透彻，对于在当代如何选题、构思、创作的认识更为深刻；对安徽摄影界的重要影响在于引领、带动创作，开创了现实主义创作新风。安徽省文联将连续举办下基层采风创作活动，形成长效机制，不断更新摄影家创作理念，进一步坚定安徽摄影家为人民拍摄的立场，树立人民情怀。安徽摄影家将以时代的视觉反映者、人民的图像代言人这样的责任担当，记录、表现安徽人民在实现中国梦进程中努力奋斗的视觉形象，弘扬中国精神，讲好安徽故事。

（作者系安徽师范大学新闻与传播学院副院长、教授、硕士生导师）

爆发·裂变·重生

——试论余华《兄弟》民间化叙事的展开

●姚子奇

[摘　要]　长篇小说《兄弟》是余华民间化创作的典范，小说展现了“刘镇”作为民间符号在四十年巨变中独特的“爆发·裂变·重生”的演变轨迹。本文将通过对作者民间立场、民间语言、民间视角、民间隐形结构等手法运用的考察，结合中西方文艺批评学者的理论和自身的思考，对爆发、裂变、重生这三个发展阶段进行分析，试图讨论余华《兄弟》中民间化叙事的展开过程，并对民间的概念进行有针对性的反思。

[关键词]　《兄弟》爆发；裂变；重生；民间化叙事

一、引言

二十世纪八十年代起，先锋文学以其反叛性的书写特征为中国当代文学带来了革命性的震动。先锋文学作家对传统理性观念与既成社会秩序提出质疑，对时间概念和迷宫叙事进行拆解和重构。然而，纵观文学史的线性发展，主要呈现出一种常态化的演进趋势，先锋性的集中表达成为在特定时间段内的飞扬。先锋文学作品所面临的障碍主要有两方面：一是资本文化的消解和读者大众的缺失；二是先锋作家没有完成西方后现代主义理论与中国本土的有效嫁接。由于客观环境的限制和作家主观意识的转变，中国当代文学的视角逐渐从对先锋性的关注转向了最原初的温暖而深厚的土壤——民间。

陈思和先生谈到“民间”时曾提道：“民间的本来含义是指一种与国家权力中心相对立的概念”，“民间文化形态是指国家权力中心控制范围的边缘区域形成的文化空间”。在这里，陈老指出民间含纳着国家政权和意识形态不能触碰的百姓文化，有着自身的生存意义和生命活力。与俄国民粹派掀起“到民间去”运动相比，中国作家对民间的关注焦点集中体现在对农村社会的关切，有着更为深厚的建立在自给自足小农经济传统之上的基础。

在众多中国当代作家之中，余华从先锋向民间的转变过程最受瞩目。余华最初凭借《十八岁出门远行》成名，文章受卡夫卡影响，反传统的荒诞性彰显着现代派的鲜明特点，此文也使余华成为中国先锋文学的代表作家。然而随着上文提及的客观现实的逼仄，余华也在不断内省并展开对新的创作风格的探索和尝试。至创作《活着》时，余华已明确表达了他思想上的转变，他写道：“随着时间的推移，我内心的愤怒渐渐的平息，我开始意识到一位真正的作家所要寻找的真理，是一种排斥道德判断的真理。作家的使命是发泄，不是控诉或者揭露，他应该向人们展示高尚。这里所说的高尚不是那种单纯的美好，而是对一切事物理解后的超然，对善与恶一视同仁，用同情的目光看待世界。”在《活着》中，余华已经褪去了突进与质疑，展开了对民间社会质朴而真实的描述。

这种关注发展到《兄弟》的创作时变得更加成熟。作为作家突破小说创作瓶颈期后的第一部长篇著作，余华用李光头、宋钢两兄弟作为纽带，连接了两个对比鲜明却联系紧密的时代：“前一个是‘文革’中的故事，那是一个精神狂热、本能压抑和命运惨烈的时代，相当于欧洲的中世纪；后一个是现在的故事，那是一个伦理颠覆、浮躁纵欲和众生万象的时代。”《兄弟》最难能可贵的是将“两个天壤之别的时代”置于同一地理场域，使其在各自生活的横断面上自发地生长旺盛，展现刘镇人民集体无意识的文化状态，以及农村社会形态在四十年动荡间的发展演变。

余华于《兄弟〈后记〉》中对兄弟二人有着这样的表述：“他们的生活在裂变中裂变，他们的悲喜在爆发中爆发。”基于整部小说的发展脉络，笔者私以为《兄弟》呈现出“爆发－裂变－重生”的演变过程。在下文的论述中，笔者也将从民间立场、民间语言、民间视角与民间隐形结构等视角进行分析，展现各种叙述视角各自于民间图景中的生发和演变，以探索余华《兄弟》中民间化叙事的展开。

二、“爆发”：民间叙述立场与粗鄙语言

民间话语中的“爆发”指的是一种民众普遍情绪的集中表达。从“爆发”原因来看，首先民间具备“爆发”活动的物质和心理基础：一是小农经济下

对土地的依赖，自然的作用对于以劳作为生的农民来说是主导性的，自然的多变性与不可测又成为民众情绪变化的导火索；二是日复一日、四季交替的有序简单劳作使生活单调化，因此民众需要寻求其他乐趣以获得宣泄情绪的途径。这两点分别对应着余华在《兄弟》中对民间叙述立场的生理性动机的考虑与对两性性趣味表达的关注。其次，“爆发”是一种相对的过程，是对对立面的冲破和反抗。上文中已提及民间的对立面是国家权力，这种国家权力是由政治权力和精英（知识分子）群体共同架构的。学者南帆曾说道：“政治是一种权力体系，知识同样隐含着另一种权力体系。民间是双重权力的承受者——承受不仅意味着权力控制的对象；同时，承受还包含着对权力的冷漠、疏远、鄙夷、抗拒。”民间与政治权力的博弈使得民间的生活动态且有张力，民间情绪也成为一种流动的力量从而获得爆发的可能。

从“爆发”的表现来看，一方面，情绪的两面性导致民间叙事具有悲喜同构的特点。其次，除了由物质和心理基础导致的对物质和两性的关注外，粗鄙语言往往成为民众情绪爆发的媒介。这些肮脏且粗俗的字眼往往展现着民间生活最真实的一面，成为民间叙事中“爆发”现象最好的注脚。下文中，笔者也将按照由生理到精神的层次，对余华在《兄弟》中的民间立场关注与粗鄙语言使用逐一进行探索和分析。

1. 生理性动机

《兄弟》中的生理性动机主要体现在人们对食物的渴求与珍视。特别在《兄弟》的上部之中，对食物的描写贯穿在情节发展的各个阶段，不时地提醒着人们民间生活的物质本质；同时，民间叙事中的生理性因素也使人的本能性生活更加真实而突出。

中国的农村社会长期经济落后，简单劳作使得经济效益局限于一亩三分地，其直接表现就是物质的匮乏。再加之自然的无常变幻使得农作物收成没有保证，以食物为主的物质需求成为农村社会人们的主要生活需求，生活的本质围绕着基本物质需求的满足。观之《兄弟》文本，无论是李光头用林红屁股的秘密交换三鲜面，还是兄弟二人吃冰绿豆的快意和偷吃大白兔奶糖的紧张，抑或是做煎虾打算送给宋凡平，无一不是围绕对食物的描写来展开民间生活的画卷。

在小说第十三章中，宋凡平被打倒并关押，李光头、宋钢兄弟二人面临着严重的食物匮乏。宋钢为了解决煤油用光和夹生饭的问题，尝试在饭上撒盐来增加口感，没想到效果甚佳并得到了李光头的认可。有这么一段文字描写李光头的心理状态：“一粒粒的盐和一粒粒的夹生饭在嘴里一嚼，都有清脆的声响。尤其是那一粒粒的盐，李光头嚼碎它们时突然有了鲜味。李光头知道了宋钢为什么让他在盐融化以前吃下去夹生饭，就像是摩擦生火一样，这盐里的鲜味是咀嚼的一瞬间摩擦出来的，当它们融化以后就没有鲜味，只有咸味了。”这段看似美食品鉴写法的文字实则只是针对一碗撒上盐的夹生饭。通过对味觉、听觉多感官的调动和对动作、心理的细致描绘以及比喻的使用，余华生动地描绘了人物的生理本能对食物的需求，同时也完成了对读者心理和生理的冲击和共振。此外，描写的细致对展现当时物质条件匮乏的效果形成正相关。两个孩子对食物的幻想，夹生饭、水、虾的吃法连缀构成了对饥饿最直接的描写，而饥饿正是人继续物质形态存在的最根本的欲望。余华用食物体现民间生活的本质，对食物的渴望正是对生存的渴望。

2. 两性的趣味

在中国传统小农经济基础的农村生活中，农民的一切以土地为中心，生活的单调与四季劳作的反复促使农民从其他地方寻求生活的乐趣。这种乐趣既体现在李光头及一批男人常常进入厕所“涉猎”、每天意淫林红的生理欲求；也通过村民男女老少对“有其父必有其子”乐此不疲的“传诵”而表现为无意识的普遍状态。

在厕所偷看女人屁股这种事情本是低俗和下流的，这里却用来构建了《兄弟》情节发展的整体框架和基础，因为从根本上来看，农村本身就是一个藏污纳垢的空间结构。这里“藏污纳垢”并不特指贬义，而是指经历漫长封建制度的中国社会底层呈现着鱼龙混杂、泥沙俱下的生活面貌，是最朴素且最真切的农民生活状态。这种面貌和状态含纳着人性之最善也包容着人性至恶。又因为种植活动以体力劳动为主，民间百姓对自身身体自然十分重视，因而生理性的需求与欲望便不是一个需要特意遮遮掩掩的话题，反而往往成为生活乐趣的根源之一，以给烦劳的农作与冗长的农闲提供慰藉，是农村社会民众用以为生活减压的手段。正如2009年5月25日英国《金融时报》在对《兄弟》的评价中写道：“《兄弟》之所以成为一部杰作，得益于余华表现这种空虚感的独特方式。在余华看来，这种空虚感完全被身体所操控，没有灵魂，没有智慧，完全属于感官领域的肉体……余华借此似乎想告诉我们，既然在政治和经济上都屡遭挫折，那我们就只能相信自己的身体了。”所以在被人指指点点时，李光头并不因此而害臊，反而觉得偷看林红屁股标志着自己作为一个男人的成熟，“嘿嘿笑个不停”。

除了偷看屁股之事，《兄弟》下部中的处美人大赛更是被作者赋予了狂欢化的色彩。狂欢与爆发都具有强大的生命力。巴赫金的狂欢节理论指出狂欢的四个外在特点：全民性、仪式性、距离感的消失与插科打诨。这四方面在以处女膜和性为主题的处美人大赛中都有所体现。首先从全民性来看，“夕阳还没有西下的时候，我们刘镇已是万人空巷……所有的人都挤在大街的两旁，所有的梧桐树上都像是爬满了猴子似的爬满了人……”，体现出这场大赛是一次刘镇民众全民性的参与（承担着主办者、评审团、参赛者和观众这四重角色），使这种对性的关注具有普遍性的表征。其次，李光头生财有道，组织了汽车和拖拉机的检阅车队，人们于车队之上“检阅”着三千个处美人，仪式化的处理方式赋予性以庄严而隆重的色彩，具有喜剧化的讽刺意味，令人忍俊不禁。第三，刘镇男性对处美人参赛选手的性骚扰体现着距离感的消失，“处美人的身后挤满了男群众，三千个处美人的屁股全被偷偷摸过了，无一漏网”，这是性的关注在行为上的具体体现。最后，当比赛落下帷幕，李光头与冠军 1358 号握手时悄悄问她“孩子多大了”，“1358 号先是一怔，接着会心地笑了，悄悄说：‘两岁’”。处美人大赛的冠军本身已不是处女，主办人与冠军的这段对话实际上是对处美人大赛本身意义的解构和讽刺，心照不宣的插科打诨也成为这场性的狂欢盛宴的点睛之笔。

3. 粗鄙的语言

从精神层面来看，粗鄙语言是小说中情绪爆发的媒介和载体。《兄弟》中的粗鄙语言主要包括四类：一是从形式上看没有特殊针对性的脏话，如“真他妈的麻烦”“去你妈妈的”等；二是与排泄物有关，如厕所中的粪便；三是身体的特殊部位，如写李光头的性启蒙；四是与性有关，如处美人大赛的黑幕。这四类不同形式的粗鄙语言贯穿整部小说的人物对话之中，一方面挑战了读者的审美观念和阅读体验，另一方面也促进了民间叙事更好地展开。

粗鄙语言具有冲击性，给读者带来感官上的冲击，甚至会有些许不适。深入来看，粗鄙语言实则是对读者传统审美观念的挑战。政治化文学和精英文学由于自身的洁癖纷纷排斥了粗鄙语言的表达，旨在用文字的美感给读者带来阅读的享受。然而生活的本质并非全然是阳春白雪，语言的粗鄙性往往更能展现生活的真相，尤其针对民间的土地来说，粗鄙语言更能使人物形象“活起来”，从而拓展了文学的审美空间。读者的审美活动并不应该仅仅包含接受和欣赏文学作品中“美”的部分，“丑陋”和“粗鄙”也是审美活动不可缺少的元素，并和“美”的部分一同构成了完整的阅读体验。

粗鄙语言的冲击性还体现在对权力意义的反抗上：民间与官方实力差距悬殊，语言往往成为民间情绪爆发的出口。在脏话中，说话者表达着愤慨、讽刺、不屑与无畏，可以在语言层面上打破冗杂的权力意义和等级关系。这也符合上文提及的狂欢精神，巴赫金指出“在此也形成了广场言语和广场姿态的特殊形式，一种坦率与自由；不承认交往者之间的任何距离，摆脱了日常礼仪规范的形式，形成了狂欢节广场言语的特殊风格”，粗鄙语言是狂欢精神在语言上的表现，使狂欢性质更突出。

刘镇所代表的民间是生猛的有机体，悲喜都是直来直去、从不拐弯抹角的，粗鄙语言在很大程度上成就了民间生活真实的展开。贾平凹的《秦腔》与余华的《兄弟》一样都大量使用了粗鄙语言，因此也引发了广泛的争议和讨论。陈思和先生就《秦腔》中粗鄙语言这一问题提道："小说多次写到清风街的农民对粪便怀有珍惜的感情，大小便排泄自人体，归之于土地，滋养着庄稼，从自然的角度来看没有什么肮脏可言。"民间生活的真实面貌往往不加雕琢地给予民众生理或心理上的冲击，反之，民众也用最粗俗鄙陋的言语回击着生活本身，这是他们本能性的心理活动的反映。

除了上述民间叙事立场和粗鄙语言的使用，作者多次以"我们刘镇"来展开叙述。作者自居为刘镇中的一员，自然也带上了民间群众所具有的特征，可能他也是分享林红秘密的男人们中的一个，可能他也满口粗话。于是作者并不居于描写对象之上而显得脱离，反而将双脚真真切切地踏在了民间的土地上，感受并叙述着民间生活脉搏的每一次跳动。

三、"裂变"：民间视角与隐形解构

在物理概念中，核的裂变是核能能量的来源；在民间叙事的展开中，裂变也是一种蕴藏着民间生命活力的力量，它以规则的或者反常的轨迹展现民间生活不同向度的张力，展现着民间生活直击人心的动态演进。

裂变的状态往往有三种表现方式。第一种裂变存在于同一事物的发展变化之中，通过不同发展阶段的状态对比体现。正如《兄弟》的小说结构一样，上下两部分别展现了两个截然不同的时代，将刘镇翻天覆地的变化浓缩在四十年的风云变幻之中。这样的文本设置本身就具有更强的张力，自然而然地为读者提供了比照的可能，从而体会裂变之下的民间表征。这种裂变的展现要求作者具有很高的叙事能力和表现能力，考量作者对小说整体发展的把控和不同阶段的重点描绘。这种裂变突出体现了发展的矛盾性，正如余华本人所说："反过来，你要写今天这个社会，要寻找一种独特的角度时，我发现把这两个时代放在一起写的时候，它们的价值和意义全部都显现出来了。"裂变的第二种表现形式体现在两种力量的对峙和比照之中，通常其中一种力量相对呈现出反常性与特殊性，或者居于次要、依附或受支配的地位。余华对疯子等人群的描写体现了对前者的关照，而后者则可以从儿童时期的李光头、宋钢两人与成人世界的对比中表现。第三种裂变是较为特殊的，它隐匿在小说的字里行间和发展脉络之中，随着读者阅读和理解的深入而被发掘或者一直隐藏在读者的思维中而不被察觉。这种裂变往往通过作家创作中不自觉的民间原型的介入而与现实的动态发展形成张力，使情节发展植根于民间，而又发生嬗变。这种裂变可以体现在《兄弟》中的地理意识、报复模式、错位与结构以及作家独特的叙述方式。第一种裂变已从文本设置角度给出解释，下文将通过对民间叙事视角和民间隐形结构的考察对后两种裂变形态的具体表现予以说明。

1.《兄弟》中对民间视角的关注

通过上文的论述，我们可以推测出叙事主人公是刘镇的一员，对刘镇发生的一切进行着细致的体察。然而叙述者并非完全是旁观者的角色，在具体叙述中，叙述主体与叙述对象往往又是交叉与重合的。比如《兄弟》下部中写李光头设想举办处美人大赛时，“一口气说出了二十个王八蛋”。这段令人忍俊不禁的描写不仅仅是李光头个人的独白，叙述主体也有意识或无意识地参与了滑稽效果的构建，形成了叙述主题与描写对象的角色交换。因此，并非只有以特定群体代表为叙述主体才能被称作民间视角，叙述主体的模糊性与交互性往往能使叙述主体包含多重视角，使民间叙事具有更广阔的延展空间。这一点在《兄弟》中主要体现在对疯癫与残疾人的视角和儿童的视角的关注。

《兄弟》中有一个特殊的群体，即福利厂中的两个瘸子、三个傻子、四个瞎子和五个聋子，这 14 个人为小说提供了一个疯癫与残疾人的向度。在李光头带着瘸傻瞎聋的忠臣去找林红求爱时有这样一段描写：“领队的两个瘸子，一个往左瘸，一个往右瘸，走着走着一个走到了大街的最左边，一个走到了大街的最右边，让后面的三个傻子迟疑不决，往左边跟上几步，又赶紧退回来再往右边跟上几步。三个傻子手挽手一副齐心合力的样子，他们忽左忽右地走着，把后面用竹竿指路的四个瞎子撞得晕头转向，跌倒再重新爬起来后，只有一个瞎子还在往前走，两个往后走了，一个走到街边被一棵梧桐树挡住了，他手里的竹竿对着梧桐树指指点点，嘴里一声声地叫着：‘李厂长，李厂长，这是什么地方?’”通过对这群有生理缺陷的人的描写，作家展现了一场民间的闹剧。这场闹剧是对常规秩序的打破，如同这十四个人很难维持队形一样，民间的生活本是变化无常的，很难遵循政治和精英群体理想中的固定、有序的生活模式，若是外界压力强制使其服从，则可被看作违背了民间的本性。对疯癫和残疾的描写，很大程度上打破了自居为上者对民间虚幻的美好设想，将完整变为破碎。疯癫与残疾的艺术表现是非连续的，是不统一的，小说通过变形和裂变展现出生活不连续的横断面，正如德国美学家伊塞尔所说，“当文本的各个部分之间不连贯地并列起来时，就必然会有空白出现”，在这缝隙和空白之中恰恰体现着民间生活内部的真实。

另一方面，疯癫与残疾的视角成为对时代压迫和暴力的注脚。这十四个特殊人物出现在小说下部的第一章，此时“文化大革命”已经结束，改革开放也已开始。作者并没有指出这十四个人的来由和生理缺陷的原因，这个未加以说明的写作缝隙隐藏着大量的密码。作者下部开篇即提及这个特殊的群体，不禁让人思考小说情节发展和时间向度上的延续性，回溯向前思考的最终指向是无产阶级“文化大革命”。那么是否这十四个人是因为在“文革”中遭受迫害而导致生理缺陷的呢？笔者的答案是肯定的。余虹教授曾经指出：“疯癫绝不是一个自然病理现象，动物界没有疯癫，疯癫是一种典型的社会现象，是人的感性本能受到过度压抑而不能承受这种压抑的反映。因此，重要的是压抑，是文明对待感性本能的方式。”而“文革”正是这样一个“精神狂热、本能压抑和命运惨烈的时代”，在小说上部的叙述之中，我们深切感受到了“文革”对人们精神和身体上双重严酷的压迫。这种压迫在民间的表现形态可能更加血腥和生猛，宋凡平、孙伟父子的惨死和孙伟母亲的发疯都折射出“文革”时期群众的普遍命运，即使侥幸存活，精神层面也会遭受沉重而长久的创伤。这十四个人很可能就是这样幸运而又不幸的代表，他们艰难地在“文革”的暴乱中生存了下来，却遭受了永久的创伤，他们的言行举止看似滑稽又好笑，事实上作者正是通过对他们的描写，严肃而又沉痛地控诉了“文革”时期的苦难和暴行。

《兄弟》中的另一主要视角的指向是儿童，以小说上部中李光头、宋钢兄弟二人的儿童时期为主。儿童视角在《兄弟》中的作用主要体现在三个方面。第一是对儿童本身的展现。儿童时期的特色之一体现在模仿与游戏上，正如李光头模仿林红与宋凡平的房事无意中寻求到生理快感，从此便以游戏的态度一发而不可收。在农村社会之中，这种性的启蒙和表现往往是直接的，少了政治和精英话语中的羞耻和介意。对性的模仿与游戏一方面体现了李光头的天真可爱，另一方面也彰显着李光头性启蒙的开端。相比之下，宋钢对性的认识要晚得多，这也暗合了下部中李光头对性的关注与宋钢性的软弱之间的对比。其次，童言无忌，儿童思维是跳跃的，但认识又是浅薄的。在很多情况下，他并不明白自己所说的言语意味着什么，也并没有意识到这些话语会给他自己和身边的人带来怎样命运的改变。余华用儿童的口吻来进行描述，使得情节的发展合理化。

儿童视角的作用之二是展现民间特有的风俗情状。在小说上部写宋凡平打篮球时，对当时观赛人群进行了描写，写到男人们把烟头摁在李光头和宋钢的身上。这体现出在农村社会，孩子常常是最底层中的一个群体，生理上的弱小和认识上的浅显往往使他们处于被支配的服从地位。他们遭受着非亲属关系的成年男子嘲弄与欺负，这不禁让人联想到自然界雄性动物对幼子的抵触和威胁，可能也正是在农村的土壤上，这种原始兽性的心理和习惯才能以各种形式存留下来。

第三方面是用儿童的活动和心理映射“文革”恐怖的时代氛围。一方面是李光头在电线杆上寻求生理快感，一方面是宋凡平承受着屈辱和折磨。对比之下更能体现出李光头形象的滑稽与可笑，反之，李光头的游戏也是对“文革”意义的一种消解，这种滑稽化的处理方式体现出“文革”本身的扭曲和变形。随着宋凡平处境的日渐危机，李光头对他的游戏也渐渐提不起兴趣，虽然李光头当时并没有意识到宋凡平所遭受的灾难，但是通过这种变化可以窥见在时代整体氛围的压迫之下，压抑已经成为刘镇人民集体无意识的心理状态。

2.《兄弟》中的民间隐形结构

隐藏的裂变往往成为小说暗含的思维导向，这种指引的最终指向是民间生活的真实。陈思和先生在《中国当代文学史教程》中提出过“隐形文本结构”的概念，他指出：“在一部文学作品的文本构成中，除了作家自觉地精心构筑，由作品的主题、情节、人物设计所构成的线性结构外，还存在着另外一种通过作家无意识的表达，由神话原型、民间传说、经典叙述等所构成的叙事模子，潜隐在文本内部，它深深地隐藏与人物关系之间，制约了文本的艺术魅力……它与作品的显性文本结构构成相对完整的文本意义。”隐形文本结构的创造可能是作者有意识的构建，也可能本身就潜匿于作者的认知之中并通过文字不自觉地表现。针对《兄弟》民间叙述的特殊语境，隐形文本结构更鲜明地体现为民间隐形的结构。民间隐形结构并不具备直接被描写的能力，但它以顽强的生命力活动在对小说发生环境的考量、情节的设置、人物的设定和叙述方式的采用等方法上，它使写作更具有层次化，拓展了小说的叙述空间。

第一是隐藏在《兄弟》中的地理环境，即刘镇。小说中多次提到上海，可见刘镇与上海地理位置的临近，再加之联系余华的出生地浙江杭州，可推测刘镇就是余华对儿时记忆中故乡的重新构建。作者立足于高速发展的当代回望故乡和童年的发展历程，创作的过程本身就存在着记忆、现实与理想的三重对比。刘镇街头巷尾的人民，如童铁匠、余拔牙、王冰棍都是作者儿时对不同群体形象的缩影和重构，作者的故乡情结被不自觉地代入，表现着对质朴真情的珍惜，也体现着对金钱世俗的批判，使民间裂变的过程更加深刻地展开。

第二是报复与循环的模式。从报复模式来看，宋凡平的一声惊叫把李光头的爸爸刘山峰吓得掉入了粪池，导致了刘山峰的死亡；而李光头儿时的童言无忌导致宋凡平被打压并最终惨死；李光头与林红发生关系导致了宋钢最终的卧轨自杀。陈思和先生对此曾加以详细的解读，并称“作家把李光头的故事无意中套进了哈姆雷特式的报复原型”，笔者在此就不再赘述。从循环模式来看，小说的情节发展符合民间“三十年河东，三十年河西”“风水轮流转”的心理特点。比如儿时的李光头常常受到刘作家、赵诗人扫堂腿的欺负，然而随着李光头权势的增加和财富的积累，最后反倒是把赵诗人揍出了“劳动人民的本色”、让刘作家为自己打工、让赵诗人当自己扫堂腿的陪练。如同田间劳作中有关雨、旱两季和丰欠之年的“规律性”预测一般，民间大众总是具备向往美好的质朴情愫，这种心理上的支撑往往成为他们度过一个个艰难险阻的慰藉和依托。

第三是作者叙述方式的变换。上文中提及作者以“我们刘镇”的口吻展开叙述，但在特定的情节之中，作者又从当事人的角度跳脱出来，形成一种类似上帝视角的插叙和回溯。例如，小说的叙述选择在宋凡平的惨死后错开时间段再来描写李兰的等待，这种等待历时越长，震撼力也就越强。又如“这是李兰最后一次走在这条泥路上了”“李光头不知道这是回光返照”“这是李兰生命里最后一天了”，这时读者扮演的是全知者的角色，预先知晓了结局的走向。这如同观看一场必然走向幻灭的演出，演员对等待自己的命运全然不知，而观众在已经知晓结局之后回溯李兰的生命历程，伴随着局外人无从改变事实的无力感，读者通过作者的叙述陪伴角色又经历了一遍生命历程的阵痛。

四、“重生”：民间与怪诞现实主义的交汇

在道家理想中，重生指在绝处逢生之时，在经受了巨大的痛苦和升华后，人们才能获得美好的躯体。在民间的特殊界域中，爆发和裂变正是民间形态得以重生所必经的痛苦和升华，而重生则是爆发和裂变后的阶段性终极归宿。民间指向现实，若要讨论民间的重生，则绕不开对现实主义的叩问。

在巴赫金的理论之中，现实主义有两种范式：一种是描述日常生活世界的主流现实主义；另一种是起源于民间诙谐文化的怪诞现实主义。后者是巴赫金狂欢化诗学理论中的重要概念，它既起源于民间，又反过来对民间进行塑造，回顾上文也可见狂欢化理论在《兄弟》文本中的多重体现。巴赫金描述怪诞现实主义为“一种不断生长、无穷无尽、不可消除、富裕充足、承担

一切的生活的物质因素，永远欢笑、黜废一切又更新一切的因素”。该理论的核心是“肉体一物质”因素，通过夸张的手法和“降格”的创作原则展现怪诞肉体的双重性特征。在余华的《兄弟》中，怪诞现实主义的创作思维和刘镇所代表的民间社会发生碰撞，并在一定程度上产生融合，既推动了民间化叙事的展开，同时也实现了民间形态的重生。

怪诞现实主义于《兄弟》中最为突出的体现是人物设置作为肉身形态的双重性，一方面是李光头个人的双重性，另一方面是李光头和宋钢兄弟二人所构成的双重性。

从李光头个人角度来说，他体现着双重的人格特征。小说中，李光头生父“刘山峰”的名字直到小说倒数第三章即第二十四章才第一次出现，当时的语境是李光头在填写表格时想填生父名字以摆脱“小地主”的称号，结果被母亲斩钉截铁地拒绝。如果我们关注小说创作缝隙就可以发现，李光头并未随生父姓“刘”，而随母亲李兰姓“李”。这些都表明李兰急切地想隔断与刘山峰的联系，想与过去的耻辱一刀两断。然而，虽然刘山峰在李光头出生前就死了，但他并未真正从这个家庭的生活里消失。一方面因刘山峰而起的一切耻辱和艰辛仍在延续，另一方面，刘山峰的血脉也在李光头身上得到继承。这种继承尤其表现在生理层面对性的需求，如李光头性意识过早地萌发，是刘山峰的性意识的延续。余华在对李光头性意识及性活动进行描写时，运用了夸张与滑稽的处理手法，将李光头在生理层面降格到动物最原始的形态，以突出性的继承的牢固性。而另一方面，宋凡平的介入对李光头人格和精神层面的发展产生了另一个方向的指引。无论是宋凡平教孩子们认字的循循善诱，还是受尽苦难却始终微笑，宋凡平所具备的健谈、善良、乐观、坚韧等诸多品质给李光头带来了潜移默化的善的启迪，给他燥热的血液降温。这种启迪和影响是卓有成效的：逐渐长大的李光头走街串巷，与各色人群都能说上几句，他耐心地为母亲讲述着镇上发生的故事，他东拼西凑为母亲组装了“刘镇有史以来最豪华的板车”。李光头的成长和交际圈之广，使李兰感到讶异和欣慰，此时的李光头也让她联想到了当初为她请假而与人交谈甚欢的宋凡平。在先天的继承和后天的引导这两方面力的作用下，刘山峰所代表的生理欲求与宋凡平所代表的美好品质在李光头身上碰撞与融合。李光头成长的过程也是他自我人格重塑的过程，是他个人的重生。他不断地对这两方面的影响做着接受和反抗的回应，与此同时，李光头个人形象的塑造也变得尤其饱满而跃然纸上。

另一方面，李光头和宋钢的形象塑造也具有双重性的张力。儿时的李光头调皮、爱闯祸、不明事理，而宋钢则听话、懂事、善良。但当小说不断推进，两人呈现出了截然相反的成长轨迹：李光头权钱两得，生活顺风顺水；反观宋钢却日益消沉，为了金钱出卖自己的体力和良知，最终选择自杀。回溯中国当代文学的传统可以发现，在小说人物形象的塑造上，作家常常会采取人物二分的方法，即为了塑造一个主要的正面人物，将其身上的缺点和不足转移到次要人物身上。典型的例子如曲波《林海雪原》中杨子荣的形象塑造，为了突出其光辉、高大的形象，小说中杨子荣最终担任了侦察参谋，而历史上真实的杨子荣则在一次追歼残匪的战斗中英勇牺牲。在《兄弟》中，虽然两人的人物塑造在一定程度上也呈现出人格上的一分为二，然而与传统人物二分的方法不同，李光头和宋钢的人物形象是转换的，是交叉的，并不是以突出哪一个为最终目的。两兄弟不仅在特定时段形成不同向度的张力，而且最终走向合二为一的融合和重生，这就将小说民间化叙事的展开推向了一个更宏大的纬度。正如巴赫金在谈论怪诞人体双重性体现的两个身体时指出："一个是生育和萎死的身体，另一个是受孕、成胎、待生的身体。"《兄弟》的开篇和结尾的魔幻现实主义的呼应暗喻了重生的概念：李光头成了刘镇巨富，他坐在镀金马桶上，抱着兄弟宋钢的骨灰盒，设想带着兄弟一起遨游太空，让宋钢成为外星人。此时此刻，李光头所面对的是浩瀚无垠的宇宙，是自远古以来民间恐惧所斗争的对象，这种非物质性的依靠和抽象的想象使得李光头感到孤独和渺小。在怪诞现实主义的降格原则中，一切都被指向下并具有回归的意味，李光头的心理状态指向柔弱无依靠的婴儿状态，镀金马桶则象征着重回母亲的胎盘，而抱着宋钢骨灰盒的举动则是李光头和宋钢生死两隔的合二为一，这些都指向兄弟二人最终的重生。

五、结语

爆发、裂变和重生的发展过程不单单指向兄弟二人的人生走向，同时也象征着中国四十年发展中农村的演变轨迹。《兄弟》中的刘镇作为民间符号的代表，她的生长和嬗变在余华民间化叙事的展开中被一一呈现。民间的土地是最广阔的舞台，民间的文化是最多元的载体，因此，中国时代变迁中的新旧因素才能在民间的界域中肆意、旺盛地碰撞和融合。

粗俗的李光头获得了世俗意义上的成功，是因为他看穿了政治权力和精英群体的假面。民间化叙事的飞扬也正是得益于对政治化叙事和精英叙事洁癖的摒弃，用民间的立场、语言、视角和思维方式去展现一个有血有肉的生活场域。

行文至此，笔者不禁质疑李光头的成功，也不禁思考中国民间社会的未来究竟会走何方。也许，中国民间社会的多元性并不存在完全的更新和完全的摒弃，一切新旧因素都是相对的、生长着的有机组成部分，它们在互相作用中爆发，裂变，走向重生，并且将在新的向度上伴随新的因素再次经历这个过程，无穷无尽，生生不息。

可能这才是真正的民间。

参考文献：

[1] 陈思和．中国现当代文学名篇十五讲［M］．北京：北京大学出版社，2008：347.

[2] 晓苏．当代小说与民间叙事［M］．湖南：湖南人民出版社，2015.

[3] 陈思和．民间的沉浮［J］．上海文学，1994（1）．

[4] 余华．《活着》中文版自序［M］．北京：作家出版社，2010：3.

[5] 余华．兄弟［M］．北京：作家出版社，2013：104，208－213，259，477，505，631.

[6] 南帆．民间的意义［J］．文艺争鸣，1999（2）．

[7] 巴赫金．巴赫金全集（第六卷）［M］．河北：河北教育出版社，2009：12，29.

[8] 陈思和．试论《秦腔》的现实主义艺术［J］．中国现代文学论丛，2006（创刊号）．

[9] 余华，张英．《兄弟》这十年［J］．作家杂志，2005（11）．

[10] 余虹．审美主义的三大类型［J］．中国社会科学，2007（4）．

[11] 陈思和．中国当代文学史教程［M］．上海：复旦大学出版社，1999.

[12] 陈思和．我对《兄弟》的解读［J］．文艺争鸣，2007（2）：55－64.

[13] 夏忠宪．巴赫金狂欢化诗学理论［J］．文艺理论研究，1998（4）．

[14] 张诚．论巴赫金的怪诞现实主义［D］．上海：复旦大学，2005.

（作者单位：复旦大学中文系）

得山水灵性　彰民族神韵

——丁寺钟近期水彩画艺术解读

●陈祥明

读丁寺钟近几年的水彩画，首先感受到的是一种来自于自然造化的勃勃生机，来自于山川风物的深深律动，即拨动心弦而又难以言说的自然美感与形式美感。在那具有抽象意味的山水、原野、村落、风物的形式构成中，我们分明感到鲜活的山水灵性，感到弥漫的墨彩神韵，感到山水与墨彩浑融的独特的审美意味与情趣。

丁寺钟水彩画有独特的个性追求，有鲜明的艺术面貌。他在创作中始终把表现山水意象、表达情感意趣、追求形式美感努力地协调统一起来，不走极端而又不同流俗。他早期水彩画偏重写实——具象，但颇有个性特色，颇有情致和神韵，受到画界关注和好评。他后来逐渐摆脱客观物象的束缚，而更注重写感觉、写印象、写记忆、写情绪心境，吸纳抽象因素，走向意象创造。他近几年的水彩作品，具有明显的抽象意味，具有浓郁的形式美感，具有一种类似于克莱夫·贝尔所说的“有意味的形式”。然而，其作品整体意境中，仍然蕴藉着山水意象，弥漫着山水情趣，荡漾着人对山水的依傍与亲密、记忆与眷恋。譬如，他的《徽州系列·故城晨曦》《徽州系列·月过西厢》《丁村月夜》，时间空间抽象化了，让你难以分清是早晨还是黄昏或是夜晚，难以辨识是哪座故城哪一村落；画面物象也几近抽象，山山水水在晨曦或夜色中朦朦胧胧、影影绰绰，而那绵延的城郭、那散落的村舍、那疏缀的树木等等，映现在朦胧隐绰的氛围里，笼罩在神秘恍惚的天籁中；尤其是那划破黑暗、闪烁天地、动荡弥漫在城中、村中、林中的亮光，使人怦然心动，引人遐思无限。《徽州系列·日蚀》更是在朦胧恍惚中平添了几分神秘，日蚀残存的余光仍然浸染着山峦村落树木，山峦荒野昏暗中见出深赭色，村舍白墙灰瓦间和树丛里有几抹赭色或少许浅青。这种画面意象是徽州印象与日蚀印象的积淀叠加，以及由此生发的思绪情境的结晶。在这里，徽州对于丁寺钟来说，不再是青山绿水、白墙灰瓦这些具体物象，也不是由此抽象出的几何般的、僵化的简单符号，而是浸染着山水灵性、积淀着古徽遗韵、倾注着画家情愫的“有意味的形式”。

丁寺钟水彩画具有鲜明的民族特色与地域特色。他在水彩画艺术的民族化方面做出了不懈努力，并取得了不凡成果。众所周知，水彩画是伴随近代西学东渐的外来画种。一个多世纪以来，中国的水彩画艺术经历了从模仿西方到中西融合再到中国化的漫长过程。改革开放新时期以来，水彩画艺术的中国化形成澎湃潮流，水彩画发展呈现多元格局。正是在这一大背景下，丁寺钟进行了水彩画艺术中国化的艰辛跋涉与深入探索。从他的创作历程、作品面貌，可见出其探索轨迹与艺术理路。

丁寺钟对水彩画艺术中国化的探索，从美学观念看，是“以中化西”。丁寺钟是一个充满创作激情又富有理智的艺术家，对自然奥秘和艺术奥秘的探索追寻的热望，驱使他将视野拓向西方现代艺术天地；对脚下土地的眷恋和对传统文化的迷恋，又推动他将目光投向中国传统艺术沃土。他希冀在中国与西方、传统与现代之间踏出蹊径，搭起桥梁。然而，他不是所谓“中西融合”或“调和中西”或“以西润中”，而是“以中化西”，即在美学观念上，以中国艺术精神、艺术理念、艺术传统去观照、理解西方艺术，去化解、化合西方艺术，去借鉴、吸收西方艺术中的有益营养，从而构建具有中国精神、民族神韵、地域情趣的艺术本体。你在观赏丁寺钟的水彩画作品时，那使人感到无比亲切、无限慰藉、无尽遐思的自然山水，那使人觉得悠闲可游、怡神可观、享颐可居的故城村落，尤其是那诱人“诗意地栖居”的徽州风水宝地，你会感到物我不隔，感到情景交融，感到天人合一。譬如，他的《徽州系列·砚山村的春天》那整片田野的油菜黄，那空蒙迷离的云山，那白墙灰瓦的家园，不只是悠远的田园牧歌，分明是留住正在流失的缕缕乡愁。《徽州系列·春山湿翠》更似一迷蒙蒙、湿润润的水墨，于迷蒙中透出深邃、湿润中见出厚重，非远非近、似隐似显的春山原野，大黑大白、亦灰亦亮的徽州民居，隐匿着逝去的幽梦，也包孕着未来的希冀，这更唤起人们的无尽的乡愁思绪。可见，丁寺钟的水彩画艺术是中国化的，富有中国艺术所特有的审美神韵，富有中国百姓所拥有的审美情趣。

丁寺钟对水彩画艺术中国化的探索，在形式语言上，是“以水墨化水彩”。就其表现性能来说，西方的水彩最接近中国的水墨。掌握水与彩的调和关系，将水彩的表现性能发挥到极致的程度，这是水彩画家的功夫；同样，掌握水与墨的调和关系，将水墨的表现性能发挥到精妙的境界，这是水墨画家的功夫。而在中国画艺术中，本来就有水墨画和青绿画两种，水墨和丹青两路；笔与墨，水与墨，水墨与丹青的关系，历来备受画家们关注，关于这方面的论说汗牛充栋。中国现代绘画大师黄宾虹有“五笔七墨”之说，张大千有“泼墨泼彩”创造，林风眠有“彩墨”探索，刘海粟有“墨色交响”实验，如此等等，都对中国画坛影响深远。朱屺瞻、何海霞、宋文治、魏紫熙、侯北人、孙云生、赖少其等一大批卓有建树的画家，都将艺术构建于坚实的民族艺术传统上，释放中国画传统中蕴含的色彩、笔墨语言，同时从各种外来艺术中汲取有益营养来增加色彩的丰富性与微妙性，这些都给后来者以重要启迪。作为有艺术抱负的当代水彩画家，丁寺钟不仅将中国画线勾皴擦点染的“笔墨”技艺与西画的块面造型及构成技法有机结合起来，而且以水墨来化和水彩、活化水彩，激发水彩表现张力，以表现对自然山水、原野田畴、古徽村居的深切体验与微妙感觉。他这方面的代表作如《红林落雪》《石城暮雪》，水彩视觉效果丰富，水墨趣味也很浓郁；它是水彩又超越一般水彩而独具风神，它不是水墨却胜似水墨而别具意趣。你瞧那红林落雪的景象：纷纷扬扬、片片点点的雪花，在红林映衬下仿佛变成了迎风绽开的春花，而那热热闹闹、斑斑驳驳、深深浅浅的似红非红，你难以分清是雪花还是树叶；红林深处近乎黑色，树干枝丫也接近黑灰，而空地白亮、水塘白亮、天空于灰色调中一抹亮色。你仔细辨识，在水彩的靓丽流畅与水墨的深厚沉静之中，荡漾着中国笔墨的情致趣味，那线勾皴擦点染给人以无尽的审美意味。你再瞧那石城暮雪的景象：村落屋面地面呈银白或亮白或灰白，疏疏密密的树木干枝近乎黑色或暗灰或深赭，远处山野白茫茫又迷蒙蒙，近处山峦黑灰斑驳，层次非常丰富；或许是雪后初晴，夕阳烛照，晚霞泼洒，那朝阳面的房屋墙体、树干变得透明起来，尤其是稠密树丛枝丫托住或凝结的积雪，在橘红橘黄的晚霞中色彩透明而绚烂。画面极具水彩的鲜活和靓丽，使人心旷神怡；也富有水墨的韵致与意趣，让人寻味无穷。

丁寺钟是在徽文化的沃土中成长起来的艺术家，长期受优秀的新安画派传统熏陶，长期受丰厚的徽派文化滋养。“外师造化，中得心源”（王璪语）的中国艺术智慧，“师古人兼师造化”（黄宾虹语）的中国艺术传统，无疑流淌在丁寺钟的艺术血脉中，而水彩画艺术中国化则是他持之以恒的追求。我们稍稍考察一下他的艺术轨迹便不难见出，他倾心水彩画艺术创作，也注重水墨画艺术探究，并试图汇通两者，相互借鉴，双向推动艺术精进。你只要再看看他近年的《清辉》《清影》《气清月朗》等水墨荷花，便会觉得得出上述说法不虚。

总之，丁寺钟扎根脚下沃土，又传承徽派传统，很接地气。他的水彩画艺术颇得山水灵性，彰显民族神韵，富有地域情趣，理所当然为画坛所瞩目，为大众所喜爱。当然，丁寺钟正年富力强，还会有更多、更完美的精品力作问世。我们期待着。

（作者系中国文艺评论家协会会员，安徽省美学学会会长，安徽省美术理论研究会常务副会长，教授）

云中辨江树　天际识归舟

——浅议纪录片《一代宗师萧云从》的叙述策略

●邹荣学

［摘　要］　萧云从是明末清初的著名画家、姑塾画派的领袖，堪称中国绘画的一代宗师。纪录片《一代宗师萧云从》紧紧抓住叙述的主题——如何确定萧云从的成就与艺术地位来进行纪录片的叙述，其运用的主要叙述策略有：充分运用策略式纪录片的叙述手法，适当结合运用分类式纪录片的叙述手法，运用一定的戏剧与电影等手法以观众为中心进行论点的叙述，取得了很好的叙述的效果。

［关键词］　萧云从；纪录片；叙述策略

引　言

萧云从是明末清初的著名画家，也是姑塾画派的领袖，他创作的画作繁富，且诗书画俱精，对当时及后世影响巨大。2016 年 2 月 4 日，纪录片《一代宗师萧云从》首映式在马鞍山举行，纪录片由安徽电视台资深导演马广全担任总编导，安徽姑孰画派研究会会长、萧云从生平研究专家沙鸥担任总撰稿人，2016 年 4 月，纪录片的观摩学术研讨会在合肥召开。“萧云从是一个人，但他代表并引领了一个画派：萧云从是诞生于马鞍山的艺术家，但他是属于民族和世界的”，研讨会上专家学者们的发言道出了这部纪录片成功拍摄的重要意义。

纪录片在内容的叙述上突破了学术解释的繁难、题材范围的局限，生动有力地阐释了一代宗师萧云从的成就和在艺术史上的地位，在叙述策略上很值得学习、借鉴。本文拟就纪录片的叙述策略做一探讨、总结。

纪录片的主要类型可以分为“策略式纪录片”和“分类式纪录片”两种。本片的叙述则以“策略式纪录片”的叙述方式为主。具体而言主要有以下几个方面的叙述策略。

一、充分运用策略式纪录片的叙述策略来取信于观众

一是用源自影片自身的观点来进行论点叙述，靠影片本身来说服人，以研究者态度的可信度来取胜。

影片的主创者是萧云从的研究专家，对萧云从的艺术地位、成就有很精深的专业研究，自然片中对萧云从的评价都会有切实的学术依据，但作为一种叙述策略，本片的“专家式”表达却做得艺术化、不露痕迹。从影响芜湖铁画的创作理念，到戏剧性地创作太白楼“四岳图”壁画、受同道朋友之约创作“太平山水图”、创作“离骚图”并受到乾隆皇帝的推重与宣扬，再到提携影响“新安画派”的渐江等人、影响近现代的诸国画大师及日本的南宗文人画派等，富有悬念、关联性的史实与事件的层层布排既达到了叙述肖云从艺术贡献与艺术地位的效果，同时又适时地引入有关资料来进行佐证，从而引导观众逐步进入专家与研究者的宏深研究视野。

二是适时运用“专家证实”的场景（多采用谈话头的画面）来进行论点叙述，以学理的纵深来进行论点的由浅入深的阐释。

研究者的论点固然重要，但论点如何在纪录片中叙述得清晰有力且易于被观众接受也一样很重要。纪录片适时运用了“专家证实”的场景（多采用谈话头的画面）。在叙述中，被用来佐证研究者论点的“专家证实”的场景运用得适时且具由浅入深的叙述艺术效果。比如片中分别引述的空军部队画院副院长、当代著名画家王界山和南京艺术学院美术系教授、著名美术史论家周积寅的“专家证实”场景仅是对萧云从《太平山水图》艺术价值的评判，并未涉及对萧云从艺术地位的评价，但在片子叙述的初始阶段这样的评判无疑对片子后面部分对萧云从的艺术地位的评价做了很好的铺垫。

三是依据事实、史实自然呈现对“主题”有深刻了解的人物访谈。

除运用理论、观点来论证论点外，事实与史实无疑也是立论的坚实依据，纪录片在对事实与史实进行叙述时除运用解说员的讲解外，还自然地运用了对不同类型的艺术名家进行访谈的形式来进行叙述，这些名家则对特定“主题”怀有深刻了解，通过这种方式来引导观众深入领会片中论点的内核、含义。比如片子开始部分记述萧云从如何影响芜湖铁画的创作理

念时较多地引入了对不同类别的艺术名家进行访谈，这种访谈更多的是陈述一个事实或史实，即萧云从推动了铁画的发展、扩宽了中国绘画的媒介、铁画产生后影响巨大，而访谈的对象既有美术史论家，还有美术理论批评家，也有非遗芜湖铁画传承人、工艺美术大师，这种对不同类别艺术名家的访谈使得影片对有关事实、史实的陈述更具真实性、代表性。再如影片在介绍萧云从为好友张万选创作《太平山水图》的艺术成就时，就通过文艺评论家、书画家、安徽姑塾画派研究会会长、萧云从研究专家沙鸥先生的访谈呈现了一种“事实”与“史实”：即张万选的父兄皆是明代遗民与反清人士，张万选也是一位对书画有精深研究的文化人、书法家，萧云从和张万选成为很好的朋友。这种事实与史实的呈现无疑对叙述萧云从的重要艺术成就——创作《太平山水图》具有重要作用（叙述让我们看到了萧云从创作《太平山水图》的深层原因，与全片对萧云从精神与人格力量的褒扬也是相互统一的）。在这里，沙鸥先生则是对“主题”（萧云从创作《太平山水图》的情况）有深刻了解的人物。

二、充分运用戏剧、电影等手法，以观众为中心进行论点的叙述

以观众为中心进行论点的叙述是策略式纪录片的另一重要叙述策略。影片“以观众为中心”进行论点叙述中运用的主要方法有：

首先，通过贯穿对萧云从爱国情操、人格魅力、传承创新写生精神的抒写来诉诸观众感情，形成类似于戏剧“行动线”式的全片的“统一性”来进行论点的叙述。

著名戏剧理论家谭霈生先生说过，“完整性和统一性，是任何样式的文艺作品都必须注意的问题，是艺术标准之一”，又说，“剧本的主题思想可以把众多人物分散的动作凝聚起来，使它们相互之间具有内在的联系，构成一个有机整体”。纪录片崇尚真实感，但在长期的艺术实践中戏剧手法也对纪录片的创作产生了一定的影响。在戏剧艺术中，艺术统一性、结构统一性是对一个戏剧剧本的基本理论要求，本片在一定程度上借鉴了戏剧艺术统一性的理论对所述史实、事件内容进行了内在统一性上的谋划，使得全片内容既完整又统一，呈现出浑然一体的美感。无论是描述萧云从影响芜湖铁画的创作理念、提携影响新安画派，还是相助好友做《太平山水图》，抑或做《离骚图》，甚乃戏剧性地创作壁画《四岳图》，都可看出萧云从的爱国情操、人格魅力与传承创新的艺术精神。

其次，通过富有一定戏剧性的情景表演辅助纪录片的内容叙述。

一是通过情景表演中的细节性动作来辅助纪录片的内容叙述。细节能够反映出人物的性格特征，细节也具有一定的时代特征。片中情境表演中的细节性动作很好地表现了特定时代背景下的人物性格特征，对说明人物的风神、凸显时代背景起到了很好的辅助作用。如片中萧云从为鼓励小铁匠汤天池打制铁画，特意为汤天池画梅、兰、竹、菊图，萧云从为好友张万选画《太平山水图》时加入的萧云从与张万选对弈围棋等。这些独具有风神的细节对表现萧云从的高洁品性无疑是有力且运用恰当的。

二是通过情景表演中类似戏剧表达的典型道具与典型环境来辅助纪录片的内容叙述。比如影片在叙述萧云从创作《离骚图》时，加入了一段萧云从在竹林中信步行走的情景场面，在这里，竹林可谓一种典型环境；再如在叙述萧云从提携、帮助绘画学习者方沂梦的内容中，情景表演中出现的物品——萧云从送与方沂梦并题诗的山水立轴画作就类似于戏剧中的典型道具。

最后，运用特殊的电影技巧来引导、维持观众的兴趣。

影片在进行论点的叙述时，充分调动适当的电影语言、电影技巧来增强表达效果，达到了增强、维持观众兴趣、增加论点说服力的艺术效果。具体而言主要有以下三个方面的电影技巧特征。

第一，运用大全景、俯拍的长镜头来营造悬念效果。如片中在叙述萧云从为太白楼作《四岳图》壁画的史实时，在没有叙述出如何作画的过程之前，影片曾在解说员引入介绍的画外音的伴随下推出太白楼的大全景、俯拍的长镜头，这样的镜头无疑有力地埋下了悬念，即到底太白楼与萧云从有何关系？太白楼的出现又会不会真的戏剧性地影响并不和谐的萧云从与太平知府胡季瀛的关系呢？在这里，镜头语言达到了“言简意赅”的艺术效果。

第二，运用具有连续性的长镜头来引导观众对所述论点进行“探秘”。如片中叙述萧云从影响新安画派渐江等人时的连续长镜头的运用。影片运用了大量长镜头的连续性的衔接表述。如从对渐江与萧云从画作的相互比较，到长镜头展示渐江的画作《黄山图册》；从对徽州古牌坊的长镜头拍摄，到徽州江河中的行舟的长镜头，到徽州地区江河行舟时江面近景的长镜头，再到烟岚中的黄山孤峰长镜头等，连续衔接的长镜头语言鲜明，在突出新安画派名家们的巨大艺术成就的同时也更加从侧面突出了萧云从对新安画派的重要影响，满足了观众的想了解萧云从与新安画派间关系的“探秘”心理需求。

第三，运用特殊的电影艺术剪辑、处理技巧来增强故事性、悬念性，从而吸引观众的观赏注意力。

影片在叙述萧云从坚持自己刚性绘画技法创作《离骚图》时，为增强叙述内容的悬念与生动性，运用了特殊的电影艺术剪辑、处理技巧。如为了与所述内容的惊奇性相一致，在展示萧云从《离骚图》诸画作时采用将画作由大变小迅疾推进屏幕画面；叙述《灵蛇吞象》图的寓意时，银幕画面先是叠化进类似于蛇的活动的图案，然后依次在银幕的右侧与左侧叠出两个龙头的图案，再运用特殊的电影艺术画面处理技巧把原画中的龙头抖动了两抖，并迅速把龙头的图案推近、放大，最后展示象征皇权的龙的图案和《灵蛇吞象》原画长镜头作为结束。在这里，电影艺术的剪辑、处理技巧很好地表现了萧云从的人格、秉性，也通过生动的形式增强了所述内容的悬念性、故事性，吸引了观众观赏时的注意力。

三、在策略式纪录片叙述主体框架下，充分结合分类式纪录片的叙述优点进行叙述

影片为补充策略式纪录片叙述的不足，穿插使用了分类式纪录片的叙述策略。具体方式主要有以下两种：

一是结合运用分类式纪录片的有趣、广泛、不同寻常的分类类别来让所叙述内容看来更有趣。

影片为达到说明、揭示萧云从艺术成就、艺术地位的目的，势必要一一列举萧云从的主要艺术成就，这在纪录片的叙述中就会涉及如何运用分类式纪录片的叙述方法的问题。研究证明，萧云从的主要成就及艺术地位有影响芜湖铁画的创作理念、创作《四岳图》、创作《太平山水图》、创作《离骚图》、提携影响“新安画派”的渐江等人、影响近现代的诸国画大师及日本的南宗文人画派等，为了达到既叙述萧云从的艺术成就、艺术地位，又能避免叙述的平铺直叙，影片即采用了上述有趣、广泛、不同寻常的分类类别来让所叙述内容题材看起来有趣。萧云从影响芜湖铁画的创作理念在其一生的成就与贡献中可能只是较小的一部分，这里的分类叙述的标准似乎是基于有趣的标准，而从萧云从对新安画派及日本绘画等的影响来叙述他的成就与艺术地位，又显得分类叙述的标准不同寻常与广泛。

二是整体叙述框架运用富有悬念的策略式纪录片的叙述策略，叙述中穿插使用分类式纪录片的叙述策略。

全片以记述萧云从与芜湖铁画的关系入手，注重策略式叙述，较容易引起观众的好奇心。在进行分类式陈述时既努力做到叙述内容对观众的吸引力，也努力做到使所叙述内容间自然地环环相扣，引导观众思考并猜测可能的叙述结果，富有策略效果。

结 语

萧云从是明末清初的著名画家，也是姑塾画派的领袖，堪称中国绘画的一代宗师。纪录片《一代宗师萧云从》紧紧抓住叙述的主题与主线，充分运用策略式纪录片的叙述手法，适当结合运用分类式纪录片的叙述手法，并运用一定的戏剧与电影等手法以观众为中心进行论点的叙述，取得了很好的纪录片叙述的效果，其取得的纪录片叙述的经验值得很好地总结、借鉴。“云中辨江树”，“天际识归舟”，纪录片正是通过这样从观众出发、富有艺术效果的叙述才拨云见萧云从的艺术成就之“树”，于天际识萧云从一代宗师地位重新归来之“舟”，这对当代萧云从研究与弘扬萧云从艺术精神都具有重要意义。

（作者单位：安徽大学艺术与传媒学院）

君子之风，山高水长

——观黄梅戏《大清名相》有感

●欧阳冰云

2015年9月28日，大型黄梅戏《大清名相》在第七届中国（安庆）黄梅戏艺术节作为开幕大戏上演，观众掌声雷动，一时好评如潮，引起了强烈反响。

《大清名相》通过清朝宰相张廷玉之子张若松借古画引起的风波为线索，讲述了张廷玉面对古画中裹夹的银票凛然拒绝、连夜带着儿子逐家敲门退礼的故事，淋漓尽致地展示了一代名臣张廷玉豁然坦荡、光明磊落、不为金钱所动的君子之风。《大清名相》是一部惊心动魄、发人深省、充满正义感、充满人性温暖、歌颂高尚德行的抒情正剧；是一部弘扬主旋律、传播正能量、弘扬社会主义核心价值观的大戏；是观众呼唤与期待的好戏。

《大清名相》在六尺巷中拉开帷幕，六场核心戏后又在六尺巷中以皆大欢喜、圆满的场景谢幕，“六尺巷”贯穿始终，充分地展示了六尺巷精神。看过几个版本的《六尺巷》剧本，《大清名相》是《六尺巷》的延续和升华。“六尺巷”是一种精神象征，一种中华民族胸怀宽广、克己奉公、严于律己、严谨治家、伸张正义的文化符号，是人类发展史上的一座丰碑。在我们每个人心中，都有一道人性美好而坚毅的六尺巷。

《大清名相》中的张廷玉是一个高风亮节、堂堂正正的正人君子形象，他的所作所为，堪称典范；他的话语，气宇轩昂，铿锵有力，震撼人心。他严于律己、严于治家、严以用权，是“三严三实”的楷模。同样是一个“让”字，《大清名相》突破《六尺巷》邻里之间的礼让，升华为权势面前的“谦让”、大是大非面前的“廉让”、荣誉面前的“智让”。一个“让”字，让出了风格，让出了境界，让出了智慧。

序幕在六尺巷中开场，以张廷玉与曾孙张一丁几句对话为开场白，突出“一个让字，说说容易，做起来难”的感慨。从曾孙教起，使张氏子孙从小就明白“让”的道理。桐城张氏，典型的宦官世家，两朝父子宰相，齐家治国，名扬天下，一个让字，道出了其中多少人生况味，多少世态沧桑，多少风云变幻。大戏以文端公张英的家书“一纸来书只为墙，让他三尺又何妨。万里长城今犹在，不见当年秦始皇”为主题歌，贯穿始终，耳熟能详的诗句很快融入观众的内心，打动观众的心灵，在观众心里引起共鸣和震撼。

《大清名相》以张廷玉的“三让”，一层层展示戏剧的精华和核心，步步惊心，步步升华，吸引着观众去探索后面的剧情，使得整个剧情充满神秘感，充满张力，引人入胜。

张廷玉的儿子张若松升为内阁大学士，张廷玉抱病向乾隆帝进言，认为父子同在内阁，于江山社稷不利，应该给别的栋梁之材让路。“一阶一惊颤，一步一不安”，淋漓尽致地刻画了一代名臣张廷玉的谦虚、谨慎、坚定、刚毅。一句“只怕是委屈了多少天下寒士”，声震朝野，四座皆惊。这是何等的胸怀，何等的气节，何等的风度。心中有别人，心中有国家，心中有天下。忧国忧民，光明磊落，这就是一代名臣。

张廷玉七十七岁生日那天，张若松借了一幅唐伯虎的古画回家临摹，没想到古画中裹夹着银票礼单。张廷玉大怒，毅然连夜退还银票。张廷玉作为三朝元老、皇帝的老师，有五十年不犯错的美誉，有配享太庙的礼遇，一生光明磊落，忠义赤诚，德高望重。孝悌忠信礼义廉耻，不仅仅是张廷玉修身的准则，也是他治家的准则，更是他效忠国家的准则。张廷玉作为当朝宰相，惩贪肃吏，树敌不少。戏中用黑衣人表现那些官场的恶势力，一正一反、一明一暗，形成鲜明对比，引起强烈的反差。第三场中退礼的戏，堪称戏中精华，是戏的精彩部分。巧妙的舞台设计，使舞台成为灵动的街巷，人在街中走，街随人移动。表现手法新颖、绝妙。张廷玉时而步履蹒跚，举步维艰；时而大步流星，满台生风。退礼前举步千金，退礼后一身轻松形成对照。生动形象，让观众如身临其境，展示了张廷玉的清正廉洁、磊落光明，一身正气的君子形象。抵制贿赂，保持清廉，坚定果断，这是廉让，是对不义之财的坚决拒绝，是修身养性的儒家文化的诠释。

张廷玉为朝廷惩贪肃吏立下了汗马功劳，为了平息乱象，稳住朝局，执意让贤还乡，更重要的是淡泊名利，让出了一生的殊荣——太庙配享。这是一种大气节的让，让出了胸怀和气度，更是让出了智慧，是智让。这是一位鞠躬尽瘁的老臣为了国家，为了江山社稷，以退为进的智慧选择。“老臣退一步，圣上进三步。当此关头，收回老臣之太庙配享，待风平浪静，圣上尽可铲除巨蠹，肃清贪墨，起用新人，造福黎民。圣上不可犹豫了，反腐惩贪，任重道远哪！”“我张廷玉为了社稷安宁、万民福祉，有什么耻辱不能吞，有什么委屈不能受……”句句肺腑之言，铿锵有力，掷地有声，这是一种大智慧，推心置腹，说服乾隆，使得乾隆皇帝放开手脚，大刀阔斧地惩治贪腐。张廷玉一生，“终身让人道，曾不失寸步”（曾国藩《不忮不求诗》），让与不让，泾渭分明。儿子晋升，谨慎谦让，为的是给天下贤者提供机会和平台；拒收礼金，毅然廉让，为的是弘扬正气，磊落做人；退居故里，为的是江山社稷。这些当让，毫不犹豫；当面对恶势力，面对黑衣人，坚决不让，这是原则，是信念，是做人的根本。

接下来张廷玉一段情真意切的核心唱段，气宇轩昂，荡气回肠，震撼人心，催人泪下，将整个戏曲推向高潮，同时，将人物的精神境界推向神圣的巅峰，成为人们仰望的高度。“这一仗，这一仗啊，但愿得，打出个，天朗朗，地朗朗，天地清朗，人心坦荡，社稷稳当，庶民安康，升平气象，日月争光，风调雨顺，鸟语花香，江山美景万年长！”唱出了一个肝胆相照、一心报国的老臣的心声。纵观历史，连接现实，反腐肃贪，并不是跟谁过意不去，而是为祛邪扶正，使得天下太平，人民富裕，社会和谐，老百姓能过上安稳舒适的好日子。联想到当前的反腐倡廉，不也是希望现实安稳，天下太平，只有这样才能一心一意谋发展，聚精会神奔小康，才能做到真正的天朗气清。

《大清名相》结尾巧妙地安排在六尺巷，首尾呼应。“一条六尺巷，走出父子双宰相。一个是，邻里为尊，谦卑礼让；一个是，社稷为重，隐忍退让。”皇帝亲临六尺巷，因为三朝元老张廷玉的隐忍退让，换得了大清上安下顺，弊绝风清，乾坤清朗。一道圣旨，抚慰了老臣张廷玉的心，也温暖了天下人的心，天下归心，圆满和谐！君，是明君，是明辨是非、黑白分明的权威；臣，是贤臣，是大义凛然、谦恭礼让的榜样，君臣一心，政权就是铜墙铁壁，任何腐朽都无法入侵。庄严的官员队伍走六尺巷，将戏曲进一步推向高潮，也将六尺巷推向一座精神的巅峰，成为人们心中的一座丰碑，成为人们仰望的高度。六尺巷，是一个文化符号，是一个精神象征，是人类历史上文明的标尺。让，是国家文明程度的标尺，有了让，才有秩序，才有仁义礼智信，才有文明。让，不仅仅是在戏曲中传承，不仅仅是在六尺巷传承，更应该成为我们全民的行为准则，以“让”修身，以“让”齐家，以“让”报国。同时，将“让”这种中华民族的传统美德代代传承。

习近平总书记在北京文艺座谈会上的讲话中指出“精品之所以精，就在于其思想精深、艺术精湛、制作精良”。精品应该用现实主义精神和浪漫主义情怀观照现实生活。《大清名相》正是这样一部观照现实生活的正剧，是一部聚集正能量、弘扬正气之歌的好剧。《大清名相》已经超出了戏曲要表达的本身，上升到社会层面，成为人们为人之道、为官之道、处世之道的范本。一代名臣张廷玉的谦让、廉让、智让，让出了风格，让出了气度，让出了智慧。张廷玉，一代名臣，君子之风，山高水长，源远流长！

（作者系安徽省作家协会会员，现供职于太湖县文联）

遵循规律　促进创作

——谈少儿舞蹈《翔》的创作

●邓晓焰

小鸟为了追寻绿色和阳光振翅飞翔，为了理想中的家园，迎着狂风暴雨，继续着它们的生命之旅……

少儿舞蹈《翔》是省舞协积极响应省文联千名文艺家下基层采风创作活动，与黄山市舞协为徽州区文峰学校量身打造的一个原创舞蹈作品。少儿舞蹈《翔》在2015年度分别获得了第八届安徽省少儿舞蹈会演一等奖、2014年度“我们的沃土我们的梦”千名文艺家下基层采风创作活动成果一等奖、第八届“小荷风采”全国少儿舞蹈展演“小荷新秀”奖、黄山市首届少儿文艺会演一等奖。舞蹈通过对一群幼鸟在迁徙的过程中团结友爱、坚忍不拔、奋勇直前的顽强表现，赞颂了它们克服困难的坚强毅力和相互间的友情与爱，成功地塑造了一个勇于面对困难、敢于接受挑战、理想信念坚定的优秀团队。

我认为少儿舞蹈《翔》的创作成功，其亮点主要体现在编导对于创作规律的准确把握上。

首先，把握童真童趣，设计易于少儿体现的舞蹈选题和舞蹈形象。

童心、童真、童趣是少儿舞蹈区别于成人舞蹈的最基本特征，寓教于乐的特殊功能能使少儿舞蹈更富活力并彰显教育意义。

编导选了一个鸟类迁徙的故事主题，通过情节的发展，体现了团结互助、坚毅勇敢、乐观向上的思想内涵，使作品具有激励和教育意义。

舞蹈选用幼鸟作为表演主体，其形象易受少儿喜爱和接受。孩子们在舞蹈模仿的过程中享受童趣，在舞蹈表演的进程中感悟哲理，使舞蹈故事更能得到孩子们的关注与思考，使作品更具活力，从而为作品的成功奠定了基础。

其次，因材施教，合理提炼舞蹈动作和舞蹈架构。

作为服务基层的创作活动，编导面对的是一群没有受过舞蹈培训的小演员。为此，编导在舞蹈《翔》的创作中完全摒弃了高难度技巧的使用，设身处地地为小演员提炼合适的舞蹈语汇，使演员们舞之自如，意动相融。

在舞蹈的编排上，编导用起航、拼搏、家园三个段落来完成作品的呈现。作品没有繁缛的描述和复杂的解释，总体风格统一，流畅、明朗、准确地表现了舞蹈的思想内涵。

由此可见，编导对表演对象的能力的把握非常重要。舞蹈《翔》就是编导注重因材施教，使作品没有因为演员的基础差而影响艺术质量，反而恰到好处地塑造了幼鸟美丽可爱的艺术形象和坚毅顽强的精神追求，使舞蹈获得形式与内容的完美统一。

最后，追求点睛之笔，营造氛围烘托主题。

编导在创编过程中非常注重情感的渲染及戏剧性冲突场景的营造。舞蹈一开始就直接进入主题，直观地把一群展翅欲飞的小鸟呈现出来，在晨曦里萌动、梳羽、振翅……恬静中予以动态的积蓄，虽然未有大幅度的动作，但已经先声夺人，为后面的远“翔”做实了铺垫。

在舞蹈的“拼搏”段落，编导充分运用队形的调度，或连，或断，或斜角对穿，或圈圈环绕，高度引起了观众对舞蹈剧情的参与、对小鸟命运的关注。通过群鸟翻腾冲突、起飞跌落的抗争场景编排，到抱团合力、勇于击进、战胜风暴的静止造型，最大张力地呈现了群鸟身处毁灭性灾难现场的困境，亦更好地映衬了它们团结协作、不屈不挠的勇敢精神。特别是当风暴过后，阳光洒落在静立于舞台中间的遥望远方的群体造型之上，洒落在群体托起的一只静态飞翔的小鸟身上……此时的场景犹如一曲无声的生命颂歌，激励人心，久久回荡。

点睛之笔使人过目难忘，氛围营造邀人喜乐与共。可见，成功的舞蹈一定有着独到的设计和绝佳的处理。

总之，舞蹈创作一定要遵从规律、寻求突破，不能凭空造车、空洞苍白。少儿舞蹈《翔》的创作成功，是舞协组织编导开展深入基层、扎根人民采风创作的成果，是遵从创作规律、服务于基层的实际行动和最好答卷。随着“我们的沃土我们的梦”文艺家下基层采风创作活动的进一步深入，我们将努力创作出更多的舞蹈作品，向着更高的目标振翅飞翔。

编导：刘磊。毕业于北京舞蹈学院本科编导专业，现为国家一级导演。其编创的独舞《花鼓佬》获首届安徽省专业舞蹈比赛创作二等奖、第九届中国舞蹈“荷花奖”民族民间舞蹈比赛表演银奖、安徽省第十届艺术节一等奖；

创作的双人舞《我和你》《风雨别皖南》分获安徽省第九届艺术节创作一等奖和首届安徽省专业舞蹈比赛创作二等奖。此外，编导刘磊还参加了 2008 年北京奥运会开幕式、2010 年上海世博会安徽馆开幕仪式、2010 年全国四体会开幕式等大型活动的导演工作，是一位在创作上多有建树的年轻编导。

（作者单位：安徽省舞蹈家协会）

始得“初心”及其他
——读《本土文论及小说叙事十二题》所想到的①

●田宏宇

［摘　要］　“不忘初心，方得始终。”孙仁歌的《本土文论及小说叙事十二题》围绕“以中释中”的主题重新反思了本土文论重建的中国化民族化原则。这种观点对于建立本土文论话语体系无疑是一种“返璞归真”式的反思。本文从“以中释中”的思维方式、“中国式”小说叙事的特点和作者学术语言三点出发解剖孙仁歌的叙事思想，以期对当前中国文论在“西化”思潮下的建设方向有所裨益。

［关键词］　初心；思维方式；故事；含蓄；抒情

前　言

既然书评，不妨先从读书说起。读书是一件什么样的事情呢。有人说清风徐来，水波不兴，一本好书，一杯清茶，其乐何如？正如陶渊明先生所说的：“好读书，而不求甚解。”可是这种“太舒服”的读书方式实际上是有问题的。朱光潜先生曾经说，这是一种读书享乐主义。虽然博览了群书，培养了不平凡的气度，但是终究是“泛滥而不知所归”。原因在于读书本是严肃的事情，是件需要坐冷板凳的事情。一件事情如果太舒服、太快活，那么它本身就是有问题的。因为生活从来不容易，事情从来也不简单，本质更不可能

① 淮南师范学院重点课题“中国诗学的‘空间’特质”，编号为2014xk12zd。

写在脸上，读书人的事，怎能作为一个消遣来对待呢？由此，谈到孙仁歌的这本书。这本书给我的头一个感觉就是痛感，之后是快感。痛感在于作者的思想是非常犀利的，批判性和怀疑性是很猛烈的，直言其事，不加隐晦。快感则在于这是一种真诚，来自于知识分子良心的呐喊和承担。嬉笑怒骂尽在其中。我想说的是这本书不是一本可以让你平心静气品尝的清新类的文章。它不舒适，但是它却刺激思考。我认为它是很可贵的。就像苏格拉底曾经形容自己的那样，我就是一个让你们不舒服的牛虻，但是因为我的存在，也许大家会在思想的道路上走得更远。

一、“以中释中”的思维方式

首先是“以中释中”。其实在五四以后，西方文化的涌来带来了长时间的思想的混乱，口头上虽然说是“中学为体，西学为用”，实际上早就颠倒过来了。难道老祖宗的东西真的如现代人经常所说的那样缺少系统性和科学性，无法建立一个大的理论体系吗？非也。自从文学理论教学以来，更加让我熟悉和感动的不是那些纷繁芜杂的庞大的西方理论体系，而是那些“随风潜入夜，润物细无声”的中国古典美学的魅力。它包括蕴藉之美，包括含蓄含混之深，包括抒情的田园话语。它比那些强大的理性似乎还有感染性。因此我一直在寻找一条道路，那就是如何让中国特色的文论真正地呈现出它自己的魅力和美感。这个时候，我看到了孙仁歌的“以中释中”。这句话让我觉得很感动也很惊叹。这就是一种血脉的传承。在我们用白话文替代文言文的时候，在我们用英文的强势教学取代中文的传统教育的时候，我们其实就在慢慢地转让我们的话语权。这是很可怕的。语言的表达方式直接决定的就是思维方式，进而潜移默化的就会影响一个人的世界观和价值观。所以在这个时候提到这点，是非常具有警醒性的。“吾行其远矣，孑然失其侣。”是不是我们也要寻找自己的“初心”呢。可喜的是，作者的这本书无不是站在这个角度上来重新阐述和确立中国式的生存语境。

在《“中国式”小说叙事文本本土文化渊源释读》中，他指出：“强调‘中国式’，就是强调中国本土文化元素以及话语表达形态，也就是说‘中国式’小说叙事文本必须植根于中国本土文化土壤之中，与中国民众的生存语境及命运血脉相同。”这句话是很有力量的。也许对于当前中国的评论家而言，需要加强的并非理论基础，或者在西方理论中皓首穷经的本事，而是血脉的认同感和共鸣感。在这里我们可以先看看西方。从本体论到认识论再到存在论，他们一脉相承的就是精神的辩证法，在否定之否定中前进。这是他们的血脉。追求“文学是什么”是他们根本的思维方式。但是中国的文学从一开始就不一样了。中国人的思维方式不是“是什么”而是“怎么样”，因此有人问孔子，仁是什么。孔子说了两个字，“爱人”。实际上他解决的就是“怎么样”的问题。这种思维方式一直贯穿到文学中去。它不需要理性的概念，它只需要告诉你怎么做。怎样涵咏其中，怎样品尝滋味，怎样在人生中让诗情画意融合一起。所以“诗三百，一言以蔽之，思无邪”。所谓无邪，就是不偏不倚，不以物喜，不以己悲，达到中和情怀。这就是让你去实践怎么样的问题。言有尽，同时意无穷，在品味中感受人生的广阔意境。但就是这一点，仔细咂摸却是精华所在。试看《“中国式”小说叙事“含蓄”修辞应用》，他讲道，“顺延着‘意境说’的长河到庄子的《齐物论》、春秋笔法、刘勰的《文心雕龙》、金圣叹的戏剧评点以至现、当代的‘鲁迅说’、‘王国维说’、‘钱钟书说’等等，都可以为‘含蓄也是一种修辞说’找到可以成立的依据”。而这种境界用在文学作品中蕴蓄深厚而又余韵深长，谁能说不是文学中最高的一种境界？所谓知识就是“教你认识你自己”。与其卑微于西方理论的巨大统摄之下，何不反观一下自己，“为有源头活水来”。看看自己是怎么来的，这点倒显得更加必要。由此，就涉及孙仁歌明确提到的另一个命题，那就是“中国式”小说叙事。

二、“中国式”小说叙事的三个层面

叙事本是西方话语，但是加以“中国式”，实际上就是中国文论的返璞归真。它并非一味地抵制和排斥西方文论强势话语，而是立足本土，尤其是古典文论的特征，重新确立中学为体、西学为用的体系。“小说家首先是会说话的人，这话就是故事，同时又能把故事说得特别好听、特别有意思，并且又能把这故事目的和意图悄然地隐在其中，不动声色，让读者自己去悟，悟出来的东西往往又与小说家的原创精神相交融。”在这段话中实际就暗含了中国式小说叙事的三个层面：一、讲故事；二、含蓄；三、抒情。这三个层面构成了中国小说叙事的主要方向。

首先，讲故事。在作者看来讲故事是一个本事。历来中国的小说侧重的是“事”，而西方的小说侧重的是“人”。所以中国的故事，尤其是古代小说，往往以章回体为主要特征。到了关键时候戛然而止，请听下集分解。这和西方小说以人物性格为主要表现重心的方式侧重点完全不同。于是中国式的小说要回归本土的特点，就着实要培养一下讲故事的本领。不但要讲得完整，而且要讲得好听，讲得有意思，讲得引人入胜。金圣叹曾经划分过“史”和

“文”的区别。他认为，“史”侧重在叙事。只需要陈述清楚前因后果即可。所以《三国志》等历史书籍都是涉及大概；但是小说则侧重在“文”的渲染和铺排，而“文”虽然表面上为“虚构”，但实质上却是亚里士多德所说的“可然性”。它正是呈现作者心志、情感、思想的地方。因此历史多是模仿，但是文学却在创造。而故事性就是在情节中“创造”。“在中国读者看来，小说家的天赋就是会说故事的人，凡能把故事说得巧妙诱人同时又能让读者厌倦之后余味不尽，这就是好的小说。所以，‘中国式’小说文本，往往故事决定小说质量，而话术又决定故事质量。”所以这里的关键就是“讲”的“话术”。但是据作者看来，中国式的“话术”又是没有“术”的自然流露。在《“中国式”小说叙事话语举要》中，他列举了吴子长的小说创作，在他看来，吴子长的“回归”，恰恰在于他平实晓畅、自然熟稔的叙事话语。“既平平实实，又悠悠然然，在平实悠然之中讲完故事，也把叙事的目的乃至意图不动声色地隐于其中，继而也让读者在平实悠然之中接受故事，自然也接受了隐藏在故事之中的某种目的以及期待。”换言之，中国讲故事的“话术”，不是现代型的实验文本，也不是隐藏着实用目的的修辞方式，更不是先锋小说的“西方式”，就是老老实实的说话，不期然而然，从而达到一种审美的情趣。这与韩愈所说的“文以载道”形成呼应。所谓“文以载道”，就是用文章作为载体真正达到一种思想的传达。

而故事的目的不在于故事本身，而是在于它背后所要吐露的真实思想感情。因此，在作者看来吴子长的《逃离》与《前程》优点就在于人间烟火的日常叙述，娓娓道来中让人不自觉地沉浸其中。虽然也涉及隐喻或者倒叙等修辞，但是并非刻意而为。而作者在分析潘军的《一曲现代城市人的婚姻绝唱》时，更是解剖了其故事叙述的特点。潘军无论是在写《纸翼》还是在写《合同婚姻》，呈现的故事样态都是平实的，在水波不惊中却能显示石破天惊的心理变化。中国式的“故事”和西方式的“故事”不同。后者发源于戏剧。戏剧讲究的是矛盾冲突，在矛盾冲突中凸显人性的崇高和壮烈精神。所谓“向死而生”，讲的就是西方人讲故事的一种方式。但是中国人讲故事，是发乎情止乎礼的。换言之，它始终有一种“礼”作为其理性制约。感性和理性的冲突交融成为它的特点。因此，即使是“石破天惊”的心理变化最终也化为一场沧桑的感慨，酒入愁肠，化作相思泪。正如作者引用的苏秦的心底世界：“苏秦今晚变得善饮，一瓶法国红酒，没多会儿就完了……他平时不爱酒，也几乎不喝。可是一旦喝起来，就完全放开了……他喝多了，就特别伤感，会想起自己一生中那些容易悲伤的事情，然后眼泪就情不自禁地往下流……”这就是“中国式”的叙述。说快乐，没有那么满，总有着淡淡的忧伤；

说悲伤，也没有那么切，总是要在第二天早晨后重新打铁卖豆腐，回归到日常中来。可谓“乐也日常，悲也日常”。一句“活着”，最简单也最复杂的内涵都包蕴其中了。正如作者所讲的：“既呈现出很质地的故事形态，也荡漾着无限耐人咀嚼的思想意蕴，同时，也充满了一种温雅而感伤的诗意。无论是笔及情节，还是笔及人物，作家都不温不火不缓不急，总是完全小说化地生产着小说这东西，丝毫不见时尚的那种一定要带着读者去哭或带着读者去笑的作者劣迹。”在叙述中优雅，在优雅中思索，在思索中继续活着，成为“中国式”叙事的一个典型的特点。

其次是含蓄。含蓄作为话语蕴藉的重要方面，向来是中国文论的一个重要方面。含蓄，就是将意图、意味、意蕴和意境藏起来，耐人寻味。这主要体现在中国诗词中的“不着一字，尽得风流”。但是在作者看来，它不仅可以运用在抒情性作品中，而且在叙事类作品中也有“从容之姿”。在《“中国式”小说叙事形态面面观》中，作者列举了汪曾祺的《陈小手》为例，他指出，小说的精彩之处就在于末尾。陈小手救了团长夫人，但是团长却拿枪把他打死了。小说到此就没有后文了。在最突兀、最不可思议、最让人难以想到，或者最需要迫切地要求答案的时候，作者沉默了。这就是含蓄。随你想去吧。这时候，就像达到了莱辛所说的那种“巅峰”时刻，也就是最饱满的时候。过去、现在和未来都凝聚在一刻了。救人的曲折、成功的凯旋、枪声的毁灭和故事的结局几乎都在一瞬间发生，让人都来不及反应。结果作者末尾只说了一句“团长觉得怪委屈”一下子把悬念推到了顶点。在作者看来，这种“含蓄”使用可谓精彩。“掩卷之后，《陈小手》就像一篇被拉长的诗，让读者回味不尽，‘陈小手死了之后会怎样’差不多成为每一个读者心中的结。或许一千个读者也会有一千个陈小手，但一千个陈小手都是含蓄的产物，有限之中蕴含着无限，其实就是含蓄的另一种话语表达。”在某种程度上，“含蓄”是一种话语的压抑。有句成语叫“欲扬先抑”，含蓄实际就是取其精妙所在。所要表达的，偏偏藏起来；需要直说的，就是要绕着讲，让你猜，让你想，让你在反复的咂摸中品味人生况味。作者在《“中国式”小说叙事话语举要》中就列举过淮南作家吴子长的两部作品：《逃离》和《前程》。作者认为，这两部小说的妙处就在于呈现了含蓄的风貌。《逃离》讲了弘颖和曾浩的婚姻危机。弘颖看不惯曾浩的那种混日子的小人之风，尤其是看不惯他那种在官场上表现出的谄媚顺从同时又背后抱怨两面无主见的做法，于是决定逃离婚姻的束缚。整部小说没有一个字涉及“逃离”，却每一个笔触都在逼近逃离的步伐。从看不惯到争吵，到不能忍受到绝望到决绝，这实际都是诉说着一种“逃离”的节奏。这是一种含蓄。而且这种含蓄就如同一种强烈的感情洪流压抑在话语的背后，让读者不自觉地也对弘颖形成了情感认同；而作者更赞同的一处“含蓄”就在于结尾之处（也许在作者看来，结尾的“含蓄”似乎也成为评判一部优秀作品的标准)。弘颖逃离之后怎么办？这就和鲁迅所发出的娜拉出走后怎么办一样的提问。所以这里的“逃离”有些仓皇，也有些质疑，更有一些担忧。

这些都是隐藏在题目之后的思考。虽然是春江水暖鸭先知，但是个中滋味只有交给读者去品味了。《前程》揭示了相似的故事。在官场中，从单纯发展到腹黑，前程无疑成了反讽。故作者将其称为“话中有话”的“含蓄”。小说中的“含蓄”比起诗词中的“含蓄”，少了几分诗意，多了几分世故，也多了几分世态炎凉的感慨。也正因为这样，小说中的“含蓄”也就更呈现出了一种“中国式”的文化心态。因此，杨义在《中国叙事学》中讲道：“读中国叙事作品不能忽视以结构之道贯穿结构之技的思维方式，是不能忽视哲理性结构和技巧性结构相互呼应的双重构成的。不然，就是知其然不知所以然，难以解读清楚其深层的文化密码。”“知其然”是表面故事，“知其所以然”则涉及故事本身所含蓄的内在思想体系和文化密码。“中国式”小说看起来浅显易懂，思想上却深不可测，正是这个原因。

再次是抒情。作者本来指的是“意境”，但是在我看来用“抒情”也许更能传达作者想要呈现出来的“中国式”的特点。原因有二：其一，意境本身就是抒情的一种形象化的美学表达。在作者《谈谈意境的“空间美”及其应用》中，作者就借用了童庆炳的一句话：“意境是指抒情性作品中所呈现的那种情景交融、虚实相生的形象系统及其所诱发和开拓的审美想象空间。”简言之，意境的归属就在于抒情性作品所拓展出的审美想象空间。无论是情景交融中的景中藏情、情中含景还是情景并茂的情境，还是虚实相生中的意境，莫不是在“虚”中传神，在“情”中点睛。其含蓄空灵之妙境，不仅在于修辞的巧妙运用，更在于那让人享用不尽、为之徜徉反复的情感咏叹让人沉醉其中。而在《“中国式”田园情语》中，作者更是大旨谈情。作者借用王国维的话：“不知一切景语，皆情语也。”“故能写出真景物、真感情者，谓之有境界。”这就将意境和抒情真正联系起来。作者通过徐迅的散文指出，其写植物们的情趣和诗意，其写家乡时的那种乡土生命的气息，“全然来自作家的感知系统，是作家与描述对象发生诗意情感知系的结果”。因此作者称之为“田园情语”。这里的田园情语，和席勒所说的素朴情怀迥然不同。它更侧重于一种乡土情怀的回归和伦理守望的厚度。这种情结无论是在古代的隐居情怀，还是在今人的闲适情怀中都有迹可循。其二，中国式的“抒情基因”。从《诗经》开始的“诗言志”开始，“志”就有了“情志”的含义，而到叙事，也同样呈现了抒情的特征。“明清以来，戏曲小说作品的大量出现，从表面看，似乎离开了抒情系统，转向了叙事方面，其实也不尽然。就中国古代戏曲和小说作品而言，仍然贯穿着中国独特的抒情系统。”以此来类推，看看中国四大名著，莫不是深“蓄”其“情”。《红楼梦》是歌唱悲情、《水浒传》是愤慨之情、《西游记》是忠诚之心、《三国演义》是沧桑之情，莫不是延续了中国传统诗学诗言“情志”的特点。作者在《“中国式”小说叙事文本本土文化渊源解读》中指出，“中国式”小说叙事文本与“抒情基因”结下不解之缘。

在《“中国式”小说叙事“含蓄”修辞应用》中，作者引用了王一川先生的《文学与话语》中的话：“语境是说话人与受话人的话语行为所发生于其中的特定社会关系联域，包括具体语言环境和更广泛而根本的社会生存环境。”由此，“语境”的侧重点在于由话语行为引发的对社会生存环境深层的思考。它的侧重点在于“物”（即客观之“物”），而在作者看来，“中国式”语境则不仅仅在“物”，更重要是生“情”。在《祝福》中，祥林嫂捐了门槛之后四婶说“你放着吧！祥林嫂”这句话不仅仅是为了暗示在封建社会中人的可悲可怜没有出路的处境和复杂人际关系，更是用一句透心的刺激引发一种透心的荒凉感。这种荒凉感才是让我们始终都能够回忆起它并感慨万千的原因。因此作者在讲鲁迅的时候反复强调的就是鲁迅叙事背后的“抒情性”。“其抒情性色彩就显得隐蔽一些，显示出一种静水深流的叙事态势。静水之下是激情，付诸文字的叙事无论怎样客观，怎样抑制，而其潜在的支点都是抒情的驱力作用其中。”作者在本书中屡次提到鲁迅，我认为作者提到的与其说是鲁迅，不如说是鲁迅的“情”。在《“少不读鲁迅”说是一种谬误》中，作者引用了王晓明的话：“鲁迅为二十世纪中国最痛苦的一颗灵魂。”最痛苦，并非处境最痛苦，而是情感最痛苦，它来源于对人的一种悲悯情怀。它不是愤慨，不是怒骂而是痛苦。我觉得这个词很恰当。之所以有“褒鲁”“袭鲁”，都是把他作为盾牌看待的，但并没有真正走进这个人的人心。

真正的鲁迅是一种在深深困惑中探索追问同时又迫切真诚的情感。重返祥林嫂，我有时甚至觉得鲁迅就是那个祥林嫂，甚至他还自觉不如祥林嫂。祥林嫂果敢，她在结婚当天敢用头去撞桌子，表示她的反叛。而鲁迅在现实中是走向顺从的。其次，祥林嫂要尊严。阿毛的事情历来都成为人们的谈资，“我们都晓得你说的话了”。仿佛她就成了不断啰唆的唐僧，可是她不再说了。实际上她是相信大家的，而且天真地把大家的好奇心当作关心来看的。当她发现这种关心变成了嘲弄之后，她闭嘴了。这种沉默本身也意味着反抗。这时她是孤独的，在黑暗中的孤独。孤独的人同时也是真正开始思考世界的人。她思考的是什么呢。她想到了灵魂。她去捐门槛，实际上就是想要拯救自己的灵魂。她还想到了问鲁迅。世界上有灵魂吗？这在旧世的中国，是多么振聋发聩的疑问。它丝毫不亚于苏格拉底的疑问，这个世界的真相是什么？可是鲁迅逃遁了，正如很多道貌岸的人做的那样，把她一个人留在了雪地里，还留了一句话，她的一双脚就像圆规一样站在那里。不知道也就罢了，只能在形体上去蔑视她来赢得精神的自尊吗？祥林嫂的疑问，就像是在铁屋子里醒来的那个人，她看到四周都是漆黑的，她能想到反抗，想到拯救，想到灵魂。这是一个沉浸在痛苦中的灵魂，无论身体上还是精神上；同时这也是一个渴盼希望的灵魂，它甚至比子君更有力量。子君是绝望地离开的，但是祥林嫂是带着疑问离开的。只是世人只慨叹于子君的遭遇，却忘了祥林嫂的疑问。如果后来人只记得她的阿毛，记得她的缩回的双手，记得她圆规似的双脚，那就真的不仅仅是祥林嫂的悲哀了。因此，谈到鲁迅，与其想到他的愤怒，不如想想他的绝望；与其想到他的仇恨，不如想想他的痛苦；与其想到他的横眉冷对，不如想想他的悲悯情怀。也许我们对这个伟人会更多出一些理解和宽容吧。

三、“中国式”的学术语言

最后谈谈孙仁歌的语言。古语说：“发愤著书。”所谓“愤”，就是指作家出于怨愤郁结而借立言来表抒情怀。初读孙仁歌的这本书时，扑面而来的就是作者对于当前学术创作的一种“激愤”之情。在《治学何为?》中，作者就抨击了学术中所面临的种种“腐败”问题。比如“学术的‘神圣’早已经被那些不自重、不争气的学界‘群魔抑或蛀虫’者流毁坏殆尽。其中敛财者有之，沽名者有之，伪学者有之，窃学者有之，……”并放出了确实重弹级的“狠话”。然而“狠话”背后却是一种真诚的焦虑和深深的担忧。人文立言何在？治学前程何在？在《拜金“逼宫”，人文末路》中，作者再次提到了市场经济金钱至上的情况下人文精神的损失。“不可否认，经济建设的确发展了，进步了，但人的灵魂乃至思想却越来越萎缩了、越来越黯淡了，‘市场社会化’的‘洪水猛兽’正在日益疯狂地瓦解甚或泯灭着当代大众群体的德与良知，‘一切往钱看’的思潮已经成为当下一部分人的价值观。”传统批评往往遵循儒家的“温柔敦厚”，即使指出其中问题也是“谲谏”，然而作者的“直抒胸臆”“直言利弊”确实冲破了“敦厚”的面纱，有违“中庸”之风，但其“愤慨”之气，却成为其文创作的最大特点，也成为其自我性情的一个直接呈现。现在评论界的语言过于客观，动辄就引经据典，用“理论”来装点门面，自己的语言却销声匿迹了。

这样的语言模式放眼望去，千人一面，相似的语言和相似的结构，使得思想创新无从谈起。语言是独特的，需要有一股自己的“气”。孙仁歌这本书的语言未必是最好的，但却是“自身”的，随“气”而生，随“气”而至，写出了作者处在当前情势下的真实心态。这是难能可贵的。因为“气”，本身就是自身情性的呈现。所谓“诗言志”，“志”就是自我世界的最好呈现和敞开。就连西方存在论都在讲，只有语言的正确，才有世界向我们呈现的正确，才有人自身意义敞开的正确。这点恰好成为我们要为自己作“气”的一个辅助说明。作家有自己的“气”，其实对于评论家也是这样，他需要放松点，不要板着面孔；他需要随意点，不需要一定要归纳什么结论；他需要有点自己的气，未必非要中规中矩地绕着别人的跑马场走路。孔子说，文质彬彬。文，是优美优雅，而非八股式的规范；质是思想智慧，而非概念结论。在这样的思维转型下，我们或许能走得更远。

小　结

“以中释中”，是当前中国文论开拓的一个方向，也是返璞归真的一种反思。它让我们暂且搁置下西方的大部头理论，闭上眼睛回想一下自己的血脉和灵魂。是不是某一刻也有一种共鸣和响应，那来自于遥远的绝响是否还能震撼我们的灵魂？鲁迅的精神是不灭的，他的呐喊声在他的作品中依旧让我们反省着我们的人性，反省着我们的走向……

参考文献：

[1] 孙仁歌．本土文论及叙事话语研究十二题［M］．北京：中国文联出版社，2015.

[2] 王国维．人间词话［M］．上海：上海古籍出版社，2000.

[3] 童庆炳．中西文学观念差异论［J］．文学理论研究，2012（1）．

[4] 杨义．中国叙事学［M］．北京：人民出版社，1997（1）．

[5] 李建中．尊体·破体·原体［J］．文学研究，2009（1）．

[6] 张利群．探索古代文论研究的现实价值和现代意义［J］．文艺报，2010（5）．

（作者单位：淮南师范学院）

纯造形的唯美书派又一人

——淮南廖亚辉书法欣赏

●孙仁歌

熊秉明先生的《中国书法理论体系》一书，是笔者一直心仪的书法理论专著。不仅对其书法的缘情说、伦理说、天然说、佛教说等感知甚笃，而且对其书法的纯造形的美抑或唯美之说，互动中更是难免发酵以致生发出一种细微而又柔软的感知碰撞，为此，便多了几分心领神会。

纯造形的美又有别于自然美的法则，以现代西方绘画艺术的理论解释，就是一种“抽象之美”。此言十分高妙！熊秉明先生的阐释甚丰，其中有：“书法诚然不是摹写实际事物，而用点、线、黑、白来构成美的效果；西方人可以不懂中文而欣赏书法，许多西方抽象画家从中国书法中寻找抽象主义理论，并吸取创造的灵感。”①

读了这段话，不禁让人为之震撼！可见，纯造形的书法艺术由来已久，它与西方抽象绘画艺术之所以拥有相通之处，就在于东方书法艺术的造形美与西方绘画艺术的抽象之美有某种合璧之妙。可见，东西方文化艺术互补出彩的例证已经屡见不鲜。

熊秉明先生把这一书派分为理性派和感性派，前者注重书法的结构秩序，后者注重书法的气势变化及动态乃至音乐美感等。熊秉明先生在书中笔墨有别地介绍了王羲之、王献之、何绍基、张裕钊、米芾、怀素、赵孟頫、宋徽宗等书圣大师的书法例证，或工于理性的造形之美；或工于感性的造形之美；或工于唯美之美的造形之美，一言以蔽之，皆可归为纯造形的唯美书派体系。

---

① 转引自熊秉明：《中国书法理论体系》，天津出版社，2003年6月版，第31页。

古有圣道传世，后世就有香火继承。书法之道也然。后世截取淮南一隅，书家云集，妙手成群。生于淮南廖家湾的书艺传人廖亚辉便是其中之一。笔者曾于2016年4月间某日兴味陡生之际突然走访亚辉君所在的淮南书画院。具有徽派建筑神韵的书院格局，似乎也在无声地营造着一种浓郁的书卷氛围。零距离地观察亚辉君其人其书，自然胜过浮光掠影，你说他说，以知人论世之道观之，将亚辉君的书法气象冠以纯造形的唯美图式，似乎也并非是"强奸人意"。

亚辉君书法之路起步较早，书艺最早启蒙于父亲美术生涯的言传身教，小学时代就以书法见长，曾在青少年书法大赛中得过一等奖，后师从余国松、陈浩金等本地书法界名流，一心一意致力于书法艺术的修行与"炼狱"，多年苦其心志临碑临帖，对汉碑、魏碑更是敬畏有余，同时也不放过对历朝历代各路名家名碑名帖的锐意穷搜，诸如对尤门二十品石门颂、西狭颂等都下过功夫。近10年来对元代赵孟頫的手札也格外青睐，尤其钟情于临摹二王的碑刻、传世的墨迹。众采百家、九九归一，那就是纯造形的唯美书派。

亚辉君的书法审美理想或许就与唯美书风结下了不解之缘。他立足于传统书法血脉的师承，暗香涌动的内心世界又不乏一种创新乃至超越的诗艺情怀，于是就构成了廖亚辉特有的一种书法模式，唯美的审美情趣、善于流变的动态线条、尊重书法笔法结体和章法的规律、在皈依传统的定式基调中探索属于自己的某种东西。或许这种东西追求一生也未必就能如愿以偿，但书无止境，追求也当矢志不移，不可浅尝辄止。只要坚持，就会终有所得！

综观亚辉君的书法整体品相，确有纯造形唯美书派的格调，虽不宜浮夸去比照史上二王以及诸多书法圣贤的传世之作，但得其一二神韵之说也并非就是夸夸其谈。笔者用心观摩欣赏了《停舟一望·廖亚辉诗词书法》专刊，被其一幅幅可目可心、美感灵动的书法作品所愉悦、所诱惑，可谓诗书并茂，才艺凸显，颇有历史上文人书画的功力与素养。

细观其书法的间架结构，感性动态之美溢于言表，既有一种机体运行的心手相师的舒快，也有一种笔墨入纸酣畅淋漓的性情之痛快，自然也不乏一种静水深流，暗香涌动之理性内敛气韵的支撑。圈内有知亚辉者把其书法当作梦中情人去欣赏，其言道看着亚辉的书法养眼、想着亚辉的书法舒心，谈着亚辉的书法情绪兴奋，这看似戏言的评价，不经意中却也把亚辉君书法中的某些传神之处给发掘了出来。

唐代张怀瓘在《文字论》中说："深识书者，惟观神彩，不见字形。"寥寥数言，却道出了书法之天理。或许"神彩"正是纯造形的唯美书派的要领所在。文字仅是书法的凭借，而文字的意义不是首要的，得其"神彩"才是造形的终极效果。

那天不经意中浏览了亚辉君的几幅旧作真迹，看上去，扑面而来的是一种唯美的布局、流畅温婉的线条以及性情盎然的笔意，都在直觉中形成一种笔落不俗的印象。唯美的追求也不乏一种诗意的追求，唯美书派的诗意性特质不仅表现在造形的灵活跌宕、字字有如天花落地之惊艳，同时也不乏一种音乐的胎盘孕育其中的潜在匹配，所以依据这种唯美书派的特质去欣赏亚辉君的书法，谓之富有一种造形的动态之美、也富有一种不动声色的节奏感乃至诗意情结，也算是对其真实的写照。

亚辉君也的确崇尚诗书并举之道。他在朝圣书法的漫漫旅途中也伴以诗词歌赋的修行与用功，他的许多书法作品并非都是抄写他人之诗作，不少书法作品都是来自他自己的得意诗篇。自己书写自己的诗作，与抄他人之诗的书法造形，主体感受抑或创造过程中的心理自足层面，肯定是不同的。《停舟一望·廖亚辉诗词书法》就是重要例证。诗书一体化，既是一个书家综合素养的体现，也是决定一个书家的书艺之路能走多远的重要考量条件之一。因为书法本来就是对中国文化的一种表达方式（李泽厚语）。

亚辉君的书艺之路走得正，得道纯，积淀厚实，用情用志专一，深究其新旧书法作品，给笔者一个定格的印象就是：温婉韵致，行云流水；惊艳其外，低调其里；深水细流，诗香竞现。古代书圣崇尚“虚静”，强调“圣道”，柳公权就有“心正则笔正，笔正则写好字”之传世立言；今人也积极倡导书法的精神品格，同样把“人格至上”视为书家的必备，否则，书艺之路将行而不远。亚辉君为人低调，书风端正，在淮南书画界颇有口碑，这也是他追求造形的唯美书艺一个不可或缺的资源。

说到底，纯造形的唯美书派，对书家的要求更高、也更加全面。唯美是一种审美理想、也是一种精神境界，更是一种功力底气的“炼狱”，熊秉明先生之所以把二王也纳入纯造形的美抑或唯美派系加以考察乃至推崇，就说明纯造形之美是书法的至境。项穆在《书法雅言》中指出王羲之的书法特点是“穷变化，集大成”，这也正是书圣得来之源泉，“集大成”是“穷变化”的重要前提，是的，没有大集，岂有多变？

与亚辉君偶有闲聊，从其寥寥言语中也可以窥视其内心世界对于二王其人其书的敬仰与朝圣，真乃高山仰止，景行学止。固然，史上可归为纯造形之美的书家甚多，为亚辉君所心仪的书家也不胜枚举，但如果沉入亚辉书法的深层次结构去把握其师承的血脉，也或多或少可察觉出点滴二王之墨象抑或神韵。无疑，要真正能学得二王之真谛，也非一般功力可及，即便最牛的书法家，终其一生的努力与修炼，能得其一二，也就如同在黑暗王国里突得一道闪电，取其点滴之光便可烛照一生。

书艺之路漫漫其修远兮，需要践行者投入毕生精力无穷求索，方有正果落地之望。现代书家陆维创弟子章秋农在评论《石门颂》时有一席至理箴言广为传颂：“《石门颂》骨力强，故极清，丰筋，故极厚；奇自不待言，可谓字字皆奇；至于古，《石门颂》真可称之为高古。何以能得满分？因清而不弱，厚而不木，奇而不怪，古而弥新。”[①] 此言虽然与熊秉明先生的纯造形的唯美书理不尽一致，但揭示的书艺之大道却如出一辙，这就是：任何出神入化的书法之美，皆须筋骨尽现，清厚并存，奇古并茂，此可谓书法审美标准的天律圣典，无人可以逾出此规。

亚辉君作为纯造形的唯美书派又一人，潜力、实力皆具备。路就在脚下。纯造形的唯美书派也的确是值得书家心仪的可取之走向，已经准备充分的亚辉君正扎扎实实行走在充满风霜雨雪的路上，可谓负笈而行，厚积待发，虽然已经初见云蒸霞蔚的美妙，但要见到二王书艺真正的“神彩”抑或“彩虹”，还要漫漫苦行，卧薪尝胆，只有一步一个脚印地跨越“八千里路云和月”了，笔者坚信亚辉君终会获得二王书艺“神彩”之一二或三四，梦想成真之事未必都是教科书虚构的。

最后，以怀素《自叙帖》中所引的戴叙伦的绝句为此文作结：

心手相师势转奇，诡形怪状翻全宜。
人人欲问此中妙，怀素自言初不知。

也有智者论，书法的最高境界有时是超越个性的，即完全沉入某种理想化的书法模式，书圣王羲之便是此种模式之空前绝后之代表也。

愿亚辉君能步其（二王）后尘，在超越他人尤其超越自我的追求中不断进步！世上的一切艺术创造，都是在超越与突破中获得“神彩”之妙也。

与亚辉君共勉！

（作者系毕业于南京大学中文系，中国作家协会会员，中国散文学会会员，安徽延安文艺研究会常务理事，淮南文艺评论家协会常务副主席，供职于淮南师范学院人文教育学院汉语言文学系，兼安徽大学研究生导师）

① 章秋农：《论书之清厚奇古》，《文艺报·艺术周刊》2000年12月7日理论版。

双层“看/被看”与三重“活着”

——评李凤群的长篇小说《大风》

●程　宁

[摘　要]　李凤群的长篇小说《大风》自发表于2016年《收获》长篇专号（春夏卷）以来，好评如潮。这是一部书写“怎样活着”的作品。小说通过运用一种双层次的“看/被看”的二元对立视角，既展示了人之“活着”的三种生活态度，又在作家的主体性引导下以不断否定的方式找寻出人之生存的根本价值：“活着”只是“活着”。由此，它完成了用小说去探索永恒意义的使命，表达了一个作家对人、对生活的高度关怀和真诚希冀。

[关键词]　《大风》；“活着”；“看/被看”；生活方式；不断否定

70后女作家李凤群的长篇小说《大风》首发于《收获》杂志并荣登2016年度“《收获》文学排行榜”，7月份由北京十月文艺出版社出版成书。这是一部极具冲突性的小说，其冲突性不仅体现为多重人物视角的各自言说，更在于文本深层所蕴含的一种主题层面上的“否定之否定”：既通过展示人物的三种不同生活态度及其之间激烈的互相冲撞，来思索它们在历史洪流中的合理性，又以不断否定的方式进行权衡，以便找寻出人之生存的根本意义。可以说，《大风》是一部关于怎样“活着”的作品，李凤群在其中表达了一个作家对人、对生活的高度关怀和真诚希冀。

一、“看”与“被看”的“被看”

对于一部优秀的小说而言，视角的选择总是重要的，因为视角关乎于故事被讲述时作家的角度问题。《大风》体现了李凤群对视角的重视。她在《后记》中说："我让主人公们自己出来说话，如此一来，我就能置身事外，观察他们的角度会发生变化，就能听出哪些是真话，哪些是假话，哪些是梦话。但时间一长，得赶紧进入，以免彼此生疏、失去默契。"这样的写作过程最终成就了一部以某一人物作为贯穿而由众多人物各自言说的"多声部"小说。小说中，张家四代七人分别讲述了自己最为重要的生活经历，也在讲述自己的同时讲述了他人。多重叙述者既使每一个人及其生活都在被叙述中获得了进一步的完整，又使同一件往事在不同的人物视角内互相关联，彼此映照，进而形成了强烈的互现特征。显而易见的是，《大风》是两条线索、两个世界的并行，故事里套着故事：一个是现实世界中张子豪对陌生男人的追问和小说人物的自白，另一个是历史世界中以张长工为首的家族的兴衰荣辱和时代变迁。后者通过前者得以呈现，前者在逻辑上成为后者的接续，实际上统一于一个叙事整体即张姓家族从"土改"到新世纪的命运沉浮。而就在这"故事套故事"的叙事层中，作为故事的讲述者与倾听者、被看者与看者之间构成了或显或隐的"看"和"被看"的关系。

梅子杰是贯穿整部小说的人物。他在被花盆砸伤后，其魂随父亲张文亮和兄弟张子豪一起回到了江心洲，看见了自己的爷爷张广深和太爷张长工。作为脱离了实体的失魂者，他能够看见家人现时的所作所为，也能够听见他们所有的倾诉。有时他明显地充当人物话语的对象，成为直接的倾听者，有时他并不是人物言说的直接对象，只是因为其魂魄在现实时空中的游离而成为隐性的旁听者。所以，在这趟为了参加葬礼的江心洲之行中，梅子杰虽然若隐若现，却始终"在场"。"失魂"状态赋予了他超越时空的能力和超叙述者的身份，使他成为目睹一切、倾听一切的"先知"：他不仅见证了现实语境下的家庭境况，还聆听了历史视阈中的家族际遇。这样，与那些拘囿在自我视角中的其他人相比，梅子杰站在了一个更客观的角度上。他拥有了从历史延伸到当下的广阔视野，凭借着漂浮而隐晦的姿态成了不表达、只听闻的角色，尽可能真实地向我们展示人物的言行，而通过他镜像式的"看"，我们才得以梳理还原出一段漫长而沉重的家族史。然而，当我们跳出这种相对狭隘的视角，站在更宽阔的文本外角度时，又会发现梅子杰其实并未从根本上脱离张氏家族历史的"场景"，他的自我言说也是对这一历史图景的缀补。在他的自我视角里，他讲述了自己悲惨凌乱的生活境遇，表达了蕴藏在其内心深处的孤独和彷徨，填充了张氏家族生活在当下而不同于其他人的另一面。从这种角度来说，梅子杰与其他人一样只是个人故事的叙述者，共同且平等地活动在文本整体的叙事脉络中，成为"被看"的对象。因为他们都被位于文本之外的作者所看：面对各家言论，李凤群以审视警惕的眼光对其曾经的经历进行观察和思考，以期能够从个体生命的遭遇中发现普遍的人的生存意义。因此，就整部小说而言，“看”与“被看”二元对立的模式表现出了双层次性，即梅子杰和其家人之间的“看”与“被看”、作家和小说所有人物之间的“看”与“被看”。需要指明的是，这种双层次的“看/被看”模式之间并不是断裂的，而是通过梅子杰的人物形象实现了沟通。因为在叙事文本中，梅子杰既是“看”的人物又是“被看”的人物，“不表达”的隐性参与和“自我表达”的显性参与使他成为一个十分特殊的存在。通过他，作家内心的意图才得以顺利地转化为小说可被阐释的意义空间。

与方方的《软埋》一样，《大风》对历史的回望也是建立在人物“失魂”状态之上的。换句话来说，在这两部作品中，历史都被展示于小说人物超越性的游离和见闻中。丁子桃以灵魂不在现世的方式一步步深入过去的生活场景内，又站在旁观者的角度上目睹了自己及其亲人的彼时遭遇，而梅子杰则以灵魂飘于现世的形式注视着家人们的生存境况，倾听着他们发自内心的诉说，进而以聆听的方式回溯了自己家族的历史。有所不同的是，《软埋》中的丁子桃回溯历史的方式是倒带式的“看”，《大风》里的梅子杰了解历史的方式却是间隔式的“听”，这是因为前者属于一个特定历史时间段里的灾难亲历者，对象是片段的历史；而后者则面对着其本人并未亲历过的整个家族长河般的时代变迁，对象是绵延的历史。与丁子桃的个体化回忆视角相比，梅子杰的视角所呈现的内容显得更加复杂。因为梅子杰同时扮演了“目视者”“倾听者”和“叙述者”的角色，发生在他视角内的一切不只是其对个人生活的回忆，还有对其他人言行的反映。而这些显像在他视域下的人物行为和听觉官能中的人物话语则在场域方面指向了现实与历史两大时空，在叙述方面融入了多重个体化视角。时空对立与多声复调极大地撑开了小说的叙事格局，梅子杰的“看”成为小说得以铺开全局、人物得以众声喧哗的舞台。

一部小说最重要的元素是思想，思想往往意味着作家自身的介入，体现出作家面对问题时的个人理解或主观意图。纵观李凤群的创作之路，可以发现她的写作变化：在写作早期，她很大程度上依赖于个人经验而将真实的自我经历写进小说，因此创作出众多自叙传式的作品。不过，再看她近些年的创作，我们能够看出她的创作开始外向化，小说的关注点不再是自我式的情感抒发，而是投向更广大的生活天地和更深层的灵魂世界，以期能够追问最为普遍的人的问题，虚构和想象的成分也大幅增加。从表现“小我”向反映“大我”的转变体现出李凤群写作技巧的进步与思考问题的深入。但就叙述视角而言，无论是以第一人称“我”还是以第三人称“他”作为书写视角，视角更多的只是作为一种工具，为叙述所用，依据需要而定，其本身并不区分高低优劣。不过值得引起重视的是，与之前作品中的单一视角相比，李凤群在《大风》中选取了一种更加丰富的视角，把人物个体的诉说意愿当作全文视角切换的动力。一方面，这种建立在多重视角基础上的讲述互相补充、承接连缀，既使小说人物纷纷将各自的生活状态和心理体验向读者做了交代，完成了对形形色色人物形象的塑造，又能使读者通过连点成线的方式来还原一段活在流徙变迁中的家族史，把握小说的整体叙事脉络。另一方面，李凤群既冷静观察着所有人物的活动，又将自己的心理体验与价值判断熔铸于故事的进展之中。也就是说，梅子杰的"看"和作家的"看"分别以展示和引导的力量占据着文本，最终统一于小说深层的思想意识中。

二、"活着"的否定之否定

《大风》是一部充满冲撞力而又渐趋平静的作品。小说的前两章是最为紧张的。它主要讲述了张长工、张广深和张文亮三代人的故事，而就在这部分内容中，无论是从人物话语的交锋间倾泻而出的怨愤之气，还是在人物日常的行为中所映现出的对抗性，都使人感到一股剑拔弩张般的凝重氛围。后三章里，虽然人物之间的对抗关系仍然存在，但这种紧张性却有所缓和，已远不如前两章那么浓重。

这部小说的紧张性很大程度上来源于人物之间存在于生活观念层面上的剧烈冲突。如何"活着"成为小说人物自我言说的重要构成，也是其自身得以活跃的关键元素。很容易发现，《大风》这部作品在人物性格塑造上并不成功，即便是作为贯穿这部小说叙事逻辑与叙述视角的梅子杰，性格也显得十分单薄。而就前后发生了变化的两个人物即张长工和张广深来说，他们所改变的并不是性格。张长工从一开始的强势到后来的默默忍受、张广深从之前强盛的精力到后来生活的落寞无助，都是因为他们生活境遇的变化。实际上，相比于人物的性格塑造，李凤群更加关注的是人物生存境遇的变迁及其所引起的不同生活方式的取舍。从选择怎样"活着"的角度来看，所有的人物几乎都具有了鲜明的独特性而站立在我们面前，同时，在文本中"活"起来的他们也由于与其他人在生活态度上的差异而造就了小说的巨大冲突，从而推动了整个叙事的发展，拓展了叙事空间。

张长工和张广深之间的父子冲突是全文最为明显也最激烈的冲突。他们的矛盾从小说的开篇就已开始。当张长工以欺骗的方式带着张广深逃亡时，对张长工一路丢弃与不断说谎的言行的不理解，使得张广深在不得不接受另一个身份的同时，也对张长工其人产生了怀疑，而后者在乌源沟一次次变本加厉的谎言更加引发了张广深内心对父亲的怨恨。前两章以“谎言”和“愤怒”为标题很好地概括了这对父子之间存在冲突的缘由与事实。因为“谎言”不仅展现了张长工自逃亡之后的谋生方式，更表现出这种谋生方式给其家人造成的精神伤害，“骗子”也由此成为张广深对张长工的唯一评价，而对其所怀的愤怒一生都无法消除。从表面上来看，父子两人之间的战争始终围绕着“说谎”这一行为，实际上当“谎言”成为人的一种谋生手段时，“愤怒”所代表的并不只是“受害者”对“施害者”所抱的一种单纯的不满情绪，而是指向了一种更为深层的生活观念上的抵触：张长工之所以说谎是为了摆脱过去的身世，从而以新的身份开始新生活。张广深则拒绝“说谎”，以野兽般的沉默对待生活及江心洲的人。前者的以“言说”谋求新生与后者的用“缄默”应对生活之间形成了巨大的矛盾，矛盾背后映射出的是父子之间显存的隔膜。

然而，无法否认的是这两人之间除了对立之外还存在着两种强大的相似性，一种是他们同样希望自己和后代都能够忘记过去而开始新的生活，一种是他们所渴望的“活着”并不是为了自己而活，而是为了后代而活。张长工一心求活，认为“不管在哪里活，活下去就是本事”；并希望儿子张广深也能够忘记过去，“没了就是没了，丢了就是丢了，找不到就是找不到了”。为此，他可以委曲求全，放弃尊严。而他撒谎是为了要让儿子远离危险，好好地活着。尽管张广深幼时曾以挖洞的形式来追忆过去的生活，但当追寻无果后，他便选择了逃离乌源沟而进入江心洲，希望能将过去一笔抹尽，并拒绝向儿子张文亮提起那些往事。在妻子死后，他时刻怀着警惕之心面对外界也是为了保护儿子。对他们而言，“活着”的价值就在于使子孙后代得以延续。不难发现，这种为了后代而“活着”的信念也存在于其他人的意识之中：张文亮在放弃“寻祖”后所找寻到的生活支柱便是希望儿子张子豪能过上体面的生活；对梅子杰未来生活的希冀促使陈芬最终放弃了求死和复仇的想法。同样，在《软埋》中，决定集体软埋的陆家也要保住汀子以给“陆家留个根”。在威胁面前“保子孙”是中国民间社会一贯行之的做法，体现出浓厚的血缘伦理意识。正如丁子桃选择苟活是为了保住汀子一样，张家父辈的求活也是为了子孙、为了家族的延续。这样，“为了后代而活”便为小说人物提供了一种坚持的力量，有了这一力量，他们才得以有勇气去面对无比深重的生活苦难。

只不过，这种生活观其实是对另一种目的的“活着”即为了过去而活的否定，代表了人物对新生活的渴望已压倒对往事的追寻。“为了过去而活”意味着人被“过去”所束缚的生命困境。当张家的家族史因为“土改”暴力而断裂后，张家后代首先需要面对的就是一个十分艰难的抉择，即选择走向新生还是选择活在过去，选择的艰难使人物的生活充满了挣扎的痛苦，也导致了他们与他人之间不可避免的冲突。文中的“寻祖”便象征着人们活在“过去”枷锁之下的姿态。张家四代人几乎都在“寻祖”：张长工一次次地对孙子张文亮讲述“祖上的故事”；张广深以挖洞的方式来模仿曾经荣耀的生活，“画饼充饥”；张文亮真正进行了寻找祖宗的实践；张子豪以追问陌生男人的形式表达着自己内心的“寻祖”意识，而梅子杰则在“寻祖”的潜意识下一遍遍地登上江心洲的土地，在和张长工的纠结关系中实现了与家族的亲近。而就整部小说来看，每个人的诉说恰好复原了一幅家族的历史图景，实际上是再一次的“寻祖”。陈芬也是一个长期被过去所困的人，曾经的创伤促使她一次又一次想要结束自己的生命。“过去”是什么？对不同的人而言，“过去”所具有的意义也许并不相同：对于张家人来说，“寻祖”不仅是对曾经家族景况的追溯，更在于对自我身份的求证。而对于陈芬而言，“过去”则代表着一段被遗弃的创伤体验以及不知为何的困惑。但不管是辉煌还是伤害，对“过去”的执念都使他们同样地活在一种漂浮而逼仄的“夹缝”状态之中——既回不到过去的生活又无法融入现实生活。因此，他们都是一群没有身份也不知未来的人。

不过，好在他们最终做出了另一个选择，即选择忘记过去，张长工的逃亡、张广深的逃离和张文亮的事业则成为其用来摆脱过去阴影的途径。可是吊诡的是，当人们为了新生活而决意将“过去”抛弃后，才发现自己根本没有实现真正的新生，“为了后代而活”也并不意味着他们已把“过去”彻底埋葬。纵观小说人物的生活历程，可以看出他们内心深处所蕴藏的巨大矛盾。张长工通过讲故事的形式表达着自己对往事的怀恋；张广深想要做生意却始终因小时候的一次摔倒而生意失败；张文亮床下的袋子则暗示了他心里的不安与焦虑。为了后代也许能够为困苦的生活提供一个相对确定的方向和以供坚持下来的支撑，但这种生活方式终究只是暂时的，并不是“活着”的长久之计。因为无论是选择忘记“过去”还是选择为了后代而“活着”都只是一种“逃遁”，源于追寻不到后的“失望”“为了过去而活”的不可得以及对曾经的创伤记忆的拒绝。因此，从颍上村到乌源沟再到江心洲以至于后来的开坪、上海，他们的每一次“逃遁”都只是空间层面上的逃离，却未从心里将“过去”抹去。他们把生活的希望寄托在后代身上，而其自身却永远背负着一个卸不下的包袱，如同陈芬在桥上讲述着同样的故事，“过去”依旧深藏于人的内心并被反复咀嚼着。

所以，小说在这里便给我们提出了一个疑问：既然“为了过去而活”所带来的是人在“夹缝”里的生存，“为了子孙后代而活”又无法彻底消除“过去”的阴影，那么“活着”究竟是为了什么？“活着”有没有永恒的价值？

三、夹在两个“黑夜”间的“白昼”

萨特的一句“他人即地狱”道出了人与人之间的本质关联即人在存在意义上的互相伤害。综观《大风》中所有人物的言说，会发现这部小说几乎可称作是一部讲述“创伤”与“苦难”的“多声部”作品。每个人所叙述的事件都是其记忆中最为深刻、最为伤痛的经历。就在这言说中，人物和人物之间被勾连上一层“施害者—受害者”的关系：张广深不仅因为张长工的谎言莫名离开了自己的家，还因之说谎被乌源沟人定论成一个傻子，任人嘲笑；张文亮却由于张广深怪异冷酷的性格而被江心洲的其他孩子所孤立，只能与孤独相伴；陈芬的悲惨境遇来自于张文亮的抛弃；而张文亮对过去的沉迷也导致了孟梅的婚姻陷入不幸；张子豪因父母离婚、家庭残破而活得迷茫、不快乐；梅子杰更是一直活在其母陈芬一心求死所带来的恐慌中，而张文亮当年的逃离则又造成了其身份的缺失和生活的悲苦。《大风》颠覆了一般性的伦理关系，把父子、爱人放在彼此冲突的紧张关系中，将所有人物塑造成拥有双重角色的形象：既是他人不幸的制造者也是他人苦难的承受者。只不过，李凤群在这部小说中将普遍性的人类微缩成一个家族四代人，以期表达的并不是人于存在论层面上的生存苦难，而是历史暴力的“大风”给人造成的隐性且漫长的精神创伤，是以“暴力的持久性伤害和遗传性伤害”来控诉和揭示大历史、大时代对个人的戕害。

毫无疑问，这段历史就是那场伴随新中国而始的“土改运动”。这场运动改变了诸多人的命运，其浓厚的暴力色彩给人造成的绝非仅是身体上的伤害，而是更加严重的对人的精神与灵魂的毒害。在《大风》中，李凤群以一个家族的逃亡规避了对这场运动的正面进攻，从而巧妙地以一段家族历史的断裂及其在人物精神世界中所导致的动荡，来反射出一场暴力所造成的创伤的深刻性。这样的谋篇体现出李凤群的独具匠心：既避免了作家因缺乏亲身经历而可能导致的写作的“失真”，又用这段家族史的“空白”设置了一个悬念，即“张家人究竟是谁”，进而赋予了人物以不断“寻祖”的依据。可以说，整部小说的叙事都是围绕着这段缺失的历史展开的。一方面，从人物对自己故事的讲述中，我们能够将一些零星的碎片加以整理进而拼贴出这段空缺了的历史，例如张长工的地主身份以及这个家族以前的生活环境等。这些碎片来源于他们的记忆，也成为他们怀念“过去”的产物，更体现出他们对这段历史的执念。另一方面，呈现在我们眼前的张家四代人的命运浮沉其实是对这段家族史的接续，反映的是一个遭受到历史暴力伤害之后的家族在时代变迁中的生存境况。通过观照这段“空白”在新时代中的命运即被遗忘与被追寻的矛盾，我们可以反观出人在苦难境遇中的选择与存在。

这部小说在文本时间上显得很简明，即失魂后的梅子杰随着父亲张文亮和兄弟张子豪一起回到江心洲参加葬礼，而发生在这件事之前的历史则全部被放置进人物的讲述中。然而，从故事时间角度来看，小说就十分复杂了，因为它涉及的是一个家族漫长的历史变迁，既包括回到江心洲后的人物活动又包括被言说的江心洲之行前的事。故事时间在文本时间里被挤压使得这部小说并未形成一个封闭而圆满的叙述整体，多重视角“讲述”的主观性导致文本里充满了断裂与空白。也就是说，完整的故事时间被“多声部”切割成块状的叙事单元。这些单元虽然也能够在逻辑上实现承接，但从整体来看，被讲述的故事单元可能会由于叙述者的主观视角作用而遭到删减或歪曲。比如，上面说过的小说在开篇前就已为我们、也为小说里的人物设置的那个“空白”是为了契合“寻祖”的意象需要，也是由这段故事的叙述者即张广深和张长工的个人视角所决定的。因为当家族发生灾难时，张广深还只是一个五岁的孩子，儿童的身份使他对当时的历史运动缺乏足够的认识和了解，他所记得的只是之前生活的环境，所以他根本无法讲述自己的家族在那场暴力运动中具体遭受了什么。与张广深相比，张长工作为一个具有充分理性认识能力的成年人，本可以为我们还原填补这个空白，但由于他个人的生活观念即他并不希望自己的后代因“过去”而困扰，所以此时的他依旧不愿意讲述。

叙述视角的主观性除了造成小说在历史空间里的“空白”之外，也导致了小说在现实语境下的“断裂”。很显然，李凤群为《大风》设定了一个相对完满的结局：她让陈芬放弃了求死和复仇的念头而将希望寄托在儿子梅子杰的身上，让张文亮和孟梅达成了和解，也让张子豪和梅子杰实现了互认。就这些结局的发生领域来看，陈芬对死亡的放弃只表现为对自己求死经历的遗忘，张文亮和孟梅的和解则呈现于梅子杰的述说之中，而张子豪和梅子杰的互认也没有直接在文本中表现出来。来自疯子和旁观者的不可靠叙述使我们无法深入到人物的内心来了解其选择和解的原因，阅读时我们会觉得有些突然。因为这种和解式的结局其实是需要某种很强大的支撑点的，否则就显得勉强与突兀。但李凤群在行文中也给出了自己的支点，那就是来自于伦理层面上的爱。这种不可割舍的关联使得人物之间即便处于“不理解”的状态也做不到对彼此置之不理：张广深后来让张长工来到江心洲；张文亮一直接济父亲张广深；张子豪关心父亲的身体状况；梅子杰则在昏迷时追逐着自己的亲人；并且所有的子辈们都及时赶到了瘫卧在床的张广深床前。对亲情的信仰促使李凤群将之转化为一种和解的力量，诱导着人物因历史创伤而疏远的心灵渐行渐近，从而为其找到了精神的慰藉和生活的平和，也使那种一直弥漫于小说中的紧张氛围逐渐削弱而最终回归到平静。张子豪和梅子杰的互认便是笔者依据这种建立在血缘意识之上的叙事导向对小说发展做出的预估。当然，试图对小说未交代的“空白”进行预估并不值得提倡，预估结果也不一定完全准确。

小说最引人注目的情节安排是梅子杰在顺利手术后的新生。需要指明的是，作为小说最主要的讲述者，梅子杰是自由的，因为他得以站在一个高于其他人的视点上去观察其他人的言行，进而以更全局化的角度来了解其家人们的生活遭遇和家族的变迁景况。但同时，他又被置于作家的审视之下，其自由也具有了局限性。如此，李凤群便可以通过将这个人物设定为“看”与“被看”的统一体来表达自己的思想：与其他站在片面立场上的人物相比，梅子杰因为对所有人生活经历的了解而得以生出同情与体谅的情感，例如他对父亲张文亮身担重负的怜悯。进一步延伸就可以看出，梅子杰的“看”是具有象征意义的，它象征着一种客观化的思维方式，告诉我们“宽恕过去的一种动力是了解”而非是只站在自己的立场上加以对待。此外，当梅子杰被拉进和其他人一样的自我讲述中时，他的新生作为一种隐喻所代表的意义并不简单。首先，从新生之所以成为可能的角度来说，缠绕于血缘意识之上的爱不仅转化为“以生命换生命”的方式，还具化为一种“苍老无力而又慈爱无比的声音”，从而得以唤醒并感化昏迷中的梅子杰。其次，从新生之后如何生活的角度来看，李凤群通过梅子杰这个形象又向我们展示出了她对人的生存所做的更为深度的思考和发现。“倦鸟总会归巢，而我们却将一去不返”，“既然我赶上了‘活着’这趟车，就会有更多的事情要考虑”。仔细阅读就会发现，梅子杰这句话中所说的“一去不返”和“考虑”实际上指的是“活着”的第三种价值，即“活着”只是“活着”。这种价值不同于上文说的“为了过去而活”和“为了子孙而活”，不是为了什么目的才“活着”不死去，而是因为要“活着”才去考虑“活着”的事情。积极地“活着”就是李凤群要告诉我们的东西。当然，积极地“活着”并不容易，因为人总要面对来自历史、生活与他人的伤害，而执着于过去的辉煌或创伤都是对自己的二次伤害。张家四代人的“失望”体现出二次伤害所造成的人之精神的无所依附。与出于同情的“了解过去才宽恕他者”有所不同的是，真正的“活着”既意味着对所有施害者的宽恕，也意味着对自己的放过。它只源于人对自己“将一去不返”的认识：“过去”终会随时间消逝，人无法如鸟儿归巢一样再回到“过去”，也无法找回以前的自己。有了认识之后，人最应该做的只是去坦然接受这一事实进而融入新的“现实”、新的“历史”而非一味地执拗下去，与“现实”脱节。归纳言之，“了解”并“接受”才是对“过去”的真正理解，也是面对“过去”的正确姿态。也只有这样，人才能够实现本体论层面上的“活着”，才不会被“过去”所束缚，也不会因后代而陷入被动的活。这是李凤群本人对历史的认识与定位，是从存在的角度对历史所做的注解。梅子杰之所以能够发现这种意义上的“活着”是因为他通过“看”而了解了父辈的前两种“活着”及其所带来的生活失意，从而以否定的形式获得了对生命本质的理解。张长工的离世则暗示出前两种“活着”价值的结束和第三种价值的开始，“真正的葬礼”意指“过去”终究成了过去。

李凤群所说的“积极地活着”与余华想要告诉我们的福贵式的“活着”在人之存在的本质意义上、在对待生命的唯一态度上不谋而合，即“人是为活着本身而活着的，而不是为活着之外的任何事物所活着”。梅子杰在醒来前的最后一秒所想到的是“沙滩上的芦柴花”“镇上的苹果”“公园里的木头椅子”以及“太阳”等日常事物。这些事物代表了最平常的现实生活，暗示了“活着”便是“忍受现实给予我们的幸福和苦难、无聊和平庸”、忍受这个“不像话”的世界。只不过，余华是以亲人们的一次次死亡来凸显福贵的不死进而展示其不死背后所蕴含的强大生命意识的，而李凤群传递这种生命意识的方式则是不断地否定：否定了“为了过去而活”，也否定了“为后代而活”；否定了逃避“过去”的做法，也否定了拒绝“现实”的态度。另外，就文本而言，余华的《活着》实际上已经向我们展示了这种“为活着本身而活着的”的生活样貌，即面对诸多苦难尤其是亲人的相继死去时福贵的“不死”，“不死”代表着一种忍受的存在。而《大风》还只是找到了这种“为活着本身而活着的”的生活真理却未能向我们展示其具体的形态。也就是说，我们所看见的仅仅是梅子杰领悟到了“活着”的第三重价值，却无法看见他在这种意识指导之下的生活境况。“考虑”给我们设置了一个和张氏家族“前历史”不同的“空白”，即“梅子杰以后的活着”。这是李凤群继“张家人究竟是谁”之后打上的又一个问号。从这种意义上来说，呈现在我们眼前的物质化文本便如同白昼一样，发生于其中的“断裂”也有迹可循，而文本之外的两个问号就仿佛黑夜一般无从求证，始终成疑。

四、结语

小说总是实用的，因为它需要产生影响的力量。赫尔曼·布洛赫认为“发现惟有小说才能发现的东西，乃是小说惟一的存在理由”，意在指出小说的使命是对于一种永恒意义的探索与追寻。但同时，这种意义也因为永恒而具有了普遍性和超越性，即超越于具体的时空而广泛适用于一切人。在《大风》中，李凤群为我们找到的小说的永恒价值是关于如何“活着”的回答。她既通过有限性地自我回避而让人物们各自言说，从而实现了对一段家族变迁史的展示和对人物精神世界的窥测，又在双层次地“看”与“被看”的对立模式上完成了对个人主体性的注入，表达出她对历史、对人的思考和认识：历史的暴力犹如大风给人带来了绵长而深刻的精神创伤，使其始终活在一种孤独而漂浮的“夹缝”之中，“活着”成了一种被迫的有目的性的行为。尽管“活在过去”和“保护后代”都是人在苦难困境中采取的生活方式，但人最根本的“活着”却是在宽恕之后毫无目的性的忍受。因此，找寻“活着”永恒价值的过程便是一个不断否定的过程，李凤群在这部小说中以现代主义的手法回答了现实主义的命题。

（作者系安徽大学文学部中国现当代文学硕士生）

唐亮隶书观后

●陈治军

书法家唐亮是“我们的沃土、我们的梦”千名文艺家下基层采风创作活动书法一等奖获得者。我只见过他的书法作品，素未谋面。他四体皆能，行草书学二王，流畅而富有韵味。篆书学习商周金文汲取吴昌硕笔意，他的隶书作品给我留下了较为深刻的印象。

当代隶书书法的创作风格面貌各异，或取法碑版，或取法清代诸家，或借鉴秦汉竹简，可谓各取其道。

唐亮的隶书，运笔简捷，笔致苍劲，枯润浓淡，尽现于笔墨中，得乎心而应于手，胸中满怀激情，有着自我的探索痕迹，在碑版与摩崖石刻间寻找着自己的书法语言。

每一个书家都不能脱离自己的时代，优势与局限也在这个时代中得以体现。隶书和篆书是这个时代比较边缘化的书体，一来篆书不容易识别，创作起来难度较大，同时隶书字形变化空间少，难以创作出具有时代风格的艺术作品。

然而隶书之所以在中国的书法艺术和文化中独领风骚不仅在于它所表达的艺术形式，更是由于它所蕴含的深邃的文化精神，对于隶书的审美必须把它放到中国美学观的层面。

隶书书法是有着丰富的时代风格特点的，随着近年考古材料和新的碑碣出现，“隶书”与“八分书”的界限越来越清晰。“隶书”取法是远汲于秦文字的，“八分书”是隶书程式化后的艺术表现，这一点存于竹帛的墨迹中。这些对汉字发展史的研究都有着重要意义。

隶书艺术品格和美学特征的形成，存于四百多年的隶变过程中。在汉代四百多年的隶变中，有太多的书法范本需要我们重新加以解读和认知。汉代隶书不仅通过隶变最终形成时代的艺术风格和美学特征，同时还有向“草化”和“规范化”两个方向发展的整体趋势。

《石门颂》有自然豪放的意趣。《张迁碑》雄强茂密、浑穆厚重、质朴奔放。杨守敬说《石门颂》：“其行笔真如野鹤闲鸥，飘飘欲仙，六朝疏秀一派皆从此出。”这都是不同的艺术风貌所反映出的不同的精神追求。

唐亮的隶书，以经典汉隶为法源，综合各碑之长，基本显现出自己的面目。他的隶书正是融入了《张迁碑》《衡方碑》与《石门颂》的艺术风格，以《张迁碑》为根基，进而追求《石门颂》的奇趣逸宕。每起笔处以逆锋起笔，含蓄蕴藉，中间运行遒缓，肃穆敦厚，收笔复以回锋，圆劲流畅，间用方笔，而富有艺术性的变化。

线条是书法的本质特征和生命表现，《九势》云：“藏头护尾，力在其中，下笔用力，肌肤之丽。”“笔势”是靠力的推动而形成的节奏和韵致。用笔决定点画与线条的质量，用笔有着内在本质性质，决定着艺术作品的高下，结体是书法作品中最明显的表现形式，也是最容易被观者感知的要素，它为书法意境和精神的创造提供了广阔的空间。

唐亮的隶书笔法流畅，使转自如，不仅行笔速度上有变化，结字方式上还有很多积极的探索。在字的结构、笔画上有变形、移挪、融入草法等形式，字形、结体和一般所见隶书形态就有所不同，具有自己的一些面貌。

站在书法史的角度，传统的经典隶书，难在突破，但是隶书留存给我们的艺术风格又是全面的和多层次的，隶书是一个庞大体系，其风格呈现丰富多样性。

康有为在《广艺舟双楫》曰：“汉隶之始皆近于篆，所谓八分也。若《赵王上寿》《泮池刻石》，降为《褒斜》《郙阁》《裴岑》《会仙友题字》，皆朴茂雄深，得秦相笔意。缪篆则有《三公山碑》《是吾》《戚伯著》之瑰伟。至于隶法，体气益多：骏爽则有《景君》《封龙山》《冯绲》；疏宕则有《西狭颂》《孔宙》《张寿》；高浑则有《杨孟文》《杨统》《杨著》《夏承》；丰茂则有《东海庙》《孔谦》《校官》；华艳则有《尹宙》《樊敏》《范式》；虚和则有《乙瑛》《史晨》；凝整则有《衡方》《白石神君》《张迁》；秀韵则有《曹全》《元孙》。以今所见真书之妙，诸家皆有之。”

隶书大多呈现给我们的多是“静态”的风格。使“静态”的隶书“流动”起来，清代书法家郑簠做了有益的尝试。书法创作过程中，为了摆脱某种形式而去追求新的形式，为了摆脱某种技法而去追求新的技法，都不是艺术提高的捷径。成功的书家必然植根传统，具备扎实的、多方面的基础，在研习探究之后，将技巧法度衍化为自我驾驭笔墨的基本能力，表现出对于书法艺术基本规律的认知。

《书谱》里记录了王羲之的言论："吾书比之钟张：钟当抗行，或谓过之；张草犹当雁行。然张精熟，池水尽墨，假令寡人耽之若此，未必谢之。"

书法艺术贵在创新，创新的基础在于对于传统的汲取。唐亮始终保持旺盛的艺术生命力和不断的艺术追求，是难能可贵的。随着时间的推移和阅历的增加，不断丰富书法的思想内涵。由表达个人追求与情怀向以书法表达社会需求与人文精神的转换；由承载个人情感的书法向肩负书法发展责任的转换。将个人的才情、胸怀、顿悟、学养、思想、积淀，通过作品进行感情阐释。让人在欣赏书法作品的同时，享受到的更多的是超越书法本身的人文境界。

唐亮在书法艺术的道路上孜孜不断地追求，其艺术的道路也会更加宽阔。

（作者单位：安徽大学古文学专业在读博士生）

针尖上的故乡

——读向迅散文集《斯卡布罗集市》

●王春慧

故乡，是人类永恒的书写话题。土家族青年作家向迅，年轻时“叛离”乡土，可是却在现代的激流中感受到失根的疼痛，尤其是到了而立之年，这种精神的迷茫与内心的焦灼促使他深度思索个体存在的意义，坚定地回到故乡寻找精神归依。在他的散文集《斯卡布罗集市》（作家出版社，2016 年 4 月第 1 版）中他回望故乡，对正在消失的乡土表现出深深的忧虑。这部散文集收录了向迅八篇散文，在这些散文中他敢于打破习惯性的写作陈规，努力构建属于自己的叙事语调。他在这部集子里的散文带有自传性色彩，而且他将散文小说化，增强了叙述的张力，在纪实性的叙述中流露出他对于人与时代的思考。

对于出身于乡土的向迅来说，聚焦于土地之上的感情是复杂的。他年轻时候想要摆脱束缚自己的贫瘠土地，于是逃离了故乡。可是在融入现代文明的过程中又不自觉地陷入了身份迷失。不同于一般离开乡土的作家面对的只是现代化中城市文明与乡村文明之间的对立，于他还有族际差异带来的文化疏离。于是“我终于痛下决心，离开了那座把我的青春荒废殆尽却一无所获的城市”（《迟到的觉醒》）。现代生活太匆忙也太慌张，人在被洪流裹挟着向前的过程中渐渐失去了自己的思想，等哪一天可能忽然发现自己已经像一条鱼干被抛在了岸边。已过而立之年的作家陷入精神困顿之中，忽然意识到追寻个体生命存在的意义，于是毅然决然地回归故乡。

现代社会的浮躁，年轻人内心的焦灼使得他们需要构建精神家园，而故乡就是他们精神的归所。有些人可能即使怀着乡愁，也不敢贸然回到故乡。宁愿远远咀嚼着记忆中故乡的味道，放浪于灯红酒绿的繁华中又或是在异乡流浪，因为也许大家心底是清楚的，回乡意味着幻灭，就像鲁迅回到鲁镇以后故乡变了，连那个月下西瓜地里捕猹的少年也木讷地唤他老爷了，那么连寄托精神的那一片净土都失去以后，只得再次选择离去。而向迅却有着执着的态度，以行走的姿态，回归故乡并以文字对那片土地进行重新认识。

“相对于小说而言，散文记录的是真实生活，抒发的是滋生在真实生活里的真实情感。”向迅想要在自己的散文中呈现出乡土的真实，他的那种“在场式”书写，不仅仅是脚步踏在故乡的土地上还有彼时情感的在场。他将自己的情感揉在故乡描写之中，当他将迷茫的目光投射到故乡景阳镇，那条被他遗忘或者说是漠视过的街道带给他的是震撼。也许正是一种“不识庐山真面目，只缘身在此山中”的视野和思想的局限性，让人往往会忽视身边的美好，而只是伸直了眺望远方的目光。经过了外部环境的洗礼，当向迅再一次回望自己的故乡，猛然发现原来宝藏真的是藏在最初的脚印之下。于是，他站在更广阔的文化视野之中，发现了故乡丰厚的文化内涵和悠久的历史。在《天上的街市》中，他由过去的自己和住在古建筑中想要搬离的女人身上看到了人类普遍的文化心理。在追寻双土地文化历史记忆的过程中，偶然发现那是他们向氏家族祖上修建的街道，从而揭开了一道被掩埋已久的祖先历史，在这些修建艺术上，内蕴着的是先祖无穷的生存智慧。

但是当向迅终于认识了故乡的丰富的同时，却又不得不忧心忡忡地面对故乡在现代化冲击之下行将消失的命运。在《天上的街市》里，当他看到网络上那张双土地的照片，不禁为那熟悉而又陌生的感觉而沉思，进而将视野放大，想到那些盛极一时的古文明因为诸多因素而消逝在历史深处进而想到了自己的故乡。这种“针尖上的故乡”的忧虑在《斯卡布罗集市》中表现更加鲜明。散文集的题目是一首英国民谣，歌谣所指涉的斯卡布罗集市是真实存在过的，繁华之后衰败而后消逝。某种意义上，这一题目即是一个隐喻，隐含着故乡未来命运的不容乐观。在这篇散文中，作家从眼前的乡土切换到童年记忆中的此地，从孩童角度的镇街记忆与现在作为“归来者”的眼中的镇街相互交织，将镇街上或者神秘或者温暖的小人物和世俗百态一一牵引出来，拼接出那条给予他一个全新的认识世界的视角的街子。作家不仅从时间维度上梳理出完整的镇街面貌，还跨越时空界限，用不同的“身份”观察着这条街道。儿童时期的作家作为大人的附庸，以“外来者”身份和姿态打量镇街，以从内向外方式打开，镇街带给他的有隐约的恐惧也有神秘的传奇，是他最初接触外部世界的窗口。成年之后，当在异乡回顾镇街的时候，是以“大地之子”的身份遥望故土，而此时流寓他乡，由外向内深入，对镇街生发出自然的亲切感和怀恋。

尽管是以孩童的视角进行回忆，但是作家却将现在的情感穿插在回忆叙事之中，并且大多串之以哲思。讲述少年时候与同学夜晚逃离学校去往录像厅，不仅展现了作为孩子的那种紧张不安又好奇的心情，还带着现下作为成年人的评述和思索。“集体，总是让人感到安全，尽管里面矛盾重重，甚至危机四伏”（《斯卡布罗集市》）。作家从心理学角度揭示了孩子们结成群体后的大众心理；回忆到当时作为模范生的“我”和三个同伴在那夜展现出的迥异于平时的模样，正如勒庞所解释的心理群体所表现出的特点：“若不是形成了一个群体，有些念头和感情在个人身上根本就不会产生，或不可能变成行动。”作家回望少年时代的这一次跟风冒险行为时看到的是“几只如履薄冰的过街之鼠”。那夜压着心底的不安虚张声势的孩子表现出的“那绝不是撕下了面具所展示出来的最真实的一面”，让人联想到现实中的我们每一个人，也许脸本身就是一张面具，人这一辈子只是在这张面具上变换着看似最合时宜的表情配合不同的场合和人群罢了，也许连自己都不知道自己真实的面具是什么。当他感叹人心的黑洞有多恐惧的时候，也让人想起东野圭吾说过的“世上有两种东西不可直视，一是太阳，二是人心”。也不乏“瞎子眼睛最亮，聋子耳朵最灵”这些与老子“五色令人目盲，五音令人耳聋”这类思想的贯通。作家笔下看似不经意的一笔，却往往能引发读者的共鸣，足见作家于自己的散文中倾注的饱满的情感和深度思索。

“我由此如此顽强百折不回的回乡意志中读出来人对于‘忘却’的原始性恐惧，对于忘却本源、忘却故土、迷失本性、丧失我之为我的恐惧。”向迅在散文中也透露出写作是为了抵抗遗忘。他从追寻家族历史记忆中试图挽留行将消失的故乡。从他的作品中我们可以清晰地感受到他对本民族文化记忆的纵向挖掘继承和对中国古典文化和西方文学的研究借鉴，他的散文中多处化用古诗词，使得行文带有诗意性的美感，并且提到过多部西方文学经典，看出作家深厚的文学修养。从自序中他就坦言自己深受马尔克斯及其《百年孤独》的影响，在作品中也多处可见向这部伟大的作品致敬的地方。长篇散文《乡村安魂曲》以祖母的葬礼开始，回顾祖母一生与丈夫、儿子、媳妇和孙子们的复杂纠葛，像小说架构起的一部家族秘史，通过这个老妇人的一生展示了向氏一族在时代里的历史演变。在这篇散文中，他将奶奶与乌尔苏拉和贾母置于同一地位，他笔下的奶奶是向氏一族的见证者、参与者，同时是整个家族命运的象征。向迅意识到“一个家族的老人，不仅是一棵遮风挡雨的大树，还是一堵对抗时间的墙壁”（《乡村安魂曲》）。确实，家族中老人的存在总会给后辈自己还是年轻人的错觉，即使这个后辈也已历经岁月沧桑。奶奶的形象不仅代表着向氏家族，也是整个乡村社会的“精神结构”，是乡土中国历史演变的缩影。马孔多小镇走向衰败是从乌尔苏拉的去世彻底走向不可挽回的境地的，向迅笔下奶奶的故去也不仅是向氏一族行将衰败的象征，还预示着整个故乡在时代发展中的倾颓，此中亦有缕缕忧思喟叹。

向迅执着地钟情于家族秘史的探寻，是在寻找自我、寻找家族历史和民族记忆。因为年轻一代对传统继承的断裂，与故乡形成隔膜，让他无法彻底地回乡。《雪地少年失踪记》开头是这样说的：“多年之后，我还会记起那一段欢愉的雪地生活，记起那些满脸冻得通红却仍然嘻嘻哈哈的少年……”化用《百年孤独》的经典开场白不仅仅是为了致敬马尔克斯，还在传达自己的孤独。在他和哥哥背井离乡之后，在对故乡和故乡传统的遗忘中，灵魂陷入了漂泊无依状态，“根”无法像从前那样深扎进故乡土地之上，就像鲁迅描述的那种“觉得北方固不是我的旧乡，但南来又只能算一个客子”，一种彻骨的精神孤独油然而生。在《斯卡布罗集市》一文中他谈及自己对童年和少年时代记忆的模糊，那是自己对过去的自我的一种遗失。忘记过去对自我而言是一场无言的背叛，那试想忘记一个民族的过去、忘记一个时代的过去呢？在《迟到的觉醒》一文中，作家反复揣摩着“要多看看来时路”的寓意。在这里，“来时路”或许正隐喻着潜藏于身后阴影中的历史，就像人只有明确了自己是谁，清楚记得身后走过的路才能知道去往何方。而人走遍世界，不过为找一条走向内心的路，毫无疑问向迅那条路的终点便是他的故乡。所以他追寻家族的记忆和民族的记忆是一点一点扎根的过程，是为了能更好地附着于故乡的土地上。作家笔下的故乡不仅仅是空间意义上的存在，还是一处精神归依。所以他回乡，在家族秘史深处触摸民族历史的温度。泥土、村庄、家族、祖父母、父母、小人物这些意象都是作家创作的着眼点，他给这些意象隐约涂抹上一层神秘的传奇色彩，用诗意化的语言构建起笔下的散文世界，故乡的一切在他笔下都有了温度，他用文字记录下那里的一切抵抗岁月的侵蚀。

向迅在散文集《斯卡布罗集市》中贴近土地贴近最日常的生活进行写作，但是文字里却从不缺乏诗意的美感，更难能可贵的是在他的行文中屡屡出现那种带有哲理性的思索，带给人审美享受的同时带来精神上的震撼。纵然在外千山万水风光无限，可哪里都替代不了故园，流寓在外数年之后作家意识到故土在自己生命中的厚重。作为一位 80 后土家族青年作家，故乡书写仿佛是时代和民族赋予他的使命，他看待土地的眼光和对待故乡的态度，都看出他对故乡对土地的深情和眷恋。他亲身行走在乡村的镇街上，从历史纵深处遥望古文明败落的命运，关照今天他的故乡面临的危机，亲身去追忆家族历史的同时混合着书面的和口述的史实资料对给予自己写作动力的这片土地的历史进行梳理，用文字绘就永不褪色的故乡，谱写他的精神回乡之路。

（作者系山东理工大学文学与新闻传播学院 2016 级硕士研究生）

美在简约

——观郭因先生书画小品展

●王永敬

春夏之交，在郭因先生书画小品展上拜读了他的中国画之后，十分感慨，以至于在为画展而举办的研讨会上也激扬陈词了一段。这是我第一次看到郭因先生如此大量的小幅中国画和书法作品，简约的笔墨，袖珍的画幅，加上精致的装框，艺术之美充溢着亚明艺术馆的展厅。实际上，在他的小品书画之外，并无多少巨幅作品的产生，小品画几乎就是其中国画的全部。画小天地大，正如传统中的篆刻艺术，方寸之间，依然展现的是点线艺术的境界之美。

写这篇文章时，再次回望他的中国画，心意里就有了一个美在简约的感知。绘画美学家的自我实践，其审美价值是不言而喻的。

郭因先生是美学家，是继朱光潜之后的安徽又一美学大家，他的《艺廊思絮》，曾风靡中国学术界与大学校园，引领了艺术哲学的诗性表达；他的《中国绘画美学史稿》《中国古典绘画美学中的形神论》《山水画美学简史》作为美学领域的拓荒之作，引起了海内外广泛关注，甚至导向着当时中国绘画美学深入研究的走向。中国绘画美学中的学术地位，决定着他对绘画的理解深度，更是决定着他绘画创作个性追求的方向。

笔法简洁，不能修饰，反而有着“天然去雕饰”的美感。郭因先生在绘画中追求的显然是简洁扼要的笔法风格，艺术特点上呈现的是简洁洗练、删繁就简、单纯明快的意趣，笔少意多。说他的绘画有简约之美，是因为他的笔下，不是在作简单的摹写，更不是简陋而过，而是经过提炼形成的精约简省，以少胜多，赋予笔外之意的美感很多。笔雅气俊，画面练达。练达简约，在文艺作品中不易一般性的掌握，简约与刘勰在《文心雕龙·体性》中说的“精约”相接近，简约的作品是以笔墨、线条的简洁洗练为追求，是一种更有品质的简单。美国大都会博物馆藏清代画家龚贤书画册页中有一幅书法，言简约更具妙理：“少少许胜多多许，画家之进境也，故诗家五言截句难于诸体。”以少胜多的笔墨，也一样能尽展画艺的神情风度，是古今绘画艺术的追求之所在。对于作画的人而言，在落笔之前的胸有成竹和构思重要，下笔后的表情达意更重要。

画面简约，就在艺术技巧和艺术效果上必然有着纯粹的要求。笔墨简朴、娴熟是郭因先生绘画作品的第一个特点。娴熟的笔墨依赖于他书法点线的灵活运用，他自己也说书法创作多于画画。郭因先生小时候临过古代法帖，也临摹过前人的画作，之后也偶尔写写画画。他说自己“真正正儿八经地较多地写字作画，是在主编的《中国地域文化通览·安徽卷》出版和《安徽文化通览简编》完稿之后，也就是实龄 87 岁以后。”他 87 岁之前，写诗、题字均是毛笔书写。绘画美学研究中传统经典书法作品看得多，几十年绘画美学研究生涯中，古代经典绘画作品看的量很大，看名家现场书写、绘画的情况很多，给古今名家写分析评论的文章更多，所以他在绘画实践上审美的眼界是很高的。写字作画首先是要“眼高”，“眼高”才能有“手高”的可能。“手高”一方面是技巧的娴熟自如，有“应物象形”的基本技能；另一方面是读万卷书、工在画外的功夫所决定，往往后者是制约书画境界提升的关键。所以，在绘画美学研究之外的笔墨实践中，他一落笔，便是出手不凡，通过看他的作品，越发以为如此。他的山水画《空山不见人》，是宋画山石的造型和皴法，水口画法也是受马远、夏圭的影响，笔法老道，意境也妙。《寄我苍茫之思》，淡墨湿笔，率意挥洒。《深山松下》是他苍茫笔法的代表作，善于用墨中用笔，干笔与淡墨结合得恰到好处。《栖居山谷》应该是受到新安画派画家的影响，勾画险峻黄山中的瀑泉，十分自然，满构图，有张力。他是书法笔意入画，在画面物象的勾勒、点画的书法情趣上，注意了节奏和韵律，使线条的自如中别有自我。美学家也即学问家的文雅，为他长期书法训练增加了学者书卷气，同时他也把此种文雅和书卷气带给了绘画造型轮廓线条以内涵与韵味，这是他优于从事中国画创作其他老年文化学者的地方，也是其中国画创作中格调不同的原因之所在。他的一部分作品，画面小，有时候可以说是信笔拈来，思索者有之，不假思索的也很多，后者就明显呈现出“文人画”的风采。点画的气断意联，增加了诗意。《此处可否安居》《可算雪景否》等山水画，言外、画外之意多多。笔者于 20 世纪 80 年代中期在宿州路的安徽文艺书店购买过他所著《中国古典绘画美学中的形神论》，书很薄，但专题专论的深入，却是大论的格局，学术思路清晰，系统性和学术上的创新性都很强。同时他还有许多关于中国古典绘画美学中的“气韵论”“移情说”等专题研究成果问世。中国古典绘画理论于美学意义上的学术价值，他的很多研究成果都是阐述前人和同时代人所未发。中国画发展的古往今来、来龙去脉，对他而言，可以说是了如指掌。就这一点而言，他老年时期进行绘画实践也是一种发展上的必然。他的研究对他绘画的指导作用是明显的，比如，“形神论”中的“神领意造”，通过他浪漫主义的写意手法，在以上的很多画里就有所体现。《三松卧云》，画面简约至极，笔简意繁，既是自然的感觉，又有无限的想象空间。

画境在诗是他绘画作品的第二个特点。诗中藏画，画上藏诗，充分发挥了审美的联想和想象功能，艺术的美就是来自于这样的审美感知，并使人得到愉悦和快乐。他的创作与我们的欣赏，都是艺术情感体验的结果，所以动之以情，画境之诗韵必不可少。泼墨山水《大雨将至》，“破墨法”的使用，强化了风雨欲来的画面意境。《江渚寂寞》一画，勾线自如，“平远”画法，通过画面的设置，体现了他题画中所说的意境：“江渚寂寞，方有群鸟飞翔。”团扇样式的《听鸣泉》，高山流泉，前后景的衬托，突出了“两松相向听鸣泉”的创意，专业绘画中也少见这样以松拟人化的山水诗情。《兰生幽谷》，正是“喜气写兰”的用笔，笔墨畅快，题识云：“兰生幽谷吐幽香，谢绝蜜蜂为我忙。自落自开自欣赏，无心挤入娱乐场。”写兰，写诗，也是写自己的画意吗？《伴孤亭》画山画水不画人，点出了“山泉秋树伴孤亭”的诗题。《云深不知处》是写古人诗意，一人置于山边，构图大气，小画大气象，设色典雅，画意上突出了“只在此山中，云深不知处”的画题。《深山小屋》题识说：“深山小屋，寄放心灵。”通过画中的笔墨情景，使画意诗情尽出。郭因先生认为：“作为造型艺术，最好是兼具客体的形神美，主体的情思美和技巧美、形式美。”绘画表达物象，是“曲得其情”，以此而得神韵。

简要通达中跋述学人的哲学思考是他绘画作品的第三个特点。这种简达语言之美，本质上也是他早期《艺廊思絮》文风在画跋上的继续，只不过画上的文字内容和语气，比《艺廊思絮》多出了更多的淡泊和境界上的变化。20 世纪 80 年代初所出版的《艺廊思絮》，主要内容是谈画，是写作《中国绘画美学史稿》时，“脑海里不时涌现出”的“一得之见”，“抽空加以整理后，命名曰《画廊断想》”。后来又增加了其他一些内容，才改了书名。所以现在他画上的部分题跋仍是《艺廊思絮》“诗情和哲理的结合”，然而却不是逆境中的思考，是他步入老年进入新时代的理想解读。《两松相约》设色山水画，淡雅的画面上题写道："两松相约，不欲顶天，但求立地。""聊且快意"是他好几张山水画上的题目，可见其心里深处的自然情结。《深不可测》是画黄山的奇险，他自题说："虚空之处深不可测。"同是画黄山的山水画《不羡蓬莱》，他题写道："即此已足，不羡蓬莱。"《笑立高峰》画一石上古松，题曰："笑立高峰，览尽人间百态。"《寂寥之境》画上说："清冷寂寥之境，最能洗涤人的灵魂。"在另一张画上又写道："寂寞中有生机。"这与他《关于〈艺廊思絮〉的思絮》中的思考有着特别的相通："痛苦的现实处境和关于前景的美好希冀，是很能产生哲理与诗情的。"他的一幅山水画上题字说："此桥不伦不类，难知可否行人。"此画近景远山分明，勾勒、染色都很完整，有石阶，有流水，有石桥，"可望""可游"是没有问题的，但画题却反向疑问，思考在题外之意明显。他在另一幅辛卯春天所作的山水画上题跋云："天地造物是很随意的，我在纸上造物又何必刻意哉！天地随意造物，自有其妙处，我在纸上造物又何独不然？"郭因先生绘画的天机正在此语之中，艺术的感性、理性根源也表露无遗。有些作品，不仅是画面，题款内容有些是写胸中逸气，有些是直接托物言志。

拜读郭因先生的画，可以看出，他的很多作品是宗炳"澄怀观道，卧以游之"的自娱，以情写之，以情感人，同时也让人看到了他笔下生发出的"自然"景色所带给他的愉悦心情。《深山已见次生林》等内容的画，画过很多张，有时又叫"深山喜见次生林"。诸如此类的画还有很多，是他"绿色美学""三大和谐"理论在绘画创作上的一个侧面反映。因心造景，画由心生，他这几十年心中对绿色文明的呼唤，一定会使他的一部分作品上有着许多如此的表现。描绘两个人登山的山水画《去深山吸氧》，主题鲜明，构思巧妙。冬天所画花鸟画《栽入金盆》，"栽入金盆受珍惜，内心仍是恋深山"的题识，与另一幅兰花的作品所题："栽在盆里，何如长在山里？"也都是意有所指。他在一幅团扇样式的山水画上直截了当地说："树会多的，山会绿的。"

郭因先生绘画中体现的是他作为一个美学家艺术理想下的笔墨情趣，画内画外也自然流露着一个美学家的思想，虽然他在接受《中安在线》采访时曾说："因为我构图比较简单，笔墨比较随便，有人说我是文人画，其实是我画不了复杂的，只能画简单的。""我的绘画作品只能等同于一般人的打牌、钓鱼，只是一种养心养性的休息方式。"成功的绘画创作在任何时候都是一个非常独立的事情，离开功利，自自然然地表达，变成"一种养心养性的休息方式"，也是其徽州前辈黄宾虹先生艺术人生的轨迹。画不了复杂的，只能画简单的——是郭老的一个说辞，他的一幅画上所说"人生就该删繁就简"，才是真道理。从郭因先生的绘画作品来看，恰恰是符合了陈师曾所定位“文人画”的四要素，其作品正是其“人品、学问、才情和思想”不一般的绘画体现。也正是因为这是美学家绘画美学研究之余的自我实践，所以，美在简约的内涵和外延不是一篇文章所能表述的，观画有感，略记于此，以求教于郭老，也求教于更多观其所画的方家。

（作者单位：安徽省文化馆）

纵横天地开新局，指顾风云发首难

——评谢思球长篇小说《大泽乡》

●疏延祥

进入新时期以来，历史小说一直是中国作家创作的重镇，姚雪垠的《李自成》影响很大，但人们也对他把李自成写得和共产党人一样高大表示不屑，20 世纪 80 年代的先锋小说家不满这种以单纯的意识形态的观念叙说历史，而是以我注六经的方法大胆虚构历史，但这种脱离历史事实的方法也逐渐为人诟病。大浪淘沙，如今新时期以来的历史小说留下的经典文本是唐浩明先生等人的著作，唐的《曾国藩》具体到曾国藩某日到某寺一游都是真实的，只是对这日发生的事情以及与某人谈话的具体过程进行文学虚构。当然，我不能说《大泽乡》达到了《曾国藩》的高度，但是思球的《大泽乡》虽然有个别历史人物是虚构的，但整体的历史事件和主要人物都是真实的，读者诸君只要将这本小说和司马迁《陈涉世家》等历史著作相对应，就知我此言不虚。

《大泽乡》的成功首先在于塑造了陈胜、吴广、周文、田臧、陈雪花、朱房、朱妍等一大批或曾经真实存在，或完全虚构的人物形象。

陈胜作为一支农民起义军的领袖，他必有过人之处，“苟富贵，无相忘”，这表明他是有人生理想的，不说古代的农民，就是现代的中国农民，很长时间也只是“三十亩地一头牛，老婆孩子热炕头”，只考虑到个人的幸福生活。而作为两千多年前的农民陈胜，却超出了这个简单的以自我为中心的幸福，即此就使人刮目相看。这个有理想的农民是如何成长的呢？谢思球在陈胜的生活中设置了一个名叫山松的老人，他是一位隐士，曾是楚国名将项燕麾下的一员战将，因为秦灭楚国，他就隐居在陈胜家乡阳城的西山东麓，他不仅教陈胜武术，也向陈胜灌输反秦复楚的思想。

有了这样的师傅，再加上头脑比较清楚且勇猛无比的好朋友吴广，陈胜的脱颖而出只待时机，谢思球根据历史，写出了这个时机，那就是陈胜和家乡一班父老乡亲去戍边，恰逢大雨，不能按期到达，在做奴隶只能死亡，反抗或许有一线生机时，陈胜他们揭竿而起，历史的偶然性和必然性就这样出现了。

攻占蕲县后，陈胜势如破竹，光复陈城后开始称王。或许是师父的教导，或许是成长的经历，或许是情势所迫，尽管此刻陈胜已为朱房等小人所包围，已宠幸朱妍那样成事不足败事有余的红粉佳人。小说开头时的那种纯朴的农民性格已发生蜕变，但他仍然意识到作为一支从表面看是乌合之众的义军，没有杰出之士的训练和带领，是成不了事的，所以，他如刘备一样，请出了有经天纬地之才、安邦定国之策的蔡赐。《大泽乡》在这一节，有模仿《三国演义》中诸葛亮出山的痕迹，引人入胜。这个蔡赐，老伴称其为蔡疯子（这一点和《封神演义》中姜子牙相仿佛），住在卧龙岗，虽没有诸葛亮的隆中策，但他的攻咸阳妙计以及推荐的周文老将军父子，的确使起义军的面貌一改前观，他们一鼓作气攻下了函谷关。如果不是章邯率领刑徒之人的阻挡，陈胜会进一步做大做强。但是，此时的陈胜已为奸佞包围，连一同起事的兄弟吴广见他一面都不容易。在对起义军不利的情况下，陈胜想扭转颓势，亲征以鼓舞士气，朱妍又从中阻拦，而起义军内部又分崩离析，家乡父老要见陈胜，竟为国舅朱房所杀。说起来不过是因为从小一块长大，见了陈胜没大没小这样的小事情，而陈胜对此居然默许。陈胜的确变了，一个外面光鲜的张楚政权已经从内部腐朽了，倒塌只是时间问题，陈胜反抗暴秦不过半年就为车夫庄贾所害。这并不奇怪，就是躲过这场灾难，在那场由他首义、然后群雄逐鹿的战争中，他依然没有胜算。

陈胜有他的褊狭，也有他的可爱。他对朱妍，缺少理智的判断力，这与朱妍的文化教养有关，仆人对小姐有天然的向往。但那时陈胜还没有完全失去初心，所以对和他有过婚约的范秀还没有完全忘记，甚至在范秀父亲毁约，给他带来耻辱，而他功成名就后，依然接纳了范秀。陈胜的这种性格考之于历史，未必有此事。但依照历史，想象其人，未必没有其事。

相比较而言，吴广的形象比陈胜要单薄一点。他作为陈胜的朋友和旁观者，很多时候比陈胜明白。如果陈胜和吴广一样，不说起义成功，至少不会半年时间就一败涂地，送了身家性命。在起义的关键时刻，如果不是吴广扮演辅佐者的角色，陈胜能否起事，都是个未知数，如果不是他鼓动陈胜作为张楚王，请出了蔡赐和周文父子，张楚政权就没有后来的那种恢宏格局和广泛影响，从而最终动摇了秦王朝的根基。吴广的忠厚不仅吸引着众多将士，而且连陈雪花、胜玉这样的女中豪杰都把他当成兄长一样，有什么委屈，愿意向他倾诉，有什么想法，愿与他分享。总的说来，吴广是那种性格没有什么变化的人，就如《三国演义》中的关公，从开头到结尾，都只是忠义的体现者，不像陈胜，前后不一致，有人格分裂，有内心冲突。也不像阿喀琉斯，阿伽门农侵犯了他的利益，他就不顾集体。当然，吴广的忠厚不是木讷，很多时候体现出有勇有谋的那种诚实厚道。这在小说第五章中有比较全面的反映。打下陈城是这支义军的转折点，陈城不下，就没有张楚政权的建立。打陈城的主角就是吴广，是他和胜玉等人以渔家打扮，混入陈城，又招降了花老大的丐班势力，从内部攻城，外部接应，从而以很小的代价拿下了这个当时看起来固若金汤的城池。

吴广挽救不了张楚政权的覆亡，也与他的军事才能有限有关。所以，当有着正规的军事素养的章邯一出现，他的劣势就逐渐暴露，以至于溃败。假王吴广是为部下田臧所杀，《史记·陈涉世家》中称“假王骄，不可与计”，有人认为此话出于欲取代吴广的田臧等人之口，其可靠性值得怀疑。谢思球似乎采纳了这种看法，他一方面客观写出了吴广军事天才的有限，没有接受田臧先打敖仓、切断粮道的正确军事建议，又写出了吴广和田臧因这个问题产生矛盾，田臧当面顶撞，吴广也口出不逊。最终是田臧自恃是名将之后、不愿受制于人的性格导致他杀了吴广。而谢思球笔下的吴广，此时似乎预料到生命的危险，安排朋友葛婴临死时托付的胜玉回陈城，可以看出，在《大泽乡》中，吴广对胜玉是有男女之情的，但这种感情不是占有，而是一心想着对方的奉献。在塑造吴广这个形象时，我觉得谢思球抓住了司马迁“吴广素爱人，士卒多为用者”这一主要性格特征，加以铺陈。

陈雪花这个女子敢爱敢恨，令人难忘。作为陈胜的妹妹，她并不以哥哥的声名和威望来谋取自己的利益，相反，她很多时候能独当一面，为哥哥的事业添砖加瓦。在取谯城前，作为女流，她敢于作为先锋，乔装打扮，和胜玉、晓婵先是混入谯城，开了一家酒馆，获取了重要情报，而且当县尉赵喜带着大量黄金逃跑时，她以女儿之身，和晓婵一起追赶，迫使赵喜丢下巨资，后来下陈城，也有她的功劳。相较于她的军功，她的爱憎分明的性格更令人敬佩。在满朝文武都屈服于朱房、朱妍的势力，连吴广都对他们退让三分的情况下，只有她和老将军周文挺身而出，与之斗争。在陈胜政权岌岌可危时，她和胜玉依然向强敌发起冲锋，想杀掉刑徒军首领章邯，只可惜势单力薄，未能遂愿。她杀朱房、杀朱妍，征之历史，可能未必有其事，但的确大快人心。在起义军败局已定时，她决计回乡陪伴父母，找个老实汉子，种几亩薄地，这似乎是陶渊明那样的文人才有的隐逸情怀和人生境界。在《大泽乡》

中，陈雪花似乎寄托着谢思球的某种人生理想，因此作者给了她一个令人满意的结局。

小说中，猎户李老爹和女儿翎儿着墨不多，但他们父女和老将军周文父子的交往和结局出人意料。可以看出，周聪是爱翎儿的，翎儿也爱周聪。翎儿那样天真，周聪那样帅气。如果是和平年代，他们是可以演绎出一段动人的爱情的。可在战争年代，没有儿女之情，只有屈从于战争需要的利害关系，因此，周聪明明喜欢翎儿，也只能利用翎儿。最终，李老头和翎儿都死在起义军的箭下，临死前，翎儿倒在周聪的怀里，把周聪看成坏人。好人和好人在特定的历史时刻，只能把感情抛弃在一边，有的只是你死我活的斗争，历史是多么复杂！虽然小说也写了周聪阻止人们向翎儿放箭，但没有人理会。读《大泽乡》，我最心痛的就是翎儿的死，那是一颗善良美丽灵魂凋谢在含苞待放的年龄。即使看起来非常正义的战争，也能毁灭美和善。战争的残酷性由此可见。

谢思球这篇小说的语言也比较有特色，我觉得他吸收了中国小说的白描手法，简洁而传神。请看第九章《访贤求将》中陈胜吴广等人到卧龙岗找名士蔡赐的一段描写：

> 说是卧龙岗，就是一座荒山岗而已，岗上散布着几十户人家。此时，正是晚炊时间，村中炊烟袅袅，安宁而祥和。
>
> 三人进了村口，看见草垛下躺着个老者。此人约六十岁上下年纪，满头白发，衣衫褴褛。此时，他嘴里衔着一根稻草，正在闭目养神。

近年来，随着改革开放的深入和人们思想的活跃，人们对于农民起义到底是有利于生产力的发展，还是破坏生产力，有了不同的看法。有人认为陈胜不是为了改革国家现状为目的，而仅仅只是为了自己当“王侯将相”就发动了暴动，带了这个坏头，以后两千多年里中国发生了太多的暴动，不管以什么理由和口号，发动者的目的都是以暴力推翻政府，自己当皇帝。还有人说洪秀全是邪教教主，甚至有人根据出土的秦律，证明与陈胜吴广起义时声称的“会天大雨，道不通，已失期。失期，法皆斩”截然相反，因大雨或洪水导致的耽误，可免除征发，陈胜是在撒谎。

我觉得，对于此，作为学术讨论，百家争鸣，未尝不可。但也不能把农民起义妖魔化，像秦王朝那样的暴政和清王朝那样的腐朽，不该推翻吗？在司马迁时代，王侯是一个地区的实际统治者，世代保有其国，对全国政局有一定的影响，故其传记称“世家”。而陈胜出身低微，是所谓“瓮牖绳枢之子，甿隶之人”。司马迁仍将其列入世家，为其作传。就连后来夺取政权的刘邦，也追封陈胜为“隐帝”。谢思球《大泽乡》不是历史著作，也无意卷入陈胜历史地位的政论，但从他的客观描写中，我们依然可以看出，他既写出了陈胜的历史局限性，也写出了这个农民的过人、可爱之处以及大泽乡起义的伟大历史意义。秦王朝已经失去人心，主要作为一种恶的力量在妨碍历史的进步，陈胜首义，其他各种政治力量纷纷响应，秦王朝就此才灭亡。陈胜开启了这场大变革的伟大序幕，正如司马迁所说："陈胜虽已死，其所置遣侯王将相卒亡秦，由涉首事也。"谢思球以小说的形式写出了这个序幕，而且陈胜死后，和陈胜一同革命的吕臣，杀了庄贾，为陈胜报仇雪恨。其部下召平，又假托陈胜的命令，拜项梁为张楚国的上柱国。项梁、项梁侄子项羽最终和刘邦他们一起灭了秦朝。没有陈胜吴广，就没有刘邦项羽。对这个因果关系，谢思球是认同的，他以文学的彩笔写出了这个过程。

纵横天地开新局，指顾风云发首难，诚哉斯言！

（作者系安徽大学中文系讲师）

心怀虔诚　致敬高贵

——观黄梅戏音乐“唐诗宋词”情景演唱会《高贵的家园》有感

●周　慧

2016年阳春三月，伴着连绵的细雨、朦胧的氤氲，由安徽省黄梅戏剧院倾力创作的黄梅戏音乐“唐诗宋词”情景演唱会《高贵的家园》终如初嫁的女子一般满目娇嗔、惊艳无比地呈现在了众人的面前。将戏曲音乐与古典诗词相结合，以戏曲的音韵声腔吟诵、传达中华古典诗词的雅致隽永之美，《高贵的家园》虽说并非首创（此前，曾有上海京剧院策划创作的京剧音乐剧场《诗意中国·月光下的行走》），同时，由于是首次推出，舞台呈现难免会有些许的欠缺与不足，但是，不容否认的是，演出却是着实地令人神往、难忘，牵念于心！于是，不禁自问，这期间的神秘与奥妙究竟在哪里呢？答案并不难找寻，在舞台之上，更在人心之中：向着“高贵的家园”——它既是地方剧种黄梅戏艺术向中国古典文化的一次虔诚致敬，又是身处纷繁嘈杂之现实世界中的人们，努力寻找内心宁静的一段精神旅程。

一、与众不同的“观众告知”

凡是走进剧场观赏演唱会的观众，在演出开始前的第一遍铃声响过之后，都会听到一个甜润清亮的女声做如下播报：

亲爱的观众朋友：

晚上好！

欢迎走进剧场观赏我们的演出。

由于该剧目具有特殊的创作理念和艺术旨归，力求使歌唱、吟诵及乐器弹奏等均保持原声之自然状态，因而在演出中已尽量减少了对现代电子扩音设备的使用。

为确保演出能够实现预期的艺术效果，带给您不一样的艺术感受，由此，特恳请各位观众在演出全程中将您的手机关闭或调至静音状态，请勿随意走动或发出任何声响。

让我们以一颗宁静虔诚之心走进写满诗情画意的精神家园，接通中华文化的传统血脉，倾听古圣先贤的动情诉说，触碰虽久远却依然令人神往的高贵灵魂！

演出即将开始，感谢您的理解与配合！

预祝观剧愉快！

“观众告知”，应该说，是随着现代剧场的出现而产生的，一定程度上，也可以认作是社会进步和文明程度渐趋提升的一种表现。无论是因为维护版权的需要，还是为了保证应有的演出质量，抑或是出于对台上演员的应有尊重，“观众告知”，或是通过字幕显示，或是通过语音播报，对于当下的戏剧观众而言，想必都并不陌生。作为对观众提出种种要求和规范的特殊应用文体，它既是观众走进剧场后观赏演出时所应遵守的基本行为准则，又是默默地考量观众自身素质与修养程度的一把潜在标尺；既给人以制约和束缚，又映衬出相应的品性与德行。但是，平心而论，像《高贵的家园》这样的“观众告知”，也确实并不多见，相较于上述内容，它明显的不同与特别之处即在于，不止限于表面的秩序，更深入于内心的尊奉。

20 世纪初，当西式剧场尚未被引入中国之前，中国戏曲的演出常见于勾栏瓦肆、广场庙台、茶馆酒楼、乐棚戏园等地。在这些地方，听戏赏戏的看客与观者多是为着怡情逸趣、消遣休闲、赏心悦目、声色之娱，只求找一乐子，寻一开心。由此，相较于从根子上就要求具有可以唤起人们悲悯与畏惧之情，使人们的情感和心灵得到净化之品质的西方戏剧，中国戏曲及其所衍生的剧场环境、观剧氛围等便自然显得轻松随意有余，庄严肃穆不足。对于中国戏曲的这一传统或特点，虽不应以西方戏剧为参照给予不切实际的批判和苛责，但也应该正视其所存在的问题。尤其是当中国戏曲走进以西式剧场为主要形态的现代演出场所时，这一点，似乎更不能忽视和回避。毕竟，对于娱乐的过分追求，不仅使剧场变得自由混乱、喧闹嘈杂，更使台上、台下丢弃并忘却了对精神与灵魂的应有关注，只将目光聚焦在了外在的形式之上而难以有较为深入的挖掘和思考。早在约两千五百年前，孔子就曾提出过诗之“兴、观、群、怨”之说。今天，已跨入崭新时代的中国戏曲以及走进现代剧场看戏的观众又怎能只是为着单纯以娱乐为诉求的好听、好看与好玩呢！

于是，对于“灵魂与精神”的关注，即成为自“五四”新文化运动开始近百年来中国戏曲现代化的一项重要内容。这不仅是时代对中国戏曲提出的希望与要求，更是当代诸多戏曲理论家、艺术家对中国戏曲报以的期盼与理想，以及为之不断努力的方向、奋斗的目标。由此，相当长的一段时期内，从理论倡导，到创作实践；从观念树立，到行动体现；从文本写作，到舞台演出……这一努力与探求几乎无所不包。然而，像《高贵的家园》这样在演出之前向观众义正词严地提出如此要求、发出如此倡导，却似乎还是第一次。

由此，不得不说，这份与众不同的“观众告知”正如一份宣言、一声召唤、一道号令，将中国戏曲关乎“精神与灵魂”的关注与追求从台上扩展到了台下，从创作者延伸至了观赏者，从潜移默化的影响转变为了铿锵有力的主张。它最终的心愿、目的与追求，不单是为着戏曲自身，更要引领戏曲观众一同朝着现代文明迈进，向着内心的虔诚出发。

二、黄梅戏对古典诗词的致敬

历史上，由于中国传统文学观念的根深蒂固，中国戏曲一向被视为是“末技”“小道”，即便是中国戏曲的“编剧中心”时代，即便是文辞绚烂、字句典雅的明清传奇之鼎盛时期，即便是被认为“凡诗赋、词曲、四六、小说家、无体不备”。（孔尚任《桃花扇》［小引］）这一特殊的社会地位，与其所曾拥有的特殊的艺术功用及其服务对象紧密相连。由此，所谓的“俗”与“浅”即成为中国戏曲最显著的标识，以区别于其他样式的“雅”和“深”。由此，不难发现，戏曲从一开始即与文学之正宗的诗文之间有着鲜明的差异，且为了凸显自身之独立存世价值更是在一定程度上刻意保持、维护着这一“平俗浅近”之艺术特色以及与诗文之间的应有距离。至“花部地方戏”兴起，唱腔与表演艺术的精雕细琢、炉火纯青，使演员替代编剧成为戏曲艺术的中心，虽说这也是时代进步的产物、艺术进化的结果，但不容争辩的事实却是，代表着戏剧文学之编剧退居至了附庸的地位。文学，即便是“俗浅”之文学于戏曲之中也难以有存身之地，戏曲由此也必然会沦为无思想灵魂依附的华丽而空旷的外壳。直至今天，当繁复精美的舞台制作及导演在戏曲创作中的作用被无限夸大、地位被极度提升时，曾经于戏曲中挣得一定地位的文学及文学精神几乎又有被驱逐之势。曾几何时，中国戏曲界不是流行着这样一句话吗：“一流舞美、二流导演、三流表演、四流编剧。”这不得不说是中国戏曲的一种悲哀！

身为中华戏曲艺术中的一员，黄梅戏虽然目前已跃居全国五大地方剧种之列，深得全国乃至海外广大观众的喜爱与欢迎，具有较深厚的群众基础和较广泛的社会认知度，但是，却也不能由此即否认它的家底单薄、积淀有限，尤其是文学浸润与濡染的明显不足。从田间地头、乡村草台的“两小、三小”走来的它，质朴清丽、通俗自然，洋溢着浓郁的生活气息，常被人称为是“山野吹来的风”，更被外国友人赞誉为“中国的乡村音乐”。这无疑是它的特色和优势所在，也是它区别于其他剧种的独特存世价值。然而，若从另外一个角度看问题，便也不难发现，特色往往即是局限、优势也极有可能就是劣势。在此，并无意去改变黄梅戏的这一独属于它的风格气质，只是需要人们明白黄梅戏与文学，尤其是古典的唐诗宋词之间区别和不同究竟在哪里，如何注重并加强黄梅戏自身的修养和锤炼，如何警惕并防范戏曲艺术作品外表浮华、内在空洞之不良创作现象的产生。恰如导演张曼君女士在她为此次演唱会撰写的《演出构想》中所说的那样：“今天，我们将用黄梅戏的音乐来对接古典之雅，亲热地朝拜自己的家园，使得生活的根，民间的‘烟火味儿’，有一种承接古典之源的亲切讴歌。高贵与平俗之间，其实都是生活。”

就这样，黄梅戏怀揣敬畏与虔诚，向着唐诗宋词、古典文学之高贵膜拜致敬，希望能够通过这样一次机会，去感悟先人的智慧、生命的哲思与文化的品性，以拥有一次不同于以往的生命体验、情感历程。黄梅戏深情地吟唱，唱出的是深闺女子的相思意、挚友知交的别离歌、远方游子的思乡曲以及英雄豪杰的家国情，或婉约缠绵，或豪放激烈，或多情缱绻，或肃穆悠长……似吟诵，又似聆听；似对接，又似拥抱；似致敬，更是体悟；是生命与情感的一次丰富，更是灵魂与精神的终身陶铸！

或许，只有这么一次，但一次即是永恒。因为已足够刻骨铭心。

三、舞台上的互礼仪式

“礼者，人道之极也。”中华民族五千年历史的文明，不仅体现于灿烂的文化中、更体现在规范的礼仪之上。作为一次“追根溯源的朝圣”，黄梅戏音乐“唐诗宋词”演唱会《高贵的家园》的舞台上，自然也不可缺失高贵文明所必需的“礼”和“仪”。

从职能上来看，《高贵的家园》的舞台上参与演出的人员可基本分为三个不同的群体，分别为：演员、歌队和乐队。同时，依照角色定位，其中的演员又可分为情境中的人物形象与情境之外的纯演唱人员。演出中，可以发现这样一种别致的现象：

首先，但凡是处于非戏剧情境中的演员上台演唱，当其走至应处的位置并站定之后，即是向在场的乐队演奏员谦恭地行礼，以表示应有的敬意。同时，作为受礼者的演奏员（们）做出回应，对施礼者的演员予以还礼。

其次，乐队中不同乐器的演奏员，因为相互之间配合的需要，在曲目演奏之前也会彼此充满敬意地行礼与回敬。

舞台上，或鞠躬，或拱手，或微笑，或颔首……既表达着演员对演奏人员的尊重，又体现着演奏人员对演员应有的礼貌；既是参与演出人员之间彼此的互礼，又是所有参演人员对古典文化做出的一次集体致敬；既是此次演出中一种庄重的仪式，又是黄梅戏、“黄梅”人内心敬畏与虔诚的至真袒露。心向高贵，所以高贵。所谓的高贵，不是以财富和物质为标志，而是一份纯粹、一腔虔诚、一怀敬畏、一种关于灵魂与精神的修为。谁又能说，这样的演出没有体现和传递“正能量”呢！这样的演出、这样的情境、这样的心意、这样的表达，深深地打动且强烈地震撼着观众，一种肃然起敬之情回荡在剧场中，更凝聚在每个人的心头。

演出结束，所有参演人员来至台上，向台下的观众鞠躬谢幕，感谢观众近两小时的默默陪伴，依然隆重、依然庄严。

“取次花丛懒回顾，半缘修道半缘君。”因何会如此钟情，因何会潸然泪下，又因何会抑郁于怀、哽咽于胸？无他，唯一往情深。《高贵的家园》留给观众的，不只是感动……

（作者单位：安徽省黄梅戏剧院）

新文人书法的锐意进取者

——《岁月留痕——桂雍书法三十年》读后

●王玉佩

《岁月留痕——桂雍书法三十年》出版后，好评如潮。作为老友，我在第一时间拜读了他的作品。这部装帧考究、设计新颖、印制精良的巨制，凝聚了桂雍先生三十年来对书法艺术孜孜不倦追求的心血和汗水，展示了他从事书法艺术创作的闪亮足迹，贯穿了他的艺术灵魂线，张扬了他鲜明的个性书风。

掩卷沉思，从桂雍先生书法创作的历程、对传统的理解、技法的把握以及笔墨语言的情感表达来看，他显然走的是一条新文人书法之路。传统文人大多起初并没有向书法艺术进取的明确目标，用毛笔写字，是他们的工作内容之一，力求认真地把字写好，久而久之，便形成了自己的风格，有了很深的造诣，后来被公认为书法艺术而被推崇，并广为效法。显而易见，传统文人书法是水到渠成的。新文人书法则不同，他们对待书法抱着一种神圣的态度，从一开始就立志成为一名书法家，在深入传统的同时，不断开拓书法创作的新途径。那么，从这一点来看，新文人书法与传统文人书法的一个最大区别就是有意为之。我们之所以将桂雍定位于新文人书法的代表人物，是在对他的成长经历和发展道路以及其鲜明独特的艺术语言进行全面考察之后而最终得出的一个结论。

一

古希腊神庙上镌刻着一句话："认识你自己。"桂雍确立了奋斗目标，首先面临的就是"认识自己"。桂雍先生的家乡凤台县，历史上曾是中原文化、楚文化、吴文化及淮河文化的汇集地，丰厚的地域文化，哺育了他的成长。20世纪80年代初，他有幸进入高等学府深造，使他初步成了一个文化人。但不是每一个文化人都能成为书法家的。桂雍虽然是学中文的，但他自学生时代起，就立志成为一名书法艺术家。他利用课余时间，临写了大量碑帖，凡当时能够弄到手的名碑佳构，他都用心临摹。此间，他还花了大量时间和精力钻研古今文艺理论和美学理论，以提高自己的理论素养。正是由于他青年时代所立下的宏伟志向和长期的基本功训练和积累，为他的后期成长奠定了坚实的基础。

艺术兼实用，是桂雍先生在新文人书法创作中的第一个闪光点，也是他重视书法艺术社会功能的具体体现。从中国书法的发展史可以看出，传统文人书法是实用兼艺术，而新文人书法是艺术兼实用。但书界曾流行一种观点，即是把书法艺术的实用性和艺术性割裂开来，一谈到实用，总觉得有削弱书法艺术品位之嫌。这种观点也影响到桂雍，引起了他的深思。他从汉字的发明、演变书法的产生，从美术的源起到绘画艺术的发展，进行寻根求源，以此来佐证自己的新文人书法之路。汉字自发明之日起，虽说是以象形性为其构造的基本特征，但它已经具备了实用功能，同时也就有了艺术性。所以，桂雍先生认为，传统文人在汉字的实用中生成了书法艺术，使不同书体都成了书法艺术形式。像东晋以前书家的名品，尽管只有摹本传世，但都是出于实用的书写。到了唐宋，很多大家的书迹，如尺牍、文稿、碑铭等，也都是以实用用途的书写，来展示其书法艺术之美。明清两朝，书家们仍是以实用途径发挥其艺术才华。由此也可以看出，传统文人书法是实用兼艺术。

但是，新文人书法是艺术兼实用，这样做是否削弱了其艺术性呢？桂雍先生的回答是否定的。他认为，汉字是书法素材，流动的富有灵性的线条运动所构成的优美形式，表现了奇特的幻化境界，体现出审美情趣，彰显出抽象的艺术魅力，但也都没脱离实用范畴。书法作品用于实用，不仅体现出汉字传达语言的功能，而且也可以使实用艺术化，增加观者的美感和艺术享受，同时也让使用者提高了品位。像桂雍先生所写的匾额、标牌、楹联、题壁、碑铭等，就体现了艺术兼实用的社会功能。

桂雍先生的书法艺术兼实用，并非是生硬的割裂，而是以艺术推广实用，以实用升华艺术。对此，他做了不懈的努力。他从汉字产生的初始形态上，体味着古人对自然美法则的认识，从书法的变革与发展，详察汉字形体的演变，把汉字的形体演变，融入书法的创作中，使自己的书法创作从再现自然的桎梏中解放出来，进一步合乎自然规律，高度抽象地反映自然，从而加深了他对自然的高度理解和对其形式规律的把握能力。经过努力，他创作的上千件书法作品，既可记录语言，也可传播信息，又能作为艺术品供人们欣赏，从而获得了艺术兼实用的双重效果。收入这部书中的很多作品，都有艺术兼实用的体现。像他创作的《将进酒》书法作品的碑刻，竖立在大别山深处迎驾酒业集团的厂区公园，既是他书法艺术的展示，又体现了很好的实用社会功能。

二

拓天堑之路，融百家之长，是桂雍先生新文人书法创作的第二个闪光点。桂雍在学习与创作活动中，既吸收传统文人书法艺术营养，又研判制约他们艺术发展的环境条件，从中受到启迪，来促进自己的创作。他认为，第一，因古代的交通不便，使传统文人的书法活动仅限于官吏及士大夫阶层等狭小的范围，影响了他们视野的开阔；第二，缺乏书界的交流活动，使传统文人的书法难以走出书斋而广泛地吸收艺术营养，从而使他们的书法走向僵化而停滞不前；第三，由于传统文人书法只是在有限的范围内开展活动，限制了后学的学书之路，影响了书法队伍的壮大与发展；第四，因传统文人书法只是囿于公函、尺牍、书信、手札、文稿等社会实用职能，缺乏广泛的社会功能及其社会影响力；第五，传统文人的书法活动，大多是“各自为政”的松散型，缺乏有组织的领导与协调，制约了学术交流，影响书艺的提高。在当今，宽松的社会政治环境、发达的交通、先进的科技、畅达的信息，都给新文人书法创作提供了发挥艺术才能的广阔天地。桂雍先生感到，若不利用这一大好的条件提高艺术水平，那就不能怨天尤人了。于是，他抓住这一难得的机遇，开展广泛的艺术交流活动，以提高自己的书法艺术。他除了创作作品，参加省内外各种书法展事外，还广泛地与全国各地的书家交流和学习，同时还应邀到韩国、日本等国家进行书法艺术交流，使自己的艺术视野更加扩大，对艺术营养的吸收更加广泛，书法作品形成了一种撼人心魄的气势、感人肺腑的情韵、美的境界和高尚的人格情怀，显现出鲜明的个性书风。

三

以书法吸收学养，以学养助推艺术，是桂雍先生新文人书法创作的第三个闪光点。随着桂雍的书法艺术在省内外的影响不断扩大，也给他带来了新的思考，那就是：进入 20 世纪 90 年代，自己的书法之路如何再更上一层楼？桂雍认为，传统文人书法是学养助推艺术，新文人书法以书法吸收学养。新文人书法的发展，必须以文心学脉传承为前提、多元知识为核心、正大气势为主导、民族精神为根基、现代潮流为大趋势，坚持传写性、倾写性、书写性三者辩证统一，以文心开路，以艺术求道，来凝聚民族精神，昭示社会意识，培养主体人格，寄托人生情怀。于是，他从两方面进行艰苦努力。

第一，观千剑而后识器。他沉下心来，再次深入到古人法帖中去，临写魏碑、甲骨、汉简以及明清诸家中的作品，并研读了现当代书法家的名作，同时进行师友交流，进行道体的感悟和技艺修习。通过这一阶段的相关文化要素的滋养，使桂雍更加明确：书法艺术，不仅要有笔墨形式，还应有精神境界，书法不是技术问题，而是学养问题以及对万物的自我感悟，否则，就不能对自己的技巧和其他方面的知识进行升华。正如刘海粟所说："艺术的精神不是在模仿自然，绝不是仅仅在求得一片自然的形似，而是表现自然的精神，也表现了艺术家的气质、情操与个性。"

第二，操千曲而后知音。进入新千年后，桂雍在反复琢磨石涛所说的"法能助人，法能障人"的至理名言。正如他在这部书"前言"中所说的，"老是在古人脚下讨生活，总不算事"，决定更上一层楼，建立自己的笔墨体系，开始对自己的创作进行变革。那就是：在创作风格上，追求开张雄强的气势和大美不雕的艺术效果；在创作理念上，始终坚持既有传统又有自我的基本原则；在创作形式上，努力做到大小字皆能，大幅小幅并举，各种款式均尝试，创作思路全面发展，真、草、隶、篆无所不攻，以行书为主。由于他在创作上进行变革，艺术上突飞猛进，取得了令人瞩目的艺术成就，成了全国颇具影响的书法艺术家。他在业内有很高的威望，37 岁就被推选为安徽省青年书法家协会主席，一干就是 13 年，40 岁即当选为安徽省书法家协会副主席，至今已连任三届，是一位名副其实的资深书法家。他除了组织大量书法界的展事和学术活动外，还有多部书法理论著作和作品集问世。这些，都是他作为一名新文人书法代表人物的典型特征。

四

纵观桂雍三十年的新文人书法创作之路，他打破了书法艺术在狭小圈子里孤芳自赏的格局，在广阔的社会活动与书艺的交流中吸取艺术营养，笼天地于形内挫万物于笔端，显现出独特的艺术风格。

高韵深情，坚质浩气。这表现在桂雍行书的造诣上。他笔下所呈现出来的点画、字形及整体气息，就带有明显的个人特征，与他的性情、气质保持着一致，气势愈加厚重率意。通过这种自由本真的书写，桂雍性格中所具有的潇洒、倜傥的气质也在笔歌墨舞的作品中显露出来，在新文人书法中创造辉煌，彰显着自己的学养。

深文隐蔚，余味曲包。好的文章是文辞深沉，隐含华荣，余味无穷，含而不露。而上乘的书法作品，同样是不在书家的本身，而在于深藏在书家的文化素养中，使自己的书风典雅化。收入在本书的作品，就颇具这一特色。他在行笔速度及对节奏的控制中，展现出了激越豪迈的情感变化和性格的张扬；他的字由单纯走向了深厚，由刚健渐入苍雄，由传统化而为我，既具豪气之势，又有超逸之风，将意蕴隐含在曲折多变中，从中可以看出抽象的自然与情感、心态的虚静与空灵、气脉的贯通与运动的精神内涵，可与天地相会，写心、写神、写意，体现出本体精神与价值境界。

高人一头，深入一境。大凡艺术作品，如果缺乏“高人一头”的立意，少了“深入一境”的内涵，那就是失败之作。对于书法艺术而言，“高人一头”是功底，“深入一境”是精神。桂雍的书法探寻之路走到今天，之所以达到了令人瞩目的艺术水准，关键是他的功底在学养，精神在于心。在不同书体的作品中，笔画的映带之势、顾盼之姿，在注重个体存在的同时，兼顾其他的功用，一点一画，互相牵制，互为生发，彼此衬托，牝牡相衔，彼此渲染，得到完美的艺术展现，在一定程度上诠释了个人乃至社会的精神风貌。

桂雍先生对新文人书法的追求、探索、创新以及他所取得的令人瞩目的成就，说他是新文人书法的锐意进取者，并不为过。但艺无止境，这部《岁月留痕——桂雍书法三十年》，只是他前期的艺术总结。相信桂雍先生仍然会牢记中国书法的文化之根，在新文人书法这块沃土中，锲而不舍，耕耘出自己的一片更加辉煌的艺术天地。

（作者单位：安徽文艺出版社）

“看见”了“喜悦”

——析郑天伦的《葵花朵朵开》

●王永华

越是自然的，越是朴素的；越是朴素的，也越是平易的，真正表达起来却可能也越是难的，但如果表达得好，一定更容易打动人心。比如陶渊明的恬淡冲和，比如李白朴素至极的“床前明月光”，千载以下，动人情怀。

郑天伦的这幅《葵花朵朵开》应该也有着这种创作追求和冲动。画面的中景是三名正在收获向日葵的农妇，线条起起伏伏地游动，干湿浓淡的光影调和下，朴素、辽阔而又真诚的生活徐徐展开，她们脸上的笑容，会心，灿烂，充满生活的真实感，迸发出强烈的情感冲击力。

对于水墨画，每个画家都有自己的理解，会形成自己独特的绘画语言，但有一点应该大致不错，那就是今天的水墨画应该呈现当下的文化、社会和审美精神的状况与动向，而不是漠然于现实，这也是“笔墨当随时代”。我写诗，对水墨画谈不上有研究，但喜欢它，觉得它和书法、中国传统戏剧相类似，在虚虚实实当中，曲曲折折地传达隐隐约约的情志。但和其他艺术门类一样，它们都面临着时间和空间上的巨大变化，尤其是近一百多年以来，我们民族的社会、生活甚至自然山川、物候地貌都发生了前所未有的急剧变化，再加上西方艺术理念的引进所带来的冲击，无不在提醒甚至迫使着艺术自身的嬗变。这其实很好理解，反过来看，如果当代水墨画还停留在两百年以前的花鸟画、山水画、人物画那样一成不变，无视当下生活的变迁，无视西方绘画艺术理念的启示，自然是没有道理的，作品最终只会沦为不合时宜的装饰品。郑天伦正是小心翼翼地避免着消耗在因袭传统的无底洞里，朴素而又真诚地寻找属于自己的内容和感觉，他想在传统与西方这两难之间找出一条属于自己的路。

那么郑天伦怎么去做的呢？用他的话来说，画情怀。他的体会是，有了这种感觉，才有这种形象，才有这种处理，才有这种内容。这是难能可贵的。

比如在这幅作品里，向日葵就鲜明地洋溢着情怀。一般而言，向日葵是平民之花，有着农民的朴素本色，丰收时节，招摇在陕北高原之上的向日葵，色彩丰富。这必然触动了郑天伦，唤起了他创作的感觉，唤醒了他内心深处的情怀，于是就有了这幅作品。说到向日葵，我们自然还会联想到梵·高，联想到他的大笔触描摹的向日葵。梵·高这一类作品很多，比如《吃土豆的人》《农夫的鞋》等，这些画作无不显示出梵·高的情怀，浸润有梵·高致密的情感。大的情怀成就了梵·高。我们甚至还可以说，在情感浓烈的深层次里，梵·高其实也是在有意识地进行“主题”创作，哲学家海德格尔曾经专门讨论他的《农夫的鞋》，认为作品彰显了被遮蔽的“存在”，“真理”得到了“敞开”。哲学家拗口的述评背后，点明的其实就是梵·高作品的真实、纯粹和情感真挚。东西方对于艺术的表述，表面上观念有所不同，暗底里却又两相契合：这不就是“写意”——充盈着情怀的、难以言表的“意”？

水墨画的本质是写意，落脚点在“写”，强调的是“意”。作品若无大的意趣，格局自然不会太大。我和郑天伦讨论的时候，他反复强调“情怀”，是的，若无“情怀”，手下的笔墨线条会是僵硬的，哪里能激发出创作的真正热情？在这当中，我想说，仅仅有情怀也许是不够的，对于一名画家来说，不同的“看”、“看”什么与“看见”了什么，情感的烈度和纯度不可同日而语。有时候甚至会让笔下的作品判然两分。“看”到的也许只是外在的、表面的，有时候还是纷乱的；“看见”要求看见常人所没有“看见”或者“看不见”的，并把它“写”下来，会乎“意”。由此可以看到，写意既不是理性的，又不是非理性的，但它是真实的，不可以是概念的，这又与当代西方观念艺术完全不一样。如果按照我对于诗歌的理解来探究这幅画，“写意”肯定是不同于简单意义上的“再现”，也不同于浪漫的情感“表现”，而是两者的水乳交融，是“看见”了某种“情怀”的生动表现之后的画家，让他惊喜乃至惊异的画面在跳荡。于是“看见”之后“一切景语皆情语”——郑天伦在这里给出的是“向日葵”，沉甸甸，饱满，以及粗朴的农妇。她们身上充满了劳作的气息，没有惯常的“飘逸”的或者纤细的“美”。

从这里我们可以看出，对于“景”的选择决定了“情”的向度，同样，画家的“情”之所系也必然会让他去寻找相应的“景”，因此画家“看”哪里、“看见”了什么，决定了他笔下究竟会画什么。艺术家下“基层”，不正应该沉浸在这些极寻常又极深厚的“生活”深处，去“看”我们辽阔的时代？

回到这幅画，喜悦感是这幅画的主调。为什么喜悦呢？因为丰收。郑天伦看见了“喜悦”，把它用自己的绘画语言表达出来了。观众注目于这幅绘画，“喜悦感”得到共振，隐秘地交互传递，作品也许就达到了它的创作初衷。

长期的艺术训练和自我修养凝结而成的个人才气，通过艺术的笔触得到展现，应该是水墨画的本质。其中的个人因素，也即西方的“自我”，更多的是指原子化个体的自我，而中国文化中的“自我”强调的则是人格与集体人格理想，这就是“情怀”。西方当代艺术的发展中，纯粹个体的心理发泄成为主要的创作动力，成为现代主义绘画包括后现代主义的观念艺术和装饰艺术的主要源泉，这在郑天伦看来，都是过分强调形而上的笔墨，没有强调情感。我对此暂且存而不论，只能说这就是东西方艺术差异的明显所在。绘画史上，中国水墨画发展的动力主要源于理想人格的自我建构，首先是绘画者本人，其次是积累性的、群体性的、面向苍生与社稷的社会人格理想的呼唤与建构，无论是山水画，是花鸟画，还是人物画。著名的如八大笔下的“白眼”，元人山水画意境的凄清、荒寒。这些都是画家作为“人”，在笔下的自觉自省，同时也是面对世界表明态度，抒发情怀。有理由认为，郑天伦的《葵花朵朵开》也是在表明态度、抒发情怀。

情感、社会与内心的修养交响、激荡，最终让画家“看见”了“喜悦”，在笔下形成浑然一体的整体的时候，作品也就有了属于它自己的内在灵魂，充满生的活力，比如《葵花朵朵开》。

（作者单位：《清明》杂志社）

魏晋风度　金石气概

——赖少其书法艺术源流初探

●吴　雪

赖少其先生在中国画艺术上的独特创造是举世瞩目的，但其在书法艺术上的成就还没完全被人们所认识。赖少其艺术馆举办“赖少其书法篆刻精品展”，较为全面地展示赖少其先生的书法成就，对我们认识和研究赖少其先生的书法艺术是十分重要的。本文仅就赖少其先生书法的源流、艺术风格和审美追求做一探讨，以期为赖少其先生书法研究的深入提供一个参照。

一、取法乎上，直追魏晋

一个书家的成功，首先取决于他对书法的认识和态度。换句话说，就是他的书法观决定了他在书法艺术上的高度。赖少其先生在书法上的成就归结于他对书法的科学认识和全面把握。虽然他一开始并没有以学书为专业，但他在由画转研书法的时候，对书法的把握是准确的，而随着他对书法认识的深化，他的书法观逐渐系统完善起来并影响了他艺术人生的最后升华。赖老在他七十岁的时候，专门写了一篇短文，具体讲述了他的学书经历。他说，他“从小就喜欢学习书法，曾看老师认真地临摹康有为的法帖，但我并没有学习康有为，而是学习郑板桥；现在想起来是很幼稚的，我当时并没有见过郑板桥书法的真迹，更不清楚郑板桥这种书体，若是没有隶书、楷书、行书的很好基础，是写不出郑板桥这种书体的”。20 世纪 50 年代，赖老任上海中国画院的筹备主任，和黄宾虹等国画家接触很多，“才慢慢地懂得书法的美妙，懂得学画与学习书法的重要性。我在此时学习书法，也同时开始学习国画，才认识到‘书画同源’的道理，更直接的理由，我学习书法，首先是为了‘题画’，特别是当我学画金冬心的梅时，更加感到有学习金冬心‘漆书’的必要了”。从这里，我们可以清楚地看到，赖老从开始喜欢书法到认识到学习书法的必要再到如何学习书法，是有一个认识过程的。所幸的是，他在上海和黄宾虹等大师们相遇了，使他不仅认识到书法的重要性，而且认识到了学习书法的正确方法。这就使赖老在后来的国画创作上有了一个更高的基础，也使得赖老能够在晚年实现艺术的变法，成为二十世纪中国画的一位大师。

在我看来，赖老的书法观主要体现在三个方面，一是通览文史，精典为宗。赖老对书法的认识，是基于他对中国文化历史的整体把握上的。他对书法的认识不是单一的，不是就书法讲书法，而是由书到文，再由文史到书法。是把书法放在书画艺术当中考察的，甚至是把书法放在中华文化历史长河中来考察的。赖老收藏了一副邓石如的对联，上联是：“三千余岁上下古”，下联是：“八十一家文字奇”，即是说，我国三千多年来已经出现了众多具有自己独特风格的书法家。在赖老看来，“这说明什么问题呢？一是有名的书法家很多，二是书法历史很长。我们应引为骄傲。只是骄傲不行，应该刻苦地向传统学习”。在向传统学习中，赖老对王羲之《兰亭序》用工最深之后又遍临金农、伊秉绶、《好大王》、《二爨》等诸多碑帖。所以，赖老是自觉地以传统为师，入古而后出新的。二是专注一家，旁通其他。赖老说：“我年已七十，感到学书还在开始。回顾所走的路，也是曲折的。但是，有什么教训呢？我以为初学，应先学一家，从不‘似’到似；开始学得似了，其实是错觉，慢慢认识提高了，才发现还差得远呢，从不似到似，是一大进步。开始以为似，后来发现还不似，更是一大进步。学一家，是为了有一个立足点，到有极限性。要冲破这种极限性，就必须同时观察‘百家’，取百家之长，丰富自己，才能有所创造，不为一家所限。”赖老行书以王羲之兰亭为宗，“三十年来几乎没有断”。他在学金农“漆书”的同时，也学《张迁》《好大王》，还有晋隶。因为有了多种书风的影响，才成就了他独树一帜的“赖体”。三是专于结构，方法为本。赖老学书有一个特点，那就是对字的结构的把握。这可能与他学画有关。他早年学西画，对物体的结构、块面、构成等方面都很熟悉。所以，他在学书的过程中，首先关注的是字形和结构，学一家总能很快地把握住一家的风格特点，而后逐步深入，登堂入室，取其要害。他学金冬心“漆书”，先是掌握“漆书”的结构，然后学他的用笔，再而学他的章法。他学王羲之兰亭，主要是抓住了兰亭的气韵，而不在乎某一笔某一画，不在乎每个字和原帖像不像。所以，赖老的行书得兰亭神韵，不论大小错落，还是左右俯仰，都能一气贯之，神采飞扬。赖少其对待书法的态度和学书方法，对于我们当下的书法传承应当是有所启示和借鉴的。

二、兼收并蓄，自成一格

赖少其先生的书法经过长期的临习和实践，逐步形成了古拙、厚重、洒脱、飘逸的艺术风格。我们现在读他的作品，可以发现，“赖体”书法风格的形成不是偶然的，而是有其内在规律的。我认为，赖老书法有三个鲜明的艺术特点。其一，以碑为骨，以帖为韵。赖少其先生书法以金冬心的“漆书”为貌，但其书法的基本构造是以汉碑为根基的。赖老学金农的“漆书”最早是为了题画。他认为金农的“漆书”厚重沉着，与他的画风比较契合，有文人画的风骨。但赖老没有像当年学郑板桥那样，随便拿来就学，而是对金农作了全面系统的考察之后才动手的。作为扬州八怪之一的金农，摒弃馆阁，力倡碑学，主张书写个性，因而形成了金农别具一格的书法风貌和艺术个性。但追根溯源是从汉碑化解而来，是对碑学的传承与弘扬。那个时期还有郑谷口、伊秉绶、邓石如等，他们以汉碑为宗，从而形成了隶书发展的又一个高峰。赖老正是在这种大的背景下入手学习金农“漆书”的。他在比较中学习，在学习中借鉴。从赖老的书法中，既能看到金农用笔的特色，也能找到伊秉绶结字的格局，还能看到“二爨”的气象。他说：“我学过郑板桥，后来学伊秉绶，最后才学金冬心。”“学一家，是为了有一个立足之点，但有极限性。要突破这种极限性，就必须同时观察‘百家’，取百家之长，丰富自己，才能有所创造，不为一家所限。”应当说，赖老通过对金农的学习，实际上是对碑学作了一次系统的考察和研究。对一个书体能够找到他的参照系并能触类旁通地借鉴多家之所长，这就决定了他对这个书体把握的准确和高度。由此，我们就不难理解为什么赖老能够学金农并敢于突破金农的奥秘所在了。与此同时，赖老也没有放弃对帖学的临习和掌握。他说：“我临《兰亭序》临了二十多年。”事实上，他学“兰亭”30年而不间断，后来才博览碑学诸体，说明赖老自从对帖学钟情之后一直就没有放松过。只不过是到后来因题画而学碑派之后才开始碑帖互用的。他对《兰亭序》的执着只能说明他对书法审美的高度，说明他在书法艺术的追求上的兼包并蓄。他始终认为帖的典雅和气息是书法的精髓，须臾不可或缺。但他并没有固守一家，而是毫不犹豫地从碑学中汲取营养。他说：“我是以‘兰亭’为基础的，因此行书尚有‘兰亭’的痕迹，但由于我写金农‘漆书’，有碑的气息，自然行书便与‘兰亭’不同了。”所以，赖老的行书有金石气，而他的“漆书”也深深地打上了“兰亭”的印记，那就是雄浑中见灵性，开张中显文雅。所以，我认为，赖少其的书法是以碑为骨、以帖为韵的。他把两种风格有机地统一在“赖体”的作品当中了。他的这种艺术思想和艺术实践对当下的书法创作也是有裨益的。

其二，以我为主，为我所用。赖老的书法看似像某人，但又不完全像。看似学某家，但又不局限于一家。这是赖老书法的高明之处。他对古人的书法采取的是拿来主义。他说：“学习传统，对画家来说，不能停留在‘一般理论’上，也不能停留在口头说说，而是要下功夫临摹。……学写字更是如此，一定要临帖，几年、十几年临一个帖。”这说明，赖老对传统法帖是认识非常到位的。在他看来，学习传统别无他途，只能老老实实临碑帖，只有不断向古人学习，向传统学习，方能登堂入室，获得书法的真谛。赖老学书从不死学僵学，而是以我为主，为我所用。他说：“一个书家要有自己的主见，要坚定地走自己的路。我写金农是为题画的需要，同时形成自己的风格总要有个过程，我临金农并不是以像为止。”很显然，赖老对金农是有所吸收有所发展的，他借金农之形并加以改造，不断融入其他各家元素，逐步形成了赖体风格。他的漆书后来已向左右延伸，笔画线条更多波折，把《石门》《张迁》《好大王》都统统拿来为我所用。正是有了这种广博的积累和吸引，使赖老的书法能够出入自如，信步书苑。这种艺术传承之路是值得我们后来者学习和思考的。

其三，以书入画，以画入书。赖老是当代最具影响力的中国画家。他不仅能够坚持不懈地学习书法，以书入画，而且还能够以画入书，使他的书法到晚年达到一个崭新的境界。先说以书入画。赖老最早学西画，而后学版画，再后来学中国画。比起一开始就学中国画的人来说，缺少较好的书法基础。但赖老是一位自觉的艺术家，当他发现自己在书法上的缺陷时，立刻抓紧“补课”。赖老自己曾说：“我在此（上世纪50年代）时学习书法，也同时学习国画，才认识到‘书画同源’的道理，更直接的理由，我学习书法，首先是为了‘题画’，特别是当我学习金冬心的梅时，更感到有学习金冬心‘漆书’的必要了。”在这里，我们可以清楚地看到，赖老学书不仅仅只是为了把字写好，而是为画画题款所用，最重要的是将所学书法运用到自己的国画当中去，以书入画，从而使赖老的中国画更加笔墨淋漓，气韵生动。以书入画的核心是一“写”字。只有写，线条才能活；只有写，才能体现中国书法的神韵。赖老从上海时期开始重新学习书法，这主要受到黄宾虹、吴湖帆、白蕉等人的影响，没有书法作为根基，很难在中国画上有所作为。特别是他到了安徽工作之后，更是加倍临习书法。赖老的山水画从新安画派而来，如果没有深厚的书法功底，很难领会渐江山水的风清骨峻和简静清远，也很难理解黄宾虹山水的浑厚华滋和干裂秋风。所以，赖老在中国画的研究与探索过程中，从未间断对书法的临习。赖老“丙寅变法”之后的山水画已经没有具体的山水形象了，万千沟壑通过他的一笔一画的线条从胸中自然地流淌出来。不是他以书入画，赖老的山水、花鸟画就不会达到后来的高度。再说以画入书。赖老开始是学西画的，对构图、造型的把握是十分到位的。所以，他的书法的造型有奇趣，不能不说与他的素描和版画的功底有密切联系。我现场看过赖老作书，他作书善于布局，大小、长短、欹正在他笔下运用自如。特别是作榜书，他不是按传统笔顺书写，而是先搭框架，再逐步书写剩余笔画。如果不是胸有成竹，是很难想象的。再看他的“漆书”。除了在造型上别具一格外，更多的是他的用笔。金农“漆书”也用中锋，但多是用侧锋刷出来的。赖老认为：“金农也用中锋，但更多是‘刷’字，刷笔才有飞白，转折时用中锋，我称之为‘卧笔’，也无不可?”他将绘画中的笔毫卧行之法，运用到书法中，从而产生飞白的意趣。这应当是赖老以画入书的突出体现，较好地拓展了书法创作的空间。

三、直抒胸臆，大写人生

如果说赖老的书法观和他的书法之路对我们有所启迪和借鉴的话，那么，赖老晚年的作品使他直抵书法的本质并升华到一个新的境界。正如林散之先生所云：“不随世俗任孤行，自喜年来笔墨真。写到灵魂最深处，不知有我更无人。”这是林老自己的写照，更是对赖老书法的最好诠释。

1.“丙寅变法”书更奇

一个艺术家的高度，最终取决于能不能不断超越自己，特别是敢于突破自己业已成熟的艺术形式。赖老应当是一位自觉的艺术变法者，更是一位自觉的艺术殉道者。他在“丙寅变法”中说道：“一九八六年（丙寅）我定居广州，决定‘丙寅变法’。”“所谓‘丙寅变法’，即在中国画基础上更多地吸收西画。”“我还用不中不西、又中又西的方法，画了黄山的春、夏、秋、冬”，“有不少西方的朋友对我的‘变法’表示赞赏。当然，这还很不成熟，我还要继续探索”。从这里，可以看到赖老的决心，更可看出赖老的方法。不是为变而变，而是因时因势（环境）而变。不是随心而变，而是有的放矢的变。赖老没有说他在书法上的变，但他对艺术求变出新的思想在书法上体现的是非常充分的。他学金农的“漆书”，并不是顾此失彼，不是只学一家，不及其余。他是在比较当中学习，在学习当中比较，用自己所掌握的多种艺术手法去改进完善，从而让多种碑帖为我所用。伴随着国画的“丙寅变法”，他的书法到了广州之后也逐渐实现了蜕变。取法晋隶，从体式上更加左右开张，把魏碑和汉隶相融合，使其书法拙中见巧，沉雄中见灵秀。行书中又有古拙，赖老将碑学融入“兰亭”，行书写出金石味。而后，赖老在八十岁后又实现了“衰年变法”，用他最后的生命向新的艺术高峰攀登。其时的书法正如罗一平先生所言，已经从“师古人”经“师天地”到“师我心、写我法”的升华阶段，个人风格为之一变。“欲佩三尺剑，独弹一张琴”。这是赖老常写的一副对联，也是赖老的艺术追求。赖老的一生既是艺术的一生，更是革命的一生。他的艺术是追求革命的艺术，他的艺术发展处处体现一种革命的精神。那就是对艺术孜孜以求，不断否定自我、超越自我。这是成就赖老书法的一个重要原因。

2. 燃烧生命铸书魂

“文以载道”，这是赖老作书所一直坚守的一个准则。赖老一生写了大量书作，不论题画，还是赠友，所书写的内容，不是古人名句，就是自作诗文，都是教人进步、修身养性、追求艺术的，他总是以书抒怀，以书弘道，以书化人。赖老一生经历了土地革命、抗日战争、解放战争，见证了社会主义革命建设和改革开放，所以，他对革命，对人民，充满无限的赤诚和热爱。特别是移居广州之后，感受到改革开放的新气象，更是让赖老爆发出艺术的活力。这个时期，赖老写了许多书作赠送友人，而表达的只有一种情绪，那就是感恩、珍惜、生命。罗一平先生研究赖老艺术多年，他认为，赖老“在不同的历史时期，不管社会环境与文化环境的变化多大，他都能固守自我的人格操行，把精神的东西，认识到的真理，化成为自己的人格生命，从而沛然充实，进入‘一天人、同真善、合知行’的伟大境界”。赖老的晚年因为帕金森综合征，多数时间是在病房度过的。但这并没有影响他对艺术的探索和追求。他在病床上仍坚持笔耕不辍。这个时候，对赖老来说，艺术就是生命，甚至比生命更重要。这个时期，他的书法多是题画，虽然字数不多，但仍能看出他对艺术的执着和顽强探索。在生命的最后几天，他还以惊人的毅力写下了“更上一层楼”“生命不息”几幅作品。给后人留下了空谷绝响，至今让人激动不已。这才是书法真正的价值和力量，也应当成为书家追求的目标和努力方向。

“笔墨顽如铁，金石掷有声。”赖少其书法篆刻精品展，为我们认识和研究赖少其先生的书法艺术提供了一个较全面的参照。对一个艺术家的研究应当是多方面和多角度的。既要对作品本身进行具体考察，也要对创作作品的时代背景加以研究，还应当对书写者的艺术观点和审美追求作深入的比较和研究。赖少其先生虽然不是职业书法家，也不是以书法而名世，但赖少其先生对书法的认识是深刻的，有见地的。他所走过的书法道路是独特的，贡献是巨大的，对当下的书法创作与发展有着积极的借鉴和促进作用。正如人们对赖少其先生中国画的认识和研究还在深入一样，人们对赖少其先生的书法艺术的研究也会随着时间的推移而不断深入。赖少其先生不断超越的艺术精神会鼓舞后来者不断进取，不断攀登。

（作者系安徽省文联党组成员、书记处书记、主席）

不朽人生　永恒艺术

●邵大箴

赖少其先生（1915—2000）是我国20世纪有卓越成就的艺术大家，他有特殊的人生经历和艺术经历。说他的人生经历特殊，不仅因为他集革命家、社会活动家和艺术家于一身，而且在革命生涯中，在社会活动中，他一直表现出坚持真理、大公无私和光明磊落的高贵品格；说他的艺术经历特殊，因为他涉猎的领域非常广泛，在书法、绘画、诗文等方面，均有很深的造诣。他的艺术既有鲜明的时代特点，又有深厚的传统渊源，充满了严肃而活泼的探索精神。他创造的丰硕艺术成果，成为我国现代艺术宝库中的珍藏；他的创新胆识和勇气，受到人们普遍的尊敬和赞扬，在艺术界产生了广泛而深刻的影响，成为我们珍贵的精神财富。在赖少其身上，折射出在中国20世纪伟大社会变革中追求民主、正义和进步的知识分子的睿智与自强不息的奋斗精神。我们的民族之所以能克服一切艰难险阻、屹立在东方，我们的艺术之所以能在世界艺坛上独放异彩，正是因为有像赖少其这样的仁人志士的无私奉献。赖少其无疑是他同代人中一位杰出的代表。

从少年时代起，在赖少其的心中就播下了革命与艺术的种子。他在自己的家乡受到民间艺术的熏陶和美术的启蒙教育，并接受了中国共产党领导下的粤东农民运动和革命洪流的洗礼。20世纪30年代初，他考入广州美术学院后，就已经确立了用艺术服务人生、服务大众的志向。他积极响应鲁迅先生在上海倡导的新兴木刻运动，与他的老师李桦先生在广州创办“现代版画研究会”，以自己充满生气的创作表现出非凡的艺术才能，得到鲁迅先生的鼓励和赞扬，称誉他为“最有战斗力的青年木刻家”，并将他的作品介绍到日本去发表。他早期的进步木刻活动对他未来的艺术道路，产生了重要影响。而后他投身革命运动，用自己热情的工作，也用自己的木刻艺术服务于劳苦大众谋生存、求解放的伟大事业。说赖少其是中国现代版画艺术开创者之一，是当之无愧的。

在战争年代，赖少其历经人生艰辛，从中受到深刻的教育，积累了丰厚的人生和艺术经验。中华人民共和国成立之后，他身居党政要职，勤奋工作，但因为人正直、一身正气，而遭受种种非难，他从不灰心丧气，仍一如既往地努力做好工作，同时在艺术中寻找寄托精神的栖所，追求自己的人生理想。他不断体悟艺术本质和规律，对民族传统文化艺术精神的理解也随之深入。20 世纪 50 年代末，他被贬职到安徽工作，因祸得福，以安徽为第二故乡，受益于有深厚传统的徽派文化的影响，大步迈开艺术创新的步伐。以黄山为代表的雄伟奇特的山水，徽派的民居和民间艺术遗存，以渐江为代表的新安画派文人画传统，当代大师黄宾虹浑厚华滋的笔墨……与他追寻的精神文化价值一拍即合。他为之惊叹、为之迷恋，除本人默默领会、接受，用之于自己的艺术实践外，还领导和团结画家们深入学习和研究，开辟古为今用的途径。

赖少其对自己青年时期投入的版画艺术一往情深，在安徽，他发掘明末清初民间艺人创造的版画遗产“徽派”木刻，广泛搜集版画原作和有关资料，组织版画家们学习、讨论，并同时深入生活，获取创作灵感，在此基础上进行艺术创作，有力地推进了“新徽派版画”的创立。60—70 年代，新徽派版画创作享誉全国，产生广泛影响。李桦先生评价新徽派版画是“发扬明末徽派精雕细镂的线刻，保持其婉约秀丽的风格，而赋予时代精神，表现现代生活更显现有强大的生命力”，还说它继承汉代画像石和漆画的特点，创造了浑厚豪放的风格。无疑，赖少其是充满革新精神的“新徽派版画”的领军人物。

各艺术门类的表现手段和技法有异，但彼此之间的创造原理是共通的。在绘画领域颇有学养的赖少其，在文学和历史方面有充足的知识储备。他擅诗文，尤其在书法领域不仅以擅长金冬心书体闻名，而且涉猎各种书体，精通书理。唐云先生评论他的书法“方笔如削，字字都给人以峭拔苍稳的感觉，连在一起，则有浓厚的简札和石刻的味道，金石韵味十足”。实际上，早在 20 世纪 50 年代初，赖少其就在黄宾虹先生的指导和启发下系统观摩和研究了明清时期“新安画派”艺术家们的作品，在创立“新徽派版画”的过程中，也已经积极倡导版画家们学习传统中国画语言，在版画创作中适当运用中国画的表现技巧。在 50—60 年代，我国文艺政策偏“左”，在对待传统文人画的态度上笼罩着民族虚无主义的阴影。在这样的时刻，赖少其能对传统文人画情有独钟，花费很多精力研究古人笔墨，说明他在同代人中较早意识到当时主流中国画界存在忽视传统的缺陷，也意识到产生这些缺陷的原因是对艺术本质和功能的片面认识。正是出于这种对民族传统文化和艺术的自觉，他身体力行，临摹新安诸家，从干笔渴墨、苍茫简远之法到枯淡意趣，全面尝试各种笔墨技法，体会传统国画的写意原理。与此同时，赖少其清晰地意识到，中国画革新之路既不能局限于写生，也不能拘泥于师法古人。在山水画中，他重视笔墨，更重视丘壑。他一面深入研究古人的画理画法，一面深入自然，以自然为师。黄山成为他的创作基地，他数十次上黄山，观察、体验和写生，完成了一批主要以黄山为题材的作品，用浑厚滋润、格调朴拙的笔墨，写黄山烟雨迷蒙、云雾氤氲的奇妙景色。赖少其这些有鲜明个性风格的山水画，开启了表现黄山山水的新风气，他被人们称为“新黄山画派”的引路人。也是在创造黄山山水图卷的过程中，他更深刻地领悟到中国画艺术的奥妙，那就是艺术家除了要师古人、师自然外，更要师心，领悟到艺术家既要向自然学习，又要“自然为我”，即让自然服从艺术家表现主观内心的需要，而不是如实地呈现。

赖少其有开阔的艺术视野和胸怀，他早期学习过素描和西画，转入中国画创作后，他分析、比较了中西画的同与异。他强调“中国山水画与西画的‘风景’不同，中国山水画是诗、书、画的统一”。他努力在山水创作中表现诗意、诗境。但他在实践中也体会到，西画的一些造型和色彩，是可供中国画借鉴和采用的。他在这方面做了有益的探索。谢稚柳先生在评论赖少其晚年所绘《梦中黄山图》时说：“（他）用元王蒙干笔渴墨之法皴擦之，又用西画印象派着色之法渲染之，能摄黄山之神……”

赖少其在花卉创作上也成就斐然，他学陈老莲、金农，不只是学他们的技巧，更注意学习他们“从生活中来”和“观察入微”的精神。他笔下的花卉笔墨厚实而生动，与古人心合，也别出心裁，别具新意，和他的山水画一样，充满生气和灵韵。

赖少其创作《梦中黄山图》时，已经是20世纪80年代后期，他已古稀之年，身在他的故乡广东了。他在寂寞的环境中埋头创作，丰厚的生活积累、对人生和自然的深刻体悟，使他的诗书画艺术达到高度自由的天然境界。他在有法与无法中尽情徜徉，尽情地挥洒笔墨，涂抹画面，艺术语言单纯中见丰富、拙朴中见浑厚、幻境中见真实，充满了真诚与激情。当时，他的作品很少在公众场合展示，不过凡是有机会目睹他作品的人，无不为之感动，无不敬佩他在浸淫传统基础上开拓、创新的拼搏精神。

赖少其逝世后，他的战斗人生经历和卓越艺术成就引起文化界的热切关注。尤其在他长期生活的安徽，于2005年建立了赖少其艺术馆，积极开展各项活动，全面推动对赖少其生平与艺术的研究。现在安徽美术出版社又在筹划规模宏大的《赖少其艺术馆藏作品集》的编辑、出版，这是一件十分有意义的文化工程。可以相信，随着时间的推移，赖少其的人格力量和艺术魅力，将会越来越散发出夺人的光彩。他追求真理、献身社会的人生，他发自内心的真诚艺术创造，他永不止息的探索精神和创新气魄，会永远成为后人仰慕和学习的楷模！

（作者系中央美术学院教授，中国美术家协会理论委员会名誉主任）

“老赖”老笔老金石

——赖少其书法之浅识

●梅墨生

“老赖”——是曾菲阿姨生前对赖少其先生的昵称。每当我听到赖夫人曾女士如此称呼赖少其先生时，总不免有动于衷；他们几十年患难与共的战友伉俪情尽在这一称呼之中了。

为了纪念我未谋过面的赖先生和谋过面又很礼遇我的曾夫人，写这篇小文时便不知不觉写下了这个称呼——万事因缘，一切随缘。

自清末民初以后，碑派书法近乎一统天下。晚清的何绍基、赵之谦、杨守敬、沈曾植、康有为、吴昌硕、于右任等清一色的是碑学盟主。推波助澜，于是有继“碑学中兴”（康有为）之后的又一轮碑学盛况。甚至也有了“碑学中兴”所形成的“画学中兴”（黄宾虹）之趋势。所谓尊碑之风溯其源可至明代天启、崇祯之际，一批士夫文人不满于“阁帖”模式而欲一振颓风，如王铎、黄道周、倪元璐、傅山、八大山人之流皆为先驱。继之入清后又有郑簠、金农、郑板桥、黄易、奚冈、阮元、邓石如等为之身体力行，于是与“乾嘉学派”之学术思潮相呼应之碑学渐呈“中兴”之势。学术与艺术，互相渗透互相影响，逐渐汇成了一股新的艺术创作流派——碑学乃乘帖学之坏而兴盛。

迄于民国，诗乃“同光”之天下，书乃碑派之一统，画乃金石派为盟主，结合时势，则以强国强种为旨归，艺术于是以雄强朴茂为时尚，沿赵之谦而下之杨守敬、沈曾植、康有为、于右任、吴昌硕、李瑞清、齐白石、黄宾虹、陈师曾、潘天寿等莫不为此阵营中之坛坫。

赖少其先生后半生主要生活工作于江、淮地区。尤其与海上书画家熟稔——吴昌硕之后继们，又与晚年黄宾虹相友善，因而其艺术思想所受之影响也在“后海派”与“新安派”。“后海派”以吴昌硕为代表，“新安派”又以黄宾虹为承继发扬。当然，赖先生对“扬州八家”也情有独钟——扬州画派之精神皈依学理上仍不免有“朴学”之渗透，是间接受到金石碑版文字诸学影响的早期“金石画派”。

“老赖”是上述一脉的后起者。

赖先生习书法的主要目的是提升画艺，这是黄宾虹思想对他的引导。但是，他对于书法的研习与重视却是长时期的。他主张学习传统，反对脱离传统奢谈创新。

“我学习王羲之《兰亭序》前后三十年，尚未能入门；我学习金农的‘漆书’和‘汉隶’也尚徘徊在门外。”（《中日友好书道交流第一回展》开幕词）这种谦虚的、尊重传统的为艺态度，正是赖先生人品与艺品的一个反映。在今天，人们仗恃聪明，耍弄笔头，自以为得意，实则是尽露浅薄，有伤大雅。如赖先生这样仔细、认真、谦虚、踏实、朴素地对待艺术及艺术传统的人相形而言愈来愈少！在这一点上，可以说赖先生之所以能卓然大家，正是有赖于他的人品之正与厚。笔者恩师、国画大师李可染先生也不止一次表露：我不依靠聪明、天才。他是十分强调“困而知之”、苦学勤学的。可见，老一辈艺术家在这一点上的惊人相似处。今天评价赖先生，我认为首先要高度评价他的为人为艺的思想动机与态度。

赖少其先生不仅在中国画、版画领域为卓然大家，在书法领域也是面貌独具、风格高奇的大家。

其书法的来路主要在碑派——汉碑和魏碑、唐碑。但他也兼学王羲之，因而在邓石如、伊秉绶、金农、郑板桥的体势上又揉进了轻灵变化。

拙朴是赖书的主要风格，晚年的独立书法创作与画上题跋皆然。如代表作《洗砚鱼吞墨，烹茶鹤避烟》联、《一衣带水》横批等。但在晚年，在方劲沉实的用笔与奇崛开合的结构中兼有了灵动飘逸之意味，如《读书有感》条幅、《孤雁入寥天》横批等，即非常突出地体现了这一特征。

应该说，朴拙与灵动是一对矛盾，将两者融汇在一体不容易。但，晚年的赖先生便做到了。赖先生以高超的艺术心手写出了巧拙相生、灵重并现的书迹！这是不同于伊秉绶、金农的自家“老赖体”。

有什么样的艺术观才可能有什么样的艺术。与移版画入中国画一样，“老赖”也善于消化传统，以金石笔意移入书法，因而其书法初则独门（金农）深入，继而左右逢源（伊秉绶、郑板桥），终于自立一格。

赖先生曾在“日中书道交流展”开幕式上说：“书法应以‘自然’为最高

标准，‘无为’无不为，这是辩证的统一”，又说过“碑与帖各有优点，可以互相补充”。（《我学习书法的经历》）可见，融冶碑帖是他的理想，以碑为骨体，以帖韵化骨体之沉滞，以达自然无为则是他的艺术路径。衡诸“老赖”的暮年书作，可以说，他确实沿此路径实现了上述理想。

“老赖”的老笔不仅呈现出一派磊落奇古的金石之气，还别有一番天然率真的童稚之趣！他的书法与他的人生一样实现了一次超越与返还。

（作者系中国国家画院研究员、一级美术师）